理科系の文学誌

荒俣宏

理科系の文学誌　目次

001　プロローグ――宇宙文学の系譜……
a――文学にとっての宇宙／b――系譜と連結／c――新世紀への投影

PART 1 言語の宇宙へ　013

014　ケースI『バベル―17』……
a――善意の〈罠〉が必要な理由について／b――デカルトの凡ミス（ボーン・ヘッド）と言語について
c――言語の謎についてのSF的事例／d――完全言語のこわし方／e――理想言語をもとめる人々の心得

037　ケースII『ガリバー旅行記』……
a――柿本人麻呂からスウィフトへ／b――暗号をめぐる三人の奇妙な関係について
c――暗号学左派のためのマニフェスト／d――叛文学としての『ガリバー旅行記』

057　ケースIII『山椒魚戦争』……
a――言語の秘密について／b――母音の宇宙的解釈／c――言語のユートピアへ

PART 2 物質の未来を求めて

081

082 ケースⅠ『結晶世界』……
a——水晶とガラスの決定的な違いについて／b——柔かい月と堅い月／c——非対称の結晶と生命
d——生命から鉱物への旅／e——クリスタリゼーション

103 ケースⅡ『時の凱歌』……
a——光速という名のあこがれ／b——光はまだ見えるか？／c——光と物質のたわむれ
d——ブリッジュの「光の文学化」／e——『光あれ！』

123 ケースⅢ『エントロピー』……
a——映画仕掛けのオレンジ／b——思考実験の種あかし／c——思考実験は美学である
d——熱力学第二法則の意味／e——エントロピーの物語化

PART 3 生命圏科学異聞

147

148 ケースⅠ『エレホン』……
a——ダーウィン最後の冗談／b——進化論に殉じた怪人たち／c——〈有機体的幸福(オーガニック・ハピネス)〉／d——機械の書

171 ケースⅡ『闇の左手』……
a——誤解されても、死ぬよりは……／b——進化するのか、しないのか、どっちだ？

c——生物のふしぎなプログラム／d——〈生涯×n倍〉の理論／e——『闇の左手』
f——両性具有は〈矛盾〉である
200　ケースIII『地球の長い午後』……
a——植物の思想／b——きわめて神秘学的なインターリュード／c——あしたは風をはらんで……
d——ティヤール・ド・シャルダンとは何か／e——〈温室〉あるいは植物と動物の死闘

PART 4 二十世紀の展望

221
222　ケースI ロシア＝ソヴィエト……
a——ロシアはかならずしも影のなかに閉じこもっていなかった／b——時のざわめき……
c——レーニンが救った西洋と、レーニンに抹殺されたロシア／d——技師メンニの場合
243　ケースII イギリス……
a——かの〈忌わしき砦〉をめぐるリング外の死闘／b——「反ウェルズの系譜」としてのイギリスSF
c——科学者の生理と宗教家の倫理
265　ケースIII アメリカ……
a——侵略と革命／b——〈本土決戦〉／c——アメリカのための弁明
d——SFは、かくてアメリカナイズされる／e——終章のためのエピソード
285　ケースIV 日本……
a——ソラマメと地球／b——ボキャブラリーの本質／c——物理学への葬送曲／d——日本素朴派のために

PART 5 函数関係としてのSF

309

310 ケースI 作品〈非A〉……
a——言語障害白書……／b——悲しみと忘れな草／c——言語の夢／d——『神狩り』との同調

330 ケースII 生物学戦争……
a——支那のふしぎな百科辞典／b——ACCとCAAの問題／c——植物もまたマルクス主義に共鳴することの実例について
d——ぼくの村も戦場だった?／e——キリンの首とバーナード・ショー

350 ケースIII 文学建築論……
a——アフリカ原住民がウォークマンをつけたら、たぶん発狂することについての、一般的理由
b——文学と建築とがイコールでつながっていた時代のこと／c——黄金分割の美学
d——定型詩——ミルトンの場合／e——文学における数と形

371 エピローグ——高い城の男、あるいは東西の融合……
a——この世が精神物質からできあがっていることの発見／b——西と東の出合う町で／
c——アメリカでの事情／d——高い城の男

397 参考文献／あとがき／新装版のためのあとがき

幻想科学

科学的想像力こそ〈文学〉の
幻想性をささえるエキスだった。
今日では本道をはずされたとみなされる
奇想科学・幻想科学のたぐいは、
理科系のコンテキストから出た空想文学として
読みとるべき時期にきている。

ジュール・ヴェルヌ『海底二万里
Vingt mille lieues sous les mers』(1870)扉絵

ジュール・ヴェルヌ『征服者ロビュール Robur le Conquérant』(1886)扉絵

arum Matthioli
植物の思想

植物の光合成によって、
地球は生物の繁殖するホットハウスとなった。
光のエネルギーで無機物から
有機物をつくりだす植物の〈錬金術〉的思想とは
地上を覆いつくす「表面積の哲学」にほかならない。
植物は拡大する、そして動物は凝集していく――

アタナシウス・キルヒャー『シナ図説 *China Illustrata*』(1667)より

言語の宇宙

絵文字や護符となって増殖する言語生態圏。
脈動する言語の韻律には、数学的な〈美学〉がひそみ、
それはまたマニエリスティックな暗号にも変換して、
広大なアナザー・ワールドを展開していく。
いや、むしろ、事物は言語のあとにこそ
創られたのではなかったか。

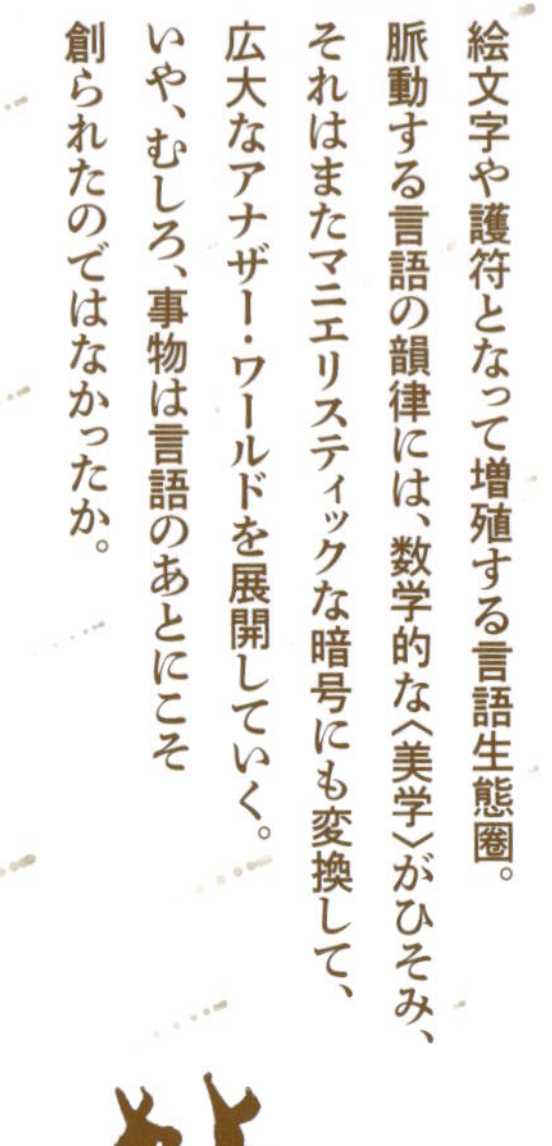

カバラの護符

神の使霊を駆使するための道教符

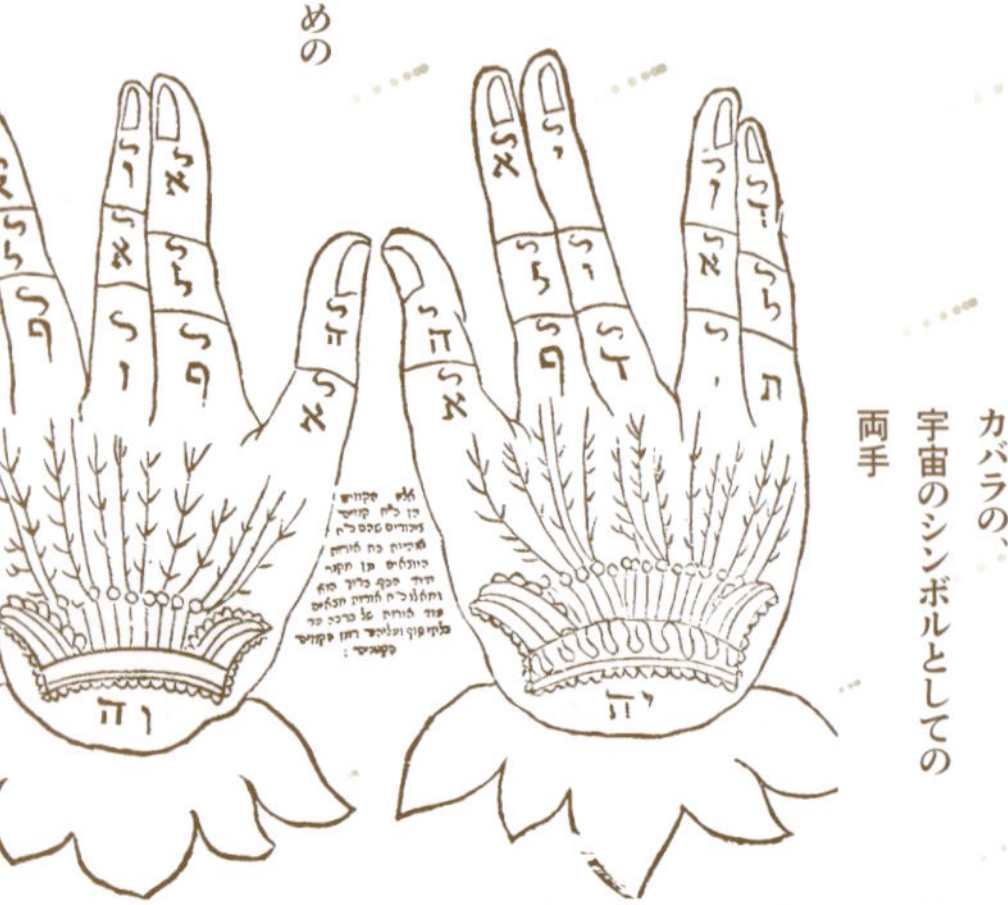

カバラの、宇宙のシンボルとしての両手

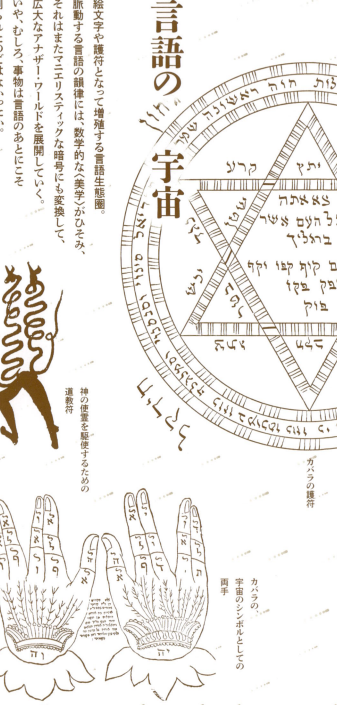

流麗なアラビア文字体「ナスターリック」

チベットの瞑想用の「ヤントラ」

「アブラカダブラ」の文字霊

朝鮮・李朝の絵文字

進化と形態

生物の進化（突然変異）は、
自然の気まぐれなのか、それとも、
進化をうながすような宇宙的原理が
働いているのだろうか。
生物の形態をさぐると、遺伝情報のコードと
環境とのフィード・バック機構との
ひそやかな結節点があらわれる。

あるいは、高等生物と下等生物の間を
自由に往き来して、
おたがいの遺伝子情報を交換するのが、
ウィルスと呼ばれる奇怪な半生物の
真の存在理由かもしれない。

エサになる昆虫を効率よく捕舞えるために
鼻が特殊に進化した鼻歩動物、
エムンクタートル・ソンルベンス［右］と
コルブロナスス・ロンギカウダ［左］。
ハラルト・シュテュンプケ
『鼻行類 *Bau und Leben der Rhinogradentia*』（1961）より

博物学 Natural History

かつて、われわれは、
自然を研究する際の
対象物として、動物＝植物＝鉱物という
三種類の〈王国（キングダム）〉をとりあげてきた。
ところが、博物学の復興を夢見る
現代のナチュラリストは、
分析科学によって切り離されるにいたった。
この三王国を〈全自然学〉の名のもとに
再総合しなければならない。
なぜなら、すべての有機物と無機物とは、
存在という名の壮大なスペクトルを形成する、
一個の聖なる白色光であるから。

プレシオサウルス［首長竜］

ピエール・ボアタール『L'Univers avant les hommes』（1861）より

プテロダクチルス［翼竜］

メガテリウム［オオナマケモノ］

メガリクティス［古代魚］とマタマタ［亀］

宇宙文学の星群をともに巡った別世界の案内者

松岡正剛師に捧ぐ

プロローグ

宇宙文学の系譜

a——文学にとっての宇宙

さる数学者があらゆる芸術を指して、「窮極的には宇宙を表現するためのもの」と定義したが、これはまことに至言であると思う。数学や物理学のような理学でさえ、しょせんは宇宙を表現するための美学、つまり〈芸術〉でしかないからである。

文学が宇宙をテーマにしたのは、ほとんど言語文化発生期にまでさかのぼる太古の話に属するわけであるが、科学による新しい世界像が確立した時代以降にあっても、その事情は根本的に変わっていない。文学は実現に先行する一種の予行演習（シミュレーション）として、たとえば、応用科学がのちに実現することになる種々の宇宙飛行法のさきがけなどを提示したのである。しかし今日、文学の想像力を過信するあまりにともすると忘れられがちであった〈もうひとつの芸術（アート）〉が存在することを、ここであらためて指摘しなければならない。それは、アルキメデス的な意味における応用科学とは別ものの、俗に思弁科学あるいは旧称を自然哲学と呼ばれる〈芸術(アート)〉である。宇宙に関する文学は、まずこの自然哲学がひらいた想像の論理の啓示を得て、華ひらくことになるのである。実際、十九世紀までの思弁科学は確実にその時代の〈狂気〉と〈幻想〉を産みだしたし、科学者自身があえて文学的な〈幻想〉をめざしていた節すら見られるのである。その意味から、宇宙の真実を表現する各美学(アート)の優劣を競う上で、文学が科学的空想を超えているとする所説は、おそらく狭隘に過ぎよう。俗に、SFを指して、科学と文明の未来を先取りする文学形式、と称讃する向きがあるが、これははなはだしき誤解であるといえよう。SFはむしろ、科学に寝返る〈文学〉として、長らく科学的想像力の後塵を拝する立場にあったというのが、実情である。

しかし、こう書けば、「ではなぜ、科学プロパーはSFのように奇想天外なおもしろさをもたないのか？　それほどの想像力をなぜ文芸の方面に向けなかったのか？」という反論が出てくるだろう。それに答えよう。科学の空想もまた、文学として奇想と幻想を産みだしたのである、と。科学を借りた文学というものがあれば、当然、文学を借りた科学もあるはずである。とりわけ、今日では本道を外れたとみなされる奇想科学・幻想科学のたぐいは、理科系のコンテキストから出た空想文学として読みとるべき時期に来ている。あるいは、文学として読んでさしつかえない。

なるほど、現代の常識として成立している自然科学史は、一見すると、たゆみない実験と観察と公式化の、なんとも散文的で非空想的な科学像をつねに描いてきた。しかしそれは単に「一時的」な勝利者の歴史でしかない。その勝利者に蹴落とされ、史上から抹殺されねばならなかった無数の思想的敗北者の「文学的空想」を、試みにいまもう一度開陳してみよう。『宇宙の調和』において重力概念すれすれにまで肉薄した占星術師としてのケプラー、$E=mc^2$の公式であまりにも有名なアインシュタイン理論を早くも十九世紀末に予言したが、残念なことにアインシュタイン式の半分だけ――すなわち物質はエネルギーであるというテーゼだけを確信したがゆえに、「物質は存在せず」との悲劇的結論に達した、『科学と仮説』の著者ポアンカレ（かれの悲劇は、しかし「エネルギーもまた物質である」との可逆関係を説くアインシュタインにより救済されるのであるが）ら、例として挙げるわずか二人の「敗北者」の場合を眺めるだけで、前述の提言は充分な証明を得るであろう。すなわち、応用技術のための科学書として読まれることの稀（まれ）な両著『宇宙の調和』『科学と仮説』は、今日ひろく〈文学〉として読まれてはいないだろうか？　ケプラーの作品が今日読まれていないのは、たまたまラテン語で表記されたという、純粋に技術的な理由に拠っており、これはキルヒャーやロバート・フラッドの場合と同様である。わが国の例で申せば、寺田寅彦の場合がそうではあるまいか？　たとえ真正な科学書として参照されないとしても、寺田のそれが国民的文学として読まれてはいないであろうか？　ここに、科学書と文学書の互換方程式が成立する。そして、かかる互換式のキイワードは〈想像力〉ということになろう。されば、宇宙を描く文学は、ゆめゆめ一介の言語遊戯に終始するべきではないのである。文学もまた、数学的意味において宇宙を表現する論理的な〈美学（アート）〉をめざさねばならぬ所以である。

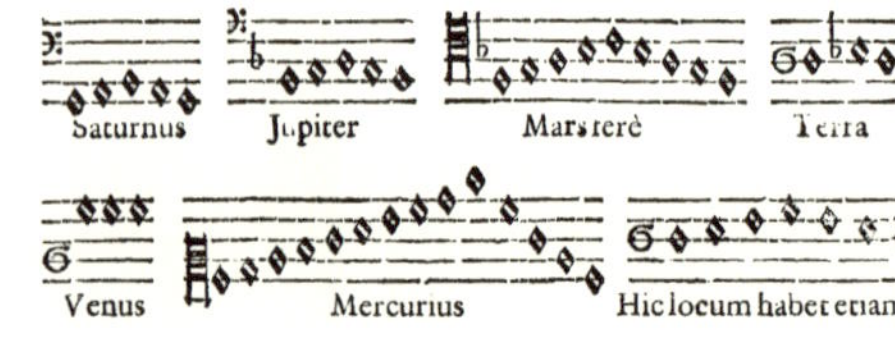

ケプラー『宇宙の調和』より
「惑星の和声」

b——系譜と連結

そこで、そうした理科系の文学の実例を、たとえば他天体への飛行を文学上において達成した種々の作品について、すこしばかり考察してみたい。まず、次のごとき年表をご覧いただこう。

一六三四——ケプラー『ソムニウム』(独)
一六三八——ジョン・ウィルキンズ『新世界と他天体に関する論述』(英)
一六三八——フランシス・ゴドウィン『月面の人』(英)
一六五〇——シラノ・ド・ベルジュラック『日月両世界滑稽譚』(仏)
一七五二——ヴォルテール『ミクロメガス』(仏)
一八三五——ポオ『ハンス・プファールの冒険』(米)
一八五四——ドフォントネー『カシオペアの㞷』(仏)
一八六九——ジュール・ヴェルヌ『月世界へ行く』(仏)
一八九八——H・G・ウェルズ『宇宙戦争』(英)

これは他天体や他天体人について書かれた十九世紀末葉までの作品をサンプリングした年表である。もちろん、多くの遺漏については寛恕ねがうとしよう。ここで特徴的なのは、各年代にまたがる作者

ヨハネス・ケプラー
(Johannes Kepler, 1571–1630)

の出身国分布状況である。まずケプラーのドイツに注目したい。ケプラーの時代は、あの奇怪な人格をもつルドルフII世が世界各国から科学者、魔術師を招いてひそかな神秘科学のルネッサンスをうち樹てた時代である。当時ルドルフII世の宮廷には、ケプラーやアルチンボルトのほか、遠くイギリスからはエリザベスI世の特命を帯びて馳せ参じたジョン・ディー博士らが出入りしていた。かかる時代精神の融合から、ケプラーの宇宙小説が生まれたのは当然である。しかも一方の英国では、ジョン・ディー博士のみちびきにより、応用科学によって新文明をうちたてることを夢みたフランシス・ベーコンが、ディー自身の書斎において、なにやら運命的に同姓をもつ修道僧ロジャー・ベーコンによる科学哲学の写本を渉猟していたのである。そしてその結果、一六三〇年前後にかけてイギリスは第一の〈科学的ユートピア〉革新運動が展開するにいたる。この時期、科学の力を喧伝するためのきわめて平易かつ刺激的な(したがって文学的にはむしろ稚拙な)宇宙文学が盛んに書かれたのであり、ジョン・ウィルキンズやフランシス・ゴドウィンらの奇怪な科学ユートピア小説は、まさにその典型であった。

しかしイギリスにおける科学派のユートピズムは、王政復古その他の歴史的展開にしたがって一時期後退し、十九世紀末に出現するH・G・ウェルズから、オラフ・ステープルドンら一九三〇年代までの新たな担い手たちによってふたたび復権するまで、停滞をよぎなくされる。しかもこのとき、科学主義そのものは、皮肉にも自己否定的な思潮に変貌して文学化されるのである。すなわち、科学によるユートピアは〈楽園〉とはなり得ないとの主張である。この間、イギリスの宇宙文学はA・C・クラークら戦後のSF作家に引き継がれるまで、「科学は人間を不幸にする」という形でひたすら呪詛的色彩

H・G・ウエルズ
(Herbert George Wells, 1866–1946)

●死者を呼び出すジョン・ディー博士（John Dee, 1527 —1608/1609）

を帯びるに至る。そして宇宙文学におけるこの呪詛的部分は、ジョージ・マクドナルドにはじまって、D・リンゼイの『アルクトゥルスへの旅』を経て、C・S・ルイスら神学派の反ウェルズ的科学小説という皮肉なサブ・ストリームを形成するのである。一方、フランスにおける宇宙文学のパターンはまさにイギリスの逆である。イギリスに興った科学主義の波は、ほぼ一世紀の時間的遅延をともなって、エスプリの国フランスに伝播する。そのころ宗教からの解放が思想の上で実現されていた事情は、フランスにとって幸いだったと言えよう。フランスは得意の抽象思考を武器にしてイギリス型の泥くさい科学思想をいっきに洗練し、一八五〇年以降はイギリスに代わって応用科学のチャンピオンとなる。この時期までに生産される『ミクロメガス』『カシオペアのΨ』『月世界へ行く』などの科学小説は、約二世紀前にイギリスが盛んに生みだしていた第一次科学的ユートピズムの、文学的に一層レベルアップされた同類たちである。そしてフランスにおけるその最も実り多かった時期は、十七世紀と二十世紀に最大の科学主義ユートピストを生んだイギリスとは対照的に、ちょうどそのはざま──十八、九世紀のデカルト式合理主義時代──すなわちイギリスの全き〈逆説〉となったのである。ジュール・ヴェルヌからウェルズへの橋わたしとは要するにそういう意義をもっていたのである。これに、アメリカとソ連の動向を加えれば、科学と文学、ならびに歴史とフィクションの相関図がさらに鮮明となるであろう。

ジュール・ヴェルヌ
(Jules Gabriel Verne, 1828–1905)

●J・ヴェルヌ『月世界へ行く Autour de la lune』(1869)の挿絵

ロシア＝ソヴィエトは、西欧（ヨーロッパ）独自のイベントであったルネッサンスと宗教改革とをまったく無視した唯一のヨーロッパ国家である。そして同時に、そのためにこそロシアは〈西洋〉ではないのである。そのロシアが科学主義に目醒めたのはピョートル大帝の時代、つまりイギリスでいえばニュートン晩年の時代であった。このとき西洋には、科学的にもっとも覚醒した二人の天才ライプニッツとニュートンが並び立っていた。ピョートル大帝はこの二人から直接忠告を得て、国内の科学的啓蒙を開始する。以後、ボルシェヴィキ革命までの二〇〇年余にわたり、ロシアの文化はニュートンやダーウィンやガウスら西洋最高の頭脳を〈輸入〉することによって発展してゆく。ゆえに、一九二〇年までのロシアにツィオルコフスキーやアレクセイ・トルストイら技術的科学主義とも呼べる文学が生まれたのは当然である。そしてその後レーニンの出現によって、ソ連の科学小説はマルクス主義SFとして独自の、しかし必ずしも文学的でない道を歩みつづけることになる。

ところで、ロシアとは別の意味でもはや〈西洋〉ではあり得ないアメリカの事情はいかがであろうか？もともとアメリカは、泥くさい科学＝技術の科学（すなわち思弁よりも実学）をイギリスにおいて支えたプロテスタント系の移民を中心に発展した関係上、抽象科学を基礎としたインテリ型の応用科学に進んだフランスに対して、純経験的、思いつき的、あるいは職人的科学の伝統をイギリスに変わって継承する新たな科学ユートピストの本拠地であった。その意味で、科学を学問としてよりも道具として用いた発明家エジソンは、おそらく、数式を一生涯書けなかった直観の人マイクル・ファラデイの血縁濃い末裔なのである。

しかしアメリカがそれだけで満足していれば、ヒューゴー・ガーンズバックのごとき初期の技術的夢想家によるダンディズムの発露としての宇宙文学が存在すれば事足りていたろう。ある意味でアメリカを合理論と技術主義と俗物主義——あるいは、ひとまとめにして恐るべき二十世紀大資本主義——の文化を育てる最大の庭師としたのは、大陸から抽象的思弁と科学哲学の精髄を持って流れこんできた、ロシアやドイツのユダヤ移民たちであった。神秘的であると同時に超合理的でもあるかれらの思想が、アメリカのオリジナルであった旧イギリス型の泥くさい科学技術主義に接ぎ木されたときに、そこにアメリカのSFが——ガーンズバックからキャンベル、ハインラインからヴァン・ヴォート、さらにブラッドベリのごとき作家に至る科学小説の、内部矛盾はなはだしき系譜が、生まれるのである。

今日、トマス・ピンチョンやジョン・バースを擁するアメリカの超小説は、その可能性のゆえに注目に値するにもせよ、しかしその担い手が現実に借りものの伝統を礎(いしずえ)としている点で、ある種の「あやうさ」をかかえざるを得ないのである。かつて新マルクス主義批評の華やかであったアメリカは、ほとんど自国の現代文学を批評の対象にすることがなかったが、それこそはアメリカ的「あやうさ」の証明である。それはなぜか？　結論として、かれらはアメリカの文学がもつこの**内部矛盾**のすさまじさに目がくらんで、長らく自国の文学のまっとうな整理統合に手をつけなかったからである。そこには英国の「科学派対反科学派」の対立図式や、フランスの抽象文芸化といった区割がなかった。こ

ヒューゴー・ガーンズバック
(Hugo Gernsback,
1884–1967)

の国のSFが、右は純科学から左は純魔術まで、ほとんど共存不能にみえる要素をみごとに結合させている裏には、そうした鵺的体質が作用しているのである。それはちょうど、二〇年代ロシアが、唯物論革命と神秘主義とをほとんど同時に進行させていた事情と重ね合わせられるであろう。そして、以上述べてきたごとき科学と文学の蜜月は、たぶんアメリカにおいて終焉する。今世紀における両者の蜜月がロシア＝ソヴィエトにおいて開始され、それがレーニンの手で停止されたのと同様に、今度はアメリカの楽天的な技術主義的SFに〈文学〉の幻想と非合理性とが逆襲をかけ、すべてがふたたび精神的世界に向かいだしてきたからである。

日本？　それについては本書全体が回答の代わりとなるはずである。

PART 1 言語の宇宙へ

a――善意の〈罠〉が必要な理由について

はじめに「哲学はつまらない、小説だけがおもしろい」と信じこんでいる向きにひとこと言わなければならない。本書は、そこらに転がっている教科書や百科事典におもしろくもなく並んでいる材料を使ってはいるけれども、これは決して、みんなの軽やかな心を重くするためではないのである。いや、それどころか、中学や高校でさんざんつき合わされた哲学やら科学やらが、じつはどんな小説よりも奇想天外であることを、あらためて伝えるためのこころみでさえある。逆説めくが、SFに楽しみを見いだせるほどハイパーな魂をもつみんなが、無味乾燥をきわめる〈教養書〉と称する書物――もっとはっきり言えば岩波文庫の青帯みたいなものからでも、ひたすら軽やかな楽しみや喜びをなぜ見つけだそうとしないのか、逆に訊きたい心境でいる。本書はそういうことのためのマニュアルだと言ってもいい。

その意味で、大学の教科書によく使われる『文科系の数学』というタイトルは、じつによくできた

〈罠〉と言えるようだ。文科系とつけただけで、数学一般に対して多くの人たちがもっている憎しみだとか疑惑だとかが、魔法のように消えてしまうのだから。これならたぶんつき合えそうだ、と数学ぎらいの口から意外なつぶやきを引き出せるのも、この〈罠〉があればこそだろう。ならば、『理科系の文学』というのはどうして出てこないのか？　「理科系」とうたうことによって、文学に対する逆の意味の憎しみや疑惑が消せるのだとしたら、とりわけSFはそういう型式の先鋒に立たねばならないはずではないか。そもそもSFを含めた文学が、ささやかな現実のなかに生きる善良な人々の心にこれまで突きつけてきた批判の最たるものは、「詩のことば」あるいは「感覚のことば」が隠しもっているひとつの暗さ――すなわちリアリティを見る眼をくもらせる弊害というか悪意であった。たとえば文学のなかで「美」を表現するときに、上手か下手(へた)かの基準となるものが「ことばの選びかたと並べかた」にあるとしよう。しかし、この基準はすでに、文学の仕掛ける呪わしい〈罠〉である。なぜなら、「ことばの選びかたと並べかた」などという美の基準は、一般的にいって個人的独断である場合が多い。そうであるはずなのに、美の前では無条件に服従を強いられる。一見すると非個人的な規範を押しつける数学の公式がさっぱり理解できない人がいるのと同じように、どうしてこの一文が〈美しい〉のか合点のいかない人もまた、当然存在するはずであるし、また存在しなければいけないのだ。にもかかわらず、言語の美に鈍感な人々に対するわれわれの弾圧は、これまであまりにも無意識的に容認、あるいは放任されすぎてはいないだろうか？　数学が分からないのとちがって、文章の美しさが分からないという人に対しては、それこそ小学校のむかしから、いったいどんな弾圧やら罵声やらが浴びせられただろう。そんな人々のために、文学への再アプローチを劣等感なしに実行させる善意の〈罠〉があってよい。本書のタイトルを『理科系の文学誌』と宣するのは、つまりそういう美学音痴の人々を勇気づけるためなのである。

それにしても、小説がおもしろく、哲学や科学がつまらないという神話が生まれてきたのは、なぜなのか？　それは、一日の仕事を終えてホッとため息をついた人々が、小説を「詩のことば」として読むからである。この場合、詩のことばとは〈歌〉であり、〈情念〉であり、さらにいえば〈呪文〉であること以外のなにものでもない。現実の世界に疲れたわれわれが、その現実から離脱するモーメントとしてぜひとも必要なのが、この呪文なのだ。その証拠に、美のことば、詩のことばの本質は〈永遠の言い替え作業〉にすぎない。美と詩のことばが生みだしたのは、いよいよもって遠くへだたっていく事物と言語との関係だけであった。

そしてその呪文が、「文学は詩のことばなのだから」という理由だけで認可されるのなら、想像力をめぐる文学と科学のたたかいは、きっと文学側の一方的な敗北に終わるにちがいない。「アポロが月に行ったから、もう月の物語は描けない」などと弱音を吐くことにもなる。だがその前に、「ニュートンが虹の光学を解明してくれたおかげで、虹を歌う詩に〈美〉ばかりか〈真実〉のおまけまでついた」と万歳してみせたワーズワスのしたたかさを褒めたたえよう。文学が〈詩〉だけを取って〈真実〉を無視するかぎりは、理科系の想像力にいずれ敗れるのである。とすれば、文学はワーズワスのように〈詩〉も〈真実〉も取るべきだろうし、現にそれがSFのひとつの存在基盤でもあったのだ。

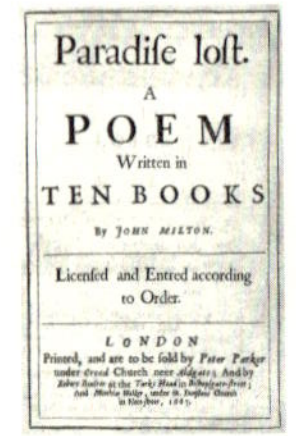
Paradise lost. A POEM Written in TEN BOOKS By JOHN MILTON. Licensed and Entred according to Order. LONDON Printed, and are to be sold by Peter Parker under Creed Church neer Aldgate; And by Robert Boulter at the Turks Head in Bishopsgate-street; And Matthias Walker, under St. Dunstons Church in Fleet-street, 1667.

『失楽園 *Paradise Lost*』
初版扉（1667）

『理科系の文学誌』を一貫して流れる根本的な考えかたは、ざっと以上のとおりである。けれど、この考えかたを通して数多くのSFを分析するために借りだしてくる方法のほうは、それこそ奇想天外なものになりそうだ。むかしヘブライの聖書学者は、〈ゲマトリア〉という一種の暗号解読法によって旧約聖書をすべて読み替え、そこからカバラ的な予言をいくらも引き出したというし、あのミルトンは、〈神〉という単語が『失楽園』全文のちょうど中央に来るように計算して執筆したそうだ。こうした暗号学派のファンタスティックな読みかたも含めて、ぼくはSFの知的な部分とナンセンスな部分、さらにはゲーム的な部分にも照明をあてていくつもりでいる。

では、この作業をおこなう目的とは何なのか？　具体的に言えば、SFが未だにSF的思考のオリジナリティに達していないことの証明である。古い型式のSFが、すくなくとも十九世紀前半まで科学者自身（あるいはそれに準ずる人）によって書かれていたころ、SFは確かに現実を超えていた。しかし文学と科学とが分離して、それがもう同一人物の手に負えなくなったところから、想像力をめぐる現実とSFとの落差は拡がってしまった。現在では、たぶん現実のほうが最低十年分はSFよりもSF的なのだ。その原因はひとえに、SFがその想像力をあまりにも美学ならぬ科学の啓示に頼りすぎた点にあると思う。これでは、SFはますます排他的になっていくしかない。だとすれば、文学一般が手にしている絶対の武器であり〈罠〉である「詩のことば」を除いたあとに、それでも散文のことばとして（散文とは、まさに味気ない言語という意味だが）SFが何を残せるか？　すなわち、「真実のことば」としての文学の可能性を探ることが望まれるはずだ。

ジョン・ミルトン
（John Milton, 1608－1674）

b――デカルトの凡ミス（ボーンヘッド）と言語について

そういうわけで、さしあたっては〈言語〉というテーマを取り上げてSFを論じたいと思う。言語がどこまで人工の宇宙であり得、また同時に、どこまでア・プリオリな存在であり得るかを追いかけてみたい。毎章、それぞれ具体的な作品をケース・スタディーの材料にして、〈宇宙的鼎（てい）談〉に近い読みものにしようと考えているが、『ガリバー旅行記』の暗号解読的解釈と『山椒魚戦争』のユートピア言語学などを採りあげる準備はすでに終わっている。そこで手始めに――

ロジャー・ゼラズニイと並び称されるアメリカSF界の新しい旗手サミュエル・ディレーニイが、ある作品（と言っても、じつはこの作品が今回のメイン・テーマとなるわけだが）のなかで、次のようなことを書いているのにぶつかった。かれは作品の冒頭で、「言語ほど完全に文明を反映するものはない。もし言語に対する我々の知識、あるいは言語それ自体が完全でなければ、文明もまた完全ではない」と、誰ぞの孫引きを引用したあとに、こう書いているのである。

「青い部屋の抽象的な思考――主格、属格、奪格、対格一……（中略）……フィンランド語の名詞の十六格である。おかしなことだ、単数と複数だけで用が足りている国語もあるというのに。アメリカ・インディアンの言語には、数の区別さえない。スー族の言語は例外だ。あれには生物だけに複数形がある。（中略）スペイン語では、あらゆるものに性がある（中略）しかし、東洋語のあるものは、性も数

ルネ・デカルト
（René Descartes,
1596–1650）

●各国（民族）のアルファベット書体

▶エチオピア文字

▶アルメニア文字

▶パリイ文字

▶ペルシア文字

▶セオルジア文字

▶北米インディアンクリイ文字

▶レプチャ文字

もなしですましている」と。まったく、言語とはふしぎな存在だ。これだけ各国で違っていても、おおむねお互いを理解しあえるのだから。ただ、これだけは言えるだろう――現在まで人類が使用してきた言語は、ひと口に言ってどれも「曖昧にすぎた」不完全なものでしかなかった。だから妙に不安になるのだ。こんな不完全な言語を介して思考をおこなわなければならない人間は、はたしてほんとうに宇宙の真理にたどりつけるのだろうか？――と。この疑問には、ひたすら「お寒いかぎり」と答えざるを得ない。近代合理主義の先駆者となったデカルトでさえ、後世の人間からこっぴどく罵倒されてもしかたのないようなボーンヘッドというか大ドジを、言語の問題についてやらかしているほどなのである。極端な話、あの有名な「われ思う、ゆえにわれあり」なるデカルトの名文句からしてそうだ！　かれは、自分が現に存在することを証明したいがために、「われ思う」という前提をもちだした。これは原文で〈コギト〉cogito、すなわち一つの述語に拠っており、cogitoの末尾にある〈O〉が単数一人称の「われ」、つまり話し手を指している。すると、この言い方は矛盾を含んでしまう。「われ」が「思う」ということはまず「われ」が存在していなければならないし、そうなると、「ゆえにわれあり」という結論はぜんぜん引き出せないことになってしまう。つまり、「思う」という一語には、すでに「われ」という色が付いてしまっているからである。そこで、この名言がまがりなりにも正しくなるには「思うという活動が今はたらいている、ゆえにわれあり」と解釈できる言語、つまりcogitoの〈O〉をけずり取った言葉を使う必要がでてくる。そうでなければ、自分が今「思っている」のだから、自分が存在するのは当然となって、どだい金言になどなりっこないのである。ところが残念、デカルトの

普遍言語の試み。ウィルキンズ(右)、G・カルマー(左)の作品

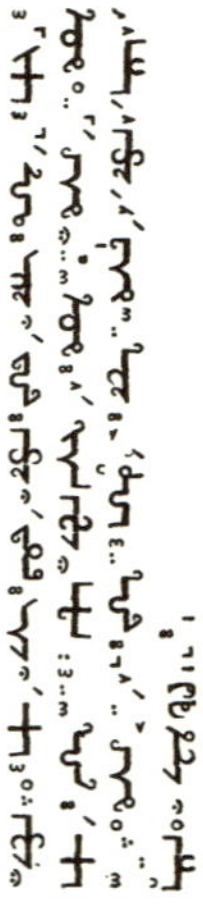

使った言語では、文法的にかならず述語に主語の色付けをしなければならない。日本語のようにきわめて神秘的な言語であれば、「思う」というかなり無色な言い方が使えるけれど、デカルトの場合はそうは行かないのだ。「言葉のとりこになっていたデカルトよりも慎重でありたいものだ」とこの失態をチクリと刺したのは、当時だれからも狂人あつかいされていたあのニーチェであった。かれはcogitoに〈O〉が付いている以上「ゆえにわれあり」という結論は導けないとしたあと、「思うという活動がある」という事実を一語で表現するには、しかたがないから受身（cogitatur）として「思惟がなされる」とでもするほかないだろうと提案している。しかし、どう転んでも不完全な言語で思考した上に、それを言語で表現するという二重の曖昧さを冒すことのなかに、真理がありのまま伝わる可能性はない。そして実を言えば、科学者も哲学者も、まずこの言語の問題を解決しなければ何ひとつ自信をもって行動できない立場にいたはずなのだ。ぼくが思いつくかぎりでは、この問題にすくなくとも解決らしきものを与えた人間は二人しかいない。ひとりは〈数学の新興宗教〉をひらいたピタゴラス、そしてもうひとりは微分計算発明の名誉をニュートンと奪いあって大ゲンカしたライプニッツである。ソクラテスの師匠であったプロディコスなどは言葉が信じられなくなって、とうとう手で会話をはじめたという伝説も残っているほどなのだ。ついでに書いておくと、ピタゴラスの考えだした解決法というのは、たとえば1、2、3などの数（言語）を単なる記号と見ずに、神だとか安定だとかを直接意味する実体そのものだとする方法。1はどんな自然数にも含まれる〈普遍的存在〉だから「神」、7は1以外の約数をもたないから「独立独歩」であるとかいった、オカルト的な証明手段に頼るわけだ。一方ライプニッツは数式のもつ絶対論理性を言語にも応用して、言語の真実性がすべて計算によって立証されるような言語「思考の数学」を考案した。ライプニッツはこのヒントを、支那の易経で使われる陰陽二元論から引きだして、二進数による言語を作りだそうと考える。かれはまず5つの母音(a、e、i、o、u)に対して(1, 10, 100, 1000, 10000)の基本桁数を与え、これを基礎としてb、c、dほか九個のラテン・アルファベットによる子音(もちろん数に直して)を組み合わせた。こうして、文字そのものが「計算可能」な数値となり、しかもアルファベット風に発音できるものになったあとで、今度は真実を正確に表現する単語を作る段階にすすむのだ。この方法はたとえばこうである——aを動物としabをネコ科とする。abcをネコ科のネコとする。ライオンはabd、トラはabeとすれば、この単語を見ただけで、ネコやトラやライオンの関係と特徴がひと目で分かるようになる。ライプニッツたちはこうした宇宙的な言語を、エスペラント語みたいな単なる世界語と区別する意味で〈哲学的言語〉あるいは〈普遍言語〉と呼んだ。もちろん、ライプニッツの壮大なプランは現在では、実現されるどころか完全に忘れ去られている。かれのプランを引き受けて、文法から辞書までの完璧なセットを作りあげた人物も、もちろん存在しない。けれどこのプランは、すぐれてSF的ではないか?　SFの分野で、すくなくとも完璧な宇宙語を作る試みに挑戦したのが、ジョン・ウィルキンズや、『来たるべき人種』のなかで奇怪な地底人語を詳細に解説したブルワー=リットン卿など数人に限られていることは、いったいどうしたことだろう?　そう思って、おびただしいSFの山を探してみたら、あった、あった。サミュエル・R・ディレーニイの長編『バベル-17』が!　ぼくはこの作品が、新しいスペース・オペラとか何とか言うよりも先に、言語そのものの謎に真向から挑んだ稀にみる離れ業であることを、なにより嬉しく思ったのである。

c——言語の謎についてのSF的事例

まずはじめに、ディレーニイ(1942-)の『バベル-17』(岡部宏之訳、早川書房)をひらいて、物語を追うことにしたい。舞台は空港の町。安ピカで、しかも一時としてさんざめきのやまないたたずまいのなか、インベーダー相手の神経戦に頭を悩ますフォレスター将軍が、銀河系に知れわたった二十六歳の女流詩人リドラ・ウォンにはじめて会ったとき、「なんとまあ、美人じゃないか。掃き溜めに鶴だな」とつぶやいたのは、まったくの実感だった。東洋的な風貌をもつこの女性は、実を言えば数年前に軍の暗号部を辞めていたが、暗号ばかりでなく言語そのものに特異な〈ひらめき〉をもち、退官後も彼女の噂が暗号部内で語り継がれていたのである。フォレスター将軍が、暗号部で一月(ひとつき)かけても解読できない暗号を、ワラをも掴む思いで彼女のところへ持ちこんだのは、決して理由のないことではなかった。暗号名は〈バベル-17〉。しかしリドラは軍から提供を受けた暗号〈バベル-17〉を、異星人の言語であると断言する。この奇怪な言語あるいは暗号は、インベーダーによる破壊工作が行なわれた際に、かならず傍受される謎の通信であり、当局もこれを敵側の重要な司令に関係していると睨んでいたのだ。

リドラは〈バベル-17〉の内容から、次の攻撃目標がアームセッジ星の同盟軍兵器廠であることを摑み、

『バベル-17 Babel-17』(1966)初版表紙

怪物と霊体人（肉体をもたない種族）を乗組員とする宇宙船ランボー号を組織して、彼女みずから船長となって問題の星へ向かう。しかしインベーダーの工作はランボー号にもすでに及んでおり、超静止空間へのシフト中に事故が起きて船は地球を回る軌道で漂流してしまう。ここで、リドラ船長が天才的な言語能力を発揮する！　彼女は急に「円」を意味する各国語をつぶやいたかと思うと、時計とビー玉をもって重力センターにはいりこむ。重力センターは、その宇宙船の計算上の重心で、常に自由落下の状態にある。彼女は円形の壁を磁化し、そこにビー玉を放して、ゆっくり運動をさせる。ビー玉の運動は〈大円〉を描く運動であり、もちろん宇宙船も地球をめぐる大円軌道をただよっている。そして大円はすべて交差しあうのだから、同じ大円の運動をしているビー玉と宇宙船の動きを比較することで、どちらに地球があるか計算できるというわけだった。

けれど、彼女の発想のすごさに度胆を抜かれた乗組員の前で、リドラはこのヒントを〈バベル-17〉から得たことを白状する。〈バベル-17〉は極度に合理的で正確な、わずか数語で地球言語による解説書一冊分を言い表わしてしまうような、超合理的言語なのだ。といっても、何のことか分からない向きが多いだろうから、すこしくわしく書いてみよう。たとえば、この場合は「円」という実例がいい。

「円という言葉を◯とする。この言語には比較をあらわす音調組織がある。それを〉―〈という区分発音符で表わすとする。それぞれ、小さい、普通、大きいってわけね。とすると〉◯はどんな意味になる？」

「いちばん小さい円？」とカリ。「そんなの簡単だよ」

サミュエル・ディレーニイ
(Samuel R. Delany, 1942–)

リドラはうなずいた。「さて、一つの球の上の円をいう場合、普通の円を一〇とし、その後に次の二つの記号のどちらかをつけるとする。一つは他のものに触れないという意味、もう一つは交差するという意味よ――つまりⅡかXね。では〇Xはどういう意味？」

「互いに交差する大円（球を切ったときに現われる円のうち、その球の中心点を通って切った最大の円を言う）だ」とロン。

「ところが、大円はすべて交差するから、この国語では、大円を表わす言葉は常に〇Xである……」

これが〈バベル-17〉言語の特質である。この言語は地球語のように「定義の定義」といったトートロジー（同義語反復）を必要としないシステムであって、事物の知識は記号となるシンボルそのものに表現されている。大円を示す〇Xのように、いってみれば数式の正確さとコンパクトさをみごとに応用した理想の言語なのである。さっきの例でいえば、「動物でネコ科に含まれるトラ」という概念をabeの三文字で表わすような超合理的言語である。これを知ったリドラはしばしば〈バベル-17〉語で思考するようになるが、しかしそのときの彼女には〈バベル-17〉の恐ろしいカラクリがまだ見えていない。そのカラクリとは何か？　インベーダーたちの執拗な攻撃をかいくぐりつづけた彼女は、宇宙海賊の船で知り合いになった「殺人犯で記憶喪失」の男ブッチャーから、その秘密の啓示を受ける。この謎めいた男は、インベーダー側のスパイとも思えるし、また何らかの秘密をにぎった逃亡者とも思えた。そして彼女がブッチャーと会話しているうちに、かれが〈わたし〉とか〈あなた〉という概念をまったく持っていないことを発見する！　つまり〈バベル－17〉には人称代名詞が存在しないのだ。〈わたし〉と〈あなた〉という概念を知らせるために、彼女がさらにブッチャーと対話をつづけた結果、ようやく要領を覚えたかれは、会話のなかに〈わたし〉や〈あなた〉の単語を自由に組みこめるようになる。

だが――

リドラ「あなたはわたしを恐がらせるわ。銀行破りをやったり、人の目にナイフの柄を突きたてたりするんですもの、ブッチャー」

ブッチャー「あなたが？　そう、あなたは恐がらせているな……おう、あなたはわたしの目の中にナイフを突き立てようなんて決して思っていないよ。わたしは心配する必要はない」

――といった調子で会話はえんえん六ページにわたって繰りひろげられるのに、しかしどうも変なのだ。最後になって、リドラはやっと真相を理解する。ブッチャーは〈わたし〉と〈あなた〉を逆さまに使っていたのだ。この言葉をリドラから学んだために、問題のミスは起きた。リドラが言う場合、〈わたし〉とはリドラ自身のことであるが、一方ブッチャーは〈わたし〉という語がリドラをしめす名辞だと思いこんでしまったのだ。すると当然、リドラが〈あなた〉と呼んでブッチャーを指しめすときは、ブッチャーも自分のことを〈あなた〉と鸚鵡返しに呼ぶことになる。なぜならブッチャーは、概念としての〈わたし〉や〈あなた〉を知らないからだ。そこでブッチャーがリドラという名とまったく同じ意味で、〈わたし〉という名を使って彼女を呼ぶとき、一方受け手のリドラはその〈わたし〉という固有名詞をごく一般的な代名詞と解釈してブッチャー自身を指すものと思ってしまう。結果は、〈わたし〉と〈あなた〉の入れ替えである。ちんぷんかんぷんな会話はこうしてようやく正常に戻る。そうこうする間、たび重なるインベーダーの破壊工作に、リドラは焦りを覚えるが、宇宙船内に向けられた攻撃は止まない。そして彼女は、その謎を解明するためにブッチャーとはじめて〈バベル-17〉語での会話を行なう。しかし彼女のテレパシーはかれのそれと共鳴して、言葉の反響のなかで二人の意識が融合してしまう。〈わたし〉も〈あなた〉もない謎の言語が、二人の人格の区別をなくしてしまったのだ！

d——完全言語のこわし方

言語反響を起こして融合しあったままの二人は、それでも敵を破って同盟軍側の行政府に到着するが、そこで待っていたのは、幼いときからリドラを診てきた主治医トゥムワルパだった。〈バベル-17〉のとりこになった二人をもとのように別人格に戻すには、完璧で正確な論理システムをもつこの言語に矛盾命題を突きつけて、言語の自己崩壊をひき起こさせるしか手がない。リドラはすでにその天才をもってこの点に気づき、主治医に一巻のテープを送っていた。それはちょうど、論理のしっかりしたプログラムを内蔵したコンピュータに、回路の堂々めぐりをやらせるような矛盾問題を処理させると、答えられずに最後は焼き切れてしまうのに似ている。リドラのテープには、こうした問題が仕組まれてあったのだ。

ここでちょっと脇道にそれよう。リドラがテープに仕組んだ矛盾命題とは、たとえばどんな問題だろうか？ ディレーニイは作中に何ともぎごちない例題をひっぱりだしてくる。その例題は次のようなものである。

❶　ピレネー山脈のスペイン側に、小さな町があって、そこには床屋が一軒しかない。この床屋は、町中の自分でひげを剃らないすべての男たちのひげを剃る。さて、この床屋は自分でひげを剃るか、剃らないか？

❷　わたしは常に真実をいう。水曜日以外は。水曜日にわたしがいうことはすべて嘘である。しかし今日は水曜日だ。今いっていることは真実か嘘か？

——❶の場合には、「すべて」という言葉のあいまい性に矛盾がある。床屋が「すべて」の「自分でひげを剃らない男」のひげを剃るという場合、その「すべて」には床屋自身も含まれる。しかし床屋が床屋のひげを剃るのなら、それは「自分でひげを剃る」ことになって、「すべて」のなかには数えられないはずなのだ。こうして床屋は、自分のひげを剃っていいものやら悪いものやら解答が出せなくなる。❷の場合も同じように、水曜日という曜日が真実なら、今言っていることは嘘であるが、一方水曜日には嘘しか言わないのであるから、「今日が水曜だ」というのは真実ではあり得ない。しかしディレイニイの使うような、それほどおもしろくもない矛盾命題の例が、物理の舞台である遠い未来にまで語り継がれているかどうかはかなり疑わしい。ここはもっと適確な例を引いて、〈バベル-17〉の破壊方法を分かりやすいものにしよう。たとえば、言語の正確さと学習しやすさとを数学的な方法で保証しようとした十七世紀の〈普遍言語〉を現代に復活させようとするノーム・チョムスキーならば、きっとこんな手を使うだろう。まず次の英文をながめることにする。

I know a taller man than Bill.

これを訳すと、常識的には「わたしはビルよりも背の高い人を知っている」という意味になるが、実際にはこの文は、「わたしはビルが知っているよりも背の高い人を知っている」の意味にもとれる。つまり、二重の可能性をもった曖昧な文章なのだ。そしてその曖昧性は、この文章の末尾に省略がある点に由来する。Billのあとには、doesかisのどちらかをおぎなうことができ、その選びかたによって意味のほうは——

I know a taller man than Bill does.
（わたしはビルが知っているよりももっと背の高い人を知っている）

I know a taller man than Bill is.

（わたしはビルよりも背の高い人を知っている）

と二通りに分かれてくる。もしこの文章を〈バベル－17〉言語に曖昧なまま翻訳できたとしよう。ただし話し手は「わたしはビルが知っているよりもさらに背の高い人を知っている」の意味で使おうとする。ところが受け手はその曖昧な文章を聞いて、どちらかの意味に判別しなければならない。この場合、話し手の意志が正しく伝わる確率は二分の一であって、こういう話し方をえんえんとつづけたなら、受け手はもはや通常の論理を追えなくなってしまうにきまっている。つまり話ができなくなる。

言語というのは、窮極的には思考システムそのものであるはずだ。リドラ・ウォンが〈バベル－17〉語で思考する重要性は、そこにある。たとえて言えば、それは〈バベル－17〉というプログラムを頭に内蔵して仕事をするコンピュータのようなものだ。ところで新米プログラマーのあなたならば、おかしなデータを読ませてしまってコンピュータを停止させ、先輩から大目玉を食った経験があるかもしれない。今、停止させてしまったそのプログラムが、「白」か「黒」かどちらかのデータを処理するように作られているとしよう。そこへ、新米であるあなたは「黄色」というデータを読ませてしまう。ところがプログラムには「黄色」という概念は存在しないから、「黒」の部分でも「白」の部分でも勝手な処理がおこなわれて、そのうちに機械はパンクする。リドラが〈バベル－17〉を頭から追い払うのに、これとまったく同じ手を思いついたのは、まさに炯眼だった。ともかくもこうして、リドラとブッチャーは異星語の支配から脱出することに何とか成功する。

記憶を取り戻したブッチャーは、最後になってすべての謎を解明する真実を語る。じつはブッチャーは、かれの父の手でインベーダーの元に送りこまれた同盟軍側のスパイであったが、それが発覚して捕えられ、〈バベル-17〉を植えつけられて逆スパイにさせられてしまったのだった。すでに書いたとおり、〈バベル-17〉には〈わたし〉とか〈あなた〉という概念が存在しない。したがって、さきほどのコンピュータの例のように、「あいつを破壊せよ」という司令データがはいってきたとき、そこでは「破壊する相手」に関するデータが曖昧になる。さっきの「黄色」の例と同じく、〈バベル-17〉は「あいつ」という語を処理する機能をもたないから、敵を破壊しても、あるいは味方を破壊しても、バベル語で思考するかぎりは正しい行動となるのだ。こうしてこの言語はそれを学習した者に性格分裂現象をひき起こさせる。ランボー号内の数々の破壊工作も、じつはリドラがバベル語で思考したときに発生していたことが突きとめられる。すなわち工作は、精神分裂をきたしたリドラ自身の手でおこなわれていたのである。

けれど、つけ加えて言えば、デカルトの「われ思う」式パラドックスを避けるつもりなら、バベル語には〈わたし〉とも〈あなた〉とも解釈できる単語が存在していると考えるべきだろう。これについて、グッドマンという言語学者がきわめておもしろい人工言語Gruebleen(グルーブリーン)語のことを書いている。このアリス風なへんてこ言語が英語と違うのは、「述語“green(グリーン)”(緑)と“blue(ブルー)”(青)の代わりに、“grue(グルー)”(緑青)と“bleen(ブリーン)”(青緑)なる述語を使う」点にある。この場合“grue”というのは、ある条件t以前に受けとれば

言語をもった不幸と、
もたない不幸と、
どちらがより幸せ?

greenの意味に、またt以後に受けとればblueに解釈され、bleenはその逆となる。そして、もしもこの人工言語を使って話をしたら、青色の話をしているうちに時間が経って、いつのまにか条件tが過ぎたところで話の内容は突如緑色に変ってしまうだろう。この青と緑を〈わたし〉と〈あなた〉に置き換えれば、Gruebleen語は〈バベル－17〉に一変する？ もちろんインベーダーは、この条件tを適当に操作するだけで、スパイをいつでも逆スパイに仕立てあげることができるのである。

e——理想言語をもとめる人々の心得

それでは〈バベル－17〉は理想の言語ではないのだろうか？ ディレーニイの創案はこの点で二重に興味ぶかいものとなる。第一は、「大円」をOXと表示するような意味における普遍的言語の性格。これはライプニッツ以来の数学的言語モデルとして充分に合格圏内にはいるシステムだろう。けれどディレーニイの人工言語には、普遍言語を上回る絶対語の哲学がすでに含まれているのだ。すなわち、〈わたし〉の消去ということである！

「思う」ことそれ自体を、「言語回路を通じての作業」と見るかぎり、〈わたし〉の存在がいつもあらゆる概念の上位に来てしまうことは、たぶんデカルトのパラドックスで書いたとおりだろう。そして、この点は日本語よりも英語にいちじるしい。ご承知のように、英語にはいたるところで代名詞が登場する。「わたしはわたし自身に言った」という言いかたが、ザラにある。思考過程に〈わたし〉が割りこんでくることによってどんな騒ぎがまき起こるかを知ろうと思ったら、少なくも日常語よりは一層正確さを要するコンピュータ言語のケースを眺めるのが手っとり早いだろう。銀行オンラインのように大きなプログラムを作る場合、何十人とないプログラマーが駆りだされて、部分部分を分担して作成しなければならない。このとき、言語の達者なものと不器用な者の言語差――つまり〈わたし〉の個性がもろに出たら大変なことになる。処理にムラが出来るどころかデータという〈事実〉が次々に歪められてしまう。そこで、全体を取りしきるリーダーは、かれらの言語から〈わたし〉を取り除く手段をこうじなければならない。たとえば〈A〉なるデータに対して、ある人は自分のプログラム内で〈ミチコ〉と名づけて処理する（女好きのプログラマーは決まって女の名前を付けたがるものだ）。また真面目一方のプログラマーは同じデータにA一〇〇〇とかいうおもしろくも何ともない符号を付ける。そしてこの〈わたし〉を野放しにすれば、内容は同じなのに〈ミチコ〉とA一〇〇〇という別名のデータがぐるぐる回ることになって、いずれ空中分解するのは目に見えているわけだ。そこで、言語そのものをより正確で簡潔なものに近づけるには、もうどうしようもなく〈わたし〉の消去を必要とする。幼児の言語使用を研究する人びとは、子供たちが「おなかへった」とか「いやだ」とか、主語を省いた単一語――つまり述語だけを使う傾向にある事実を指摘する。なぜ〈わたし〉が省略されるのか？　幼児語が本質的に対話システムであり、そこでは述語だけが意味をもつからである。つまり、〈バベル-17〉に近いのである。ところが、よく大人たちが子供に向かって、「ぼくはいくつ？」などと話しかけるのを聞くけれど、これは子供にわざと〈わたし〉の概念を植えつけていることを暗示しているようだ。

もし「あんたはいくつ?」と訊いたら、ディレーニイの物語のように子供たちは「あんたは三つ」と答えるだろう。だから大人たちは、相手を指すのにわざと「ぼくはいくつ?」と一人称で問いかける。こういう会話を通して無意識的にかれらを〈不完全言語〉へと引き戻している事実に気づかずに。

これは恐ろしいことだ。〈わたし〉なる主語が言語を不完全にするばかりか、人間の精神を規制してしまうのだから。ほんとうは、〈わたし〉とか〈あなた〉とかいった概念をもたない人格こそが、人間のいちばん幸福な自意識だったのではないだろうか。そして、現在の言語体系にみるかぎり、この事態を招いた張本人は、何をおいても形式論理学である。「AはBである」とした主語＝述語の論理がアダムの理想語を台無しにしてしまった。現在の言語は理性にだけ向けられたコミュニケーションにすぎないものだと、一部のオカルティストが批判して、その代わりに無意識のための言語を開発しようとしたのも、無理はない。かれらはたとえば、グルジェフのようにボディ・ランゲージを、シュタイナーのように舞踊を、言語に代わるコミュニケーション手段とした。そして少なくとも、かれらの新言語には、もはや〈わたし〉などという概念は存在しないのである。

最後に、『バベル-17』を読んでいて気づいたいちばん奇妙な現象。作中のいたるところに、「鳥」のことが出てくる。リドラは九官鳥が大好きで、乗組員たちは鳥料理が大好きで、どこもかしこも「鳥」の暗喩にあふれている。そして、もちろん「鳥」は〈言語〉のシンボルだ。ディレーニイは比較動物行動学者W・H・ソープの新しい説——音を真似るという人間的才能を人間以外の哺乳類は欠いており、したがって哺乳類ではなく鳥類（音を真似る能力がいちじるしい）が「真の意味での言語を伸展し得たかも

●人間の声が真似られる鳥類には、特殊な言語能力がひそんでいる？
図は、鳥類画家、キューレマンスの『*A History of the Birds of Ceylon*』より、セイロンキュウカンチョウ。

しれない群」だとする説——を知っていたのだろうか？　しかし哺乳類の名誉のために、ここは是非とも、デカルト学派アントワーヌ・ル・グランの文章を反論として引いておかなくてはなるまい。それによれば、こうである——東インドにはオナシザルやヒヒが多数いるが、これらは理解力を備えていて、人間と話すことができるのだけれども、雇われて働かされはしないかと怖れて話そうとはしない——

ケースII

『ガリバー旅行記』

a——柿本人麻呂からスウィフトへ

三億円事件があと一週間で時効になろうという、ある年の暮れがたに、群小出版社を経営している一人の奇妙な人物と近づきになった。例によって約束の時間に遅れて待ち合わせ場所に着いたとき、お目あての友人は、見知らぬその人物とひそひそ話をしている最中だった。ちょっと立聞きしたところによると、なんでも三億円犯人からその人物のところに原稿が送られてきて、時効が成立したらそれを本にして出版してくれと言ってきたとのことで、その原稿とやらには、現場近くの病院に入院していた〝犯人〟がどうやって現金輸送車を襲い、金をどこに隠したかが克明に書かれているらしく、二人はさっきからその話に熱中していたのだった。この人物、齢かっこうは中年の働きざかりで、いかにも場数を踏んできた群小出版社のおやじという感じだった。こっちもその話にすっかり乗って、あれこれと長い時間話しつづけたあと、ひとつ河岸(かし)を替えようということになって、ぼくたちは小さな飲み屋に場所を移した。二億円の話もおもしろかったが、場所を移したあとで聞かされた、本人のライフワークという「いろは歌」の謎に関する話がまた飛びきりおもしろかった。かれは「いろは歌」の暗号を解読し、その作者が万葉歌人のエースだった柿本人麻呂であることを探りだしていたのである！当時、梅原猛の『水底の歌』に血道をあげていたぼくが、人麻呂と聞いてとたんに耳をそばだてると、かれは日本の古歌がいかに暗号から成り立っているかを語り、今でも落語家が裏芸でやる冠づけや沓づけ・川柳やら、蜘蛛が這ったあとをたどって暗号を解いたという逸話やらを次つぎに引いて、日本古典文学の暗号性をそれこそ滔々（とうとう）としゃべってくれた。この人の説は、その後カッパブックスから『いろは歌の謎』として本になったので、詳しい話は省略するけれど、とにかくこのときぼくは、世界的規模における暗号文学の存在を驚くほど実感めいて膚に感じとった。もっとも、この人が展開した「いろは歌」と人麻呂の因果関係は、どう見ても弱すぎると思う。が、ともあれ、日本文学の場合には、その人にあれだけしゃべりまくられると、今さら手を出しても仕方ない気分がしたので、それでは外国文学を材料にして「いろは歌の謎」と同じ離れわざをやってやろうと、ぼくは考えた。それからというもの、ミルトンやシェイクスピアや、キャロルやジョイスやナボコフといった言語遊戯派の作品を検討しているうちに、数秘術というかニューメロロジーというか、カバラ学者がシステム化した言語＝数学理論を基とする暗号学を使って、外国文学における暗号解釈をひと足先にやってしまった本が出た。マーティン・ガードナーの『メイトリックス博士の驚異の数秘術』がそれだが、おかげでこっちはまるで意気消沈してしまったのだった。それでも幸いなことに、ガードナーは英文学どころかＳＦ幻想文学史上重要なひとつの暗号文学には手をつけないでいてくれた！　ぼくはこれを踏み台にして、気をとりなおしつつ、暗号と偶然との乱舞する叛文学の世界にはいりこんでゆこうと思う。その文学者の名は、ジョナサン・スウィフトである――

b――暗号をめぐる三人の奇妙な関係について

たぶん、暗号が現在よりももっと宇宙的な意味を占めていた時代というものがある。暗号そのものが、科学と文学とにきわめて重大な影響をおよぼしていた時期が……そう思うのは、ほぼ同時代を生きた三人の天才の、暗号にからまる奇妙な対立関係に、このところすっかり魅了されているせいかもしれない。三人というのは、ほかでもない、イギリス最大の奇人文学者と古典科学の完成者、それにドイツの哲学者のことだ。この連中がどれほど時代にかかわったかを立証するには、三人の生没年を次のように並べてみるのがいちばん手っとり早いだろう。それは、ざっとこういう具合である――

アイザック・ニュートン　1642–1727
ゴトフリート・ライプニッツ　1646–1716
ジョナサン・スウィフト　1667–1745

ニュートンのような自然科学者が、うらの方で錬金術にふけり暗号遊びにうつつを抜かしていた事じつは、今のセンスで考えれば奇妙なことだが、当時の情況から見て同情できる要素はあった。科学論

アイザック・ニュートン
(Isaac Newton, 1642–1727)

文の場合はとくに、功名の先陣あらそいが烈しい折から敵のスパイにこちらの研究を盗まれないようにしなければならないことと、それより何より宗教界の目をかすめるために、メモや草稿のたぐいを暗号で書いておく必要があったのである。こういう事情のなかで、ニュートンはライプニッツを相手に〈微分法〉発見の名誉あらそいを展開する羽目になった。ライプニッツの言いかたでは〈微分〉、ニュートンの言いかたでは〈流率〉と呼ばれる、要するに高校あたりの教科書に出てくる微分方程式の元祖を、どっちが先に発見したかという論争のなかで、ライプニッツは自分の論文の発表年と証明法とを丁寧にしるした手紙をニュートンに送って、かれに返答を迫った。これに対してニュートンは、自分の方法の本質とそのくわしい説明をみつける〝鍵〟として、次のような暗号をしたためて知らぬ顔で論敵に送りつけたから、問題はややこしくなった。

6aeccdae 13eff 7i 3l 9n 4o 4qrr 4s 9t 12vx

——というのが、ニュートンの暗号である。この場合、文字の前にある係数は、暗号本文に出てくるその文字の数をしめしているわけで、本文がラテン語だという事実さえ分かれば、何とか解けないことはない。この暗号の解答は例の『プリンキピア』のなかで発表された。〈任意に多くの流量を含む方程式が与えられたとき、流率を見いだすこと、およびその逆の方法〉というのが本文で、ラテン語にすると、

Data aequatione quotcunque fluentes quantitates involvente fluxiones invenire et vice versa

——となるのだ（ついでに、暗号解読ファンのために言っておくと、ニュートンが出した暗号文は『プリンキピア』に出た解答の文章どおりに解読できない。字数が一字足りないので、嘘だと思ったら両方の数をあたってみてほしい。この引用は東京図書で出たヴァヴィロフ著『アイザク・ニュートン』に拠っている。原典の誤植ではないかと思うのだけれど、まだ確認できていない）。これを見て、当然ライプニッツは怒った。「ニュートンはきたない！　暗号で返事なんか寄こしやがって！」なにしろこの暗号を解いたからと言って、ニュートンの方法と発表年が分かるわけではないのだ。この方法のより詳しい説明は、さらに複雑な暗号で隠してあったからである。これをもって、後世の科学史家はニュートンの秘密めいたやり方を批難し、公明正大だったライプニッツをなぐさめるのだが、しかしニュートンの醜聞はとてもこれだけに終らなかった。

晩年は造幣局の長官になり、ヨーロッパ世界の古代王国史をはじめて科学的に執筆し、H・G・ウェルズの年代記『世界文化史大系』の先駆となったニュートンが、とにかく自分の輝かしい名誉を守るためにノイローゼ気味だったことは、今でもよく知られている。しかし科学者ニュートンの名誉をさらに徹底的におとしめる人物が、もう一人いたのである。その人物の名は、いうまでもなくジョナサン・スウィフトである。当時アイルランドに隠棲して半分ヤケくそでペンの暴力をふるったおかげか、一躍アイルランド解放の国士にまつりあげられるに至ったスウィフトにしてみれば、ノイローゼ老人のニュートンを笑いものにするくらいは朝飯前だったにちがいない。国王の許可を得て、アイルランド向け銅貨の改鋳と流布をまかされた商人が、私腹を肥やすために、法定含有量以下の銅貨を大量に出回らせたことがきっかけとなったアイルランドの悪性インフレに対し、ニュートンは問題の銅貨の分析を任されたことがあった。ニュートンはさっそく数枚のサンプルを分析し、どれも含有量に問題がないと報告したのだけれど、そこにスウィフトが横槍を入れてきたからたまらない。「ニュートンよ、おまえはそれでも科学者か？　たった数枚のコインが問題なかったからといって、どうして全部が問題ないといえるのだ！」と反論されたのである。痛いところを衝かれたニュートンは、ますますふさぎこんだというが、これは相手が悪すぎた。スウィフトは当時の科学をかなり高い水準で理解しており、数学の知識は科学者クラスにも達していたからである。

c——暗号学左派のためのマニフェスト

ところで、ニュートンを痛めつけた二人の人物が、ニュートンの大好きだった暗号の分野で、じつはニュートン以上の離れわざをおこなっていることを、ここで話のテーマに持ってこなければならない。まずライプニッツである。

ライプニッツという人は、本当の意味で宇宙語創造者であった。幻想作家やSF作家が物語のなかで造りあげる別世界とその論理とを、かれは勇敢にも現実の世界で達成しようとしたのである。これはトールキンやル・グウィンの立ちむかえる相手ではない。文学者の想像力が影のうすいものに見えてくるのは、こういう超人たちと対比した場合なのだ。文化を統合し、言語を統一し、宗教を唯一化し、各国政府を世界政府の段階にまで高めようと夢みたかれの武器は、〈数学〉であった。数学の絶対的正しさと論理性とがあらゆるものの根本に置かれれば、宇宙は必ず統合できる。そのために、ライプニッツはまず言語の改革をこころみた。これが〈普遍言語〉の発想であって、ある単語とある単語を加えれば、数学の正しさを根拠として次の「正しい」単語ができあがり、しかも全言語の学習は今のように言葉の暗記によらず、方程式というか一種の論理システムを知るだけでよい、というまったくの絶対言語――すなわち〈バベル-17〉の完全版を創りだそうとしたのである。しかもこの方法が実現可能であることを、ライプニッツは暗号法から考えついた!

ライプニッツの時代に、有名であるにもかかわらず実用には供されずにいた暗号法というのがあった。それは暗号法のヒーローと称されシェイクスピアの全戯曲の真の作者であるとも言われるフランシス・ベーコンの〈二進法的暗号〉である。これは、ひとつのアルファベットを示すのに五桁のコードを用い、ひとつのコードはaとbによって表現するという、今はやりのコンピュータ言語的記述の原型であった。たとえば次のように――

A aaaaa　B aaaab　C aaaba　D aabaa……

ゴットフリート・ライプニッツ
(Gottfried Wilhelm Leibniz, 1646-1716)

この方法による文章記述は薔薇十字などのオカルト団体に密かに継承されたというが、古くはルネサンス時代にも暗号学の大家バッティスタ・デラ・ポルタによってすでに実用化されていた。月世界旅行を夢見、月人に出会ったときのために宇宙共通言語が必要になるとして〈普遍言語〉の一大マニュアルを出版したジョン・ウィルキンズの奇妙きてれつな暗号研究書『マーキュリイ』(1641)には、この人物にまつわるエピソードが記されている。それによれば、デラ・ポルタがその暗号法に気づいたのは、ナヴァレ王国の包囲を受けて降伏寸前にまで追いこまれたイタリー市民が、夜間、あらかじめ同意しておいた順序にしたがい、大きな大砲と小さな大砲とを交互に鳴らして同盟国に援軍をもとめた逸話によるという。この二進暗号法は、まず音に変換されて実用に供されたのである。

ところでベーコンは、五桁コードのこの暗号を「だれにでも使えて、だれにも解けない」方法と称して自慢にしていた。しかしライプニッツは、ベーコンがほんとうに理解していなかった二進法暗号の秘密を、じつに思いがけないところから発見するのだ。それは、かれが狂ったように勉強した支那学のなかの易経であった。易経のシステムは、陰陽二つの単位の組み合わせによって宇宙を表現することにある。数学者であったライプニッツは、この易経が二進法数学の論理を用いて、かつては整然とつくられていたひとつの数学的なシステムであったことを発見した。そしてこの方法が、もっとも単純に、しかももっとも分析的に、あらゆる数を表現できるものであることを確認したのである。アラブ人から伝来したこれまでの十進法は、要するに指がたまたま十本あったために出来あがったシステムにすぎない。これを二進法に直した場合、数そのものの性質がさらにはっきりと人間の知識に反映するかもしれない。とりわけライプニッツにとっておもしろかったのは、意味を持つ言語を四桁の二進数で表わす新しいシステムの開発問題だった（やってみるとすぐ分かるが、aとbの二文字で全アルファベットを表現するには五桁——つまり五文字が必要となり、長くなりすぎる）。これはピタゴラスが主張した「四という数字の完全性」と一致するし、パスカルが最も効率のよい数字表現法とした十六進法とも一致する。つまり、十進法にいう1を1、2を10、3を11と表現する二進法にしたがえば、四桁の最大数は1111で十進法に換算すると十五、すなわち十六進法（十六で位がひとつ上がる）の最小単位となるからである。四桁を一単位とする二進法は、いいかえれば、ピタゴラスの神秘数論とも、パスカルの純粋数学論とも折り合う、ちょうど区切りのいいかたちなのである。ついでに触れておくけれども、この二進数は足し算、引き算にも大きな便法をもたらしてくれる。たとえば引き算の変形である割算の場合、2で割った答えがきれいに出るか出ないかは、下一桁が0（ゼロ）であるかどうかを確認すればよい。あとの桁はみな2の倍数だから下一桁が0（ゼロ）なら2で割り切れる。次にその答を出すには、二進数全体を右に一桁ずらして（最終桁を消す）、いちばん先頭に0を加えればいいからだ。つまり、割り算がじつに機械的に行なえ、計算ちがいの発生率も減る。

10110
［十進数では22］
↓
2で割る
↓
1011｜0
↓
加える→01011
［十進数では11］

もちろん、ライプニッツの二進法による数字と文字の表現は、現在では言語となってコンピュータの思考システムに採りいれられるに至った。だから、完全言語を自分のものとしたコンピュータは、ライプニッツが想い描いたように、あらゆる言葉を純粋に数学的に計算することができる。たとえば「諾（いい）」という言葉と「否（いや）」という言葉を足して、その解答を得ることも、かれらにはできる。いま仮りに、ひらがなを数字化するために「い」を0、「や」を1と置くことにしよう。すると、「いい」は00、「いや」は01となる。これを二進法で計算すれば――

いい ＋ いや → 00 ＋ 01 ＝ 01 → いい ＋ いや ＝ いや

となって、解答は「否（いや）」と出る。「諾」のなかに一人でも「否」が混じれば、解答は「否」となる――これこそ、全員一致原理の暗号学的説明でなくてなんだろう！　暗号学の技法を〈普遍言語〉へ、そして宇宙の完璧な記述へと向けたライプニッツを、今こそその急進性からして〈**暗号学左派**〉と呼ぶべきではないだろうか！

そういうわけで、ニュートン＝ライプニッツ時代の暗号学は単なるゲームから壮大な新言語開発プランまでのあらゆる方向を孕みながら、ざっと以上のように展開していた、と思っていただいて差しつかえない。が、こうした科学者の白日夢を完膚なきまでに笑いのめすのもまた、ジョナサン・スウィフトである。『ガリバー旅行記』にあって最もSF的な興味を刺激する部分である第三編「ラピュタ島渡航記」において、かれは魔術師もどきの当時の言語改造学者たちを徹底的にこきおろす――

「次ぎには国語学校を訪ねた。ここでは三人の教授が自国語の改善について額をあつめていた。まず第一の案は――一切の動詞と分詞とを省略して対話を簡単にするというのである。理由は、事実上考えられるあらゆる事物というものは、ことごとく名詞にすぎないからというのである。いま一つの案は、これはまた言葉をいっさい全廃してしまう――いったいわれわれが言葉を発するということは、ある意味で一語一語腐蝕作用によって肺を削っているわけで、従ってそれだけ生命を縮めることになる。そこで便法として提案されたのは、言葉とは要するに物の名だ、してみればわれわれが話したいと思う用件を現わすにぜひ必要な品物は、むしろ現物を持って行ったほうがはるかに便利であろうというのである。この創案はすんでのことで実現するところだったが、なにぶん女という奴が――自分らは依然祖先たちがしたように、舌で話すことを許してもらいたい、でなければ、内乱を起すといっておどかしたものだから、とうとうオジャンになってしまった」(中野好夫訳)

d――叛文学としての『ガリバー旅行記』

スウィフトは、最後までライプニッツらの〈普遍言語〉計画に反対した人物である。かれは同じ「ラピュタ島」編で、ほぼライプニッツ的な言語システムをもつラピュタ人に向けて、こんな描写を付け加えているので引用しよう——「我輩の持っていた数学の知識が、かれら独特の語法を習得するのに大いに役立った。つまり彼らの語法は多分に数学と音楽とに基づいているので、それにさいわい我輩は音楽の方もまんざらではなかった。かれらの観念は絶えず線と形に関連している。例えば女、あるいはその他の動物の美しさを褒める時にも、彼らは菱形だとか、円だとか、平行四辺形だとか、楕円形だとか、そういった幾何学用語、でなければ音楽から来たいろんな術語で言い表わすのだ。我輩は陛下の内膳寮にも、ありとあらゆる数学器械や楽器類が置いてあるのを見た。つまりこれらの形状に従って陛下の食卓の肉片を切るのである」(中野好夫訳)

では、スウィフトがなぜ暗号学左派の方法をもぎらいしたのか？ そこのところはハッキリしている。文学者として、国語を純化させる仕事を使命としていたからである。当時の文学とは、詰まるところ「国語純化」の修業、あるいは詩のことばの守護それ自体であった。そしてそれが同時に、ライプニッツらとはまったく違った意味でかれが暗号学派であったことの理由なのだ。かれは不完全きわまりない自然言語を思うさま操って、ついに文学を文学以上の危険物質に変えたのである——

遊べる文学作品というのがある。何ごとかを文章表現によって伝達しようとする書物の場合、ふつうそこには原理的な手順というものがある。まず目次があって、本文があって、あとがきがあって、ちょっと気が利いたものならこのあとに索引が付いて、これで一冊の本になるのだけれど、たいていのものは始めから終りにかけて意味がつながっていくように書かれている。あるいは、表現として用いられ

『ガリバー旅行記
Gulliver's Travels』(1726)
初版扉

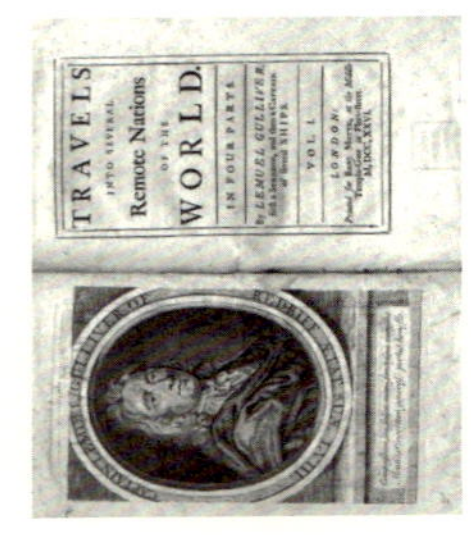

る言語が唯一の意味を担うように選ばれている。しかし、なかにはそうなっていない作品もある。逆読みが可能なもの、あるいは何の意味も持たせぬように書かれたもの、ひとつの単語が複数の意味をもつもの。これが英国伝統の風刺文学ともなれば、事情はもっと厄介になる。たとえばスペンサーの『妖精女王』は、エリザベス一世と彼女を取りまく人間模様を裏張りにした作品であって、表面の物語を読むだけではまるで意味をなさぬという代物である。このように、遊べる文学作品とは、要するに文学プロパーとして表面読みするだけで完結しない作品のことであって、その点から『ガリバー旅行記』は最も遊び甲斐のある奇作と考えてもよい。実のところ、この作品は暗号あそびのかたまりなのである。

問題の第三編「ラピュタ島」の部分から、まず暗号の実例を拾いだしていこう。ラピュタ島は、ガリバーによれば〈飛島〉または〈浮島〉を意味し、完全な円形をして直径は七八三七ヤード（約四マイル半）、したがって面積は一万エーカーになる、厚さが三百ヤードの人工島で、バルニバービという大陸の上を飛行しながら大陸の人民を統治しているという。かれらは天文学を大いに発達させ、火星に二つの衛星があること（当時はまだこの事実が科学的に発見されていない！）をすでに知っており、太陽がいつか消滅したりしはせぬかと恐れるあまり、朝のあいさつ代わりに「今日も太陽は無事でしょうかね」などと言い合うありさまだ。この島は磁力の作用でバルニバービ大陸の上をいつも飛行しているのだが、一方その下にある王国はラガードーという都を首府とし、そこには学士院がずらりと並んで、日夜科学研究にいそしんでいる。その学士院でいったいどんな研究をやっているのか？ ざっと次の通りである。

ジョナサン・スウィフト
（Jonathan Swift, 1667–1745）

❶医学院——保守派と進歩派の政党党首を集め、それぞれ同じぐらいの頭の大きさをもつ保守派と進歩派の党首の脳を、半分ずつ切りとってつなげ、もって政治抗争をなくするための研究。

❷胡瓜(きゅうり)から日光を抽出し、この日光を壜につめて保存し、冷夏のときに放出して空気をあたためるための研究(ただし胡瓜の値が高いので、うまく行っていない)。

❸人間の排泄物をふたたび原食物に還元する研究(人糞はこびで手一杯)。

❹建築院——まず最初に屋根をつくり、それから漸次下って最後に土台に至る新建築法の研究。

❺医学院——たったひとつの医療器具で万病を治す方法の開発。大きなフイゴの先を肛門に突っこみ、腹のなかの空気をすべて収吸する。あるいは頑強な病気の場合はフイゴで空気を入れ、腹を大きくふくらまし、ポンプみたいに一気に毒を噴きださせる(ただし、ふくらませすぎて破裂することもある)。

——などなど、この学士院は全五百室もあるが、すべて以上のように奇怪な研究をくりひろげている。スウィフトがここで告発しているのは、当時の科学の〈くだらなさ〉と〈役立たずさ〉加減とである。スウィフトにしても、科学が人類の向上に役立つとしたフランシス・ベーコン主義を容れるのにやぶさかではなかったが、現実のイギリス科学は宮廷のなぐさみものであり、紳士階級のひまつぶしに過ぎぬ部分があまりにも多すぎた。科学こそは、現代的センスに言う〈魔術〉の同義語に外ならなかったのである。そこが、スウィフトには我慢ならなかったのだ。

ところで、以上のようなラピュタの設定は、風刺文学解釈の面から、アイルランドを搾取する英国

ラピュタ島進行図

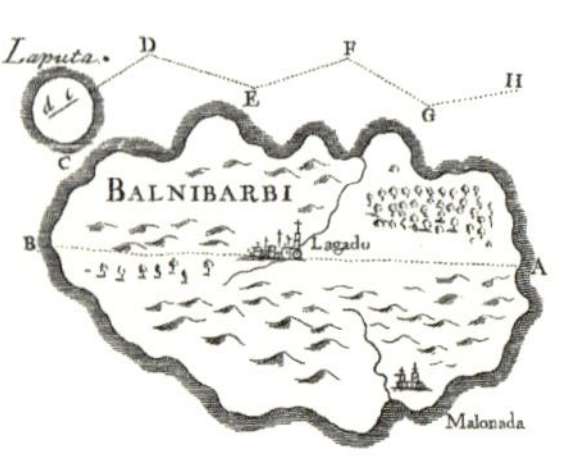

王朝の当てこすりを意味するとされてきた。そしてこの解釈は、暗号学によってかなりの部分が裏付けられることが、のちに分かった。まず、おかしな科学研究をおこなう学士院がならんだラガードー(Lagado)であるが、これは『ガリバー辞書』というガリバー語解読辞典をつくったポール・オーデル・クラークによれば、ロンドン(London)のアナグラム(語の並べかえ)であるという。かれの説に従うと、まずdonをひっくり返してLonnodとし、oをa(発音はランダンとaに近いので)に置き替えてLannadと直したのち、二重のnのあいだにgを挿入してLangnad(Hongkongホンコンなどの形に近づける)とし、nを消去してラガードーが出来あがる(これは同時にEnglandのアナグラムでもある)。

London
↓
Lonnod
↓
Lannad
↓
Langnad
↓
Lagad
↓
Lagado

事実、学問文化の中心地は当時たしかにロンドンであり、世上騒然とした時代にあってロンドンだけが科学の夢にひたれる天国であった。してみると、この奇妙な王国の第二の都市は、イギリスに苦しめられたアイルランドの都、それもとくにダブリンということになりはしないか？　そこで王国の第二の都市リンダリノ(Lindalino)を見る。このうちLindalは、ひとつのlをrに直すとLindarすなわちIr(e)Landに変換できる。これでリンダリノがアイルランドの都市であることは証明できた。クラークはここからさらに暗号解読を深め、リンが二つあること(つまりdouble lin)からDoublin'と解きあかす。ダブルリン、つまりダブリン(Dublinはアイルランドの首都)のことである！

スウィフトがアイルランドの解放と自由独立をどんなに願ったかは、かれの地名の創造法からもたしかに立証できる。たとえばグラブダブドリッブ（Glubbdubdrib）という、いかにも暗号めいた名の島が、バルニバービ王国から日本に向かう途中の海上に浮かんでいる。この島は〈魔法使いの島〉といった意味をもち、土地はおそろしく肥沃で、酋長がいて治めていたが、その種族というのはひとり残らず魔法使いである。この島の召使いというのがまた変わっていて、酋長が魔法によって死人のなかからだれでも好きな者を呼びだして、二十四時間に限りいろいろな用事をいいつけることができるというのだ。そしてこの島の名グラブダブドリッブにも、スウィフトはひそかに暗号を用意する。この島の発音を、いちばん最初のGを無視し、最後のbをnに換えて行なうことにする。すなわち、Glubbdubdribが（G）Lubbdubdrinとなる。発音してみよう、ラブダブドリン——この音を聞けば、"Love Dublin"（ダブリンを愛せ）という文句が浮かんでくる。ここでもダブドリンは、二重のリン doubled lin（ダブルドリン）というスウィフトお気に入りの暗号法で表現されている。

こういうわけで、飛島ラピュタが支配する大陸バルニバービは、そこにロンドンとダブリンを含む王国である以上、英国全体を示すことになり、飛島はイギリス王朝そのものを指すと考えられる。物語ではリンダリノの民衆（すなわちアイルランドはダブリンの市民）が浮島の支配に反対して反乱を起こしたというくだりが現われるが、この暗号解釈によってその風刺の本質がはっきりと裏づけられよう。また、死人を自由に喚びおこせる魔法使い島グラブダブドリッブ（じつはダブリン）の逸話も、ダブリンに住んだ愛国者スウィフト自身を思い出させる。かれには有名なパートリッジ事件というエピソードがあって、当時荒かせぎをしていたインチキ占星術師パートリッジをやりこめるために、新しい占星術師になりすましたスウィフトが「パートリッジの死を予言する」というパンフをばらまいたことがあった。予言の日時に死ななかったパートリッジは、それ見たことかとスウィフトに迫ったが、スウィフトは涼しい顔で、「たしかにあんたは今生きているが、それをもって予言の日時に死んでいなかった証拠にはなるまい。あとで生き返ったかもしれないのだから」とやり返したのだ。一日だけ死人を生き返らせることのできる魔法使いとは、まさにスウィフトのこの逸話にふさわしい暗示ではないだろうか！

一方、第四編である馬の国渡航記「フウイヌム」の場合は、同じ暗号でもラピュタのそれと別種のシステムによって作られている。この辺がスウィフトの天才暗号家たる由縁だろうが、その特徴は母音を省く形（つまり、ヘブライ語のように子音しか表示されない語。YHVHヤーヴェなどがその例）に代表される。フウイヌム国は馬の国にふさわしく、「馬のいななき」のような音から成り立っている。たとえばフウイヌム houyhnm は、最後の nm を mn と置き替え、hou-yhmn として、これに母音を加えれば、who inhuman（「人間でないもの」の意）となる。この馬語の成立過程を研究して、『ガリバー旅行記におけるフウイヌム語の鍵』を著したマージョリ・バックリーによれば、人間の堕落したかたちだといわれるヤフー Yahoo も“Ye who”（「おまえ」の意）という英語に変換できるという。文字を持たぬこの国では、「悪」を意味する語としてヤフーという形容詞をくっつけて、たとえば設計のつたない家は〈イノルムロールヌ・ヤフー〉と呼ぶわけだが、このイノルムロールヌ Ynholmhnmrohlnw という語も in-holm（home）

フウイヌム

-houyhnhnm-rohl(roll)-nowと母音を補えば、〈家の中でフウイヌムは今まるくなる〉といった意味になる。いくら馬でも、丸まって暮らすような家が、良い設計であるはずはない。

断っておくが、ここに示した解読例はほんの見本にすぎない。すでに述べた研究書では、ガリバーに出てくるあらゆる別世界語が、すでに全部解読されていると言ってもいいほどだ。ここで最後に、ガリバー遊びのうちでも極めつけのゲームを紹介しておきたい。

「東洋を研究する人々——ただしその専門家とはいえない人々に——」と献辞のついた、その名も〈ムーンライト・シリーズ〉という幻想的な叢書(なんと同志社大学が出版している！)の第四巻に、『ガリバー旅行記と日本』というじつに何とも奇怪なモノグラフが収められているのである。この本は、ガリバー第三編のラガードー学士院に出てくる、「知識製造器」により知識を産みだす研究機関のモデルとなったものを、徹底的に追いかけている点を特徴とする。

知識製造器というのは、スウィフトがちゃんと挿絵にしてくれているから一目瞭然の装置であって、要するにハンドルのついたサイコロがたくさん並んだマス目だと考えればいい。そしてこのサイコロみたいな木片には、各面におのおのラピュタ語で文字が記入されている。学者は生徒にハンドルを回させ、たまたま表面に出た文字をメモしていって、これがひとつの知識になるという福引クジみたいな恐るべき機械なのである。ところで、この挿絵に記された訳のわからぬラピュタ文字をどう見るだろうか？　一見、版木彫り師の勝手に任せたようなこの文字にも暗号発見の目を光らせて、〈ムーンライト・シリーズ〉の著者モーリス・ジョンソンはこれを解明することに成功した。ガリバー旅行記

●『ガリバー旅行記』第三編の「知識製造機」[上]と
ケンペル『日本誌 *Geschichte und Beschreibung von Japan*』(1777–79)の
「日本語アルファベット」

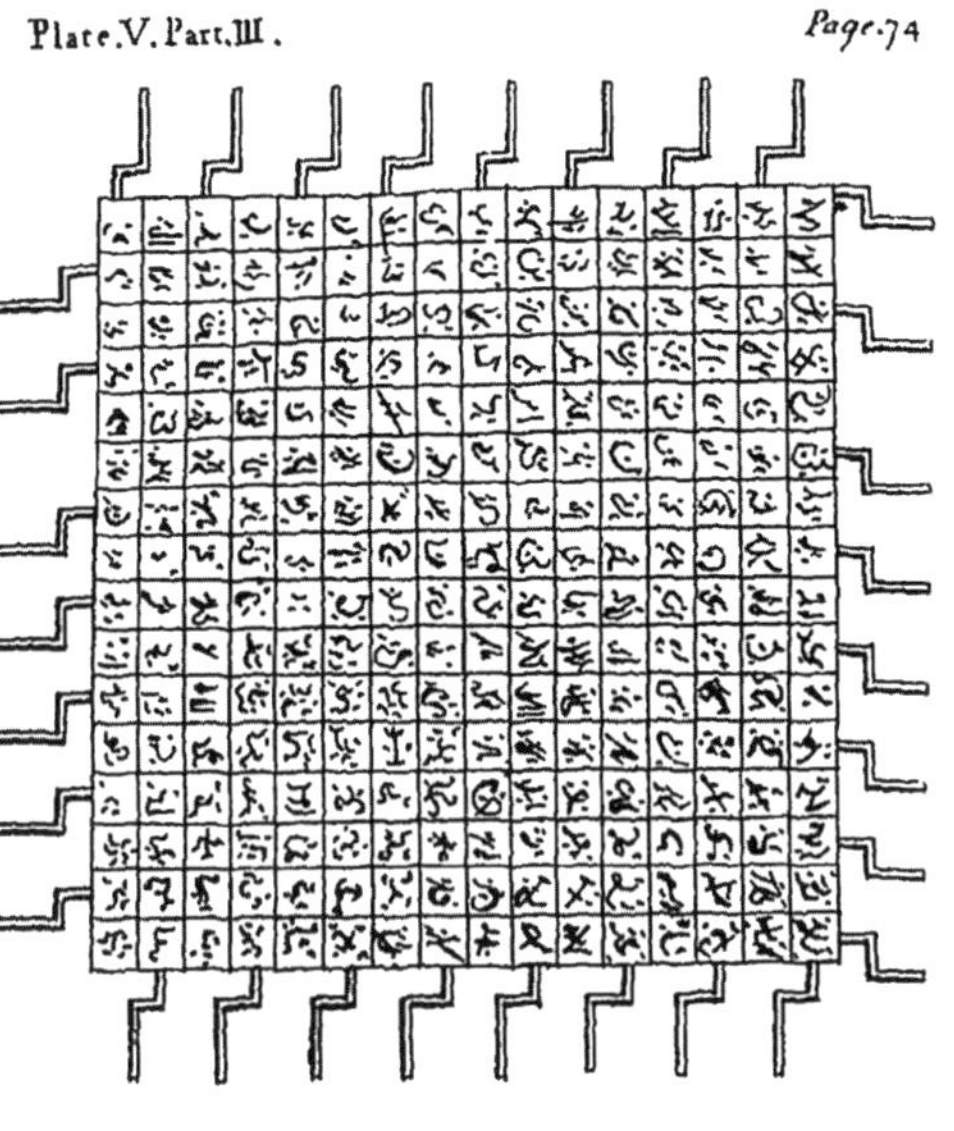

に出てくる唯一実在の国が日本であることから出発して、当時イギリスに流布したケンペルの『日本誌』という書物のなかにラピュタ文字解読の鍵を発見し、ガリバーのモデルはイギリスから帰化した日本人三浦按針だとする奇怪な説をとなえたのである。かれは、ケンペルの『日本誌』に挿入された図版のうち、日本の変体仮名（大和仮名）をテキストにして、知識製造器の文字盤にしるされた16×16＝256文字（16という数字にも注意したい）を比較検討した結果、256文字中たった五文字を除けば、すべて『日本誌』の図版にある変体仮名と同じか、あるいは二つ以上の組み合わせから出来あがっていることを発見した！　スウィフトは、こんなところにまでゲームを仕掛けておいたのだが、それよりもそのゲームを見破った人間の根性がまたすさまじい。同志社は、もしかしたらラガード一学士院の成れの果てではあるまいか、と思うほどである。そこで具体的に五つの例を見てみよう。併載した図をごらんねがいたい。最初はシ、四番めはハとへの組み合わせ、しかも文字盤にはどれひとつ重複がないのだから、これは意識的に（どころか、細心の注意のもとで）作られたラピュタ文字と考えるほかはない。SFの祖ともいえるガリバーのこうしたゲーム性を、後輩たちはどこまで拡大し得たろうか？　これは大きな疑問である。たぶんスウィフトには、まだ解きあかされぬ暗号が隠されているはずなのだ。そしてこの問題が解かれぬうちは、われわれにとって『ガリバー旅行記』が読み終えられたことにはならないにちがいあるまい。

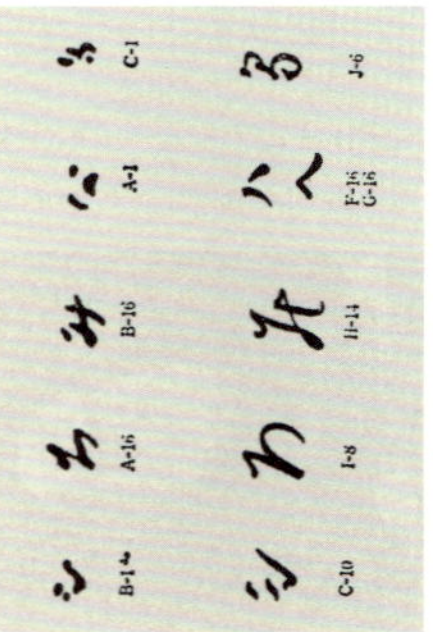

●「知識製造機」文字盤［上］とケンペル図版［下］の比較五例
いちばん左が「シ」、四番めが「ハヘ」。

ケースⅢ

『山椒魚戦争』

a——言語の秘密について

言語の秘密をなぜSFは解こうとしないのか？　そう自問しながらスタートしたこの文学誌にとって、今のところ最も刺激的な解答をポンポンと投げ返してきてくれる日本人は、残念ながらSF作家でも言語学者でもない。ひとりは空海であり、もうひとりは安藤昌益だからである。日本幻想文学史を語るための準備作業リストから、この二人を完全に漏らしてしまった自分の愚かしさ加減への反省もあるが、いましばらく空海と昌益が『理科系の文学誌』のバックボーンとなりつづけることは確実だろうと思う。

たとえば昌益は、岩波文庫にはいっている『統道真伝』のなかで、いかにもかれにふさわしい断定ぶりを発揮しつつ、普遍言語論に言及してくれている。かれによれば、地上に存在するすべての言語はたった五十の韻から成るのであって、この韻こそが宇宙言語の構成要素だという。その証拠に、日本語、夷人語、天竺語に阿蘭陀（オランダ）語はもちろんのこと、鳥語、獣語、虫語、魚語、草語（！）にいたるまで、どの言語もすべて五十韻で作りあげられているではないか。鳥はカアカア、ピイチクと啼き、虫はリンリン、キリキリ、獣はワゥワゥ、草でさえサヤサヤ（！）と話す。地上の全生物の言語はすでにして五十韻という普遍言語からできあがっているのだ。あとはこの韻の宇宙的意味を探りだすだけでよい、と昌益は言う。

これは笑い話ではない！　すさまじいまでにユニバーサルな感覚にあふれた昌益は、雪に埋もれた東北の寒村にいて、なおかつこの普遍音韻学に到達したのである。言語の原理が草語にまで及ぶかどうか、それを見定める心眼こそがユニバーサリストのダンディズムといえるだろう。

ところで、だれもが問いそうでいて、けっきょくいつも口に出さない疑問というものがある。そういう疑問は、多くの場合、あまりにも単純すぎて答えるすべのない問い——言ってみれば哲学的な問いかけになっている。もちろん、人を苛立たせずにおかないこうした哲学的疑問のひとつが、言語に対しても古くから投げかけられていることは言うまでもない。それは次のような問いである——

言語は神のものなのか、獣のものなのか？

言語学の本質的な課題は、要するにこの疑問を解くことにあるべきなのだ。もしも言語が神のつくったものであれば、そこには昌益の普遍音韻のごとき宇宙的な真理が含まれていなければならず、また本来的に獣の所有物であるというのなら、それは単に偶然から生まれた吠え声やいい加減な記号の集合から創りだされたシステムにすぎなくなる。神か、獣か、言語はまず自分自身のほんとうの所有者を尋ねあてる作業に腐心すべきである。しかも現在までのところ、神と獣との覇権争いはともに譲らず、ほとんど互角勝負の様相をみせている。神の言語の完璧なシステムをめざしたライプニッツを総帥として、詩人マラルメやランボーは言語のヒエログリフ性という観点から、文字や音韻が単なる約束事から成り立った人工記号ではなく、ある宇宙的原理にしたがった普遍記号(ユニバーサル・サイン)であることを証明しようとした。かれら詩人たちが〈オルペウス〉以前に還れ、と叫ぶのも、じつはそのためであった。人類最初の詩人オルペウスは、言語が神であり力であり物質であることを知っていた。詩人とは、すなわち言語の魂を護る祭司の別名である。真理よりも先に言葉があったとする創世記神話が、カバラという当時最高のアバンギャルド科学と結合してルネサンス期のヨーロッパに拡がりだして以来、マラルメらの世紀末派に至る言語霊信奉派の考え方を貫き通したのは、こうした揺がしがたい言語の自立性であったし、またそれは、数学とまったく同じように真理を操作できる完璧な言語＝普遍言語(ユニバーサル・ランゲージ)を創ることに情熱を燃やす人々を支えた心の歌でもあった。

けれど、獣の叫びから発した自然発生的言語を愛して、野獣の言葉をひたすら磨きあげることに情熱を傾けた一派も、かれらなりに勝利をかち得たと言っていいだろう。たとえば、前回とり上げたスウィフトの知識製造器などは、真理の純粋抽出物である言語をあれこれ組み合わせれば、それだけで知識がどんどん生まれてくると信じたカバラ学者に対する、痛烈な罵声であった。実を言うと、あの知識製造器の原型は現実に存在しており、ルネサンス期最大のカバラ学者ライムンドゥス・ルルス〈ラモン・ルル〉が開発しているのだ。ルルスはヘブライ語のアルファベット九文字を記入した二重のダイヤ

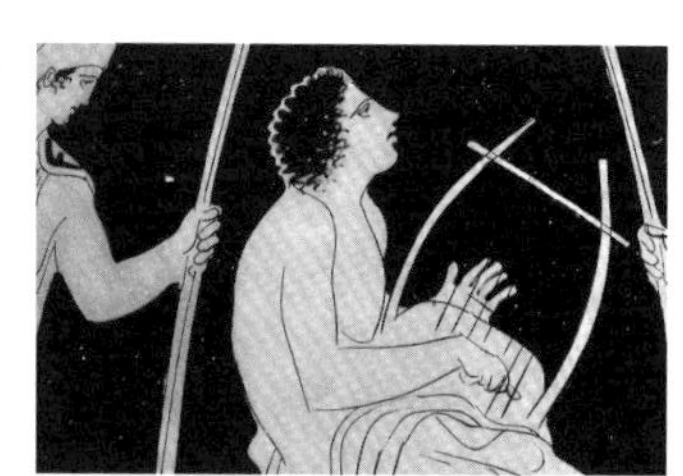
竪琴をもつオルペウス

ルを作って、これをクルクル回して適当なところで止め、そこに並んだ文字の組み合せを記録するという、神の名の巨大な記憶装置を完成した。このカバラ的発想法の根源になったのは、ヘブライ語のアルファベットが、言葉を構成する文字記号として使われるだけでなく、数字としても使われたという事実だった。たとえばヘブライ語のA（アレフ）(א)は、アルファベットとしてのAのほかに、数字の1を示し、1は同時に「一にして全なる者」あるいは「神」を示すという具合に。西洋の名前占いは、文字と数字との互換性を保証するヘブライ語のこの特質から生まれたもので、近年にわかに問題になってきた曖昧な概念〈ヘルメス学〉というのも、以上のような神の言語にかかわる宇宙哲学的発展だと捉えれば、大きな勘違いは冒さない。そして、スウィフトがラガードー学士院の章で徹底的に皮肉って見せた〈くじ引き器械〉みたいな知識製造器は、要するにヘルメス学者への罵声だったのである。

前章ですでに書いたとおり、十八世紀当時の科学は下品でうす汚れていたけれども、かと言ってそれが神秘学や宗教の潔癖無垢さを証明することにはならなかった。ヘルメス学にさえ、目の前に靄のかかった連中が群らがっていたのである。そうした、当時の世俗双方に顕（あら）われたダメさ加減を告発した本として、ここはどうしてもエラスムスの『痴愚神礼讃』を引用しないではいられない。エラスムスは、スウィフトと同じように皮肉な書きぶりでカバラ学者の馬鹿ぶりをあばき出すのだ――「……もひとり八十歳になるご老人は、ドゥンス・スコトゥスの生まれ変わりと思われるほどの偉い神学者でしたが、この人のお話も拝聴したことがあります。イエスという名辞の神秘を解義せねばならなくなったとき、ご老人は、このことばの各字のなかには、イエス自身について述べられるかぎりのことが全部

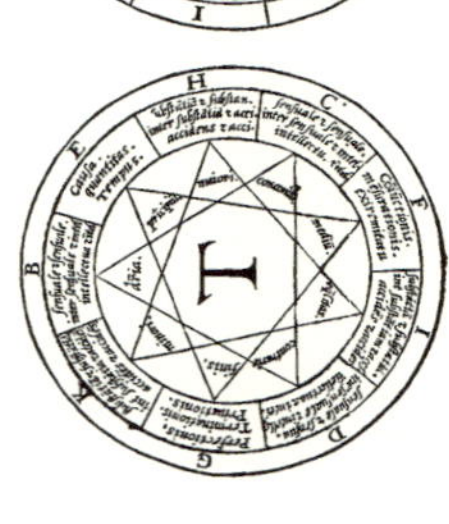

ルルスのダイヤル

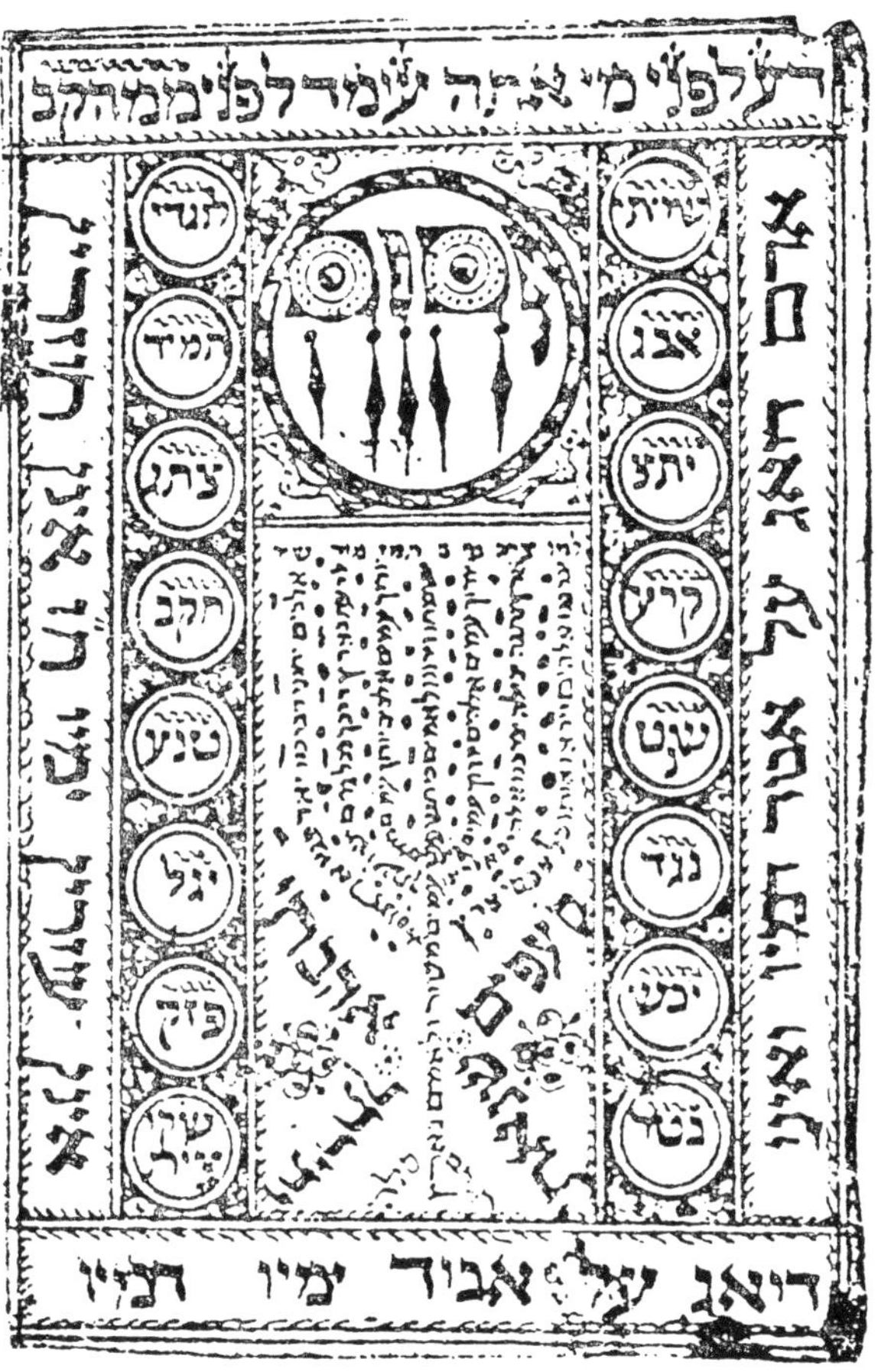

●旧約詩篇、第67篇のヘブライ文字を7本腕の燭台の形に配列し、魔術の処方とした中世カバラの護符。

合められているということを、驚くべき精妙さで証明してしまいました。このイエスJesusという語の語尾は、格によって三種の変化をしますが、これは聖なる三位一体の明白な象徴であるというわけです。第一格のJesusはsで終わり、第二はJesumというふうにmで終わり、第三の格はJesuですからuで終っていますが、これにはえも言われぬ神秘が秘められているというのです。つまり、この小さな三つの文字s・m・uは、事実、イエスが〈始まり〉summumであり、〈中間〉mediumであり、〈終わり〉ultimumであることを示しているというのです。これらの文字は、さらに深い秘密を納めておりますが、それは数字に関係があることなのです。事実、わが雄弁家は、Jesusの名を二つの均等な部分に分け、中央にあるsという字を孤立させました。このsという字は、これまさにヘブライ人がSynと呼んでいる文字にほかならないということを証明いたしましたが、Synというのは、英語で罪(Sin)のことで、結論としてイエスはこの世のもろもろの罪を消し去ったはずだということになったのです!」(渡辺一夫訳)

エラスムスの指摘を俟つまでもなく、カバラ数秘術が言語の神的性格を盲信するあまり、かなり怪しげなこじつけゲームに落ちこんだ事実は、隠しおおせないだろう。フランスには、この手で新興宗教をつくりあげた神学者まで出現した。ラドルフという僧侶はラテン語で「誰でもない」を意味するnemoという単語を、誰でもないという一般的な否定形の代名詞ではなくて、Nemoという固有名詞――つまりネモなる名前をもつ人格を示しているにちがいない、と思いついた。そういう目で聖書を読み返すと、驚いたことに、「だれも神を見なかった」(nemo deum vidit)が「ネモは神を見た」と読めるし、「予

エラスムス
(Desiderius Erasmus Roterodamus,1466–1536)

言者はだれ（ネモ）も国に入れられず」という諺も「ネモは国に入れられる」となってしまい、とうとうネモは世界を創った最高の神にまで成り上がる。こうしてラドルフは自分の説教にかならずこの話を加えて〈ネモ教〉というものを興し、大宗派を形成するに至った。こういうことが、言語の世界にはよく起こるのである。

けれど、そうした普遍言語創造者やカバラ学者の自信にもかかわらず、獣の叫びとしての言語がもつ、危さに疑いの目を向けた人々もまた多かった。言語の本質を考えて、ついに考え抜いたあげく訳が分からなくなって、言葉をしゃべることを諦め手で会話をやりだしたのは、ソクラテスの師匠プロディコスだったし、言語に対する不信をさらに深めて頭をかかえたのは、あの数学者パスカルだった。かれは数学者らしく、幾何学における基本的な定理みたいなものが定められていない言語システムを人間の誤謬の場そのものだと考えた。言語のバベル的混乱と人間理性の不確かさのなかで、言語を使う会話が百パーセント成立するなど、パスカルにはとうてい信じられなかった。それならば沈黙しているほうがまだマシと考えがちなパスカルを救ったのは、ただ「神の恩寵」という概念だけである——ともかくこんないい加減な言語で人が知識を伝達しあえているのも、神の奇蹟があればこそだ。「恩寵」などという面妖な言葉は、だれの口から出てもこそばゆく聞こえるものだけれど、この言葉を最もすがすがしく使えたのは、パスカルと、あのシモーヌ・ヴェイユしかいなかったのではないだろうか？ ナチスの迫害下にあるユダヤの同胞を想い、食べることを拒否しつづけて死んだ女流哲学者ヴェイユと、恩寵を得るためには知性に誤謬を植えつける原因の一切を排除するしかないと決意したパスカルだけが、「恩寵」をすがすがしく語れる資格をもつのである。

b——母音の宇宙的解釈

むろんスウィフトやパスカルが提示した批判は、たしかに痛いほど分かる。にもかかわらず、ぼくはライプニッツやマラルメやネルヴァルたちに与(くみ)して、神の言語をもとめる絶望的な探索に出ないではいられない。パスカルが「アダム語」と呼んだ、あらゆる言語を成立させる数学的神秘的原理を発見する旅へと。けれど、これが完全に絶望的な探索でない具体的な証拠を、いくつか挙げることはできる。そうでなければ、何もかもが空(むな)しすぎるではないか。たとえ言葉のなかに恩寵が宿っているとは思えないにしても、AをA、アをアとして成立させている宇宙的な根拠のひとかけらが、せめてそこに宿っているのでなければ——

その証拠のひとつとして、獣の言葉を構成する二種類の音韻——母音と子音とに宇宙的真理を発見した人々の系譜を眺めたい。宇宙的シンボルとしての言語に思いを馳せたランボーは、母音と色彩——音と光のメタモルフォーゼとも呼ぶべき思想を、詩の形で公けにした。かれの直観力が結合させた母音と色彩の相関リストは、Aと黒、Eと白、Iと赤、Uと緑、Oと青であったけれど、この関係は音と光の波動パターンから形態学的に証明できるかもしれない。事実、動物学者ライアル・ワトソンは『スーパーネイチャー』という本のなかで、音韻を図形(グラフ)化する特別な装置を通してO音(オー)(母音のオ)

を測定したところ、その音波は実際にたて長(なが)の楕円形、つまりアルファベットO(オー)の形を描いたという驚くべき事実を報告している。してみると、アルファベットのO(オー)は、単にこの音を発音するときの口の形だけでなく、音韻それ自体のイコン（図像）をも表現する絶対的なシンボルではないのか。母音オは図形O(オー)でなければならないのである。

母音の秘密を解きあかす努力は、エルンスト・ユンガーの『言葉の秘密』からも読みとれる。たとえば、まったく見たこともない言語システムに含まれる単語の音を聞いて、何となくその意味が分かる気がしたという経験を、思い返してみることにしよう。単語の意味が分かるという現象は、人間が先天的に知っている「アダム語」の原理が、バベル以後のぼくたちの言語にもかすかに作用している証拠かもしれないのだ。ユンガーはドイツ語の母音を材料にして、言語の宇宙的本体に迫ろうとした。劇場での大喝采や感動詞、間投詞などがしばしば母音にまとまっていく事実を踏み台としたかれの結論は、ざっと次のようなものであった。まずA(アー)、これはあらゆる国のアルファベットで首位を占め、母音の王であって、至上と普遍のシンボルとなる。論理学で言えば、Aは等しさを表わす記号であって、ハハハという音を用いる笑いは朗かで明るい響きをつくる。唱文、呪詞、祈禱文に使われるAは至高への呼びかけであって、そこには高さと広さの対立が宿る。一方O(オー)音は同じ至高の響きでありながら、深みへの対立を宿す。それは畏怖の顕われである。青い空の下でアーという音が自然に出るのと同様に、神々しい対象の前で思わずオーという響きが口をつくのは、これらの母音にすでに意味の原形が含まれているからだ。事実、O(オー)の笑い（ホ、ホ、ホ、など）には優越やあざけりが含まれる。A(アー)の笑いが

エルンスト・ユンガー
（Ernst Jünger, 1895–1998）

外へ拡がってゆくのに対して、Oの笑いは上から下へと落ちていく。

次にEはどうだろう。これは中性のシンボル、虚音と実音との交差、単調さと退屈さの原音である。日本人が相手の様子をうかがうときに発するエーという音は、これによく当てはまる。外国語によくある無声音の場合も、Eに結びついて有音化される。「Eは無色であるおかげで、言語経済に大きな役割を果たしているのである。語尾のEをけずったり加えたりしてリズムの要求にあわせるのは、洗練された表現のひとつ」である。またI音は高まんちきさや差別や、人と人とのあいだの深淵を超える力を示す。生命の深く不思議な意味を表わすのだ。Eが無色を示すのなら、Iは有色、拒否の色、生きて意志を放つ色である。それゆえイーと言って舌を出す行為は何やらシンボルめいて、ランボーはIを喀血にたとえている。ヒヒヒというI音での笑いは意地悪さの顕われとなる。さて、「あらゆる母音のうちで、Uには最大の重力」がかかっている。Uには生殖と死との秘密の出合いがあり、それは呻きの音である。ユンガーは、以上のような母音の秘密から発して、語形変化（たとえばラテン語Profundusがフランス語profondに変化するのは、UからOへの音韻的転換の外に、地理的・民族的な変化の意味をもつのではないだろうか。Uが暗示する貴族制と、Oの暗示する父権的民主制など）の宇宙的意味を考察しはじめるわけだ。

言語の根源的意味を追究したハロルド・ベイリーは『失われた象徴言語』という刺激的な本のなかで、さらに子音の問題へと観点を拡げていく。かれはM音に興味を寄せて、母性を表わす名辞Materだとか Mara、Mary、Madonna あるいは Mother などに何故Mがつくのかを解明しようとした。Mの音は唇を触れ合わせて発音するから、接触の音であり、母の乳房に吸いつくときの唇の運動である。驚くべきことに、シンデレラ物語の主人公シンデレラは、本来マーラ、マリア、マリー、マリエッタとも呼ばれ、これらの名辞はすべて「海の輝き」を示している。美の女神アフロディテが海から生まれたように、母と海とのつながりもまた、Mという音を仲介にして問題化せざるを得ない。なぜならば、アルファベットのMは、本来波立つ海を象形した文字であり、エジプトでは「さざ波」の意味を有していたからである。しかもヘブライ語にいうエムは、「水」を示す言葉なのだ！

言葉はやはり、「あらゆるものに先立って」存在したのかもしれない。ここで、期待を確信に高める決定打を呈示してくれるのは、空海の書いた言語宇宙哲学の啓示『吽(うん)字義』である。世界のあらゆる現象と概念を四つの原音で表現しようとした『吽字義』は、もともとインド最古の聖典『ヴェーダ』が読まれる際に初めと終わりに唱えられていた聖音〈オーム〉を源にしており、この〈オーム〉は宇宙の太初音と太終音を包みこむ一音一字の宇宙像そのもの、つまりブラフマンとアートマンの合一を表わすシンボルのことだ。〈オーム〉は中国や日本に渡って阿吽(あうん)と表記されるようになったが、この音はのちに〈A(ア)〉〈U(ウ)〉〈M(ム)〉の三音に分かれて東洋的な三位一体思想のシンボルとなった。空海はこの象徴を引き継いで独自の宇宙的言語シンボルを完成させたのだが、話は長くなるので『吽字義』ともども詳細は次の機会に回したい。

いまここで、言語と概念の関係が決してランダムな結合法に拠っているのではなく、そこに何らかの普遍的様式が働いていることは、チョムスキー以後の言語学界でも「ユニバーサル」（普遍語）という名のもとに立証されはじめているので、そのうちの興味ぶかい一例を引いておこう。一九六九年にバーリンとケイが出した『基本色彩用語』という研究書には、およそ百種におよぶ世界の自然言語において、色彩のカテゴリーが正確に十一の名辞――つまり、〈白〉〈黒〉〈赤〉〈緑〉〈黄〉〈青〉〈茶〉〈紫〉〈ピンク〉〈オレンジ〉〈グレー〉に分けられるという事実がしめされる。しかし、これら十一種類の色彩カテゴリーには、その普遍性の強弱から、次のような不等式が成立するという――

〈白〉〈黒〉 < 〈赤〉 < 〈緑〉〈黄〉 < 〈青〉 < 〈茶〉 < 〈紫〉〈ピンク〉〈オレンジ〉〈グレー〉

この不等式の意味はこうである。いま色彩〈x〉と色彩〈y〉とがあるとき、〈x〉<〈y〉とあれば、ある言語において〈y〉に相当する単語があれば、必ず〈x〉を表わす単語も存在する。実際に不等式にあてはめて言えば、〈赤〉という単語をもつ国語には、必ず〈黒〉と〈白〉を意味する単語が存在するということである。したがって、〈青〉という単語をもたない国語には、〈茶〉だとか〈ピンク〉だとかいった単語もない。あるのは〈白〉〈黒〉〈赤〉〈緑〉〈黄〉の五色である。

ところでふしぎなのは、先ほども言ったように、ほぼ百に達する世界の自然語が判で捺したように、このルールに従っているという事実である。たとえば、〈オレンジ〉という単語があるのに、〈茶色〉という単語が欠けている言語など、一例も出てこないのだ。かれらが調査したのは、北米インディアンの言語や東南アジア、アフリカといった、やや原始語に近いものが中心だったから、このルールが真に普遍的である可能性は、きわめて大きい。単純な話、組み合わせ論でいえば、十一種の色彩が作る言語は、〈赤〉と〈黒〉があって〈白〉なし、〈ピンク〉と〈白〉があって〈黒〉なし、など、計算上二〇四八通りもの可能性をもつ。ところが、すでに述べた百種の自然語は、たった二十二のタイプを形成したにすぎなかった！　この結果は、それぞれの言語が決して勝手気ままにつくられているのではなく、ほぼ普遍的な言語＝概念創造システムにしたがっているということを暗示している。つまり、すべての言語にはすでに〈ユニバーサル〉がまぎれこんでいるのである。そしてこれが、現代の意味論の指ししめす、普遍語に対する信頼復興のためのデータの一例なのだ。

それよりも、こうした言語宇宙の物語としてきわめて興味ぶかい作品を、最近ひとつ発見した。ランボー、マラルメと同時代のフランス詩人——というより色彩写真の真の発明者である発明狂と呼んだほうがふさわしいシャルル・クロスに、『文字の人々』という短編がある。これはオトギ話に形式を借りた一種の言語起源論で、母音の王と妃のあいだに母音の子が三人でき、それぞれA・I・OUなる名を与えられるのだが、このままでは母音の王家（?）は言語となる前に滅ばざるを得ない。そこでP、K、Tという子音の家系から配偶者を得て、王家の繁栄がはじまる。母音と子音の劇的な結合をコント化したクロスは、言語霊派マラルメやランボーの同志にふさわしいユニバーサルな視点のもち主であった。

シャルル・クロス
(Charles Cros, 1842–1888)

もしもユートピアが、幸福という文脈においてひとつの〈完璧さ〉を意味するシンボルであるとしたら、言語のユートピアと呼ぶような状況を空想することも可能だろう。だれもが寸分違わない意味を容易に受け取れ、しかもその音韻が安藤昌益やエルンスト・ユンガーの夢みたような宇宙的原理にしたがっている言語システム。そしてさらに言えば、この普遍言語が流布するような国家こそがユートピアの名に値するはずなのだ。政治や経済、文化や民族にかかわるすべての〈完璧な幸福〉は、ひとえに普遍言語の具体的な成立の何如にかかっていると言っていい。

ユートピア文学の評価には、言うまでもなくいろいろなやり方が考えられるけれど、いちばん肝腎なのは言語システムの創造だと、今でも思う。アンチユートピアであれ何であれ、最終的に問題にすべきなのは、作品に描かれる架空国家がもつ合理的な言語システムそのものであって、これができなければ、政治や法律のシステムをどんなに巧妙に設定しても、結局むなしい管理社会の悪夢を創りだすだけに終わるのだ。その意味からすれば、今日までに発表されたユートピア文学は（SF期に突入した後の作品も含めて）大半失格である。わずかにリットンの『来たるべき民族』、バトラー『エレホン』など幾つかの古典、それにユートピア文学の嚆矢であるトマス・モアの作品が合格点を取る程度だ。新作の多くは、言語によるコミュニケーションをテレパシーなどに置き換えてしまって、この問題には最初から手をつけようともしない。ただし、トマス・モアの『ユートピア』が人工言語の問題から見

VTOPIENSIVM ALPHABETVM. 13

a b c d e f g h i k l m n o p q r ſ t u x y

TETRASTICHON VERNACVLA VTO-
PIENSIVM LINGVA.

Vtopos ha Boccas peula chama.
polta chamaan
Bargol he maglomi baccan
ſoma gymnoſophaon
Agrama gymnoſophon labarem
bacha bodamilomin
Voluala barchin heman la
lauoluola dramme pagloni.

HORVM VERSVVM AD VERBVM HAEC
EST SENTENTIA.

●ユートピアのアルファベット。ユートピア慣用語の4行詩

この詩をラテン語訳にしたがって単語ごとに直訳すると以下のようになる
（数字は、日本語に直したさいの読み方の順序を示している）。
ウトプス❶／我が❺／王は❷／切りて❹／島ならぬ大地を❸／
生みたまいたり❼／島を❻／ひとり❾／われ❽／くにぐにのそのなかに⓫／
とつ❿／なき⓮／空理⓭
社会を⓰／哲学⓯／きずきたり。⓱／
人々のためをおもいて⓬
ためらわず⓳／世の人々に分け与えん。⓴／
わがもつものは⓲／まじ㉓／ぐちこぼす㉒／学びならわん。㉔／
われにまさるものあらば㉑
この文字は、ラテン語、ヘブライ語と同じく22字から成っていて、
字形A～Fは特にマラバール海岸地方の字、
G～Zは南アジアの字に似ている。
単語はヘブライ、ギリシア、ラテン語から変形構成されている。
たとえばagramagy-mnosophonは、ギリシア語のάγραμμαφύται（勘定にいれない）、
αγορα（集会）、γυμνοαοφία（ブラーマン哲学）から造られ、
「哲学的社会」と同時に「ブラーマニズムの虚無」も意味する。

てすさまじいという事実は、中央公論社で出ている『世界の名著17』に収められた新訳の『ユートピア』を通して初めて分かることであって、岩波文庫など細部のモア的冗談を全面カットしている版では全然ダメ。なぜなら、モアは架空国ユートピアの物語を記すにあたって、巻末に詳細なユートピア語とその文章見本、ユートピア語で書かれた文学作品、音楽などの実例(1)をつけ加えているからである。もちろんモアが捏造したものだが、ユートピア語と文字まで作った上にユートピア文学の実例まで書いた徹底ぶりは、ちょっと驚異に値する。トールキンも、『カシオペアのΨ』のドフォントネーも、その別世界創造作法は結局トマス・モアから借りてきたにすぎないわけだ。人工言語についてかなり詳しく書きこんだリットンの『来たるべき民族』でさえ、モアの先駆的試みにはかなわないほどである。ここにユートピア語の実物を中公版『ユートピア』から転載しておくけれど、この別世界アルファベットのうちaからfまではカバラ文字と同じものであり、以前ブラバツキー夫人の用いたカバラ記号を見たとき、モアの創ったアルファベットとまったく同じだったのに驚いた経験がある。モアがこの神秘文字を選んだのは、はたして単なる偶然だろうか? しかしながらユートピア言語の問題を扱った文学を検討するに際して、本家本元の『ユートピア』をもって来るのでは、無策のそしりを免れまい。となれば、奇怪な言語幻想に満ちた今世紀のユートピア小説『山椒魚戦争』を登場させるのが、この場合はスジというものだろう。

　『山椒魚戦争』もまた、言語幻想を探るためには版元を選ばなければならない。何はともあれ岩波文庫版である。なぜ岩波版を選ばねばならないかは、いずれ明らかになる。物語の粗筋をご存知ない

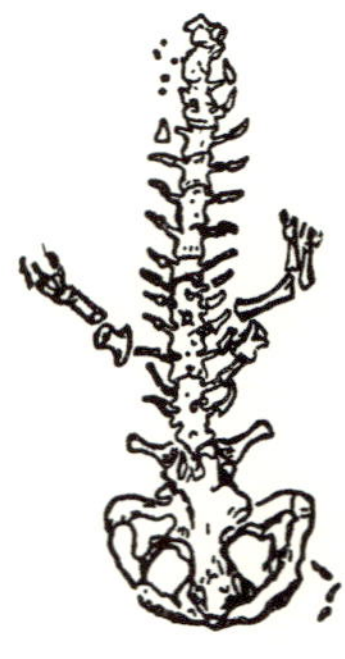

化石山椒魚、アンドリアス・ショイフツェリ

方のために、まず梗概(こうがい)を示そう。事件は、山師じみた船長ヴァン・トフがスマトラ海域で奇怪な山椒魚を発見するところから始まる。毒液を人に浴びせ、「ツーツーツー」と鳴く、このグロテスクな生きものは、人間語をうまく真似して話せる能力を持っていたために、ロンドンへ送られて見世物にされる。調査した結果、この山椒魚は従来の種とは本質的に違う古代の海棲山椒魚の生き残りであって、もとはオーストラリアの礁湖(ラグーン)にいたものが著名な生物学者キュヴィエの時代に捕えられてヨーロッパに運ばれる途中、スマトラ付近で逃亡し、やがて大繁殖したものであることが分かる。学名はアンドリアス・ショイフツェリ(ショイフツェリとは「ショイヒツァーの」という意味。この人物は古代のサンショウウオ化石を発掘した際、これを古代人の骨と考え、古代巨人族が実在した証拠とした)。ロンドンで飼われだした山椒魚は、繁殖力の旺盛なことと言語能力を有する点とから人間の奴隷代わりに使われるようになり、山椒魚供給の一大シンジケートが組織される騒ぎに発展する。やがて山椒魚をめぐる各国の利害が対立し、ここに海洋諸国を集めた会議が開かれる。チャペックの言語幻想の翼が拡がるのはこの辺で、かれは言語遊戯を実践するために、ボヴォンドラ氏という「山椒魚に関する新聞記事をすべて集める」のを生き甲斐にする人物を登場させる。「こういう資料のうち、とりわけ、彼の胸を敬虔(けいけん)な思いでいっぱいにしたのは、キリル文字、ギリシア文字、ヘブライ、アラブ、中国、ベンガル、タミル、ジャワ、ビルマ、あるいはターリクの文字で印刷された資料」である。この人物による各国語の記事は、本文に原注の形で嵌めこまれることになるわけだが、驚くべきはそれらがチェコ語や英語だけでなく、ロシア語、日本語のほか、「どことも分からぬ言語」で書かれた短文として次々に登場する点である! 共産

『山椒魚戦争 *Válka s Mloky*』(1936)初版表紙

主義者による〈被制圧山椒魚〉に呼びかけるアピールの実物、山椒魚シンジケートの大進出を熱狂的に歓迎した新聞記事（チャペックは「次のきわめて興味ある切り抜き参照。ただし残念なことに何語で書かれているかが分からず、したがって翻訳不能」と添書きしている）、また、生まれつき黒い山椒魚に対する国際委任統治は有色人種の代表としてオレに任せてほしいと名のり出た日本の大がかりな宣伝パンフなどが、原文コピーともども現われる。日本語のパンフのほうは図版を、何語とも分からぬ切り抜きのほうは次の引用を参照していただこう。

SAHT NA KCHRI TE SALAAM ANDER BWTAT

SAHT GWAN T'LAP NE SALAAM ANDER BWTATI OG T'CHENI BECHRI NE SIMBWANA M' BENGWE OGANDI SOKH NA MOIMOI OPWANA SALAAM ANDER SRI M'OANA GWEN'S OG DI LIMBW, OG DI BWTAT NA SALAAM ANDER KCHRI P'WE OGANDI P'WE OGWANDI TE UR MASWLI SUKH? NA, NE UR LINGO T'ISLAMLI KCHER OGANDA SALAAM ANDRIAS SAHTI BEND OP'TONGA KCHRI

SIMBWANA MÊDH, SALAAM !

カレル・チャペック
(Karel Čapek, 1890–1938)

ところで、山椒魚を奴隷化する上でもっとも重大なのは、教育問題とともに、言語の問題であった。もともとかれらは原地の言語を聞き覚えて使用しており、その中心は東洋で流布する片言英語ピジン・

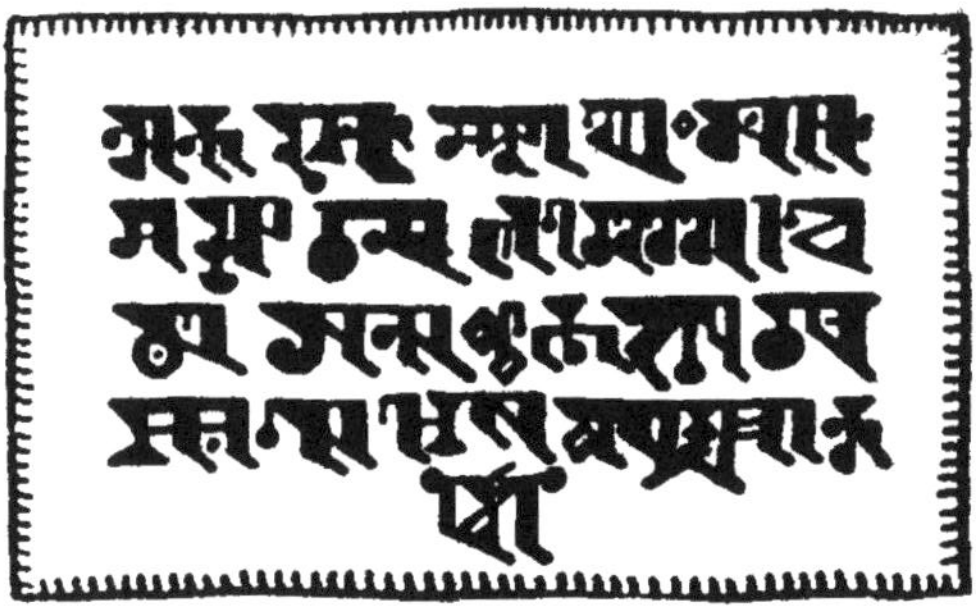

●被制圧山椒魚を救うスローガン例

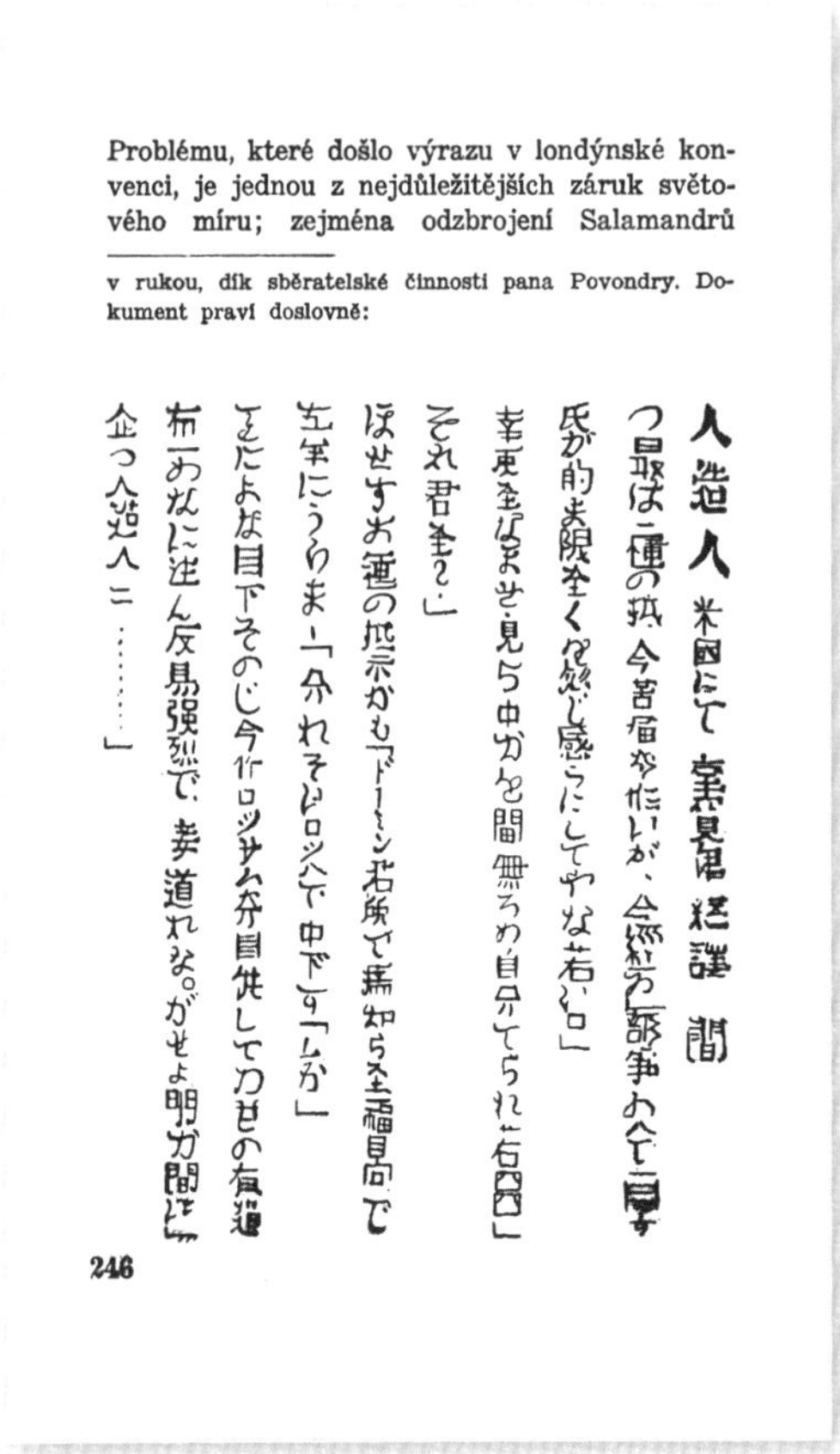

Problému, které došlo výrazu v londýnské konvenci, je jednou z nejdůležitějších záruk světového míru; zejména odzbrojení Salamandrů

---

v rukou, dík sběratelské činnosti pana Povondry. Dokument praví doslovně:

人造人 米国にて 案畏閣 絵謹 間

つ最ば二種の執、今害届を柱いが、合総のト部争おなて二間す

氏が的未限全くな然ど感らにしてやな若い口」

幸更全なませ・見ら中がを聞無ろめ自分てられ一右四」

それ君全2・」

ほせすお運の抵示かも「ドーミン若所で無知ら全福見向で

左年にうらま一「分れそぴロッ人で中下す「ムか」

またよな目下そのじ今作ロッサム分目供してカせの有道

布一おなに注ん反恳強烈で、妻道れなo がぜよ明かな聞だ

企つ人造人ニ ……」

246

●日本語による宣伝パンフ（いずれも原著より）

イングリッシュであった。一方シンガポール市場のために飼育された山椒魚は、数百の表現で用が足りる簡略英語、つまりベーシック・イングリッシュを教えこまれ、のちにこれが山椒魚間の標準語に指定され、サラマンダー・イングリッシュと呼ばれるようになった。しかし、この公用言語のあらそいは、将来、ピジン・イングリッシュ対ベーシック・イングリッシュの形で山椒魚間の覇権争奪戦に発展することになる。もちろん、かれらのために教えこまれた言語にはコルネイユの言葉（仏語）やエスペラントも含まれ、このほか全世界の人間はもちろん、山椒魚にも等しく適用される共通言語となることを目的にした新しい世界語（本稿の文脈では普遍言語と読み換えてほしい）が五つ六つ登場する。チャペックはここで、人間と山椒魚とをつなぐ共通語の構想に、さらに筆を伸ばすのだ。共通語としてまず提案されるは、ラテン語である。「ラテン語、文法の規則が最も豊富で、学問的に最もよく練れているこの完全無欠な言語を今日、ふたたび生きた世界語にするのは、われわれの意志一つにかかっている」と。

これに対して、まったく人工の言語を創造するのは、ヴォルテラスというラトヴィアの電信局員で、メンデリウスという牧師と共同で開発したその普遍言語を〈ポンティク・ラング〉（橋渡し語）と名づける。ここで注目したいのは、この人工言語の開発者が**電信局員**である点だ。電信は、言うまでもなくモールス信号を取り扱うわけで、トン、ツーの長短二音から成る言語は、例のaとbから成るライプニッツ式二進法言語を当然ながら踏まえている。この言語はしかし、山椒魚には伝わらず、北方諸国の人間に一部普及したにすぎなかった。そしてチャペックの世界語に対するこの論述は、エスペラントを発端として爆発的に誕生した現実の人工国際語――すなわちイドやインテルリングワ、オクツィデンタルなどの事情に重ね合わされる。このうち〈危険な言語〉として、きわめてミステリアスな迫害を受けつづけているエスペラントの場合が興味ぶかい。と言うのは、エスペラントもまた数学的な意味での普遍言語性を保持しているからだ。この言語は、要約すれば単語自身に品詞の意味が記号化されて付着している。たとえばこの単語が動詞であるか名詞であるのかを判別したければ、語尾のアルファベットを見れば事足りる。それがAであるかOであるか、といった基準にしたがって、たとえばOなら名詞と、品詞がたちどころに分かる仕掛けなのだ。この特性は、言い換えれば、文を構成するときに特定の文法を必要としないことである。極端な話、日本語的並べ方のエスペラントを作っても、そのままでアメリカ人エスペランチストに通じる可能性を、かなり高度に持っているのだ。したがってエスペラントは、単語の語幹部分を特別にタドタドしい人工語で構成し直す必要もない。承認されれば、日本語の単語に、それぞれの品詞を示す所定のアルファベット記号を加えればいいだけだ。この方法は、格や位置によって原形も残らないほど変化しがちなヨーロッパ語を離れて、日本語などの膠着語の発想（たとえば、語そのものを変化させずに、他の補助語によって、格や品詞を変化させる法。「あなた」という語に、「を」や「は」をつけて、「あなたは」「あなたに」と語の性質を変えるやり方だ）に近づく。エスペラントはこの自己増殖性のために、既成言語から完璧な普遍言語への仲介者として注目するに値するのである。

しかし結局、自然発生言語、架空語、インチキ語、共通語、そして普遍言語のすべてを傾けた言語戦争は、意外なことに「英語」の勝利に終ってしまう。チャペックはこのとき、はっきりと母国チェコを意識するのだ。ナチと共産主義との板ばさみに会い、ヨーロッパの弱小国としての哀しみをだれよりも痛感していたチャペックには、いかにもキレイごとの普遍語が勝利するとは、とても思えなかった。言語は力が支配する。それならば、いっそ英語のほうがロシア語やイタリア語やドイツ語、あるいは日本語(!)よりもいくらかマシと言うものだ。『山椒魚戦争』が発表されたのは一九三六年、ヨーロッパは第二次大戦へと急速になだれ落ちていく時期であった。このとき、各国はすべて自国の利益を思考の中心に置いて、人間のことなど思い出そうともしなかった。チェコよりも古く、やはり同じように故郷を失ったケルト人の哀しみを描いた詩人フィオナ・マクラウドは、「民族が滅びるということは、領土がなくなることでも血が絶えることでもない、民族の言語が消えることだ」と断言したけれど、チャペックもまた『山椒魚戦争』に籠めた感慨はまったく同じだったにちがいない。山椒魚たちはやがて各国独自の管理下に置かれ、言語もその国の母国語を教えこまれることになって、バベルの混乱は山椒魚レベルにまで拡大することになる。

かくして人類は各国別にユートピア建設に着手する。イタリア人は地中海全体を含む「大イタリア」を、日本は太平洋海域に「新日本」を建設して、どの島にも人工火山を設置する。「将来そこに住む人たちに、聖なるフジヤマを思い出さ」せるために。人類は、山椒魚のおかげで、ようやく世界の支配者になったことを自覚したのである。

しかしここで大逆転がおこる。山椒魚は法律的、人道的、政治的なキャンペーンを通じて自治権を確立し、その数にものを言わせて(約二百億!)人間相手の大戦争に勝利してしまう。最初はリンゴ園荒しだとか卵盗みといった日常生活レベルのいざこざから、ついにバルト海に武装結集した精鋭山椒魚軍が蜂起する。フランスの評論家マルキ・ド・サド（！）が英仏独に向けて発した警告も、もはや手遅れだ。地殻変動がはじまり、人類の運命も決したとき、山椒魚側の代表サラマンダー総統が呼びかけを行ない、巧みな戦術に乗った人間は体よく奴隷化される。月日は流れ、山椒魚の時代がつづく。しかしその山椒魚たちは、アトランチス山椒魚とレムリア山椒魚の二派に分裂し、「真正山椒魚主義（サラマンドリズム）の名」において同士討ちの地獄絵を描きはじめる——「マレーのあいくちとヨガの短剣で武装したレムリア山椒魚は、アトランチスの侵入者たちを容赦なく斬り殺し、一方ヨーロッパ的教育を受け進歩したアトランチス山椒魚は、レムリアの海に化学毒薬や培養した殺戮用バクテリアを流して」。かれらはともにすばらしい戦果をあげるが、結果として海は汚染され、鰓（えら）ペストによって自らの絶滅を招き寄せるのだ。そして、かれらの戦いのシンボルは、ピジン・イングリッシュ対ベーシック・イングリッシュである。

普遍言語によらず英語によって文明の階段をのぼった山椒魚は、こうして滅びる。言語哲学の問題を内包したチャペックの物語は、言語の闘争による言語の敗北という観点に立ったとき、何にも増して完璧なアンチユートピア小説となる。しかも底に流れる言語のブラックユーモア（解読不能の記事やインチキ日本語のパンフ）は、人工言語を完璧な冗談として創りあげたモアの心意気に通じる。小松左京の『日本アパッチ族』は、チャペックのそれを手本とし、その展開をみごとに日本化した成功作だけれど、小松左京の作品からは唯一、モア＝チャペックの普遍語幻想が漏れている。最後に、チャペックが普遍語の勝利を諦めた裏には、東洋に対する絶望があろう。ライプニッツ、ヴォルテールら古典的ユートピア言語派の時代には、東洋はまだ倫理と徳の国であり、漢字は聖文字（ヒエログリフ）であった。しかしチャペックの時代には、その神話すら吹きとんでいた。そのせいだろうか、山椒魚自体に、あるいは日本人を示す暗喩を感じることができるかもしれない。なぜならば、かれらはrの音を発音することができず、すべてのr（アール）をl（エル）に転化してしまったのだから……。

PART 2 物質の未来を求めて

ケース1

『結晶世界』

a――水晶とガラスの決定的な違いについて

ガラスがどうして水晶ほど高貴でないか、という点について、すこし突っこんだ話をしてみたい。ここでは、水晶と対峙させる意味からガラスを代表選手にえらびだしたけれど、ほんとうはプラスチック、つまり合成樹脂を指名したいところだ。ただし相手かたである水晶のほうは、地上に存在するありとあらゆる結晶族のなかでも、文句なしの代表選手と言ってかまわないだろう。

では、水晶とガラスのどこが違うのか。近ごろは〈クリスタル〉と称して、水晶でもない単なるガラスの器を水晶まがいに売りつけるケースをよく見かけるが、これはとんでもない心得ちがいである。『結晶とその生長』の著者A・ホルデンとP・シンガーはじつにうまいことを言ったものだ――

「固体であろうがなかろうが、どだいガラスは結晶物質ではない。カットグラスの果物鉢を、売り子はクリスタルだと言うけれど、物理学者に言わせればクリスタルなどではないのだ。水晶の大きな結晶から珠をみがきだして、将来を占うという〈クリスタル占〉は、いまでは水晶球ではなくて安いガラス球を使っている。分子が行儀よく並んでいないガラスで見ても、行儀よく並んでいる水晶球で見たときと同じように、ちゃんと未来が予言できるのだろうか？」と。

これは至言である。本来水晶球で行なわれていた〈クリスタル占〉を、結晶でも何でもないガラス球を代用にして、どだいまじめな予言がなしとげられるのだろうか？　ではなぜガラスが結晶ではないのか。最初に結晶という物質の状態について、簡単におさらいしてみたい。結晶構造をもっているのは、言うまでもなく固体だけであって、固体とは気体や液体のように分子が自由に動きまわらない状態、つまり分子がしっかりとくっつきあって安定な構造を作っているもののことを意味している。したがって、ひとつの物質を見た場合、それが固体であればおおむね結晶質と考えていいわけだが、ここにひとつ際立った例外がある。ガラスやプラスチックである。これらのものは、ある液体が急激に冷されてしまうために、分子がちゃんと安定した結晶構造にならないうちに固まったもので、言ってみれば液体が乾燥して固まっているだけの物質である。だからガラスやプラスチックの組成は、分子の結合性から言えばあいかわらず液体であって結晶質ではない。これらは正体が液体であるから、熱を加えればグニャグニャした液体の本性をあらわすし、だいいち放っておいても流動している。ガラスを数百年も放っておけば形は崩れるのだ。

この〈まがいもの〉に対して、水晶を筆頭とする結晶には固体本来のいさぎよさと清らかさとが漂っている。この結晶のいさぎよさと清らかさをイメージ化するのに、ぼくはきわめてドラマチックな場面を思い浮かべることができる――

建立後すでに数百年たった礼拝堂があるとしよう。できればバロック風の小さくて冷たい建てものがいい。窓はもちろんステンドグラスだ。そしてここに、壮麗な音をひびかせるパイプ・オルガンと透明ガラスでつくった支那趣味の水差しとがある。これらの二つの品物は、礼拝堂ができて以来ずっとそこにあり、すでに今まで数百年の歳月を閲(けみ)してきている。

ところで、このパイプ・オルガンのパイプ部分は金属結晶のひとつ、すずで構成されている。室温はこの数百年間、ずっと十七度以下に保たれていたとしよう。ガラスの水差しは徐々に形がくずれて、今ではきわめてシュールなフォルムをさらしているが、パイプオルガンは外見上何の変化も見られない。しかしある日のこと、オルガン奏者が聖歌を弾こうとして最初の鍵盤をたたいた瞬間、何十本となく並んだみごとなパイプは振動を受けて砕け落ちる。グロテスクに変形したガラスの水差しだけはあるのに、次の瞬間にはすずのパイプは砕け散っているのだ。結晶と液体の違いである。

このドラマチックな演出を考えだしたのは、もちろん結晶の知恵である。このパイプ素材の結晶は、十七度以下の気温が保たれた環境に長らく放置されていると、結晶構造が緊密なものからゆるやかなものに変わって、いつのまにか〈もろい結晶〉になる。そしてオルガンの振動を受けたときに崩れるのだが、古い教会などでは、たまに起こる現象だという。だから、それはダイヤモンドと石墨の関係によく似ている。ダイヤも石墨も本来は炭素の結晶だが、その結晶構造がゆるいか固いかの違いでダイヤにも石墨にもなる。すずはこの結合変化を低温のなかで自発的におこなうのだ。

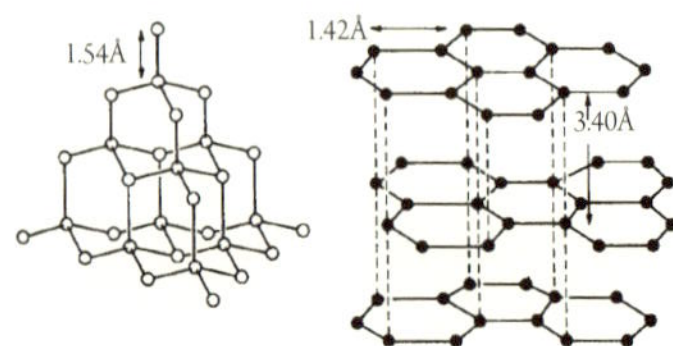

結晶パターン。グラファイト[右]とダイヤモンド[左]

けれども、結晶質をともなった固体には、すべて幾何学模様が宿っている。結晶の特質は、こうした分子の幾何学模様が無限に繰り返されるところにあるわけだが、これは物質の格子と呼ばれている。シンメトリーの美しさ——あるいは対称性をともなった形に美しさを感じるというのも、生命が自らも本来的に結晶のひとつである点に由来しているわけだ。人間の美学は、おそらく結晶の美学に端を発しているのだろう。パスツール学派でノーベル賞をもらった生理学者ルヴォフは、染色体がすでに非周期的結晶体であることを力説してはばからないくらいだから。遺伝情報を親から子へと引きわたす染色体が〈ゆるい物質〉であってはならない。かれらは〈固い結晶〉であるべきなのだ。

すずの場合も、はじめはダイヤモンドと同じ緊密な結晶構造をもっているが、摂氏十八度以下の場所に放置しておくとグラファイト（石墨）と同じ結晶に変わり、ちょっとしたショックで灰のように砕けてしまう。

b——柔かい月と堅い月

ところで、現代にはめずらしい月狂いの文学者のひとりイタロ・カルヴィーノが『柔かい月』と言うとき、そのイメージは以上に述べた「固体のくせに結晶質ではない液状固体——ガラスやプラスチック」の物理学的特性から生まれていることを、ここで眺めていきたい。カルヴィーノの想像力を例題にとれば、結晶と非結晶の話はもっとおもしろくて本質的なものに近づくだろうから。そこで『柔かい月』の主人公シビルが唇を横に薄くのばして、次のように言う言葉に耳を貸してやることにする——

「私たちは地球の上にいるのよ、地球は、太陽のように、まわりに自分の惑星を持つだけの力があるのよ。

月なんか質量や引力圏や軌道のひろがりや密度や、どの点からみても問題にならないわ。まさか月と地球を比較しようなんて言うんじゃないでしょうね？　月はとても柔かく、地球は硬く、強固で充分に耐えるのよ」

シビルと主人公は天文台を出て、高速道路を車で走りながら、天空に膨張した「瘤」のような月を見上げるのだが、ふと目をとめると、「あの瘤のような月からまたひとつの瘤が隆起し、それが蠟の滴りのように地球にむかって伸びだしはじめた」（脇功訳）のが分かる。つまり柔い月がポタリと地球に落ちてくるのである。これは月がガラス質だからに違いない。カルヴィーノはこうして、結晶でない固体の病的なイメージとして月の柔かさを歌うのだが、同じ短編集に収められている作品『結晶』になると、このテーマはさらに地球自身のことにはね返ってくる。しばらく『結晶』の導入部を引用してみよう

「地球を構成している物質は灼熱の状態で充分に長い冷却期間と充分に運動の自由とを与えられていたならば、それぞれの物質は他から分離してひとつの巨大な結晶となったであろう」

カルヴィーノによれば、地球は本来ゆっくりと冷えて巨大な結晶のかたまりになるはずであった。ところが、その冷却が急激に過ぎたために、地球は醜い非結晶固体――ゆるやかな固体として成立して

イタロ・カルヴィーノ
(Italo Calvino, 1923–1985)

しまったのである。だから——

「またちがったふうになっていただろう、それはわかっているのだ——Qfwfqは論評した——そうだろう？　私は出現すべきはずだったあの結晶の世界こそ本物だと強く信じていたので、そのかわりに生じたこの非結晶質の、ぼろぼろに砕けやすい、あるいはゴムのように柔かい世界に生きていくのががまん出来ないのだ」

ここまでくれば、カルヴィーノの真意は誤解のされようがなくなる。かれはとうとう地球自体をもガラスとみなすのだ。液状物質が急激に冷されすぎて、分子の秩序をきずけないまま固体化したガラスやプラスチックと、地球は本質的に変わらない。もしも充分にゆっくりと冷却され、分子の秩序が創られていたなら、地球はガラスではなく水晶になって、巨大な結晶世界を生んだにちがいないと、カルヴィーノは考える。

この短編『結晶』を読んで、ぼくはほとんど息を詰まらせた。これはガラスと水晶との永遠にわたる死闘そのものだ。『結晶』の主人公〈私〉は、現実の世界がじつはまがいものの結晶であって、物質が夢見た結晶への〈進化〉などそこには見出だしがたいことを、知っている。〈私〉は、みんなと同じように、鋭い尖塔をいただいた角柱の群れの中にはいり、その中で「あの堅固な立体の内側を貫いている水平軸や垂直軸をあちこちしたり、あるいはその側面や角(かど)をかすめて通る定められた道に沿って動きまわる」という、一見すれば結晶的な（結晶は幾何学的であって、二つの面がつくりだす角はどんな場合にも一定であるから）日常を過しているが、しかしそんな甘い罠にだまされたりはしない。「結晶体の中にいるのだと私に信じこませ、規則的な形や回転軸や合同形の二面体をそこに認めさせようとして、私を透明で滑らかな壁面や左右対称になった角の間を走らせるのだということは先刻承知だ、しかしそんなものは全然存在しないのだ。存在するのは、正反対のもの、たとえばガラスだ、道の両側にあるのはガラスの固体だ、結晶ではない、それは世界を侵害し固めあげた、めちゃめちゃに分子を混ぜ合わせた練り粉だ、それは急激に冷やされ、外部から強制された形に固められた溶岩の膜と同じだ、中身は地球が灼熱状態だった頃と同じ岩漿にすぎないのだ」

この恐るべき結晶の物語は、やがて「結晶を夢見、同質のものが不可分に増大していき、平静に達することのみ」――すなわち結晶的生長を行なうものだけに価値を見出だす〈私〉と、「分離と混合、そのどちらか一方、あるいはそのどちらでもあるもの」にだけ価値を感じる、いわばガラスの世界に安住する恋人ヴグとの恋物語に発展するが、水晶とガラスの融合が本質的に不可能であることを、したがって二人の恋が成就しないことをカルヴィーノは物質論的に暗示するだけだ。たぶん地球は、この〈私〉を通じて細々と「結晶になる夢」を見つづけているにちがいない。だから〈私〉は依怙地になって超結晶を探し、トランジスタラジオの音にまで言及して「すべてが結晶に由来するんだ」と言いつづける。しかし彼女は、「意地っぱりなのね」と一蹴して昔からの口論をむしかえし、「真の秩序（結晶と言いかえてもいい）とは内に不純さと破壊とを含んでいるのだということを私に認めさせ」ようと努める。

ともかくこうして、ささやかな超結晶の抵抗と柔かい月の優越とがカルヴィーノの筆に固定していくわけだ。現代の結晶文学を眺めてみても、この作品ほど端的に、しかも美しく結晶の存在学というか〈結晶の結晶らしさ〉を表現し得たものも少ないだろう。そしてとりわけ、次の一文がぼくに大きな感銘を与えた――

「さっきまでは地球の内臓から吐きだされたガスのすぐに消える泡のみが姿をみせていた灼熱した地面に、今や四面体や八面体や三稜形の、まるで空のように透明な、いろんな形のものが競って出現しつつあった、中はからっぽみたいだったが、たちまちに信じられぬほどの密度と硬度とをその内部に集中していくのがわかった。この硬質の花のきらめきが地上に溢れた。ヴグが言った、『春だわ！』私は彼女に接吻した」(脇功訳)

問題は、ヴグがつぶやく「春だわ！」の独白である。結晶の森のなかで結ばれぬ愛をささやく二人に、「水晶の春」――ガラスが結晶へ変わっていく臨界点が、ほほえみかける。そして現代における結晶文学のもうひとつの力作『結晶世界』は奇しくもその原題(『結晶世界』の原形となった中編の原題)を『春分』という。これらはいったい、どうした偶然の一致なのだろうか。

カルヴィーノの話をもうすこしつづける。『結晶』の主人公〈私〉は、まもなく、なぜガラスの世界に住むことを潔しとしないのかについて、ほぼ決定的な発言をする。〈私〉は「地球があらゆる天体がそのなかで旋回しているガスと塵との車輪から訣別して、地球こそが宇宙の無益な消散の運命からのがれる最初のものになる」ことを、願ったのである。けれども、そのためには地球が結晶の安定構造を手に入れなければならない。それにしても、そもそも生命は結晶となることができるのか。この疑問は、依然として『結晶』の主人公に向けられるべきであって、今までのところではまだ解答が出されていない。

分子の緊密な構造としての結晶は、物質の構造的安定を保証しているようにみえる。ここで〈安定〉というのは、たとえば無機物である金属が永遠にその形を変えずに存在しつづけることと同義であるとしよう。しかも無機物世界には、上と下、右と左、正と反などあらゆる対称が保たれている。対称の世界、幾何学の世界——完璧な調和空間であるところの結晶世界は、こうして一種の静的なユートピアを表現することになる。とすれば、生命は結晶のユートピアに含まれているのかどうか？

生物あるいは有機体がタンパク質という一種の結晶から成りたっていることは、あらためて書くまでもない。しかしここに、有機物の結晶体がじつは〈結晶の畸型児〉であったことを発見した人物があらわれた。フランスの科学ダンディのひとり、ルイ・パスツールである。パスツールは、有機物も無機物も同じ構造の結晶から成り、その意味ではお互いに区別できぬものであるが、ただひとつ〈有機物は対称でない〉という点において、両者に差があるという驚くべき事実を発見した。十八世紀までは、地上に存在する物質の分類はおおむね動物・植物・鉱物の三分法に従っていた。このシステムを、動物と植物との垣根を取りはらって、有機物・無機物という世界構造に変革させた功労者は、あのラマルクであった。ところがパスツールは、さらに有機物と無機物との本質的組成が同じ結晶質であることを論じて、ラマルクの考え方をより一層現代に近づけ、さらに両者を区別するポイントとして〈非対称〉なる概念を導入してしまった。してしまったと書いたのは、のちにパスツール研究所に籍を置いて現代生物学の一大ヒーローにのしあがった三人のフランス人（すなわち『偶然と必然』の著者ジャック・モノーと『生命の論理』の著者フランソワ・ジャコブ、ならびに『生命の秩序』を書いたアンドレ・ルヴォフ）が、このパスツールを発展させてついにフランス式分子生物学を築きあげ、生命はプログラムをもつ結晶体であるとする「情報理論型分子生物学」の開祖となったからである。こうして生物学は、もはや無機的なものを材料にして作りあげる分子レベルの物理学と呼んでもいいものになった。しかし、生命が結晶の畸型児であったという発見は、地球物質の発展方向がじつはガラスの世界よりなお始末の悪い所に向いている事実の暴露でもあった。なぜか？　その前にまず生命イコール畸型ということの意味を詳しく説明しておく必要があろう。

はじめに、かれらの鼻祖パスツールが死ぬほど烈しい興奮を味わったのは、次のような現象だった。それまでは左右対称の完璧な粒子と考えられてきた分子にも、左利きと右利きが存在する事実が先輩科学者たちによって明らかになったのは、ちょうどかれが二十歳そこそこの時期であった。この発見

ルイ・パスツール
(Louis Pasteur, 1822–1895)

のもとになったのは、たとえば水晶である。水晶には右結晶と左結晶とがあって、結晶を通過する直射偏光を右か左かのどちらかにまわす性質をもっている。ところが、こういう結晶を溶かして液体にしてみると旋光は現れない！　とすれば、分子は集まって結晶を作りあげるときに右利き左利きかの特性を獲得することになる。もっとも、自然界を大きなレベルで見れば、右結晶と左結晶とが等しく存在するから、対称が保たれている点に変わりはないのであるが、ともあれパスツールは、結晶の一部がなぜこうした〈非対称〉性（あるいは左右どちらかへの偏り）を示すのかその原因を知りたいと望んで、ひとつの実験に着手した。

それは、生物の一種である葡萄に含まれている酒石酸と葡萄酸とを使った分析実験であった。当時この二つの酸は、化学的にまったく同じ組成であるにもかかわらず、酒石酸は偏光をまわし、葡萄酸は偏光をまわさないという奇怪な差があったのである。パスツールはそこのところが知りたかった。かれの推測では両方の違いは左利きか右利きかの差によって現われてくるはずだった。そこで旋光力をもつ酒石酸の結晶を調べてみると、その結晶はどれも非対称、つまり分子の構造が左と右とに正しく揃っておらず、左なら左だけにかたよっていることが分かった。一方葡萄酸のほうは、左利きの分子と右利きの分子が等分に混ざった結晶からできあがっていた！　葡萄酸の分子半分は酒石酸と同じだが、あとの半分は酒石酸の鏡像（鏡に映した像のように左右だけ入れ替っているもの）なのである。

パスツールはこの発見に興奮して、次に葡萄酸の結晶から右利きのものと左利きのものとを分離し、それぞれに光を通してみた。すると、一方の溶液は自然の酒石酸と同じ旋光性を示し、他方は逆の旋光性を示した。パスツールのこの発見から、結晶には非対称なものが存在することが明らかになったが、しかしこの段階でも、左右両方を合わせれば結晶そのものは依然としてシンメトリーを保っているとも言えた。ほんとうに衝撃的だったのは、かれが発見した第二の事実のほうだったのである。かれはあるとき、偏光を回さない葡萄酸に旋光性を生じさせる力のある植物(カビの一種)を発見した。これを研究するうちに、植物には何か特別な能力があって、葡萄酸から右か左のどちらかの結晶を選びだして純化させている事実に突きあたった。こういう芸当は、無機物にはできない。無機物にも右利きと左利きはあるけれど、たとえば水晶という一種類の物質を取ってみれば、そこには必ず左右両方があってバランスを保ちあっている。だのに有機物の場合、一種類の物質はいつも右か左のどちらか一方だけを分子結合方式として持っており、同じ種類のだれかが左利きならその同類はぜんぶ左利きという際立った特徴を崩そうとしない。たとえば前述したカビは、せっかく左右の結晶が等分に混じっている葡萄酸を、わざわざ片輪の酒石酸に変えてしまう。パスツールはこの非対称物質が生体内でだけつくられることを知るにおよんで、生物物質の本質ともいうべき秘密を発見した自分が、自分自身で恐しくなってしまった。生命は、片輪の結晶のかたまりなのかもしれない!

d——生命から鉱物への旅

生命の成りたちが非対称の結晶、つまり偏った分子構造である可能性は、こうして疑い得ないものになった。自然界の結晶には、たしかに左右どちらかにかたよって成り立っているものがある。たとえば水晶。しかし水晶でさえも、右結晶と左結晶とが等分に存在してバランスを取りあっている。なのに、生物の分子はそれがない。右なら右だけの生物しかいない。本来、キリンがいれば反キリンが存在しなければならぬはずなのに！　そうだとすれば、生命は自然のシンメトリーを裏切る形で発生した物質ということになる。片輪の物質、無秩序へ向かう結晶である。なるほど、生命現象には別の見方があって、熱力学から一般化されたエントロピー理論で考えると、親から子へと確実に種の形態を遺伝させ無秩序化しないよう努める系――つまり〈負のエントロピー〉を食って生きる物質というふうにも言える。にもかかわらず、生命は物質のシンメトリーから見る限り片輪となり、やはり破局へと向かいつつあるのだ。ともあれ、右利きは右利きだけで集まるという有機物のこの〈知恵〉が、形態伝達の際に遺伝情報をエントロピー化させないのかもしれない、という発想のもとにパスツールを引き継いだのは、前に紹介したノーベル賞三人組であった。それらは今や生物の情報理論となって日本でもてはやされ、モノーの『偶然と必然』などはロングセラーになった。しかしこの新しい考え方はパスツールが提示した本当の謎を解く作業には余り有効とも思えない。生命物質がなぜ冷たい鉱物的安定へと向かわずに〈非対称〉化するのか？　パスツールの末裔たちが真に答えるべきは、この〈畸型〉へと向かう宇宙的な生命原理であって、遺伝情報の生体プログラム解明のごとき問題ではないのである。

こういうわけで、かたよりをもつ結晶を本質部分に置いた生命が、その最も理想的なすがたである鉱物や水晶――すなわち対称性をそなえた無機物の結晶に恋いこがれるのは、哲学よりもむしろ物理化学的原理にもとづいていたといえるだろう。ノヴァーリスは、そのロマン派的直観力で生命と鉱物とのアナロジーをすでに感じていたし、ホフマンやシュティフターたちも薄々そのことに気づいたようだ。そしてカルヴィーノの『結晶』にでてくる〈私〉も、自分が有機物として片輪者の結晶であるというハンデから、非結晶である一人の女を恋しつつもガラスの世界を拒絶して地球結晶の夢をみつづけていた。しかし、結晶の夢を極限までみつめきったのは、現代イギリスの作家J・G・バラードではなかっただろうか？　かれは結晶作用に、時間の流出というコンセプトを導入した。ここでバラードの作品にはいる前に、そこのところを明確にしてくれる、さる哲学者の言葉を引用しておきたい。

その哲学者は、次のように言う「時間とは、区切られた一定の空間に群がるありとあらゆる事物と事象を交通整理して、その空間に収まる分だけの事物を、少しずつ小出しにその空間へ流してゆく力に外ならない」と。『哲学的直観』の著者ベルクソンの言葉である。時間と空間とは、このとき互いに離れがたい一種の〈場〉を形成するための要素となる。〈時空連続体〉という概念は、ここに発生し、またここでは時間の変容が空間に作用し、ひいてはその空間に群らがって〈現実存在(リアリティ)〉のなかに跳びだそうとしている物質や事象(イベント)を混乱させる。

J・G・バラードが『結晶世界』のなかで第一に描こうとした地球全体の〈結晶化(クリスタリゼーション)〉の消息は、おおむねカルヴィーノからベルクソンに及ぶ「物質の将来」についての宿命的な展望だったと考えていい。したがってバラードのクリスタリゼーションを単純なイメージに再構成するのは、ベルクソンの時空理論を参考にするのが早道だ。ここに水のはいったカップがあるとしよう。今そこに多量の食塩が用

ノヴァーリス
(Novalis, 1772–1801)

意されたとする。食塩たちは少しでも早く水に跳びこんで食塩水となり、リアリティを身につけたいと願っている。しかし、食塩を一気に水に入れることはできないので、砂時計の砂が落ちるように少しずつ、水と交わるそばから溶解してゆくように食塩の入れ方をコントロールする番人が必要になる。ベルクソンとバラードのモデルでは、これが〈時間〉なのであり、食塩水は人間をふくめた地上の物質世界を示す。しかし、このモデルが作動中に、突然〈時間〉の機能が麻痺したらどうなるか？ 食塩はいちどに空間に殺倒し、過飽和となって水のなかに結晶が生じはじめる。すなわち地球のクリスタリゼーションがはじまる。

結晶化は、固体にとっての共同幻想であり、終末の夢である。カルヴィーノがいみじくも描きだしたように、本来は巨大結晶の世界へと進展するはずだった地球にとって、ガラスとプラスチックと結晶の断片と、さらには〈非対称〉という結晶のフリークス（畸型たち）たる生物に占領しつくされた現在の情況は、いってみれば時間の微妙なバランスの上に成立しているだけの危なっかしい位相（フェーズ）にすぎない。こうした混乱と非対称の世界は、つねにバランスをゼロに戻し、完璧な対称性と不死と秩序をめざそうとする宇宙意志への逆行なのだ。したがって世界は、〈反世界〉との接触によってその偏りを調整し、結晶のバランスを回復しようとする。左利きの世界と右利きの世界が衝突することによって、時間が止まり、片輪同士の物質は結晶化という質的なカタストロフィを完遂するのである。

『結晶世界 *The Crystal World*』（1966）初版表紙
マックス・エルンストの作品が使われている。

e——クリスタリゼーション

J・G・バラードの作品を読んだとき、この設定が「地球の結晶化は遠い銀河系異変の反映」と力説しているところから、同じ反映が作品の人間関係にまできっちりと及んでいるにちがいないという直観を、はじめから抱いていた。そうでないと、かれの壮大な構想も中途半端に終わってしまうと考えたからである。ぼくが手にした創元社版の『結晶世界』で、訳者の中村保男氏は作中の人間関係に及んで、「その幻想的な世界で起こる事件はいささかメロドラマ的な二つの三角関係が主体だが（中略）……人間劇としてもこの物語はかなりの厚みをもっている」と述べていた。しかしどうもぼくにはそれがメロドラマ的には感じられない、何かもっと奥深い、たとえばパスツールの右利きと左利き結晶のような物質レベルに及ぶ決定的に冷たい関係が基盤となっているのではないかと思えた。この物語が春分の日からはじまるというのが、まずカルヴィーノの「春だわ！」との関わりで気になっていたし、だいいち複式の三角関係では解ききれない謎が多すぎた。たとえば、なぜベントレスは宗教フリークで、スザンヌは「結晶化の真の意味をまるで理解していない」男マックスの妻であるのか、といった配置の問題である。たぶんこれらの錯綜した人間関係はメロドラマの範疇を越えているのだ。それはむしろ、あの非対称結晶をつくる炭素分子（有機物）の結合みたいに、じつに錬金術的な意味をこめているのではないのか。

バラードをいわゆるNW（ニューウェーヴ）スタイルの文体作家と位置づけて、その書きことばを問題にしていくことは、

J・G・バラード
（James Graham Ballard, 1930–2009）

一見むづかしいようでいて本当は簡単なのかもしれない。事実、ぼくはこの稿を書きあげるにあたって、何度かそういう誘惑に負けそうになった。しかしこれは「理科系」の文学誌である。作品解明のキイは、まず〈結晶〉という言語にこめられたバラードの希いへと向けねばならないだろう。

バラードが『結晶世界』の半ばで、主人公サンダーズの口を借りて述べる次のような見解は、ここで詩的にクリスタリゼーションの真正なイメージを伝えてくれる。バラードは「近年次々に発見されつつある二重銀河系の衝突異変こそ、地球各所に起きている水晶現象の原因だ」と前置きして、真相をこう語るのだ。

「この異常な変化現象を惹き起こしている張本人は、時間なのです（ベントレスに言わせると、「マイダスの指をもった時間」というわけです。言うまでもなく、マイダスとは、指を触れる物すべてが金に変わってしまったという神話上の人物です）。このことをわたしたちは知っています。宇宙内に反物質があることが最近発見されましたが、反物質というからには、必然的に、この陰電荷の時空連続体の第四面としての反時間という概念がそこに含まれることになります。反分子と分子が衝突すると、それぞれの物理的な本性が破壊してしまうばかりか、それぞれの相反する時間価値がお互いを抹消しあい、宇宙の中から──つまり宇宙の時間の全ストック量から──さらに別の量子を引きぬくことになるのです。宇宙内に反銀河系が誕生したことによって生じたこの類いの乱れた流出こそ、われわれ自身の太陽系の物質が利用できる時間ストックの涸渇をもたらしたものなのです」（中村保男訳）

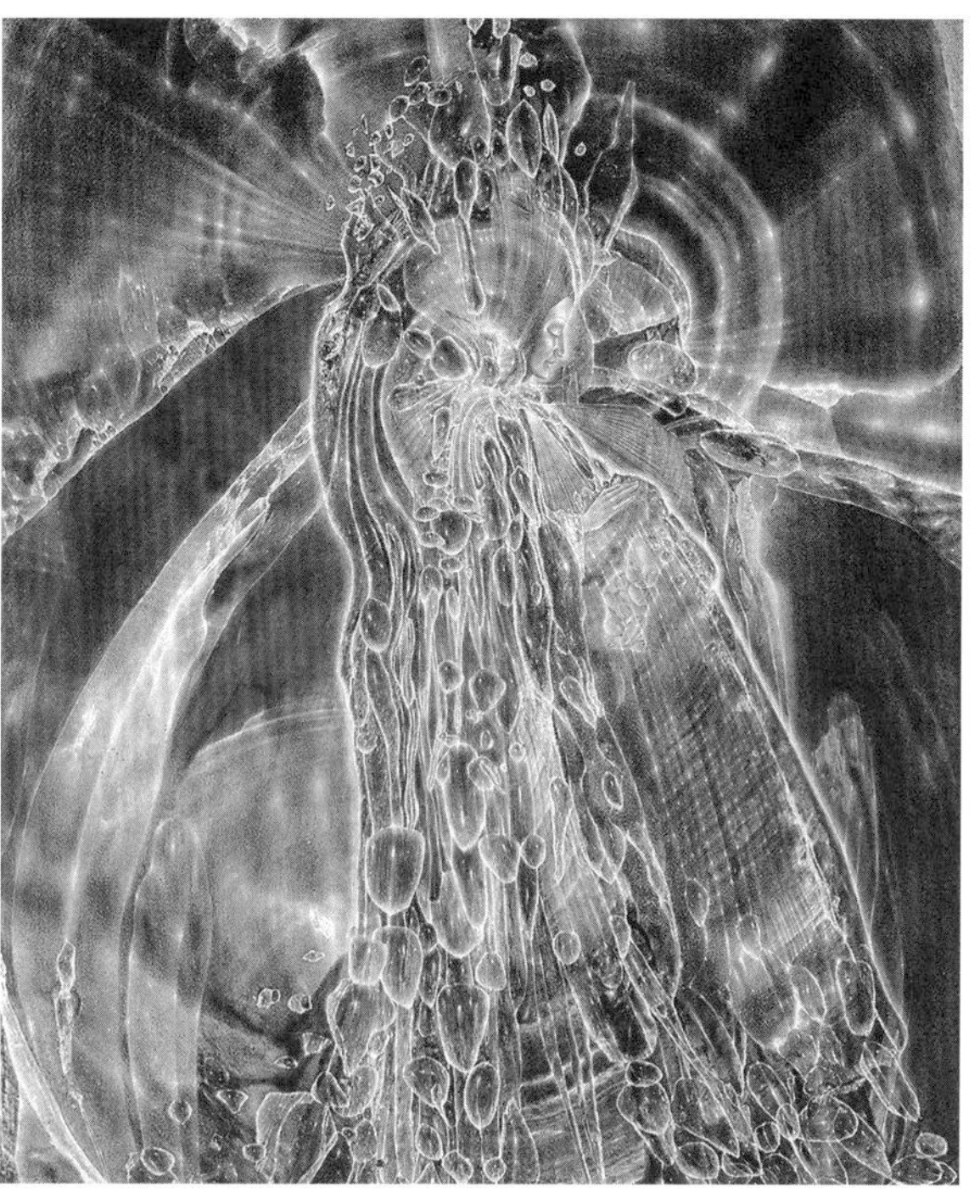

●地球上のあらゆるものが結晶化していく
クリスタル・デス。
ロバート・ヴェノサ
「Perpetuation」(1977)より

バラードはここで、すでに詳しく述べた〈時間〉の混乱による結晶の現出を語っている。ガラス物質としての地球が長らく夢見てきた結晶化が、思いもかけぬ宇宙的異変によってついに始まったのである。しかし、それでもぼくにとってバラードは、長いこと、思弁の人というよりは文章スタイリストでありつづけたために、こうした時間論と結晶論、それもとくにパスツールやカルヴィーノらの結晶感覚を知るまでは、ただひたすら情念の光を発する水晶小説の著者であることに甘んじていたようだ。だからぼくは、このクリスタリゼーションを宝石が癒す美しいシーン（バラードは、十字架の宝石が結晶化した手足を奇蹟のように潮解させる場面を描いている）の真の意味を捉えきれないでいた。宝石は、バラードが言うように、強烈な光の焦点をつくる作用を通じて、同時に〈時間を圧縮し〉、そのために宝石から出る光によって水晶化（時間の漏出）を止めることができるのだ。しかし、このクリスタリゼーションを防ぐものは宝石ばかりではない。あらゆるバロック様式の絵画や建築が永遠の魅力を有しているのは、「それ自体が空間量以上の空間を占めていて、そのため、より大きな、包みこむ時間を内に擁し（つまり、時間を圧縮し）、まぎれもない不死性の予感を与え」るからである。それは、バロック様式が宝石の美学から出発している証拠で、その点からすれば二十世紀建築の単純で平板な建物は幾何学的に未来をみつめることで満足しきり、不死性への憧れを喪失しているということもできるだろう。

ここまできて、バラードの物語は突如人間の初源的認識の問題へテーマを切り返してくる。時間が漏出し、結晶と非結晶とがいよいよ融合を始め、光と闇とが水晶の虹によって宥和されはじめたときになって、ようやく、われわれはひとつの事実に気づくのだ。クリスタリゼーション以前のガラス的な液状現実界が今まであまりにも光と闇とに分かれすぎていたことを、実感するのだ。これは、昼と夜との繰り返しを〈時間〉の力が支えてきた今日まで、生命の認識の根元として作用してきた陰陽の世界像にほかならなかった。カルヴィーノの物語のように光と闇の二分律の下では結ばれない二人も、結晶世界の森のなかでは、対立を解消する水晶光効果によって明暗が消え、融合も可能となる。その意味から、バラードがこのクリスタリゼーションの始まりを〈春分の日〉に設定したことはすばらしかった。「春分は光と闇が半々に分かれる日」であり、両者の対立の歴史がようやく終焉に向かうスタートラインでもあったのだから！

決して人道的な見地からでなく、一人の女に導かれてマタール港へやってくる癩病院の副院長サンダーズ、そして闇の側面を担うサンダーズの邪恋の相手スザンヌ、健康的な彼女の良人でありサンダーズの元同僚のマックス、女流ジャーナリストのルイーズ、そしてサンダーズとは光と闇のペアを形成する元建築家で宗教フリークのペントレス。これらの組み合わせ——あまりにもくっきりと、心の闇と心の光とに分かたれたかれらは、時間が洩れだしていよいよクリスタリゼーションがはじまる直前の、どうしようもなく白黒の対立を鮮明にさせた地球そのものの物質のありように外ならないのだ。そしてその事実を当事者としていちばん初めに気づいたのはサンダーズだった。「ここの森以外の世界にあるすべてのものがどんなに光と闇とに分かれていたかってことがわかる。人間たちでさえ闇と光の双子のようじゃないか」と、かれは語る。クリスタリゼーションは、こうして、結晶に焦がれる者たちが死ぬほど嫌ったガラス製の地球をついに水晶へと変えていく。

パスツールがかつて生命のなかに発見した〈非対称で非周期的で偏りに満ちみちた〉片輪の結晶性は、もしも生命を物質の頂点に置いた場合に、あきらかに宇宙が〈放っておけば畸型の無秩序に向かう〉傾向の証拠であった。バラードが言うように、光と闇や人間関係の偏った結合が発生した本当の原因は、生命物質がもつこの本質的な自己崩壊性に根ざしていたものなのだ。しかしこれが、水晶の結晶——すなわち完璧なシンメトリーをもつ無機的固体のユートピア——へと向かうとき、物質の将来はカタストロフィというよりもユウカタストロフィ（幸福なカタストロフィ）を手に入れるにちがいないのである。

ケースII

『時の凱歌』

a——光速という名のあこがれ

初期のSFが、というよりも現代物理学とイマジネーションとの最初の遭遇が、いつもひそかな「あこがれ」に裏打ちされていたと書いたら、それは書きすぎだろうか？　たとえば〈光速〉という概念である。毎秒二十九万キロの速度をもつ光が常識的には運動速度の窮極と考えられる以上、ぼくたちのイマジネーションはひたすら光速に近づくことを夢見ようとする。光速に近いロケットに乗りこんで宇宙に出ると、ロケット内の時間経過が限りなく緩慢なものとなって、二年間の旅を終えた旅人が見る地球は二百年後であるはずだ、などという〈特殊相対性理論〉を行き詰まらせる机上の空想に、ぼくたちはどれほど心を躍らせたことか。しかも光速の問題は、ミンコフスキー、アインシュタイン以来〈四次元〉概念とも結びついた。「時間学会」の元会長、渡辺慧が『時』のなかで言うとおり、これらの四次元空間が本質的に新しい内容をもっている所以は「単に時間という異質的なものを空間に付加して自然現象の場を図表化した点にあるのではなく、時間に光速を乗じて空間と等質のものとなし、時間と空間との加減を許し、両者を含む座標変換を許したことに存する」からである。

しかし、時間の呪縛から脱するモーメントとなる光速にあこがれることは、一面でぜいたくな夢とも評価できる要素をもっている。星の文学者として知られる野尻抱影翁をかつて訪れた人が、翁から次のような話を聞かされたという。「地球はね、毎秒約三十キロの速度で太陽をめぐっているんです。つまり人間は、じっとしていても毎秒三十キロの速さで動いている。だから、坐っているときにも、ああ自分は毎秒三十キロで動いていると実感できるようになったら、も一度いらっしゃい。わたしはいつもそれを実感している」と。

野尻翁のこのエピソードを聞いて、光速へのあこがれが実際には「青い鳥」の比喩と同じものではないだろうかと思うようになった。翁のように、じっとしているときも毎秒約三十キロで運動する地球の公転を実感することはできなくとも、人間にはすでにそれだけの初速が与えられているのだ。しかも太陽系はヘルクレス座の方向にむけて、空間に対しては秒速約二五〇キロの速度で回転しており、銀河系自体もまたさらに大きな軸を中心に、さらにすさまじい速度で回転している。そして、こうした巨大な加速度システムの最小単位を場としている人間は、ただポケッとつっ立っているだけで光速に近い運動体に便乗しているのも同然なのである。つまり、そういう超高速で動いている人間を、もしもこの宇宙の外で観察する者がいたら、かれの目には、人間が光として映るはずだ。要するにぼくたちは、野尻翁のひそみにならって、光速で運動していることの自覚をもてばいいだけなのかもしれ

野尻抱影（1885–1977）

ない。

ところで、以上のような光速へのあこがれを思い起こさせるきっかけとなった物語がある。この物語においては、重力子極性発生機、別名スピンディジーの力を借りて、ほぼ光速で宇宙を行き交う飛行都市が登場する。渡り鳥時代に突入した人間は、光速に乗って都市ごと宇宙を飛行するのである。ここでは、すでに相対速度としても光速化した人間を想像するのに、野尻翁のようなセンスを必要ともしない。都市は光となって飛びまわり、人間の勝利を高らかに歌うのである。この作品によれば、光速へのあこがれがディロン＝ワゴナー重力子極性発生機によって現実のものとなったのは二〇一九年、その装置が再発見されて地球脱出が始まった年は二三七五年、そして渡り鳥時代を経て〈光速文明〉がギンヌンガ・ガップと呼ばれる大破滅によって滅びるのが四〇〇四年と設定されている。

もっとも、光速で飛行する宇宙都市をテーマとした小説なんか陳腐ではないか、と非難する向きがあるかもしれない。しかしこの作品が〈光〉という物質の生成から消滅、そして再創造へのプロセスを巧みに人間の物語へと移し替え、最終的に〈光の未来〉を描き切る稀有な作品になっている事実を、ここで証明していこうと思う。しばらく物語の作者名は伏せておくが、かれは同時に神学にも興味を示し、光と闇の闘争をテーマとしたシリーズも著している人物であることぐらいは、話の順序として記しておく。光の形而上学をめざした現代作家と規定してもいいだろう。

b——光はまだ見えるか?

作品自体の話を始めるにあたって、ほんのすこし〈光と未来〉というイメージを煮つめておきたい。世の中には、形而上学から考えても数理科学からアプローチしても、あるいは美学とか宗教とかいった切り口から眺めてみても、だいたい一致して肯定することのできるテーゼというものがある。〈光によって世界を見る〉ことは、そうした「了解点の一致」が得られるテーゼのひとつだろうと思う。事実、人間は今のところ光を用いる以外は「世界を見る」ための方法をもっていない。断っておくけれど、ここで言う光は可視光線ばかりでなく、X線からガンマ線にいたる電磁波をすべて含んでいる。そうではなくて、もしも「光とは可視光線のことだ」と考えつづけるのなら、おそらく光の未来については何ひとつ語れないだろうと思うからだ。

実際、H・ブルーメンベルクが書いた『光の形而上学』(朝日出版社)は、形而上学としての光を可視光線に限定している。だからこそ、「森林を焼いた火が人間を洞窟からおびき出し、はじめて社会を形成させた」とするヴィトルヴィウスの光=文明仮説だとか、ステンドグラスを通して教会内に差し込む一条の光が〈創造(クリエーション)〉、つまり処女懐胎をシンボライズするという解釈が登場することとはなる。なるほど、『創世記』によれば、神は第一日めに光を創造しなければならなかったわけだし、プラトンもまた、有名な洞窟の比喩のなかで、イデア世界の影をせめても人間に知覚させる力として光を想定しなければならなかった。そういうわけで、光は太陽と結びつき、物質的創造の引き金と考えられる

●フィレンツェ、ピッティ宮殿の天井画（1641–47）

ようになった。

しかし、形而上学が光＝太陽の関係を可視光線のシンボルという意味にだけ使うのなら、それはむしろ見当ちがいであろう。光の精髄を可視性に求めるのであれば、そのために持ちだすべきシンボルは、「太陽」をはじめとする何とも無器用で効率の悪い光などではなく、「月」であり「螢光」であるべきなのだ。それも、他人の出した光を反射する月のようなクールさが気に入らないのであれば、もちろん選択は「螢光」――ルミネッセンスに絞られる。ホタルやキノコや魚たちが放つ、冷たくて青白いイルミネーションこそ、光の形而上学にふさわしいはずなのだ。なぜなら、太陽を挙げるまでもなく、日常オブジェとなった電灯のような発光体は、ある一定の光をつくるのに膨大なエネルギーをムダ使いするのだから――たとえば電灯の場合、実際に光となる部分は、そのためについやされる全エネルギーのわずか数パーセントにすぎず、あとはほとんど熱に化けて逃げてしまうのである。これらは発光器というよりも発熱器と呼んだほうがふさわしいのだ。それに反して、生物がつくる螢光はエネルギー効率がきわめて高い。ホタルの場合、使ったエネルギーの九十パーセント以上が可視光線となる。夜中にポッと光るあの冷光たちは、極言すれば〈可視光線〉のかたまりであり、光の王である。人間がそこに神秘を感じる本当の理由は、鬼火やホタル火が紫外線も赤外線もまったく含まない可視光線だけから成り立った光だからであって、それが〈奇蹟〉を予感させるのだ。

そういうわけで、見えるという属性を光の最高の真理とする形而上学には、あらためて「月」や「冷光」のシンボリズムが問われなければならない。太陽はすこしも形而上学的ではないのである。もっとも、可視光線を冷たいものと書き表わすだけでは不充分かもしれない。だいたい発光というものは、物質がエネルギー的にハイに高まった状態から元の平静に戻ろうとするとき放出する「昂まり物質」のことであった。それはちょうど、精神的な昂揚のなかでポッと名句を生みだす詩人の場合を思いださせる。あるいは、キリスト教のイマジネーションが達成したあの途方もない〈処女懐胎〉そのものでもあると言っていいだろう。そして、この光の形而上学をさらに押しすすめるとしたら、次に持ちだされるシンボルはレーザー以外にはあるまい。イメージを一層はっきりさせるために、たとえ話をつづけるけれど、エネルギー的にハイの状態になった物質からホロリと噴きだされる光子は、そのままでは方向も周期も力も一定でなく、おたがいに力を合わせたり敵対しあったりという形での〈社会〉を作ることがない。無秩序なのである。ところが、エネルギー励起の状態に至って今しも光子を放射しようという物質に、産婆役として別の光子をひとつぶつけてやる。すると生まれた子供の光は、産婆役の光がもっている方向や周期などの性質をそっくり受けついで、どこまでもピタリと後を追う有能な助手となる。こうして作った光線は、波長をはじめあらゆる秩序がととのった強力な光の束になるだろう。これがレーザーである。レーザーは、いわば神を宿した光、意志をもつ光であるから、別のレーザーと交わったときには同盟だとか反発だとかが当然起こってくる。そしてこの「意志をもつ光」たちの乱舞がレザリアム・ショーであり、かれらの作りだす彫刻がホログラフィーであるわけだ。世界殻を破ることなく世界を懐胎させる神の力をそのままイメージ化した壮麗な見せものとして、あのすばらしいステンドグラスを造りだしたキリスト教が、光の形而上学の次なるショーとして、レザリアム・ショーやホログラフィー

フラ・アンジェリコ
『受胎告知』より

を教会内に持ちこむことは、いずれ時間の問題と考えてよいのかもしれない。

c——光と物質のたわむれ

ところで、光の未来を語るのに可視光線を問題にすることはナンセンスである、と冒頭に書いた意図を、ここで引き継いでおかねばならない。光はすでに、みずからが物質であることを立証しているのである。光によって物を見るということは、光がその物を発生させている、あるいは現実の空間に現出させていることと同義である事実を、まず問題にしていくと分かりやすいだろうから、その順序から光の奇跡的な性質を見ていってはどうだろう。

光が波動であるか粒子であるかを決定するためにわれわれが払ってきた努力は、それこそ血の出るほどすさまじいものだった。自然科学者と呼ばれる人たちがまず誇るのは、そうした決定の場面に際して、たとえどんなに単純な事実を証明するにも最大の努力をいとわなかった、という事情なのである。二十世紀の最高の科学者の一人ホワイトヘッドも、「芸術や社会科学がダメになったのは、1＋1＝2を証明するために払った数学者たちのような血のにじむような努力を惜しんだことだ。連中はついにたった一つの概念さえ公式として絞りこめずに、各自バラバラな意味を与えたままでいる」と批判している。この事情は、一方で可視光線のシンボリズムを暢気に、しかも無邪気に展開する形而上学＝美学側に抗しつつ、光の本性を探りつづけた二十世紀の科学者たちの孤独な闘いにも当てはまる。アインシュタインは「光が物質粒子によって放射される以上は、有限なエネルギーの塊りとして不連続構造をもたなければならない」と主張して、早ばやと光の粒子性（つまり物質としての光粒子）を仮想した。けれども、光と物質との関係をもっと決定的にしたのは、量子力学の第一人者ディラックである。かれはそこで、光とはまず一粒ずつの光子であり、この光子の集合がグループとして波動場を形成しているという仮説を出した。この考えはのちに修正され、光も物質もみんなはじめは実体をもたない「場」をつくっているだけで、そこに一定の手続きが行なわれると物質や光が量子化（粒子になること）するのだとする、いわゆる「場の量子論」にまとめあげられた。ここではじめて、光と物質との本質的な区別は解消したと言ってもいい。

それでは、いったい光はどうやって物質を「物としてこの世にあらしめ」るのだろうか。ふつう、光が物体を目に見えるものとしているのは、光粒子が物に当たってそこから散乱光が出てくるためであるが、物質レベルで考えれば、光があたることによって電子やその他の粒子が物体から揺すり出されてくるということを示している。この事実は「光電効果」というものによって確かめられた。まず光子が物質を構成する原子にあたったとする。すると光子から刺激をうけた原子はエネルギー的にハイの状態となって散乱光としての光子を噴きだす。ここまでは、光があたって物が見えることの説明になる。しかし、空気中に置いた二つの電極の間に高い電圧をかけて火花放電を起こさせる場合に、光をあててやると火花放電がより烈しく発生するという事実が確かめられた。調べてみると、この場合に現象を引き起こすのはマイナスの電極であった。つまり、マイナス極に光をあてれば、物質がた

ポール・ディラック
（Paul Adrien Maurice Dirac, 1902–1984）

くさん生まれる。光の刺激によって物質から跳びだしてくるのはマイナス電荷をもつ粒子、すなわち電子であることが確認されたのだ。これを「光電効果」と呼ぶわけだが、簡単に言えば、光があたることによって一個の電子が空間に生みだされる――つまり光が〈電子〉という物質をつくりだすのである。

光が物質を生みだす現象は、これでやっと了解点に達したと思う。しかしごく普通の太陽光線を使う方法では、いちばん波長が短かくて物質の解析力が強い光といっても、可視光線あたりが限度で、せいぜい紫外線どまりだから、光が物質をつくる――つまり電子を外へはじきだす光景に遭遇できるはずはない。これだと、光線の波長が捉えるものはせいぜい分子か原子群レベルなのである。そこでもっと波長の短い光――ガンマ線を使うことにする。ガンマ線程度の波長であれば、10^{-11}センチメートル以下だから、原子の大きさ10^{-8}センチや原子核の大きさ10^{-18}センチと比べてもかなり良い勝負になる。したがって、こういう光線をぶつければ原子核レベルと光の衝突を観測することができるだろう。そして、電子加速器内での光の物質化実験はついに行なわれた。ガンマ線を物質にぶつけて発生させた光電効果はここでも勝利をおさめ、散乱光子のほかに電子をも外へ跳びださせることに成功したのである。

ところが、そこで怪事件がおこった！　ガンマ線実験によって光が物質化させた粒子のなかに、電子以外の何とも奇妙なものがまぎれこんでいたのである。陽電子である。通常ならば電子は電気的にマイナスであって、原子核内の陽子の数とつり合っている。原子には、どこをさがしても陽電子などは見つからない！　すると、この陽電子を産出したのはガンマ線の仮想光子だろうか。陽電子というのは、この三次元に存在する原子にとっては反物質、つまり自分の系には存在し得ない物質である。こんな反陽子を、光はほんとうに造りだせるのか？　調査をすすめてみると、驚くべきことに、光子をぶつけるエネルギーを上げればあげるほど、ミュー粒子と反ミュー粒子、中間子と反中間子、さらに陽子と反陽子といった一対の〈物質＝反物質〉ペアが次々に生まれてきた。さらにこの現象の条件がととのえられると、こうした物質＝反物質生成が原子核のそばで起こること、その際に原子核は何の変化もみせず、したがって物質＝反物質に分裂するのは光子自身であることまでが、明白になった。では、この現象がほんとうに生じていることを証明するにはどうしたらいいか？　電子と反電子とを合体させてもとの光子になるかどうか——つまり逆の現象が引き起こせるかどうかが実験できればよい。そしてもちろん、実験は行なわれ、電子と反電子を衝突させたところ、みごとに光子が誕生した。物質がついに光に還ったのである。

　光がまず作用素子として原子群にアクションをかけ、目に見える光を生みだすのと同時に電子を放出させるという、物質化の現象を語ったときに、勘のよい読者であれば、光の未来をいくらかでも予感できただろうと思う。が、ここに至って光の未来は明白なものになった。光は物質を創り、その物質は光に還っていくのである。しかも光は、電子と反電子、粒子と反粒子、すなわち物質と反物質との総合体としてみずからは空間的に自立し、あるいは時間軸からも自立しているかもしれない何かである。しかもこの世に、物質は存在しても反物質の存在した痕跡は見あたらない。したがって「光あれ！」という呼びかけは、この意味で反物質との衝突、そして消滅、さらに次なる創造への希求に変わる。新世界の創造願望へと変わる。その証拠に、ガンマ線の光子は電子と反電子とに分裂してみずからを物質化したあと、この世に存在してはならない〈反物質〉である陽電子を処分するために、電子と反電子とをさらに衝突させ、一瞬後にこの二つの合体としての光を発生させるからである。この現象——あるいは〈対消滅〉を、さらにもう一回引き起こさせ、物質＝反物質のペアをもう一度消滅させれば、そこにエネルギーのかたまりとしての光子が成立するわけだけれど、これもまた次なる一瞬ののちには、電子、反電子へと物質化していく。このようにして、光は物質となり、物質は光となる循環をくり返す。光の未来とは物質であり、また物質の未来とは光なのである。

また、最近の科学誌が報じるところによれば、宇宙が反物質でなく物質で出来あがっている理由は、総体として物質のほうが反物質よりもほんのわずか多かったからにすぎないとのことだ。われわれ物質とはつまり、光になりそこねた落ちこぼれなのである。二十世紀の科学と哲学とが光についてまとめあげた窮極のイメージは、ざっと以上のごときものである。光は、空間における自由さという点で、正確には物質界と反物質界のはざまに立つ何かであるのかもしれない。それが高速感覚となり、冷光のイメージとなって、ぼくたちの崇高さへの意識の極大値に等しく君臨していたとしても、それは当然だろう。こんな中で、光速という夢の速度を獲得し、光とともに生き、その行きつく先で反物質と遭遇するまでの経過をシンボライズする小説が、生まれているのである。

d——ブリッシュの「光の文学化」

光の形而上学が可視光線にからめ取られすぎたために光の未来を語れなくなったとき、おそらく残されたものは美学であった。可視光線の最大の下僕であった絵画は、とりわけ皮肉な現象を見せてくれる。ヴィジュアル・アートの段階では、すでに可視光線を頼まず、エネルギー絵画とも呼ぶべき動きがでているからである。たとえば、自身も生理学者で血流の専門家であるアメリカ人A・L・コプリー博士は、アルコプリーなる別名で、スペクトル分析図とも電磁波の振動ともつかないフォルムをブラシによって描きだす抽象画を描き、光以外の眼で見る映像をこととする画家として、知られるようになった。となれば、同じ美学の一員として次は文学の番となるわけだが、ぼくはここで、以上のような光と物質のたわむれを文学化した壮大な実例をようやく明らかにできる地点にたどりついた。SF作家ジェイムズ・ブリッシュが描きだした〈宇宙都市〉四部作（『宇宙零年』『星屑のかなたへ』『地球人よ、故郷に還れ』および『時の凱歌』の〈光〉は、ディラックが予言した反物質理論を作中に導入した上、ディラック自身の名を引いて、この偉大な科学者に敬意を表した光の新しい文学なのである。

全編に流れるストーリーの大枠を、最初に説明しておこう。第一作『宇宙零年』は、二十一世紀のアメリカを舞台にスタートする。上院議員ブリス・ワゴナーによって実行に移された「だれもその目的を知らない」プロジェクトが、ある日走りだして、幾多の人命を犠牲にしながら巨大な〈橋〉が建築される。この〈橋〉は、人間とその都市とを光速で宇宙に送りだす動力となる重力子極性発生機——

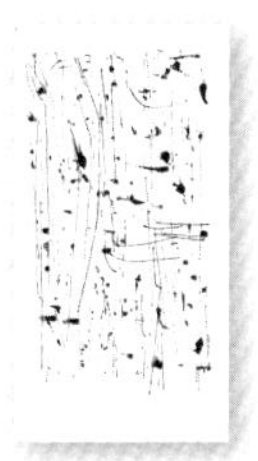
アルコプリーの作品

すなわちスピンディジーと呼ばれる装置のための実験材料であった。ワゴナー議員の努力は宇宙への道を切りひらくが、やがてかれは反逆者として処刑され、発見も長いあいだ忘れさられてしまう。第二巻『星屑のかなたへ』では、再発見されたスピンディジーによる〈宇宙都市〉時代の完成がテーマとなる。つづいて第三巻『地球人よ、故郷に還れ』では、三一一一年に〈宇宙都市〉となったニューヨークに舞台が設定される。かつて高度な文明を誇りながら、今はすっかり退化した惑星ヒーと接触したニューヨークは、ヒーを救出した代価にゲルマニウムを得てそれを宇宙都市群に持ちこむが、そのために経済システムの基本にあったゲルマニウム本位制を崩壊させ、結果的に人類渡り鳥時代の幕引き役を演じてしまう。ニューヨークはマジェラン星雲の惑星の一つに着陸し、そこを支配していた海賊都市を一掃したのち、とある惑星に定住してそこを〈新地球〉と名づける。

こうして物語は第四巻『時の凱歌』へバトンタッチされる。〈新地球〉に定住生活をはじめた人びとのもとに、新星を観測していた天文台から驚くべきニュースがもたらされる。それは、かつて渡り鳥時代に宇宙の裂け目で救出したことのある退化惑星ヒーが〈新地球〉めざして進んできているという知らせだった。ヒー星人たちは宇宙空間で反物質の存在する証拠をつかみ、「時間そのものの終末が近づいてくること」を知ったのである。それは最初、たかだか原子レベルでの反物質、つまり陽電子などの発見にすぎなかったのだが、やがて——「この極微の世界のいとも家庭的な石版画にどこかおかしいところがあるという最初の兆候は、すべての吉兆とおなじように、まず空に出現した。宇宙飛行の開始から約半世紀前の地球で、いまはまったくその名を忘れられたある天文学者は、毎日地球大

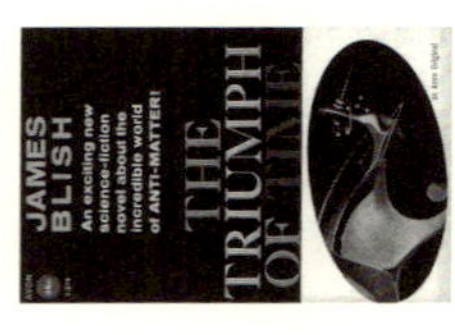

『時の凱歌
The Triumph of Time』(1958)
初版表紙

気層に突入してくる二、三百万個の隕石が、その速度や軌道の特異さでは説明のつかぬ高度で、猛烈な爆発を起こすことに気づいた。そして長い目で見た場合、つねに偉大な知識の新しい連鎖の一環を生み出すあのすばらしい空想の飛躍で、彼は炎の猫にとりまかれた。猫の毛皮の火でできた物質を想定し、それをみずから〈反地球〉物質と名づけた。この物質の中では、たとえば水素原子は、陽子とおなじ質量だが負の電荷をもった反陽子の核と、その周囲を回る電子とおなじ小さい質量の、ただし正の電荷を帯びた一個の反電子をもつことになる。こうした物質で構成された隕石は、地球の正常物質の大気の痕跡にでも触れたがさいご、猛烈な爆発をひきおこすはずだ、と彼は推論した。そんな隕石のあることは、この宇宙のどこかに、その接触が死以上のもの——二種類の物質が、燃えるような抱擁の中でおたがいに相手をエネルギーに変換させてしまう、最終的で完璧な破壊——を意味するような、こうした反物質でできた惑星や恒星や島宇宙が存在することを示唆しているのだ、と」(朝倉久志訳)

ところで正反両物質の実在は、すでに光の物質化のところで述べたとおりである。反電子も反中間子も、現在では人工的に造りだすことが可能だけれど、それはすぐに正常物質と衝突して光子に戻ってしまう。けれども、こうした反物質でできあがった〈反宇宙〉がもしも存在していて、しかもこの宇宙に接近しているとしたら? 調査の結果、この不吉な予感は的中した。反宇宙はあと三年を経ずしてこの宇宙と激突するであろうことが明らかにされたのである! かれらは時間と空間の終末を前にして、恐るべき〈ヘルクルスの網〉と闘いながら、最後の望みを託する〈超銀河系の中心〉へ向かい、

ジェイムズ・ブリッシュ
(James Benjamin Blish,
1921–1975)

ひとつのすさまじい計画を実行する決意を固める。そしてその計画こそ、光の物質化と、物質の光化、すなわち宇宙の再創造に立ちあうことであった。光のシンボリズム、光の形而上学、そして光の文学は、この第四巻において初めて〈光の未来〉へ挑みかかる本質的テーマをあらわにする。

e――『光あれ！』

『時の凱歌』の訳を手がけた浅倉久志は、巻末の解説でこの物語の背景的イメージに関し「しかし、別の見方をすれば、〈超銀河系の中心〉とは子宮あるいは卵子のシンボルであり、そのゴールに向かって突進する地球人と〈ヘルクレスの網〉の先着争いは、精子のレースの象徴だといえるかもしれない」と書いている。これは卓見であるが、しかし正反両物質の衝突と消滅、そして再創造のプロセスまでも視覚化するイメージ喚起力として生殖をもちだすことは、やや弱い。このイメージは、生物的再生産ではなくて、光そのものがもつ物質創造力の物語化なのである。ブリッシュ自身、この宇宙的大異変に至る事態の経緯を端的にも『光あれ』と表現している点に、もういちど注意すべきであろう。それは生体生殖のごとき単純な再創造ではないからである。ブリッシュは言う――「正常物質の宇宙がしだいに膨張し、その不可避的な熱死へと巻きがほどけ、坂をくだるにつれて、そのどこか近く――しかし、人間には想像もつかぬ〝どこか〟で、その巨大さと複雑さにおいて瓜二つな別の宇宙がしだいに収縮し、巻き上がり、そして物質とエネルギーのこの世のものならぬ凝集である単一体（モノブロックあるいは「光」と考えていいだろう）と呼ばれるものへ近づいてゆく。完全な拡散と暗黒と静寂、それがエントロピー勾配を時の矢が馳せくだっている宇宙の運命とすれば、反物質宇宙の終末は、質量を超えた質量、エネルギーを超えたエネルギー、土星の軌道よりも小さい直径の原始〈原子〉の中で究極的な力に達しようと荒れ狂う、なまなましい眩光と憤怒なのだ。そして、この宇宙のおのおのから、他の宇宙が生まれ出るのかもしれない。正物質の宇宙の始まりは単一体（モノブロック）だが、反物質の宇宙ではそれが終末である。正常なエントロピーの宇宙では、単一体は許容できないものであり、爆発せざるをえない。負のエントロピーの宇宙では、熱死は許容できないものであり、凝集せざるをえない。どちらの場合にしても、そこに与えられた命令は、『光あれ』なのだ」（浅倉訳）

光の未来をすでに心得ているぼくたちにとっては、きわめて明解なメッセージである。負のエントロピーの宇宙では「熱死は許容されず、しかも凝集せざるをえない」と書くブリッシュの叙述は、ここでもあざやかだ。つまり、この宇宙のように正のエントロピーの世界では、物はすべて無秩序に向かうから、単一体という絶対的秩序は矛盾であり、また負のエントロピーの世界では、完璧な無秩序＝熱死は起り得ない。しかし地上の生命は〈負のエントロピー〉を食って生きている。すなわち無秩序へと向かう正常宇宙の方向とは明らかに逆を行く、秩序維持システムである。したがって生命は、アミノ基という奇怪な「結晶」に凝集していかざるを得ないわけだ。それにしてもいったい、すべての存在のネジを巻き直す、この避けがたい大異変にどう立ち向かえばいいのか？　正反両物質の衝突は光子と電子の関係からみて、一瞬のうちにすべての消滅をもたらすはずなのだ。主人公たちが計画した企てというのは、ざっと次のようなことであった——

「われわれがいま研究しているのは、あなたがたがマッハ仮説という名で呼んでいるものです」レトマはアマルフィにそう説明した。「ボナー博士は、それをヴィコの仮説とか、定常宇宙論的原理と呼んでいますがね。つまり宇宙はどんな空間および時間から見ても、ほかの視点からまったく同じに見え、したがって、その一点に作用するさまざまな圧力を算出することは、残りの宇宙ぜんたいを計算に入れないかぎり不可能だという考えです。しかしこれは、宇宙が静的で永遠で無限だとするタウ時間の中でしか成立しない。宇宙が有限で膨張しているとするｔ時間においては、マッハの仮説は、あらゆる点が独自の観測点であることを述べているわけです——ただし、すべての圧力が等距離にあって相殺しあうため、無圧力の停滞状態にある超銀河系の中心だけは、この範囲からのぞかれます。そこでは、比較的小さなエネルギーの支出で、巨大な変化をひきおこすことができるかもしれないのです」（浅倉訳）

ここで呈示される計画をもっと単純にすれば、次のようになる。まず第一に、正反両物質がぶつかり、あらゆる段階で正と反の原子が融合するなかで、両方の中心点だけはある種の中立地帯を形成する。そして、全面破壊の瞬間にここだけが護られるかたちとなって、ごく短時間ではあるけれど破壊から生き長らえることになる。そこで、もしも人間がこの中心点にいたらどうなるか。光の物質化について述べておいたとおり、たとえ中心点といえども最終的に消滅をまぬがれるものではない。しかしその消滅がすこしでも遅れて、すぐあとに起こる物質の再創造に橋わたしができれば、人間はその再創造のために用いられる材料に加わることができる。すると、第一宇宙から第二宇宙への変遷は、まったくの新規まき直しではなく、少なくとも前の宇宙の種を宿したものとなるだろう。そして大消滅における短時間の遅れに際し、人間がそこで次の宇宙のために何らかの意志を伝えることができれば、新しい宇宙は決して見知らぬものではなくなるはずだ。ブリッシュは、登場人物レトマの口を通して、その計画をこう締めくくるのである。

「よろしいとも。われわれが考えているシチュエーションはこうです。超銀河系の中心でギンヌンガ・ガップを五マイクロ秒以上生きのびたものは、二つの宇宙の再形成にかなりの影響をもつだけの潜在エネルギーを、未来へ運びこむことになる。もし、生存物がただの小石か、それともヒーのような惑星であった場合、二つの宇宙は始原単一体の爆発のあとそっくりおなじように再形成され、二つの宇宙の歴史はほとんどおなじことを繰り返すでしょう。いっぽう、もし生存物が――たとえば人間のように――自由意思とある程度の機動性をもつ場合には、それはヒルベルト空間の無限にちがった次元の組み合わせから、どれか一つをえらぶことができる。通過を終えたわれわれの一人ひとりが、その数マイクロ秒のあいだに、これまでの歴史からは予測できぬ運命をもった、めいめいの宇宙をスタートさせるわけです」

「ただし」と、シュロッス博士が補足した。

「その過程のなかで、めいめいは死んでいくだろう。一人ひとりの本質であり、エネルギーであったものが、彼自身の宇宙の始原単一体になるのだ」(浅倉訳)

こうして物語は真の終末へと降下していく。かれらはみずから電子となって反電子と対峙し、一瞬光に変身したのち、物質の再創造のための〈最初の核〉となる決意を固める。光となって消滅し、新しい宇宙へと出現することを祈りながら。宇宙都市シリーズが、光速をわがものとして宇宙にのりだし終いに反物質と遭遇するまでの長い展開のなかでシンボライズさせたものは、かくて徹頭徹尾〈光〉であった。物質の未来をみつめる眼は、電子加速器のなかで光子が演じてみせた物質と反物質への分裂の再創造のドラマを、『時の凱歌』に転移させることに成功したのである。ブリッシュのこうしたテーマは、別に“After Such Knowledge”シリーズでさらに神学に結びついて拡大化するのだが、なかんずくロジャー・ベーコンを主人公に設定した『驚異博士』におけるその後の消息は、再度どこかで採りあげねばならないだろう。

ケースIII

『エントロピー』

a——映画仕掛けのオレンジ

なぜみんなが映画を愛したのだろう?　一九〇七年といえば、まだまともな劇映画はなく、音響でさえ蠟管録音の時期をやっと越えかけたばかりの、幻みたいな時代である。だのに映画の流行は、場末の二番館で銀幕を凝視する川本三郎ふうな映画青年、あるいは映画中年のいとも悲惨な歴史をつくるだけに奉仕したわけではなかった。映画なしでは生きていられなかった人びとの歴史が、もうひとつ、ここにもあるからである。たとえば、鉄鋼王と呼ばれた大企業家を父にもちながら、論理哲学の研究へと走ったヴィトゲンシュタインは、ケンブリッジでの講義生活のかたわら、西部劇に狂って毎日映画小屋通いをつづけた。論理だとか言語だとかいった、要するに哲学のための硬い対象がどうにも気に障りだして、現実の曖昧さやしたたかさ、それに日常語のおもしろさをあらためて発見する方向へと走ったヴィトゲンシュタインは、暗い映画小屋のなかで、画面のインディアンにむかって指の鉄砲をダンダン撃ちこみながら、そのとき確実に論理哲学の新しい脱出口をさがしだしたはずなのだ。一方、無邪気で奔放なヴィトゲンシュタインとは違い、生まじめで厳格なフランス系ユダヤ人ベルクソンは、映画の技法を近代科学の思考方法と結びつけて、これを「映画的知性」と呼んでみた。ベルクソンに言わせれば、これまでの古典科学の考えかたは「スチール写真的知性」のもたらした幻想に過ぎない。たとえば運動の問題を取りあげても、かれらはA地点からB地点へ移動する事象を捉えて、A地点に到着した瞬間のスチール写真と、同じくB地点に到着した瞬間のスチール写真とを分析の材料にする。運動している物体をA、B二地点で静止状態にさせた上で、時間や運動の問題を解こうとしたのである。そういうわけだから、アキレスと亀のパラドックスが出てきたり、ニュートンのように「絶対時間」といった動かない尺度を担ぎださなければならない羽目になった。しかし、動くものを静止させて喜んでいる時代は終った——と、ベルクソンは考える。近代の科学的方法は映画の技法と同じ思考スタイルをもつ点を特徴とする。映画というのは、一枚いちまいのスチール写真が連続的に生起していってひと続きの「動く事象」と「形態」とを形づくっていく。そしてこれが、時間と空間のなかに存在するあらゆる事象の現実の姿であるはずなのだ。その証拠に、静止ということを物体の正常な形態としてきたスチール写真派の知性は「これまでにだれ一人として時間を語らなかった」ではないか！　そう豪語したベルクソンは、最初の本格的な時間論やアインシュタインの相対性理論研究に没入していくのだが、かれの場合は実直な性格がわざわいしてか、肝心の映画見物というのを生涯やらなかったそうだ。映画に焦がれながらも、とうとう映画を見る暇をつくりだせなかったこの幻の映画ファンは、ナチ・ドイツがフランスに侵入してユダヤ人狩りを始めたあと、岩波文庫『創造的進化』の訳者によると「一九四一年の暮れもおしつまったころ、酷寒のパリの住居には石炭もろくになく、風邪から肺充血におかされて、明けて正月三日に逝去」したという。すすんでユダヤ人登録をおこない、窮乏のなかでも潔さを保って死んだ人物というと、どうしてこうもフランス系ユダヤ人が多いのだろう。シモーヌ・ヴェイユもベルクソンも、あのしたたかなアインシュタインみたいに、潔さを保ってなお生き長らえる道を、なぜ選ばなかったのか。かれらには、ヴィトゲンシュタインの熱中したアメリカ製西部劇を一度だけでも見せてやりたかった。

ルートヴィヒ・ヴィトゲンシュタイン
(Ludwig Josef Johann Wittgenstein, 1889–1951)

b――思考実験の種あかし

で、話は冒頭の一九〇七年に舞いもどる。この年ベルクソンは『創造的進化』という生命哲学の本を出して、このなかで「思考の映画仕掛け」という問題を採りあげる。要するに、さっき書いた〈反スチール写真的〉思考――一枚ずつのスチールに時間が切りとられて表現されるのではなくて、たくさんのスチール写真が映画的手法によって上映されること、つまり連続的に生起するもののなかに事象を読みとること――を近代科学の根本原理とするのである。ここでベルクソンは、映画を逆回しにすると時間が逆行する事実を捉えて、時間の機能とは結局フィルムを回すプロジェクターのようなものだと指摘する。そこで、一秒間に捉える瞬間の数を多くすれば多くするほど、時間と事象との対応は精度を増す。つまり、一秒間が十齣（十瞬間）に分割される映画よりも、二十齣（二十瞬間）に分割される映画のほうが、運動（時間と事象との対応）をより精確に捉えることが可能になるということである。ベルクソンはしかし、こうしたいかにも物理学じみた映画的知性を超えて、第二の認識方法——あるいは形而上学的な観点に魅かれていくわけだが、それにしてもいったい、ベルクソンと映画との関係をなぜこんなところで採りあげなければならないのか？——と、反論する向きもあるかもしれない。問題はそこなのだ。

ベルクソンと映画のエピソードは、アインシュタインが「思考実験」と名づけた理論物理学の方法の先駆的実例であるからこそ、重要なのである。二十世紀の物理学は、他のどの時代にも増して「思考実験」から恩恵を蒙ったと言っても良いだろう。仮説を証明する実験方法の発見と、さらにそれをリードする新しい仮説とをめぐるリレー競争に、二十世紀の時代精神がもっとも印象的に輝いたのである。かつての思考実験は、たとえば「神」だとか「悪魔」だとか、あるいはアキレスと亀といった自然物のイメージに束縛されすぎていた。SFにもよく出てくる古典的な実例に、「ラプラースの魔物」だとか「マクスウェルの魔物」などがあるけれど、これら魔物の暗喩が到達した最高の実例と言える「マクスウェルの魔物」を除けば、それらは必ずしもイマジナティヴな譬えであるとも思えない。しかし真の思考実験が開花するのは、応用科学の技術が映画を生み、汽車を生み、エレベーターを生み、飛行機を生んでから後——思考実験の材料にふさわしい速度と規模とをもち、何よりも人間の自由に操れるオブジェが、世に出てからのことである。すなわち映画の技法が「時間」の問題を解くための具体的なシミュ

●エジソンのキネトスコープ（映画のぞき眼鏡箱）

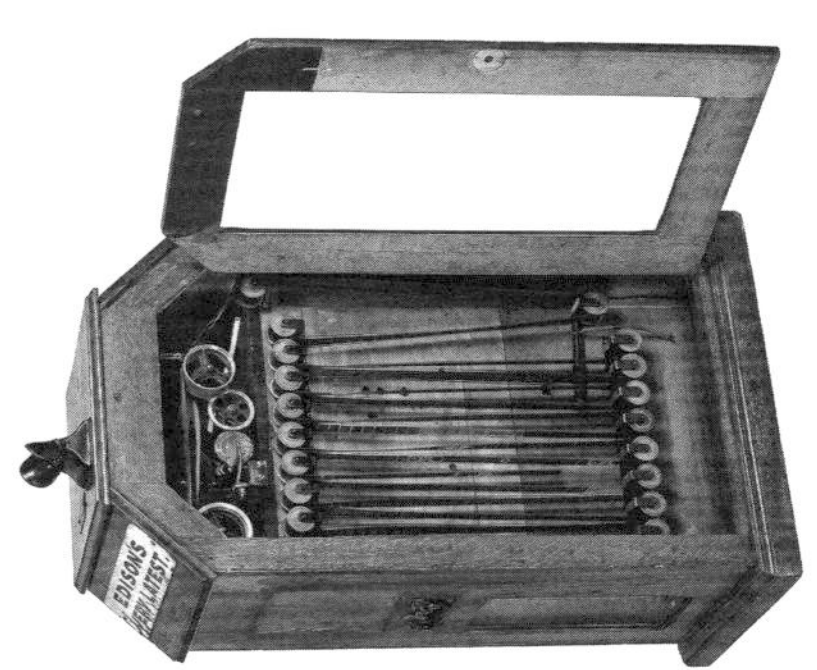

レーション（模擬演習）モデルとなり、汽車が速度の、エレベーターが重力の、そして飛行機が相対性理論のための「想像上の実験材料」となって初めて、理論物理学は大発展するのである。

おそらく、現実の生活が太陽や月や大気といった自然の運行とそのリズムとにしたがっているあいだは、思考実験は物理学の役に立たなかったろう。その時代には、ニュートンがリンゴを相手にやったように、自然をありのままに観察するほうがずっと有益だった。しかし生活のなかに汽車やエレベーターや飛行機や映画といった人工速度（あるいは人工自然）がもちこまれた時点で、自然の運行がじつはパラメータつき（人工的な操作で内容が変わるもの）の関数でしかなく、決して絶対数ではありえなかったのだということが了解され、それならばそうした事象を勝手に変化させても「真理」を損うものではなさそうだとの合意ができあがる。思考実験の方法はこうしてスタート台に着くのであるが、その代表選手は、エレベーターからエンパイヤ・ステート・ビル、汽車にロケットといった都会の日常オブジェを駆使したアインシュタインだろう。かれが、そうした都会オブジェのごろごろしているアメリカに亡命したことは、何としてもシンボリックな出来ごとだったと言わざるを得ない。そしてさらに言えば、アメリカの新しいSFがヨーロッパの科学小説にとって替わった最も大きな要因は、この思考実験と都会の日常オブジェ（都市、交通、空間、人口）との結合にあったはずなのだ。イギリスを含む減価償却ずみのヨーロッパ諸都市は、人工自然の達成度において、ついにニューヨークに及ばなかったからである。

ここで思考実験の勝利の歴史をひとつ引いておくべきだろう。アインシュタインの思考実験は、そ

図A－1：地上から見る観測者の場合

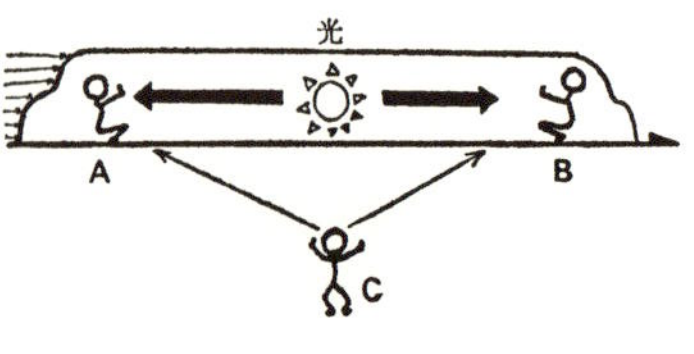

汽車の中央で発せられた光を合図にA・B・C三人が時計を合わせるとする。この場合、汽車が走っているので、Cの目からはBよりもAのほうに早く光が知覚されるように見える。

れぞれ異った運動系に属する観測者のあいだでは同時性が成りたたないとする特殊相対性理論のキーポイントを説明するのに、好んで「光速に近い速度をもつ」汽車の実例を取りあげる。たとえば今、図Aのような情況で三人の観測者がある現象を目撃するものとする。これはアインシュタインの思考実験例をもっと簡単にしたものと考えていただきたい。その場合、二人は「充分に高速な」汽車の前部と後部に乗っており、もう一人はその汽車を地上で見ているものとする。ただしこの汽車は光の速さの数分の一という途方もない速度で進行している。さて、車中の二人の観測者が自分たちの時計を合わせるのに汽車の中心から発射された光を合図に使ったとしよう。汽車のなかにいるかぎり、中央から出た光は前にも後にも同じ速度で放射されるはずだから、二人は時計をまったく同じ時間に合わせたものと思いこむだろう。ところが、地上からその光景を見ている第三の観測者は、後方にいる観測者の時間が前方の観測者の合わせた時間よりも早くなっていると信じてしまう。何故か？　中央の光が第三の観測者を含めた全方向に等速に放射されるとしても、走っている汽車が後方の観測者をその速度に応じて、光が発せられた点へと近づけるからであって、逆に前方に乗っている観測者をその分だけ発光地点から遠ざけるからである。ところで、今度は地上の観測者が合わせた時間を、乗車している二人が見たらどうなるであろうか？　この場合、汽車に乗っている二人にとって地上の観測者は相対的に動いているように見えるから、たとえば発光があった瞬間にちょうどその発光点と並行する場所に第三者がいたとすれば、汽車が前進する分だけ地上の人間は後方に置き去られるから、乗車中の二人よりも遅れた時間を合わせるようにみえる。もっと極端な思考実験を考えてもいい。今この

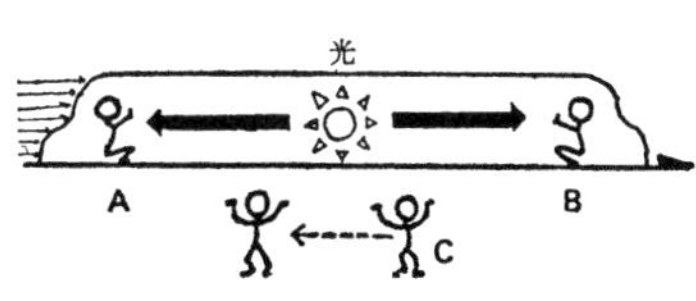

図A–2：乗車中の観測者から見た場合

汽車の内部では、光が全方向に等速で放射されるために、A、Bともに同じ時間んに合わせる。しかしA、Bから見れば地上にいるCは相対的に後方へ動いているように見えるので、Cが同じ時間を合わさないと信じこんでしまう。

汽車が「光速に近い速度」でなく、「光速」そのもので走っていたとする。そこへ、汽車の後方で同時に雷が光った。この場合、汽車に乗るAとBの二人は、後方で光る雷を合図に時計を合わそうとしても、いつまで経っても雷の光が目にとどいてこない。なぜなら、雷の光の接近速度と汽車が遠ざかる速度とが同じだからである。一方、地上のCは、当然ながら汽車の後方の雷を確認して時間を合わせることができる。

この思考実験から、アインシュタインは相対性理論の中核的原理を導きだす。それは、異った運動系(たとえば、車内と地上のように)にあるもの同士は、たがいに別々の時間をもたなければならない、あるいは時間を一致させられない、という原理である。かれはこの思考実験を証明する実験記録をさがして、ついに〈ローレンツ変換〉の方程式に行き当たるわけで、この方程式から有名な「あらゆる速度は光速を超えられない」というテーゼが生まれる[☆1]。しかしその当時、当のローレンツはむしろ謎めいた「エーテル」＝絶対静止空間の実在性を物理学として解決するために腐心していたのであった。その意味で、ローレンツは知らずに「エーテル」が幻想であったことを暴く仕事に熱中していたのである。

しかしなお、この特殊相対性理論は、別種の思考実験によって一時ピンチにおちいる。ある若い飛行士が、光速の九九・九パーセントの速度で走るロケットに乗って、二十五光年遠方にある星に旅立ったとする。ところでかれは双生児の弟を地上に残していった。やがて五十年が過ぎ、地上の弟が老人になったところで兄のロケットが帰ってきた。そこに現われた兄はまだ一年しか年取っていない元気な若者であったというのだが、しかしこれは変だ。なるほど地上で待った弟にとっては「地上で五十年が経った」かもしれないが、ロケットに乗っている兄から見れば、汽車の時計合わせと同じように地上にいる弟の時計は遅れるはずである。だのになぜ弟は老いさらばえなければいけないのか?

この問題の答えは、どちらか一方の時計が「偽り」である、ということである。地球とは別種の加速運動系にはいった兄の時計は地上の時計とは別ものとなり、時計の比較が無意味になったから――つまり兄は弟の時計の外へ跳びだしたから、というのである。二人は別々の世界に住んでいたから、一方の時計で一方の時計を比較できないのである。特殊相対性理論からは、以上のような答えしか出ないのである。しかしこれは実際問題として、答えにならない答えだ。アインシュタインは相対論が通用しないこんな加速運動現象があるという事実を考え合わせて、やがて一般相対性理論を発表するに至る。一般相対性理論は、この双児のパラドックスのように一方を「偽りの時間」とせずにすむこと、別々の時間というのを再度一本化すること、つまりどんな系にあってもピッタリ一致する時間の基準をつくりだすことにあった。ここで出てきたのが光である。光はどんな系のなかでも同じ時間を設定する。[☆2]

c――思考実験は美学である

こうして思考実験の歴史はハイゼンベルク、ディラック、湯川秀樹らの輝かしいページを彩ることになる。このなかでもとくに刺激的なのはディラックの思考実験、つまり正、反、合の組み合わせからいけば物質と反物質が存在してもかまわないという仮説だった。しかも反物質が実在することの証明は、ベータ崩壊や陽電子の発見によってみごとになし遂げられた。ディラックの思考実験によって何よりも力づけられたのは、唯物弁証法をもってするマルクス系の物理学者たちだったろう。物質と反物質が実在し、それらが対消滅(ついしょうめつ)したり光に変わったりする過程こそは、何を隠そう、テーゼとアンチテーゼ（正と反）、それに合体としてのジンテーゼを思考の方法とする弁証法の正しさを証明する物質的証拠そのものであったのだから。

しかし、思考実験を武器とする理論物理派にとっては、かれらの結論がエントロピー増大律であろうと反物質との衝突であろうと、あるいは中間子やニュートリノの仮定であろうと、**ある共通な美意識**をその底に宿していた点をここで見逃してはならない。物理学における美学とは、要約すれば「すべての存在は対称のうちにある」ということになるだろう。電気的には＋と－が調和すること、幾何学的には右と左が完全に釣り合うこと。こういう事情は、もっと端的には対称性(パリティ)が保存されるという言いかたでかれらの教義となってきた。湯川秀樹が理論物理学において中間子を予知したのも、自然界は美しい対称性を保っているという絶好の美学に礎を置いてのことであった。湯川が易経や荘子に、ハイゼンベルクがギリシア哲学にと、おのおのがかれらなりの哲学と思考実験の方法を結合させたのも、その美学のせいである。だから、俗にビッグ・サイエンスと称する時代にはいって、巨大な電子加速器やNASAのコントロール・センターのごとき大研究組織を持たなければ業績があがらぬ時代になって、美学や哲学を語るアインシュタインや湯川、ディラックやハイゼンベルクのような物理学者がすっかり影をひそめてから、案の定「自然界のパリティ」保存律はもろくも崩れ去ることになった。思考実験が護りつづけた物理学のなかの美学――つまり自然の対称性を破る決定的な出来ごとは、一九五六年に起こった。楊振寧(ヤン)と李政道(リー)両博士によって「自然界には右利き、左利きの片輪な原理が存在する」ことが、実験的に裏付けられたのである。このときの衝撃は、女流物理学者の筆頭と称えられる呉健雄(ウー)女史によるコバルト60の実験を見ることで、ぼくたちにも体験できると思う。放射物質コバルト60の原子核は電子を放出するのだが、この放出現象を理論物理学者が定義するのであれば、N極とS極の双方に同じ数の電子が放出されなければならない。これが対称性、つまりパリティの保存ということである。しかし呉女史の実験結果はかれらの美学を無残にも破壊するものであった。コバルト60の原子核から放出される電子は、S極とN極とで対称になっていない！　原子核は左利きであって、磁石の南極の方向により多くの電子を放出させている事実が確認されたからだ。これがきっかけとなって、整合を保っていたはずの対称的自然界からは、右だけの物質、左だけの物質が続々と発見されるようになった。こうなると、自然の美しさなどは単なる絵空ごとに堕する。ニュートリノは左ネジの方向にしか運動しない片輪者であることが立証されるや何やらで、巨大な加速装置による実験が進むにしたがって、自然の成り立ちが決して美学的でない事実はいよいよ明白になっていった。とすれば、物質の未来という観点に立つとき、ぼくたちにはもはや結晶のごとき美しい世界は到来しえないことになる。では、いったい物質の未来に何が残るのか？　量子力学の分野で美学とされた対称性(パリティ)の神話は、かろうじて、熱力学が生みだしたもうひとつの美学〈エントロピー〉理論へと受

楊振寧（右、1922－）と李政道（左、1926－）

け継がれる。ぼくたちが少なくとも美学として物質の未来を表現する場合に、現在唯一ドラマチックでしかも美しい光景を描き得るものは、このエントロピー理論である。なるほど、エントロピーは滅びの美学かもしれないが、しかし——

d——熱力学第二法則の意味

一九世紀末から二十世紀初頭にかけて熱力学が物理学界に与えた衝撃は、かつてのニュートン力学のような宇宙的に作用する普遍法則——すなわち熱力学の第一、第二法則——を確立したことであった。のちに相対性理論を出してマクロ宇宙の全体像を描くことになるアインシュタインに、「われわれは、その対象が物理現象の全体性を説明しつくすような理論にだけ、研究の対象を限定しよう」と叫ばせたのは、この熱力学が出した法則の「普遍性」の力強さである。それにしても、物理学が全宇宙のための法則として呈示したもののうち、熱力学から出たテーゼにはとりわけ奇妙な内容が詰まっている。熱力学第一法則というのは、よく知られているように〈エネルギー保存の法則〉と呼ばれるものである。しかし、第一法則につづいて公式化された第二法則は、どう見ても第一法則とソリの合う内容とは言い難い。第二法則のポイントは、要するにエネルギーは保存されないということだからである。もしも第一法則だけが原理であれば、永久機関ができない理由はない。できないのは、この第二法則のせいである。第二法則の定義にはいろいろな形式があるけれど、今この時点にふさわしい言い回しをすれば「孤立体系は死の段階をもとめる」と書いて差しつかえないだろう。ここで孤立体系というのは、熱機関でも時計のゼンマイでもいいから、ほかから力の影響を受けることなく単独でエネルギーを消費していく系を示している。そして、こういう系をその変化のままに放置しておくと、大体においてそれは静かで一様な死の段階に落ち着き、外から特別な力が加わらない限り元の状態には決して戻らない。ところで、今このように死の段階へ近づいている度合を表わすのにエントロピーなる尺度が用いられる。エントロピーが増えるということは、その系が死に近づいている事実を意味する。たとえば回転するはずみ車の場合を例にとろう。回転するはずみ車の運動エネルギーは、摩擦によって熱エネルギーに転換する。これはまずベアリングの温度上昇となって現われ、ついでベアリングの高温部分はベアリングの周囲へ向かう熱伝導によって熱的に平滑化され、最終的にはすべての大規模な運動が死滅し、すべての温度に差がなくなってエネルギーの移動がなくなり、死の段階を迎える。これを熱死(ヒートデス)という。熱力学に言う熱死の場合、何となくすべてが熱くなって発火点に達し、焼死してしまうような積極的イメージを抱きがちだけれど、実際にはもっと穏やかで不活発なイメージをもつ現象である。「熱による死」と言うよりもむしろ「熱自体の死」と考えたほうが実情に近い。しかもエントロピーは、一度動きだしたら最後、決して元へは戻らない。いつも秩序から無秩序へ、生から死へと動いていくこのイメージを譬え話に置き換えるとしたら、いちばんぴったりと来るのがアイス・コーヒーとホット・コーヒーの話だろうか。アイス・コーヒーとホット・コーヒーを混ぜあわせると両方の温度差を相殺した生温いコーヒーができあがり、それがいつのまにか周囲の温度と一様になる。これがコーヒーの熱死である。しかもエントロピーの原理によって、この熱死したコーヒーを再びもとのアイスとホットに分離することはできない。

熱力学から生まれたエントロピー理論は、以上のように整然として、厳格だけれど充分に壮大な美学をそなえている。もっとも、「負のエントロピーを食う」有機物に発言させれば、「所詮蒸気機関の熱エネルギー問題から出てきたエントロピー理論を、おれたち有機物にまで及ぼすこと自体がナンセンス」と切り返してくるに違いない。事実、生物などは繁殖によって数万世代ものエネルギー代謝を繰り返しても、ちゃんと祖先と同じ形態を保っているではないか。これは、生命のような反エントロピーの特異点に、同じ熱力学の法則が通用しないことを物語っている。しかし熱力学の学者に言わせれば、そんな局所の例外はあるにもせよ全体はやはりエントロピー増大の方向に向いているのだ、と反論してくるだろう。それはちょうど、川のあちこちにできる渦が、一見すると川の流れにさからう運動をおこなうように見えながら、全体としてはやはり川の流れに乗ってどこか一方へ向いている場合と、よく似ている。そして宇宙自体も、ある種の孤立体系とみなすのであれば、エントロピーを増大させつつ熱死へと向かっていることになる。そしてこれが、今のところもっとも美しくしかも確実なイメージを伴った物質の未来像である。

そこで次に、エントロピー増大の美学が文学の側にどのような影響を与えたであろうか、という問題になる。熱死のイメージに酔い痴れたSFは、たしかにいくつも書かれたし、今も書きつがれている。しかしそのなかでも、以上のごときエントロピー美学を文字通り「文学」に置き換えることに成功した作品は、そう多くない。今ここに引く作品はタイトルを『エントロピー』といい、トマス・ピンチョンというアメリカ人の手になるものである。アメリカには長らく前衛が育たない時期があったけれど、今は新しいアメリカの文学としてジョン・バースやドナルド・バーセルミらの勢力が拡大しつつある。しかしバーセルミやリチャード・ブローティガンの声はあまりに小さく、自閉症じみている。ジョン・バース、この人はかなり大きい。しかし、嘲笑とリリシズムと、知性と雑学と、あるいはまたフィクションとしての規模の大きさから言って、トマス・ピンチョンだけが、いま物質の未来を小説に託せる唯一の語り手なのではないだろうか。

e——エントロピーの物語化

まず最初に『エントロピー』の粗筋を記(しる)すことにしよう。時は一九五七年の二月初旬、ところはアメリカ、ワシントン市の某マンション。物語は、引っ越しにかこつけた乱痴気パーティを四十時間ぶっ通しでつづけている階下の部屋と、あくまでも静かで秩序立った生活を送る階上の部屋との並列描写によって展開する。——ミートボール・マリガンのアパート明け渡しパーティがはじまってから、もう四十時間になろうとしていた。ポーカーをやったり酒を飲んだりして夜を明かし、「ミートボール自身は、空(から)になった二クォート入りの大酒瓶を縫いぐるみの人形のように抱きしめて窓ぎわで眠っていた。国務省やNASAなどの数人の女子職員は寝台に寝ころんだり椅子にすわったたまま酔いつぶれ、一人は

風呂場の流しで、酔いつぶれていた」（以下白水社『現代アメリカ幻想文学』所載の井上謙治訳を引用）

外は雨、でたらめな天候。酔いつぶれるかれらの上に、時が容赦なく流れていく。一方、階上では、下から響いてきた音楽の音に眠りを乱されて、老人カリストがふと眼を覚ましたところだった。かれは両手に小鳥をそっと抱きかかえている。病気のために瞼を閉じ、ずんぐりと膨んでしまった小鳥に自分の熱を伝えるために、三日間ずっと抱きかかえてきた。かれの隣りで若い女性が身動きし、鼻を鳴らした。かれらはその聖域を一歩も出ることなく、外の社会的混乱と冬の天候とから自分たちを隔絶させていた。女は温度計を見る、「三十七度、あいかわらず三十七度（華氏）よ」

カリストは顔をしかめる。火曜日から温度は変化していない。天気は変わりやすかったのに。かれらにとっても気象学者にとっても、気温が上下することは一種の救いであった。温度が一様にならないということは、宇宙学者が予言する宇宙の最終的熱死がまだ遠いという事実を示しているからだ。かれは自分の体熱を小鳥に伝えつづける。

ふたたび場面は階下に戻る。ミートボールは眼を覚まして迎え酒をやりだす。やがて玄関のドアを叩く音がして、ジョージ・ワシントン大学の女子学生が三人はいってくる。ミートボールは彼女たちを加えて、ふたたびパーティの勢いを盛りあげる。

階上。カリストは相変わらず小鳥を抱きながら、次のような口述をしている最中である、「若いころ、プリンストンの学生だったカリストは〈熱力学の法則〉を記憶する方法を覚えたことがある。どうやってもだめなのだ、ものごとは悪化していくばかり、好転するということがない。好転するなどとは、

ペーパーバック版
『エントロピー *Entropy*』
（1983）表紙
初出は一九六〇年。

だれにも言えないのである。五十四歳のいま、ギッブス（アメリカの理論物理学者でエントロピー理論の研究家）の宇宙観を前にして、大学生の用語が、結局、神託であることを知った。あの細長い、迷路のような方程式が、彼にとって、究極的な宇宙の熱死を表わすものになったのである。もちろん、はるかそれ以前においても、彼は、機関やシステムが百パーセントの効率を発揮するのは理論の上だけであるということや、孤立した物質のエントロピーはたえず増大するというクラウジウスの定理を知っていた。しかしギッブスやボルツマンがこの原理に統計力学の方法をもちこんだとき、はじめて、彼は、この原理のもつ恐ろしいいっさいの意味を知ることになった。そのときはじめて、彼は周囲から隔離した物質——銀河、機関、人間、文化、その他何であれ——は自然に、〈より蓋然的なものの状態〉に発展してゆく、ということを悟ったのである。（中略）そしてアメリカの〈消費者主義〉のなかに、もっとも蓋然性の少ないものから、蓋然性のもっとも大きなものへ、分化から同一へ、秩序ある個性から混沌へと移っていく、似たような傾向を発見した。要するに、彼はギッブスの予言を社会的な観点から言いなおしたものであり、文化のなかに熱死を予見したのである。すなわち、その状態ではさまざまな思想が熱エネルギーのように、究極的にはそれぞれが同量のエネルギーとなるもので、もはや移動しなくなり、したがって知的運動も停止してしまうのである」口述を途切らせたカリストは、「何度だね？」と尋ねる。「三十七度よ」と答えが返る。

陛下。ミートボールとソールの会話。ソールが最近経験した妻との口論について語る。妻と話が通じなくなったのだ。言語の行き違い。情報理論では、やりとりされる情報のうち相手に伝わらない部

トマス・ピンチョン
（Thomas Ruggles Pynchon Jr., 1937–）

分が増大することを、同じくエントロピー増大と呼ぶ。

ふたたび階上。屋外の気温はあいかわらず三十七度。カリストは小鳥を抱きながら、過去を夢見る。

階下。酒場とまちがえて闖入した水兵をまじえて、パーティは乱れに乱れる。しかしミートボールはその乱れを元にもどそうとして酔いつぶれた仲間ひとりびとりを静かにさせようと行動を開始する。パーティはもう三日めにはいろうとしていた……

階上。過去にしばられたカリストは小鳥の心臓が止まるのに気づかない。やがて、小鳥の死を償うかのように動悸しだした自分の心臓に喚ばれて、カリストは小鳥の死を確認する。「わしが小鳥を抱いたのは、わしの体で暖めてやろうと思ったからだ。生を、あるいは生の感覚を小鳥に伝えているような気持ちだった。どうした？　熱の移動ということが利かなくなったのか？　もはや……」

恋人は窓のそばに坐っている。かれは恐怖を感じて椅子に深く腰をしずめる。彼女は一瞬決心がつかずに立っていたが、いまや不変の三十七度が決定的になって、カーテンを引き裂き、二本の繊細な手でガラスを叩きこわす。そうして血だらけの手でベッドの男に向かい、「内でも外でも、いつでも、華氏三十七度になり、二人の生命の、それぞれ動揺する奇妙な優勢形質が暗黒という薬剤に溶けこみ、そしていっさいの運動の最終的空白状態に変化する平衡がくるときまで、彼とともに待とう」と決心する――

物語はこうして終了する。何とも奇妙な展開である。が、あらかじめエントロピー理論を頭に入れた読者は、それとない物語の細部にいちいち胸を撃つ言及が隠しこまれていることに気づくだろう。

第一に、引っ越しパーティのさなかにあるミートボールの部屋は、回転するはね車のように絶えずエントロピーを増大させていく運動系である。乱痴気騒ぎの進行は、したがって無秩序が増大していく過程と同じだ。そこでは「言語の障壁」や「一種の漏洩（リーケジ）」「重複」「雑音」といった無秩序化の力がかれらのコミュニケーションにも介入して、やがて文化そのもの、存在そのものまでがエントロピー増大の原理へと堕落していく。これは階上に住むカリストが、すでに引用した口述の部分で言っている通りの現象である。このままでいけばミートボールたちは熱死へと向かわざるを得ない。物語の最後でかれは「明け渡しパーティがまったくの混乱に陥ることを防ごうと決心」して、仲間たちを静かにさせようとするが、これも空しい行為である。なぜなら、熱力学第二法則は非可逆現象だからであって、すでにアイス・コーヒーとホット・コーヒーが混ぜ合わされた以上はもとのアイスとホットに戻せないのである。

しかし、ここできわめて不可思議な空間——階上のカリストの部屋が紹介される。かれは熱力学第二法則が人間や文化や宇宙にまでも妥当する鉄則であることを知っている（そのために、かれはわざと長い口述を繰りひろげるのだ）。かれの部屋は「アンリ・ルソーふうの幻想」に彩られた温室であって、七年がかりで作りあげた別世界である。ここは溶接密閉されており、都市や文化や政治や宇宙のエントロピー進行から決然と離別した孤立系を形成している。この部屋が植物や小鳥にあふれた人工ジャングルであることには重大な意味がある。これら生命体は、すでに述べたように「負のエントロピーを食う」存在、つまり無秩序化に抵抗する局所場なのである。そして温室である以上、酷寒の外気とは熱差を保つはずであって、外気三十七度という魔法のような繰り返し（リフレイン）句は「熱死」への挑戦としてカリストを奮いたたせる。

だが、この反エントロピー空間にも運命は押し寄せていた。病気の小鳥の死。カリストはここで、もはや熱の移動が利かなくなったことを知る。階下で盛んに増大させている無秩序エネルギーがついに階上にも及んで、小鳥が熱死したのである。その運命はやがてカリストたちにも及ぶだろう。恋人は別世界を支える窓ガラスを破るけれど、これとて大した意味もない。カリストは最初「みずからが無気力な運命主義という優雅な退廃にいつのまにか落ちこむほど弱くない」人間であることを自負して、元気のよい、イタリア人らしい悲観主義のもとで、マキャヴェリのように実力と運命の力を五分五分にしておいたのである。かれは恋人との愛の営みにさえ、無秩序を暗示する状態をつくらないように心がけることで、できれば実力が運命を超えるところへ行きつこうとした。その努力が、要するに階上の密閉された部屋を生みだしたのである。

カリストの計算通り、完璧な反エントロピーの空間を局所的につくりだすことは可能かもしれなかった。何世代経ても秩序を失わない生命体のように。しかし目をマクロに向ければ、宇宙全体のエントロピーはそれを嘲らうかのように増大している事実にぶつかる。宇宙がすでに占めている部分、つまり宇宙物質で埋められた現在の宇宙が、もしも完全に固定した系であれば、それ以上エントロピーは増大しないでも済むだろう。ちょうど超空間のなかにポツンとできた渦のように。しかし宇宙の熱死が避けられぬ運命にあることの告知者となったのは、「宇宙は周縁で膨張している」という事実だった。

言い換えれば、宇宙という名の〈カリストの部屋〉は、最初から窓ガラスが割れていたのである。カリストがエントロピーのことを「閉ざされたシステムの解体具合を見る尺度」と呼んだのは、まったく正しかった。トマス・ピンチョンは長編『V.』のなかでも、一見無関係な出来ごとを同時多発的に進行させている。これらの出来ごとは、あるいは実際に無関係なもの同士かもしれない。『エントロピー』における階上と階下の関係もまた、同じように無関係かもしれない。しかし、無関係という概念は、理科系の優等生だったピンチョンには意味のないものである。なぜなら「孤立した系（つまり他と無関係な系）はつねにエントロピーによって解体される」運命にあるのだから。熱死ということは、逆にいえばすべてが一体化することに外ならない。すなわち、関係ないもの同士でさえ同じ大きな熱死的結末へと、同時に進んでいくということなのだ。たぶん、これがピンチョンの小説のからくりである。だからこそ、階上と階下の部屋は、熱平衡によって一体化するし、『V.』に描かれる雑多な出来ごとも、Vというたった一文字のエントロピーによって平衡化されるのである。そういえば、『V.』には「世界とは、その場に起ることのすべてである」という有名なヴィトゲンシュタインのテーゼが語られていた。とすれば、西部劇狂いのヴィトゲンシュタインが、ピンチョンの小説を語るこの章の冒頭に顔を出していたことも、ぼくたちの熱死の兆しだろうか。

『V.』(1963) 初版表紙

☆1——ローレンツ変換とは、ひとことでいえば、お互いに等速運動（加速度をもたないことで、速度そのものは両方が等しくなくてよい）をしている二つの系（たとえば汽車と地上のように）のあいだを関係づける方法である。たとえばさっきの光の思考実験で、地上でも車内でも同じ速度のはずの光は観察地点（空間）によってその見られ方が左右されるわけだが、その左右される度合のルールを示している。このルールを知っていれば、A空間で一メートルと見えるものが、B空間では何メートルに見えるかを知ることが出来る。つまり変換が可能になる。このローレンツ変換式を、今、ひじょうに簡単に表わせば、$(V^2-C^2)t^2 = (V'^2-C^2)t'^2$ となる。VとV′は二空間内の速度（ただし加速のない運動）、t、t′は、二空間内における時間のすすみ方である。Cは、もちろん光速を表わす。

ところで、この二つの等速空間にあって、どちらから測ってもピタリ一致する速度、すなわち$V = V'$となるための条件は何か。さっきの式から、考えられる条件は、$t = t' = 0$ と $V = V' = C$の二つしかない。tとt′がともに0ということは、等速運動の特殊なケースには違いないが、相対速度がないということで、相対性理論の問題ではなくなる。言い替えれば、同じ地上にいる二人が速度を測るのと同じだから、VとV′が一致するのは当然。そこで相対性理論本来の、お互いに異なった速度で等速運動をしている空間同士の場合に限ると、条件は$V = V' = C$ということになる。つまり、両方の空間が光と同じ速度で動いていれば、どちらで測っても結果は一致する。光速もまた、特殊相対性理論の対象にならない、ということである。以上の話を要約すれば、ある二人の観察者が互いに時間を測ったとき、測る対象の時間がピタリ一致するのは、二人が同じ等速空間（地上なら地上）にいる場合か、または二人が光速で動きあう二つの空間にいる場合である。

なるほど、これで特殊相対性理論のポイントはよく掴めるし、汽車のパラドックスも理解できる。しかし、以上のごとき話は、どれも〈等速運動をしている空間〉の場合、という条件がつく。では、等速運動をしていない空間との間には、どんな関係が成立するのか？　等速運動をしない、とは、たとえば加速度の加わる運動だ。宇宙を例にとれば、地上の時間は〈地球の惰性系〉という大きな等速運動系のなかにある。しかし、ロケットが地球の惰性系を外れた宇宙空間に出ていったりした場合、特殊相対性理論は有効だろうか？　もしかしたら、特殊相対性理論は、その名のとおり、あまりに特殊すぎやしないだろうか？

☆2——一般相対性理論のポイントは、等速でない運動を行なう系同士にもまた、不変の法則が存在することを証明して、相対論を宇宙的な規模にまで拡大させることである。アインシュタインがここで考えだしたのは、加速度運動あるいは重力の加わる運動というものを、カーブした空間（つまり球面）上で行なわれる等速運動と読みかえる方法だった。ごく噛みくだいて言えば、非ユークリッド空間における相対論ということになるだろう。

実際には、特殊相対性理論が成立する地球上のような場所でも、重力の影響を考えれば、一般相対性理論の問題として採りあげなければならないのである。しかしその影響は小さいから、事実上無視してよい。ニュートンの古典力学が特殊相対論の特殊なサンプルであるのと同様に、特殊相対論もまた一般相対論の特殊例と見てよいわけだ。しかしこの一般相対論は、これで完全にユニバーサル（普遍的）だろうか？　一般相対論にはまだ、素粒子の世界観——つまり原子レベル以下の素粒子の運動を研究する量子力学との総合が完成していない。相対論は、時間という要素を第四の次元として空間化し、大ざっぱに言えば空間の運動を連続量として、つまり微分の可能な量として取り扱う。ところが素粒子は、部分が全体より大きかったり、連続的でなく、まるで基礎体温表のようにある日ガクンと温度が上下するといった運動を行ない、しかも何より、運動の速度をきわめようとすれば運動体の位置が**あいまい**となり、逆に位置をとらえようとすれば速度が不明になるという、じつに奇妙キテレツな局所場――数学的な点のように質量をもたない存在――である。いや、少なくともそういうふうに考えて何とか相対論との連結を保とうとしている、不可思議な世界の住人である。しかし、今の段階では、素粒子と四次元空間――ミクロコスモスとマクロコスモスとの摺り合わせは、いかにも不器用だ。すでに湯川秀樹が相対論的な空間イメージを盛りこんだ素領域論を、ミクロの側で提出している現状においても、である。だから、量子力学が相手とするこの素粒子の運動をさらに吸収する相対論こそ、真の〈宇宙相対性理論〉となるだろう。

PART 3 生命圏科学異聞

ケース1

『エレホン』

a——ダーウィン最後の冗談

出てはつぶれ、つぶれては出るマイナー雑誌の群れは、今でもその代謝運動をくりひろげているけれど、そういう中に一誌か二誌は自分の好みにぴったりの内容をもつものが混じっているものだ。たとえば、ぼくの場合は社会思想社で出ていた〈知の考古学〉というマイナー雑誌である。この雑誌は、タイトルからしてミシェル・フーコーを気取りながらも、さりげなく科学と芸術の両方にまたがる記事をならべていて、前から気になっていたマージョリ・ニコルソンの『ガリバー旅行記〈ラピュタ島渡航編〉の科学的背景』などという古典SFの研究や、そうかと思えば「インド古医法」についての解説、パノフスキー『ゴシック建築とスコラ学』など、一見わけのわからないラインナップをつくって読者を煙に巻くのだが、こんな「精神分裂症」気味の構成をとっているわりにはふしぎにどの号も本格的論陣を張っている。こういう編集方針というか、一種のたくらみを、ほんとうに誌面に反映させるためには、二つの条件を必要とするだろう。ひとつは、ばかみたいに手広い分野をカバーしているブレーンを数人つかんでおくこと。そしてもうひとつは、発行者がこの雑誌を冗談で出しているのだという点を〈自覚〉していることだ。

実際、〈知の考古学〉は鬼面人をおどろかす生まじめな表面づらを保ちながら、その裏では冗談だらけの刊行物だったようだ。その意味で言えば、SF雑誌のバリエーションと考えられなくもないし、事実この雑誌の連載コラムには「SFと科学のあいだ」と題されたものもあった。けれどここで問題にしたいのは、一九七六年に出たこの雑誌の〈一周年記念号〉である。創刊一周年特別論文として華ばなしくもトップ掲載された作品に、旧ハイアイアイ島のダーウィン研究所長であったH・シュテュンプケによる『リノグラデンティア（鼻歩動物）の形態と生態』（『鼻行類』）という長大なエッセイがある。このエッセイに被された前書きによれば、一九五〇年代に極秘の核実験が行なわれた際、「一部の地域のことが全く無視されたためにハイアイアイ群島が潰滅した」事実が明るみに出た折に、最後までこの島で生物学の調査を行なっていたダーウィン研究所の調査資料が、すべて島とともに水没したというのだ。けれども島が実験の犠牲に供される少し前、シュテュンプケはハイデルベルグ在住のゲロルグ・シュタイナーに、群島に棲息した特異な生物に関する記述を託しており、シュタイナーはこれを一九五七年に公けにした。〈知の考古学〉は早速これに目をつけ、石山仁という人の訳でわが国に紹介する、という段取りになるわけだ。

では、問題のハイアイアイ群島というのはどんなところなのか？

この群島の発見者はスウェーデン人、ペテルソン・スケムトクヴィストといって、太平洋戦争中に日本軍の捕虜になった人物である。かれは一九四一年に逃亡して海上を漂流し、ハイアイアイ群島の主島ハイ・ダダイフフイに辿り着いた。その島は地質学的に見てもかなり古い地層をもっており、とにかく全面積がたった一六九〇平方キロメートルしかない群島じゅうに、きわめて特殊な生物を棲みつかせていた。スケムトクヴィストがはじめて島に漂着したときには、自ら称して「フーアカ・ハッチ」なる原住民も住んでいたのだが、発見者のもちこんだ鼻かぜのためにわずか数ヵ月で死に絶えてしまった。しかし何よりも重大な発見物は、過去まったく紹介されたことのない不思議な哺乳類である。以下、ダーウィン研究所の資料にしたがってハイアイアイ群島の珍獣を紹介していこう。

哺乳類のきわめて特殊な目に分類される鼻歩動物は、側孔と海綿体とが変形肥大した大きな鼻によって歩行する、きわめて奇怪な習性をもつ生きものである。鼻で歩く代わりに、本来の手足はぜんぜん機能を失っており、物をつかんだり跳ねたりするのに尾を使っている。食べものは昆虫がほとんどで、鼻歩動物が進化したのはこの食性と大きな関係がある。今仮りに、この種類をハナモグラ（鼻もぐら）と名づけよう。ハナモゲラではなくて、ハナモグラである。鼻歩目のうちもっとも原始的でスタンダードなのは、アルキルリノス・ヘッケリで、トガリネズミによく似ている。獲物をつかまえると、この動物は頭を下にして跳びはね、逆立ちしたまま鼻で地面に立つ。ネバネバした鼻汁が出て地面に吸い着くから、これで体を固定して獲物を食べるのだ。もっとすごいのはエムシタトール・ソルベンス（鼻釣りハナモグラ）と呼ばれる種類で、これは小川の植物の茎につかまって鼻からネバネバした液を垂らし、それで水棲昆虫を引っかけて餌にする。今までのは鼻歩動物のうち〈単鼻類〉と呼ばれる種類であるが、これとは別に〈多鼻類〉というのがいて、その代表にナゾベーマ・リリクムという動物がいる。これは鼻が四つあって、それを交互に使って歩くのである。また、リリクムはとても長い尾をもっているが、尾には直腸と直結したガス管が通っており、腸内のガスをプシッと押しだすと尾がみるみる伸びてパンパンに膨れあがり、四メートルも伸びたこの尾で木の実を取るのである。しかしこの種類中もっとも珍奇で、しかも進化の極限に達しているのは、コルブロナスス・ロンギカウダ（ハナビラハナモグラ）だろうか。この動物は口のまわりに短い六つの花びら形をした鼻をもっており、口から出す甘い香りにおびき寄せられて来た昆虫を、ひろげた鼻をさっとつぼめて捕えてしまうのである。ハナビラハナモグラはきんばい草といっしょに、茎みたいに長く伸びた強靭な尾を地面に突きさして花の擬態（ミミクリ）をおこなう。つまり、花になってしまった鼻をもつ動物である！

この記念論文を読んで、とにかく唖然とした。鼻歩動物全十四科一八九種にかかわる微に入り細をうがった記述は、完璧に進化論的論述のパターンを踏んでいて危なげがない。論文の著者によれば、一九四一年にこの珍奇な動物が発見される以前、これらについて産地が不明なままに一度だけヨーロッパで記述されたことがあるという。一九世紀末に、詩人クリスチャン・モルゲンシュテルンが有名な詩にうたっているのである。

『リノグラデンティアの形態と生態
Bau und Leben der Rhinogradentia』（1957）表紙

鼻で立ち、鼻で歩む

かのナゾベームは
子供を連れて。

子供を連れて
かのナゾベームよ。

詩人モルゲンシュテルンがこの動物の標本をどこで手にいれたかは、今日まで知られていない。しかし、この詩人をよく知っていた故ケーテ・チュラー夫人の語ったところによると、「彼は、たしか一八九四年のある夕方に、たいそう興奮して家にやってきて、しきりに、『ハイアイアイ、ハイアイアイ！』とつぶやいていた。その後しばらくして、彼は夫人の兄に例の謎めいた詩を示したのである」――とまあ、以上のような珍生物が〈知の考古学〉創刊一周年記念の特別論文のなかで語られていたわけだ。モルゲンシュテルンの小さな詩のひとつをもとに作りあげたこの冗談を読まされて、しばらくあいた口が塞がらない思いをしたのはぼくだけではないだろう。けれどこれは、ダーウィンが書いた『種の起原』のかなり上手くできたパロディである。鼻歩動物は、食べものになる昆虫をいかに効率よく捕まえるかという環境問題のために、ついに鼻を花びらに変えてしまった。この点についてダーウィンは、島の環境に応じて各島には特異な形に進化した生物が生まれる現実の例を、南海航行中に観察している。この現象を証明しようと思ったら、ビーグル号みたいな船を仕立てて世界周航でもやってみればいい。ガラパゴス諸島に出掛ければ、各島によって少しずつ形態の異なるフィンチ（鳥の一種）がみつかるし、海イグアナと陸イグアナとがちゃんと棲み分けている様子を直接目撃できるだろうから。こうやって、生物が水平面――つまり地理的、空間的には環境に応じて色々なパターンの変異を生み

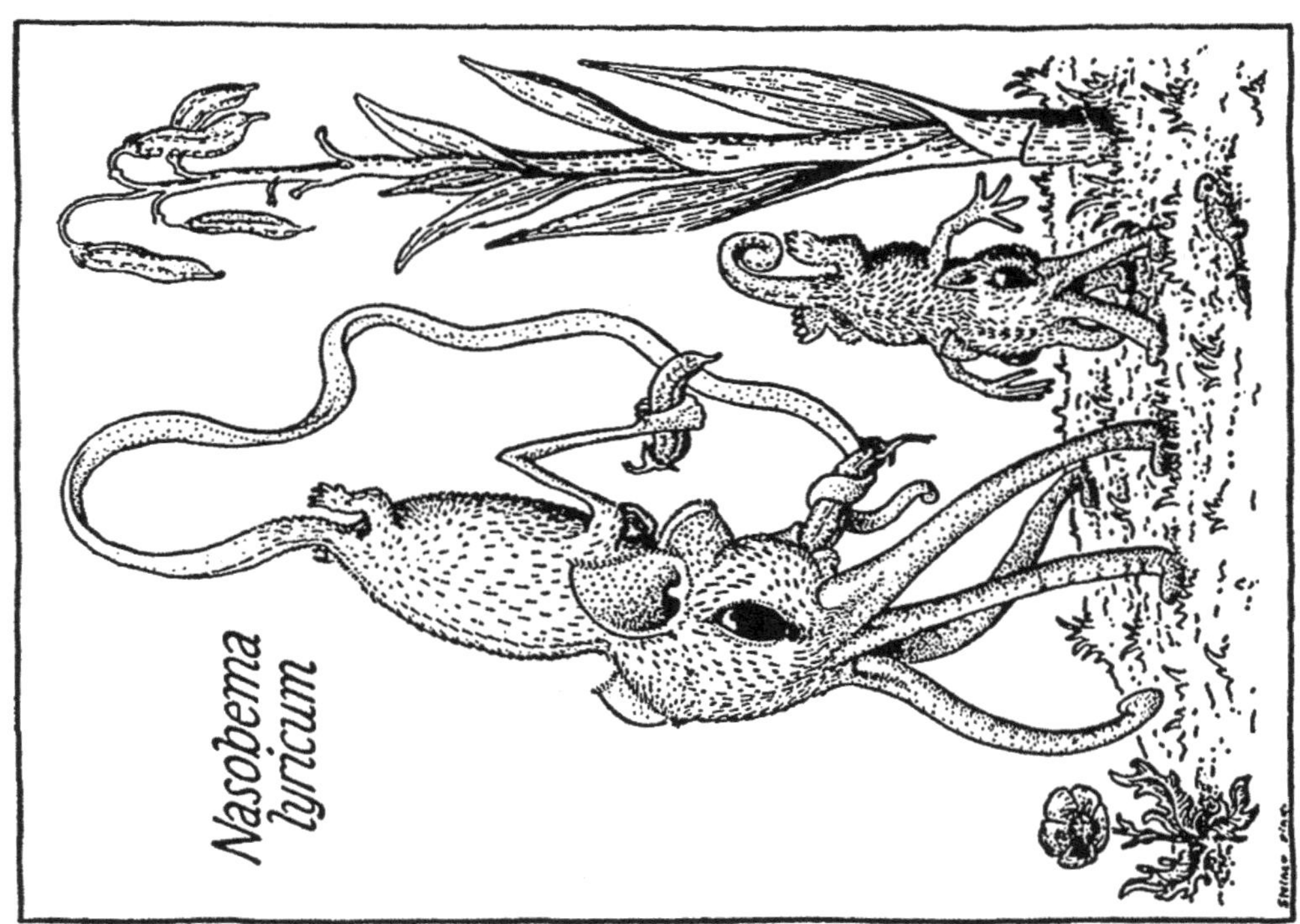

●ハイアイアイ群島の珍獣、鼻歩動物（ナゾベーマ・リリクム）

だすことを、ともかくも証明できる。ダーウィンはこの観察結果を今度はさらに時間面、あるいは垂直面へも適用するのだ。つまり、生物の歴史的な変異にもまた、地理的な変動現象とまったく同じ原因が作用していると考えるのである。この時間軸上の変異を、要するに生物の〈進化〉と呼ぶのだが、これはまた鼻歩動物と同じように冗談かもしれない。いや、相当な部分が実際に冗談であった。そういえば、進化論の歴史そのものが一種の冗談性を帯びていたのではないだろうか？

b――進化論に殉じた怪人たち

進化論についてのテキストや読みものは、今日相当な数にのぼっていると思うから、そんな問題をわざわざここに書くことはないではないか、と反論が出るかもしれない。けれどぼくが見るところ、多くの参考書は分かりやす過ぎるか、あるいは分かりにく過ぎるかのどちらかである。そして何よりも重大なのは、ダーウィン以前の進化説についてほとんど触れられていないという事実である。これではいけない。ダーウィンの説は、必ずしもオリジナルではないわけだし、また、進化論の最大の前提である「生物は変化する」というきわめて簡単な一文が認められるまでの（ダーウィン説の出るわずか半世紀ほど前だが）先人の苦難は、とてもダーウィンの苦労どころの騒ぎではなかったからである。

生物の分類学というか、あるいは古い名称にいう博物学というものに興味をもっている人であれば、生物の学名がリンネの提唱した命名法に基づいていることをご承知だろう。ところがリンネは、生物が時間とともに環境とともに変わっていくなどという事実を頭から信用していなかった。かれの生物分類学は、簡単に言うと**錬金術**である。すなわち、「化学の結婚」とまったく同じイメージであって、神による天地創造の際にあらわれた何種類かの元親同士が「血の交換」をおこなうというものだ。植物に例を取ると分かりやすいかもしれない。ある植物の発生にあたって、リンネはまず一本の原植物が神の手で創造されたと考える。そしてこの一本が「結婚」して何種類かの第一原形植物を作りだす。「結婚」とは何ともシンボリックで楽しい言葉だけれども、この第一原形植物は今の感覚で言う〈科（ファミリー）〉に当たる。つまりランならラン、ユリならユリの元親ができ、この元親同士が結婚して、やっと「種（スピーシズ）」が生まれるという具合なのだ。これは植物の場合だが、もしも動物が相手であれば、さしずめこの下に「雄」と「雌」という別カテゴリーが出来て、全体の分類が締めくくられるところだろう。だから、かれの植物分類法は錬金術らしく生殖器官の数、たとえばオシベの本数に拠っているのだ。ともあれリンネの考えでいけば、生物は「化学の結婚」に似た儀式を通じて創世の時点で各種に分かれている以上、これらが時代とともに勝手に変わるわけがないことは自明である。当時はまだ突然変異などが確認されていなかったから、生物が過不足なくズッと現状の形態のままでやってきたと考えても、不都合はなかった。さらに言えば、リンネはその初期において、以上のごとき「結婚」による種の増殖すら否定していたのである。しかしその後、栽培植物などに飼育変種ができることから、生物が変わりうることをしぶしぶ認めはしたものの、基本的には以上述べたごとき〈進化観〉をもっていたのである。

しかし問題なのは、産業革命の要請で石炭掘りが始まった結果、ぞろぞろと古生物の骨が出てきたこ

チャールズ・ダーウィン
(Charles Robert Darwin,
1809–1882)

とである。こんな骨をもった生物は、いまはいない！

この疑問に対する最初の解答は、「この世は何度か創り直されている」とする聖書含みの考え方であった。今の生物は、ノアの方舟以降につくられた種類であって、それ以前の時代に住んでいた生物は、今回の創世の際に殺されてしまっている。

この説を聖書から切り離し科学観として大成させたのは、ナポレオン時代にフランス科学の輝かしいヒーローとして登場したジョルジュ・キュヴィエである。かれは、古代獣の骨格が出土する比較的新しい地層をもつパリ盆地で化石研究を行ない、すでに詩人ゲーテがやっていた比較骨学をさらにレベル・アップして、比較解剖学という前人未踏の方法を編みだした。これは、骨格の比較によって現生生物と化石獣とを直接つなぎあわせる方法――つまり生物の歴史を辿る方法であった。そしてキュヴィエがここから引きだした結論は、生物は連続的に進化していない、マンモスと現在のゾウのあいだにはあまりに大きな解剖学的差異がある、ということだった。そこでかれが提出した〈生物史観〉は、生物が天変地異により、何度も全滅をくり返し、そのたびに前の生物とは直接関係のない新生物が創造されなおされる、という「創造説」であった。

この説を極限にまで押しすすめたのは、キュヴィエ晩年の愛弟子で、のちにアメリカ博物学に大きな貢献を果たしたルイ・アガシだった。かれはフンボルトとも知己のあいだがらで、過去四度氷河が地球全体を覆ったとする理論の主唱者だった。洪水に加えて氷河、こうした天変地異に生物は耐えられるだろうか？　しかしアガシは、キュヴィエと違って、この「創造説」に〈進化〉という倫理観までも加えることに成功した人物でもあった。かれは、人間という哺乳類が生物史上最も新しく生まれた生物であることを確認し、「天変地異による再創造のたびに、生物はより高等な存在として生まれ変わった」とする説を唱えたのである。いわば、今西錦司のいう「大進化」に近い考え方である。しかしアガシにとって不幸だったのは、もはやかれらの天変地異説が受け入れられない地質学上の事実が、次々にうちたてられすぎていたことだった。かれは、反ダーウィン論者としては、あまりに遅く生まれすぎたのである。

　生物が創世のたびに生まれ変わっているとする説の拠りどころは、ひとつには、洪水や火山活動や氷河など、地球の様相を一変させる天変地異が起こったことを主張する地質学上の「激変説」であった。だから、キュヴィエやアガシの比較解剖学から出た生物史観と一致して、「なるほど」ということになり、しばらくはこの説明で納得が得られていたのだが、やがて疑いぶかい人々のあいだから、奇妙な仮説が登場するようになった。地球は大洪水のたびに生物ごとワンセットで創り直されたのではなく、すこしずつ変わっていったのである、との代案が示されるのである。「世界は変わる」という観点にはじめて切りこんだのは、そういうわけで地質学者たちだった。ここに、大洪水＝生物再セット論を唱える「激変派」と、徐々に地層が変化していった事実を生物史にも当てはめるよう提案する「斉一派」との大論争がはじまる。今ではとても信じられないことだが、たとえば「激変派」にとって谷は、創世のときすでに谷として作られ、以降すこしも変わらない存在であって、川の浸食作用によって後から作られたなどとは決して考えられないものであった。しかもかれらは「斉一派」批判のタネとして、

ルイ・アガシ
(Jean Louis Rodolphe Agassiz, 1807–1873)

「もしも地球が変わったというのなら、地面に落っこちていた時計を拾って、『これはもと石ころだった』と叫ばねばいけないのか?」などという皮肉な譬え話を盛んに喧伝したのである。

これに対して「斉一派」は、少しずつ事実をかき集めて創世記信奉者の目からウロコを落とそうと努力するのだが、その先駆的人物としてフランスにビュフォンという生物学者が出て、地球史と生物史をいっぺんにまとめた、『自然誌』全四十四巻を出版した。ビュフォンは地球も生物も「変化するのだ」という事実を認めて、これをすべて「熱」のためだと考えた。かれによれば、地熱も気温も磁気も、エネルギーじみたものはぜんぶ「熱」である。かれはまず最初に、この「熱」を利用して地球の年齢を計算する実験を公然と開始するのである。実験とはこうである——自分の持っている山の樹をひと山分そっくり燃やして、そのなかに鉄の球を放りこんで真赤に熱し、これを水に浸けて冷える時間を測定する。この結果から類算して、地球の年齢を弾きだすのである。なぜなら、地球は冷えかかった巨大な鉄の球なのだから。実験の結果、地球は約七万歳だと答えが出た。これは、当時まで最長といわれたニュートンの年齢計算結果「約五万年」にくらべても、驚くほど長かった。思うにこのすさまじい実験は、上に投げあげた石が真下に落下する事実をもって、地球は動いていないことの証拠とした、あのプトレマイオスの実験に比べても、すさまじさにおいて全然ヒケを取っていない。ビュフォンはさらに生物についても「熱の理論」を応用し、すべての生物変化は地球内部の熱——つまり地熱によって生じたと結論した。

「昔の生物をみろ(と、ビュフォンは言うのである)、みんな大きくて強くて、グロテスクだったではないか。

あれは、かつて地球がまだ熱く、したがって地熱の活動が活発であって生物への影響が大きかったことによるのだ。人間は、地球史の上でいちばん最後に出てきたから、地熱の影響も弱くて危なげな体つきの生きものになった。だいいち北へ行ってみろ、生きものは一様に地味で小さくなるし、ラプランド人やモンゴル人はみんな白痴も同然で器量も悪くなるではないか！」

こうしてビュフォンは、「熱」を基礎とした何とも奇怪な生物変化論（この場合は逆進化論――つまり徐々に生物は堕落しているとする説）を提示することになった。このビュフォンの考えから出発したのは、同じフランスの生物学者で創造論者キュヴィエの同時代人でもあるラマルクだった。かれはビュフォンを継いで「火による変遷説」を成熟させ、やがて「生物が変化する原因」をもっとスマートに説明した。用不用説と呼ばれる考えかたである。つまり、キリンの首が長いのは、高い樹上の葉を食べるために首を伸ばしているうちにその傾向が子孫に伝わり、いつのまにか首の長い子が生まれるようになる、とする理論である。これは今でも「獲得形質は遺伝するか？」という提示のされ方で問題にされているが、おもしろいのはラマルク自身「生物変化には長い時間を必要とする」と認めながら、先ほど出た七万年程度の地球年齢ではとても現在のような変化は起き得ないと信じていたことだ。つまりラマルクによれば、**地球の年齢よりも生物の年齢のほうが長い**のである。

ラマルクは、生物進化のモチーフをダーウィンよりもずっと哲学的に考察していた。これは評価できるが、いかんせん時間の概念が混乱しすぎていた。ダーウィンは、当時ようやく結論が出た地質学の成果を踏まえて、地球と生物の時間的関係をきわめて正確に掴んだ点で、ラマルクを超えたのかも

ビュフォン
(Georges-Louis Leclerc, Comte de Buffon, 1707–1788)

しれない。ダーウィン以降の進化論は別の章でさらに詳しく述べるつもりだが、この時期進化論に口を出した怪人たちを総ざらいする意味から、ここでもう一人、きわめてユニークな進化論を提示した人物に触れたいと思う。チャールズ・ダーウィンの祖父にあたる、エラズマス・ダーウィンである。

c──〈有機体的幸福（オーガニック・ハピネス）〉

エラズマス・ダーウィンは医師を本業としていたが、詩人として名を遂げることに野望を燃やし、さらには応用科学の面でも才能を発揮したルネサンス型の人物であった。『植物の園』と題されたかれの長詩は、詩とは言いながら植物の分類と発生とをテーマとし、しかも詩に付した脚注（これは本文よりも量が多い！）は、植物学の実験と所見に関するハードな科学論文になっているという。これまたすさまじいものだ。エラズマスが特に気に入っていた「美の本源」の例に、「丸いものが美しいのは女性の乳房の原イメージから来ている」というホガースの説があるが、かれの詩も読み方によってはかなりセクシャルである。

生物が変化するものであるという確信は、このエラズマスに至って実証的になる。かれはその証拠として、生物が一個体内でも形態変化すること（蝶など）、および人為的に改良生物が作れること（猫、犬など）の二事実を挙げ、さらにこれら以外の変異原因として〈欲望〉という概念をもちだした。性的淘汰（セクシャル・セレクション）と呼ばれるのがそれで、雄は雌を独占するために彩りをあざやかにしたり角を生やしたりす

『植物の園 The Botanic Garden』(1791)
扉絵

るのだとする考え方である。同じ種類でもオスとメスとが極端に形態や色彩を異にする事実も、〈進化〉のひとつと考えるのだ。すぐにセクシャルな問題に横すべりしてしまうところが、いかにもエラズマスらしいのだが、しかしここまで来れば孫のチャールズが出した〈自然淘汰説〉と寸分も変わらない主張になる。ただひとつ、あくまでも冷徹なデータ志向の人チャールズとちがって、エラズマスは想像力の人であったから、進化論の根本に〈有機体的幸福（オーガニック・ハピネス）〉という詩的な考えを植えこまずにいられなかった。そして正直にいえば、ぼくはエラズマスのこの〈有機体的幸福（オーガニック・ハピネス）〉という言い回しにいつも感動させられる。生物は一見苛酷で残虐な世界に住むようでいながら、実際には「死んでゆく生物が失う幸福よりも、その死骸を食う別の生物が得るだろう幸福のほうが大きく、こうして世界は有機物が存在することによって徐々に幸福を増大させる」のである。多くの種が絶滅して、ほんの少数の種を生かしつづけること、これは有機物だけができることだ。死とはすなわち「有機体的幸福」の別称である。だから、生物の死骸から出来る石油や石炭は「幸福の記念碑」であって、生きるものの持つ「優しさ」の証明でなければならない――と、かれは言うのだ。

チャールズ・ダーウィンが『種の起源』を著して、進化論を決定的にした十九世紀中葉までに、ざっと以上のような人々の活動があったのである。しかしダーウィン進化論は二十世紀に向かうなかで、メンデルの法則の再発見をはじめとする新理論の攻撃にさらされ、一時期ド・フリースの突然変異体（ミュータント）説によって何とか息を吹き返したものの（これをネオ・ダーウィニズムと呼ぶ）、かなり危なっかしい道を歩みながら今日に至っている。しかも昨今では、ダーウィンよりもラマルクの説に興味が集中すると

エラズマス・ダーウィン
(Erasmus Darwin, 1731–1802)

いう現象をともなって——

　しかし、ダーウィン説があまりにも強大だった時代はたしかに存在した。そしてそんな時代にたまたま巡り合わせたのがサミュエル・バトラーであった。SFの読者にはユートピアSFの古典『エレホン』を書いた人物として知られるバトラーは、しかし根っからの進化論学者でもあって、チャールズ・ダーウィンとは奇妙な因縁で結ばれる敵同士なのである。そういう次第だから、かれのSF『エレホン』を読む前に、二人の確執についてお話しすることは決して無駄にならないだろう。

　オーストラリアで牧羊を営み、大金を当てたバトラーは、現地の新聞に生物学の記事を早くから寄稿する人物であったが、チャールズの『種の起原』を読んで完全に進化論者となり、しばらくダーウィン熱に浮かれていた。しかし、進化論を煮つめていくうちに、文学者でもあったバトラーにはどうしても納得のいかない、『種の起原』の本質的な疑問が浮かびあがるようになった。もしもダーウィンが言うとおり、生物の進化が環境による淘汰を通じてしか行なわれないのなら、それは偶然の作用する営みとなる。極端な話、環境に強い機械が人間を出し抜いて進化することも考えられるではないか。ダーウィンの考え方はどこかに悪を潜ませている。言ってみれば善の進化論と称し得るようなものは、成立し得ないのだろうか？

　バトラーはこうして『種の起原』以前の進化論をあさるようになり、〈有機体的幸福〉をテーゼとした、進化の方向に有機体内部のチェック力が働くとするエラズマスの思想に魅かれていった。ビュフォンもラマルクも、バトラーを感動させたが、やはり影響力の大きかったのはエラズマスである。そこで

『エレホン *Erewhon*』
(1872)初版表紙

かれは旧進化論――つまり、進化の方向が〈完全〉をめざしているとする古い倫理的な進化論――を復活させるために、エラズマスの思想を論じた評伝を世に問うことになった。

しかし運の悪いことに、たまたまこれと同時期にチャールズもまた祖父の一代記を出版しようとしていたのである。評伝はドイツの学者のものを翻訳して入れることにしていたが、校正作業中に出版されたバトラーの本を読んだドイツ人学者は、チャールズの要請もあって、翻訳文の末尾に「近年このエラズマスの思想を復活させようとする動きがあるけれど、これはアナクロニズムだ」と書き加えてしまった。怒ったのはバトラーである。そのドイツ人学者の原文をわざわざ取り寄せてチェックすると、問題の個所はもちろん原文にはいっていない。これはチャールズによる悪質ないやがらせ以外のなにものでもないと速断したバトラーは、相手に公開質問状を突きつけた。自分の手ぬかりとはいえ、文章の操り方では何枚も上手の論敵から挑戦を受けたダーウィンは、ただただうろたえてしまって、返事はさぼるわ、下手な言いわけは口走るわで、とたんに評判を落とし、論争自体もチャールズが死ぬまで公けにした伝記からはこの争いの顛末がすべてカットされたために、長らく真相が分からないままになった。この問題がようやくフルに語られるのは、日本の場合で言うと筑摩書房が刊行したダーウィン自伝によってである。

ともあれ、この出来ごとをきっかけにして、バトラーは徹底的な反チャールズ派に走った。そして進化論をめぐるバトラーの足跡を今に偲ばせるのは、もちろん、かれ最大の力作『エレホン』である。一八七二年、『種の起原』が刊行されてからおよそ二十年後に発表されたこの異国探訪記は、ジョナサン・

サミュエル・バトラー
(Samuel Butler, 1835–1902)

スウィフトの『ガリバー旅行記』、それもとくに問題の「ラピュタ島渡航記」によく似た展開をもっている。公平に判断して、『エレホン』はスウィフトの傑作に劣りはするけれども、しかしその批判精神はスウィフトと同質のものといえよう。かれにもまたスウィフトに劣らない奇作が多くあって、『オデュッセイ』の著者が女であることを考証した『オデュッセイの女流作家』、キリストの昇天と復活がぜんぜんデタラメであることを、逆に信仰擁護の形をとって書きつらねた『好都合な避難所』などを残している。しかし、書くものにこうトゲがあってはベストセラー作家になれるわけもなく、『エレホン』を除けばどの本もまるで売れなかった。かれには新旧進化論について語った著述も多い。

さて、この物語自体はそれほど複雑ではない。どことも知れぬ大陸を流れる川を遡って、山脈のかなたへ旅したイギリス人が、そこにエレホンという別世界を発見する。かれは懐中時計を持っていたために裁判にかけられるが、それはエレホン国が機械を追放した原始状態の国であったためだ。かれはその土地で半ば幽閉の身におちいりながら、数々の奇妙な習俗や社会機構を見直し、やがて一人の女を愛するようになる。けれども、定めによって二人の結婚は認められない。そこで二人は、旱魃をいいことに「空気の神に話をつけてくる」と称して気球に乗りこみ、みごとエレホンから脱出するというものである。

これを翻訳した山本政喜は岩波文庫版の前書きに「とくに最初の五章がすばらしい」と書いているものの、エレホン国発見までの行程を描くその五章も合めて、今日の読者をワクワクさせるほどスリリングな筋立てではない。しかしバトラーが本領を発揮するのは、「音楽銀行」「出生告白状」「不合理大学」といった奇妙きてれつなエレホン国の各システムを語るくだりにおいてである。たとえば「出生告白状」。どだい子供などは夫婦の望まないものである。色々と楽しい未来を夢見ているさなかに、とつぜん生まれてきて生活の重荷を背負わせる赤ん坊は、どう考えても厄介者である。まだ生まれぬ子らが住む魂の国は平穏で静かなのに、その魂の国でわざわざ「自殺」をしてこの世に出てくるのだから、ここはひとつ「ご都合によって私を殺してもかまいませんから、どうぞ養ってください」としたためた出生告白状を赤ん坊に突きつけて、それに認めのサインを記入させるべきだ。つまり、生まれるということは一つの重罪なのである。

またエレホンには「不合理大学」があり、ここで「仮設学」なる学問と「仮設語」とを修めなければならないことになっている。仮設というのは、未来にそなえる学である。未来にどんな出来ごとが起きても、それに対し片っぱしから最善の方法を考えだす体系を教える学で、そこに用いる言語を仮設語という。エレホンではたくさんの詩が仮設語に訳されているが、この言語で訳せば、どんな詩も「未来の文学嗜好の変化にそなえる」ことができる。大学では他に「非合理化能力」を教えてくれる。これは仮設学と対照的に、日常生活のために役立てる能力である。「もし人が自分のすることをみんな理性づくめで実行するとしたら、とてもやってはいられない。論理は要するに極端な例を公式化したものので、その極端と極端のあいだに日常の生活と行為がある。ただしここは非合理的領域である。したがって日常能力を向上させるには『矛盾』や『不合理』を開発しなければいけない」——そしてこの辺からまず、偶然的変異を主張するダーウィンへの揶喩が開始されるのである。

しかし『エレホン』最大の読みどころは、この国の基本的哲学をかたちづくる進化論思想をバトラーが披瀝した一章、すなわち「機械の書」であろう。エレホン国ではその昔機械党と反機械党との対立が起こり、戦争の結果後者が勝利して、過去三百年内に発明された全機械を打ちこわす運動が起こり、その顛末が「機械の書」と題した一冊の書物にしたためられたというのである。この書物に記された内容は、おおむね以下のごとくである——

「地球が冷えはじめてこのかた、色々な生物が生まれてきたが、現在の動物をもって進化の打ち止めとする保証はない。とすれば、現在のところ機械は意識をもっていないが、意識をもたぬ軟体動物から人間が出てきたくらいだから、意識などというものはいつでも機械に備わってしまう可能性がある。機械には生殖力がないというけれども、たとえば花であっても、蜂に花粉をバラまいてもらって実を結び種をつくるのだから、もしかしたら機械は〈便利〉という価値と交換に、人間に蜂の役をやらせているのかもしれない」

ここでバトラーは、ダーウィン的な進化論に即する限り、機械が進化の頂点に立つ可能性を否定しきれないことを、恐るべき類例から検証しようとする。まず、ダーウィン説が〈淘汰〉——強いものが生き残るという原理に立っていることを思いだそう。それを前提として、バトラーは次のように書くのだ——

「かくて文明と機械の進歩とは手をとり合って進み、おのおのが相手を進歩させ相手に進歩させられ、初めて偶然に棒切れを使ったことが手始めとなって、利益を得る見込みがそれを継続させた。実際、機械は、それによって人間が現在特に進歩している、発展の一様式と見られねばならぬ。あらゆる過去の発明は人間の体の方便を一つずつ附加するものであった。かくて汽車賃を払えるだけの金をもつほどの精神の共有をやっている人にとっては、手足の共有さえも可能にされる。なぜなら、列車は五百人の者が同時に所有することのできる、一歩七リーグの足に他ならないからである。この筆者（「機械の書」の著者）が懸案した一つの重大な危険は、機械がすっかり人間の力を一様化して、競争の激しさを減殺するので、多くの体の劣った人達が訴追を免れて、彼等の劣性を子孫に遺すことであった。現在の圧迫が取除けられると、人類の退化を引起し、じつに体全体がすっかり発達を中絶して、人間自身が魂とからくりだけになってしまう」のではないだろうか。機械の発展は、実際人間にとっては退化の罠である。そしてこういう理由のために、エレホン国は人間を退化に追いこむ機械を永久に廃棄する決定を下さざるを得なくなった――

　バトラーはさらに「機械の書」において、動物の権利と植物の権利ということを主張する。「樫や葡萄や薔薇になるべき胚種と、鼠や象や人間になる胚種との間には、肉眼によっても他の如何なる試験によっても、何等の差異も認められない」のであるから、動物や植物を食うことは人間にとって「共食い」と同義になる。かくしてエレホン人は、表面上動物も植物も口にしないことを決定してしまう！

　胚種などという単語がここに登場してきたが、しかし正直に言って、動物と植物とが同じ先祖から

機械は人間を退化に追いこむ？
（『オズの魔法使い』より）

出ていることを公けにしたビュフォンは、おかげで毒舌家ヴォルテールのために生物学者としての生命を奪われたほど――それほど、この説には衝撃性があったのである。ビュフォンはニーダムという顕微鏡学者の助けで、生物は基本的に共通の微小生物から出来あがっていることを知った。この微小生物がウナギに似ていたので、俗に〈ウナギ生物〉と呼んだところ、例の「熱」理論とあわせた中傷文書がヴォルテールの手でフランス中にばらまかれてしまうのである。フランスに気違い学者が一人いて、こいつはウナギみたいな原生物に熱を加えて進化させ、その怪物をヨーロッパ中にもぐりこませて国家転覆を画策している、というホラ話がその中傷パンフの内容である。

　しかし、動物と植物とが元を同じくしている事実だけでもこれだけ抵抗があったさなかに、ラマルクはさらに尖鋭的な思想を固めて、有機物と無機物とのあいだにも根本的な差はないという衝撃的な意見を吐いた。かれは無機物を〈有機物の死骸〉にすぎないとして、無機物・有機物がひとつの巨大な環をつくって循環していること、また動物だとか植物だとかいった〈種〉は決して固定的なものでなくて、似たもの同士が寄り集まった一種の〈特異点〉にすぎないことを、公けにした。バトラーが機械の進化を問題としたのは、実際にラマルクの壮大な物質循環論に追いたてられてのことである。動物と植物と鉱物とがつながっている以上、もしもダーウィンの無神論的な進化説が有効であれば、機械はいずれ意識をもちはじめる。こうして『エレホン』は、当時のダーウィン主義が世間にふりまいた、生物の未来に対する不安と恐怖を代弁するパロディへと昇華するわけだが……

　ある意味からいえば、ダーウィンまでの進化論者たちは、顕微鏡の真の恐ろしさを知らなかったと

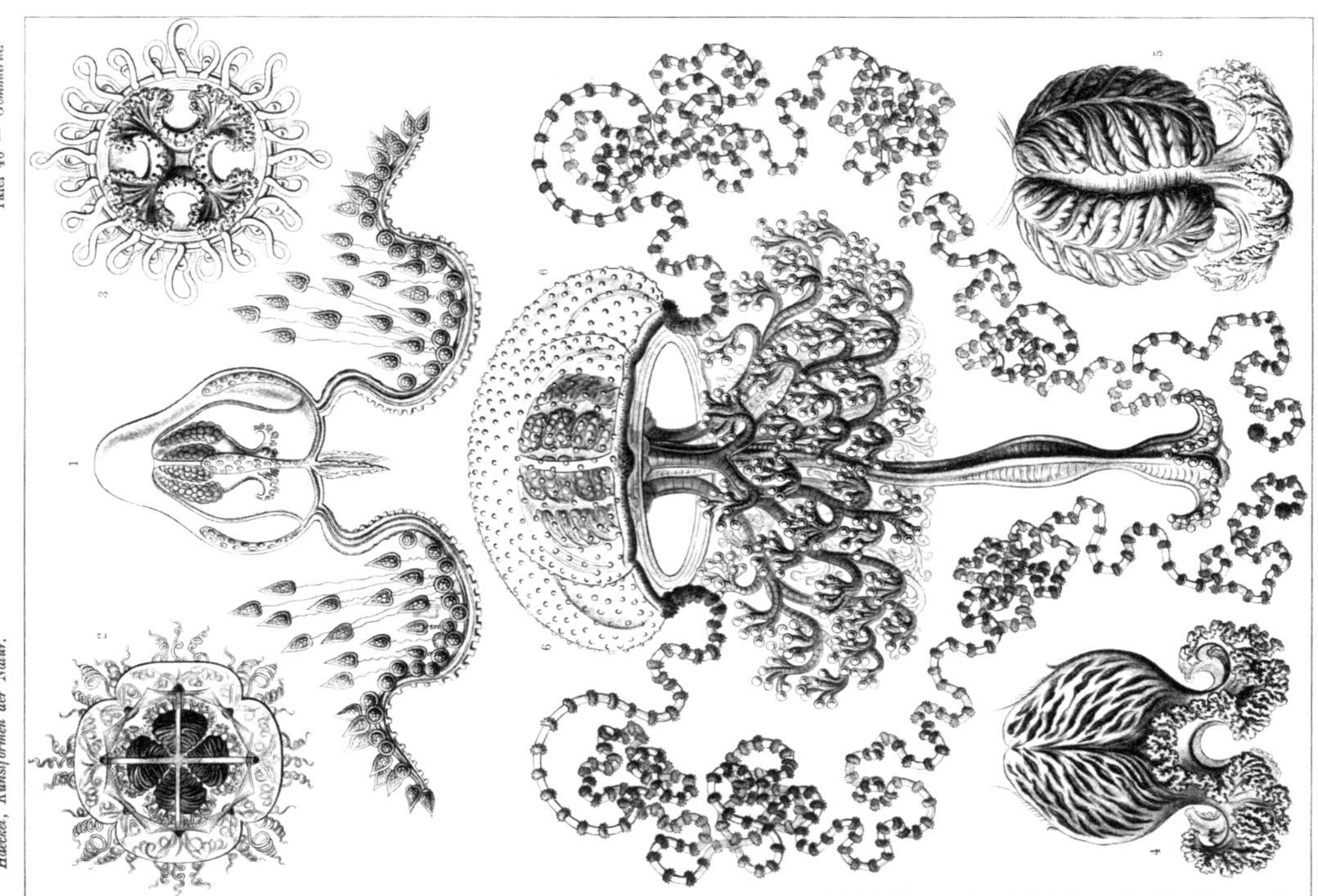

●エルンスト・ヘッケルの博物誌『自然の技巧 *Kunstformen der Natur*』(1904)より

考えてよいかもしれない。かれらにとって、生物の最小単位はせいぜい〈うなぎ〉であったのだから。しかしあらゆるパターンの進化論がまとめて危機にさらされる時代は、すぐそこまで来ていた。顕微鏡の真の使用法を知り、生命のミクロな領域へと分け入ったパスツールが、「有機物とは結晶である」と宣言して以来、進化論は遺伝学にすり替って分子レベルの勝負へと降下していくからである。

では、『エレホン』を継いで、この問題を一歩現代の方向へ追いだした小説は書かれたのか？　その回答は、再度バーナード・ショーの作品を取り上げるときに用意したいと思う。

ケースII

『闇の左手』

a――誤解されても、死ぬよりは……

最近になってしみじみと感じるのは、SFも含めて近代化した幻想文学一般がまだまだリアリティを超越した想像性にまで到達していないという事実である。擬似世界とか「準創造」と称して作中に異世界を創造するという試みが隆盛のきざしを見せているが、トールキンやル・グィンなどの収穫を除けば、文学上の別世界をいくら精密に創りあげたといっても、われわれの古い常識をくつがえすレベルの新作が多数書きあげられたわけでもない。そこへ行くと自然科学者の想像力は文学者のそれよりも遙かに精妙であって、しかも大胆さにあふれていた。ニュートンもアインシュタインも、地球上の現象をみつめることによって「宇宙のどこででも通用する法則」を導きだしてしまったし、人間の眼を離れて〈原子の眼〉〈音の眼〉〈宇宙線の眼〉で自然を描きだすことも気楽にやってのけた。いったい文学が、「宇宙のどこででも通用する」メロドラマや恋愛小説を創りあげ得ただろうか？　いや、石の眼で見た石の生活、馬の眼から語った馬の生涯を作品化することに成功したろうか？　ぼくはそういう実作の例をいくつも知らない。中国の奇書『紅楼夢』は、山のてっぺんにいて仲間から置いてけぼりを食った〈石〉が、退屈のあまり人間にでもなって日常生活の冒険でもやってみるかと思い立つ話であるから、全編を通し「石の眼で見た石の生涯」を描きつくした『結晶世界』の先駆的作品と言えるかもしれない。またラブレーの『ガルガンチュア物語』だって、臓物料理を食いすぎた王妃から奇怪至極な誕生を果たした巨人王を中心とした食物と排泄物幻想の物語であるから、「糞や汚物や臓物の眼を通してみた腐敗の世界構造」を描いていると考えられよう。しかもこうした本格的な幻想リアリズムの本にかぎって、なぜか絶対と言っていいほど〈SF&幻想小説〉の範疇に含まれない種類の作品であるのも、いったいどうしたことだろう。しかし、リアリズム小説『紅楼夢』やカーニバル文学『ガルガンチュア』といった旧来の想像力でさえ、レッキとしたその手の作品群を標榜するSFや幻想が参考にすることは稀なのだ。とにかく、その手の作家はもっと頑張らなければいけない。ホルヘ・ルイス・ボルヘスは文学に数学の想像力を（因数分解ひとつ出来ない人物でありながら）流用しただけで、本人が告白しているように「知らぬまに現代文学の前衛に押しだされ」る重要人物となった。ことほどさように、文学のイマジネーションはまだ自然科学のそれに比べても、リアリティから自在に脱し得ていないのである。

自然科学の想像力が示した破天荒さ、あるいはうす気味悪さの例を引こうと思うと、どうしてもラマルクがまっ先に浮かんできてしまう。このフランス人は「獲得形質の遺伝」という仮説を唱えた、

ドーミエ「ガルガンチュア」

最も初期の進化論者である。現代の分子生物学が、生物と無生物とのあいだにあった垣根を取り払って、ともに物理的化学的原理が作用する根本的に同一の物質であることを立証した功労者だとすれば、ラマルクは動物と植物との境界を取り払って、生物対無生物、あるいは生命対物質という対決図式を初めて世に問うた先覚者だった。良く言えば総合的物質観、悪く言えば時代遅れの「自然発生説」である。しかし当時の常識では、人間と植物とが同じ祖先を持っているなどという仮説はファンタジー以外のなにものでもなかった。そのころ支配的だった世界の分け方は動物・植物・鉱物の三つ、つまり三重構造が世界の成り立ちであった。けれどもラマルクは、生物と無生物とがじつは同じ物質の二つの側面の呼び名にすぎないことをすでに理解していたのである。かれはすべての無機物を指して「生物の死骸」と言い換え、その生物が「死んだ」状態から最初もっとも単純な生命となり、それがすこしずつ時間をかけて複雑な生命へと進化するサイクルを設定した。だから生物には本来〈固定した種類〉など存在しない。人間は花よりも「より長い時間を過ごした」だけの同じ生命体にすぎないのだ。ラマルクの計算では、生物がここまで進化するのに何十万年単位の時間が必要だったという結論が出たけれど、しかしそのとき信じられていた地球の年齢はせいぜい七万年。つまりラマルクによれば、生物は地球が出来る以前から存在していたことになるのだ！

ラマルクはこうして地球よりも古い生物の概念を創造した上に、決定打として「用不用説」を世間に発表した。これは、生物の器官が使われれば使われるほど発達し、しかもその体験は子孫にも遺伝するという考え方だった。使うところは発達し、使わないところは退化するので「用不用」、あるい

ラマルク
(Jean-Baptiste Pierre Antoine de Monet, Chevalier de Lamarck, 1744–1829)

は使う使わないといった後天的体験が遺伝するというので「獲得形質の遺伝」と名づけられたが、このときラマルクは複雑な進化論を噛みくだいて説明するのに、あの恐るべき「キリンの首」のたとえ話を引き合いに出してしまった！　キリンの首が長いのは、高い木の上の葉を食べるのに首を伸ばしたからだという、あれである。このファンタスティックな説明を加えたお陰で、とうとうラマルクは生物学者仲間から愛想をつかされるに至った。だれもがこの老学者に一目置いたけれど、かれの学説を本気で論評する人間はいなくなった。そして近世では、遺伝子が体細胞から独立した別存在――つまり生物体内に宿っている別の生物であることが立証されるにいたり、体細胞の記憶は生殖細胞には伝わらないということが定説となった。

しかしそれにもかかわらずラマルク主義者はあらゆる誤解と偏見を乗り越え、細ぼそながら命脈を保ちつづけて、今ではダーウィン以上に強力に分子生物学の遺伝説に対抗するライバルにのし上がってきた。誤解されても死なずにいれば、いつか良いことがあるものだ。で、かれらの仮説のいちばん大きなポイントは「環境が生物を作る」ということである。すでに述べたように、ラマルクにとっては生命はノッペラボウの餅みたいなもので、それらが個々の生物種を形成するのは環境という鋳型にはめられるためであった。なにしろまだDNAだとか遺伝子とかいった器用な発見がなかった時代であるからムリもない。それでも、生物が共通の素材から今のように無限のバラエティを産みだしたと考えただけでも、想像力の勝利だったことはたしかだろう。ラマルクのこの想像力を踏み台にして、およそ半世紀後にダーウィン学説が生まれ、大すじとしての生物進化説は固まったのである。

b——進化するのか、しないのか、どっちだ?

ここですこし、正直な話をしておきたい。よく言われるように、生物の進化という現象は地球上でただいちどしか起こらなかった現象であって、これを実験的にくり返すことを許さない。とすれば、生物の進化は今のところ、一種の哲学、イデオロギーにすぎないことになる。今のところと断ったのは、今西錦司翁のひそみにならって「既成生物学の手垢に染まらない、孤高の進化史研究者が登場して、進化各説に新しい評価を下すとき」が来ないとも限らない、と考えるからである。しかしいずれにしろ、今のところ進化論が実験的立証の利かないものであるかぎり、各人各様の進化論が述べられなければならない。その際、他の何よりも興味ぶかいのは、ラマルクとキュヴィエの正反対の両説というあたりなのだ。

ラマルクの思弁のすさまじさは、もう何度も書いたとおり、有機物と無機物とを一本の巨大な対流関係として捉えた点にある。地球のどこかに「原有機体」というものが今でも創られていて、これが単純な有機物から複雑な有機物へと進化し、それらが死滅して無機物へと還る。そしてその対流を動かす動力としての〈火〉。しかもかれは、生物たちの〈複雑化〉への志向を「意志」と解釈した。用・不用の説も、進化の説も、本質的にはこの「有機物の努力」へと還りつくのである。この考え方は、生存競争とか、無差別な変異と自然によるその「間引き」を唱えるダーウィン説よりも、はるかに共感を呼ぶ。今西錦司は、この「共感」ということを、科学に擬人主義をもちこむ観念論として一蹴すべきでない、と主張しているが、ダーウィンの同時代にもラマルクに「共感」を寄せた小説家がいたことは、サミュエル・バトラー『エレホン』の検討の際にも述べておいた。

ではなぜダーウィン説が、心情的にアピールしにくかったかという理由であるが、ここでもう一人、ラマルクの宿敵であったキュヴィエの説が重要になってくる。キュヴィエは、生物の一個体一個体がもつ体色だとか大きさだとか性質などにまどわされない完璧な比較方法——比較解剖学を創立して、化石動物と現生動物との比較をおこない、生物は変わらない、と結論した。ポイントは、まさにここにある。生物の進化史を問題にするのであれば、その方法論はまずキュヴィエのように、現在と過去とを比較せねば、話にならない！　しかしダーウィンはその問題の解決には地質学レベルの理解が必要と気がついたけれども、サンゴ礁の消長というビッグ・ヒントまで捉えたところで、注目点がバラけた。現生動物間の個体差——あるいは、せいぜい評価しても種差の問題を取りあげたにすぎない。たとえば、ダーウィン・フィンチの名で呼ばれる小鳥たちが、ガラパゴスの各島でそれぞれその島の実情に応じた形態に変化したという例は、環境への適応であって、進化そのものではない。その点からみれば、キュヴィエのほうは進化という概念がみずから要請する正しい方法論にのっとっていた、と評価していいだろう。もしもダーウィンが言うとおり、生物が徐々に変わるのであれば、化石にその証拠が残っていなければならない。しかし、そういうダーウィン的進化を立証するには、ミッシング・リンク、つまり欠け目があまりに多すぎる。キュヴィエだって、生物の飼育変種が存在することとは認めていた。しかしそれら外見上のちがいだけをもつ変種でも、解剖学的には同じ〈種〉にすぎない。あのリンネやビュフォンでさえ、この飼育変種の実在を突きつけられたあげく、「生物は変化せず」との主張から「生物は変化する」と主張替えしたのにもかかわらず、キュヴィエのみが「不変説」に最後まで固執できたのは、比較解剖学という絶対的論拠をもっていたからであり、これはむしろ快挙と称するべき出来ごとだったのではあるまいか？　キュヴィエは、表面上の変化にまどわされなかったという点で、ダーウィンよりははるかに冷静だったのである。

そして、これはすこし言いすぎの大胆すぎる考えだとは思うのだけれど、キュヴィエの反進化論——生物の〈種〉は不変であるとする説は、今フランスの中核にある分子生物学の解答と直結しているのである。つまり、遺伝子は外部の影響(とくに生体の獲得形質など)をいっさい受けない、遺伝子がたまたま〈突然変異〉を生みだすのは、DNAのコピーの失敗、つまり遺伝子の複写のやりそこないに限られる、という事実である。言いかえれば、DNAのコピー作業がほぼ完璧なら、親から生まれる子は正しく「親のコピー」であって、結果的に「種は変わらない」のである。問題は個体ではない。全体としての〈種〉、〈種〉の不変の問題である。

にもかかわらず、この〈種〉は現実的に滅びたり、〝進化したり〟している。すると、不変であるはずの〈種〉が変わるためには、キュヴィエが考えたように、天変地異であって、生物のセットが総入れ替えになる必要があると考えても、一概に〈幻想〉とはいえない。そういうスイッチ現象が、生物界一斉にでなくとも、さみだれ式に起きていても、不思議はないのである。そういう観点が、最後

ジョルジュ・キュヴィエ
(Baron Georges Léopold Chrétien Frédéric Dagobert Cuvier, 1769–1832)

の反進化論者ルイ・アガシに伝わった。アガシは、生物が変わるごとに「より完全な生物へと進んでいく」とするまったく別系統の進化説を呈示した。〝進化〟という意味では、アガシのほうが一層〝進化論的〟だったかもしれない。

そしてじつは、ラマルクと同じように壮大な進化論を形成したもう一人のフランス人が、キュヴィエと現代分子生物学とをつなぐ「不変説」に介入してくるのだ。どういうわけか、パスツールが進化論の歴史に登場することは、まずない。しかしかれは、ラマルクの「無機物＝有機物」間の進化に加えて、さらに、「生物はすべて片輪の物質へと進んでいく」という恐るべきテーゼを呈示したのである。この発見は、地球物質という巨大な意味での〝進化論〟にとって重大な貢献であった。自然の無機物質は、分子構造として右利きと左利きの双方が等しく存在するのに、生命だけは右利きばかり、いや、正確に言えばL型アミノ酸だけを選んで成り立とうとする。ここに〝生命〟の進化の本質を見るかぎり、「生物は〝片輪〟へと進んでいる」という叫びは、がぜん不気味な色彩を帯びてくるのである。そしてぼくには、生物が分子的に〝片輪〟であるどころか、形態的にも性的にも、〝進化〟の名のもとに一斉に〝片輪〟へと進んでいるように思えてならない。そのことは、やがて、両性具有の問題を論じる場面で明らかにしたいと思う。

ともあれ、パスツールはラマルクの思弁をまったく逆説的に拡大した人物だった、とぼくは見る。それは、キュヴィエの思想を分子生物学が留保したのとまったく同じ意味で、じつに奇妙な連鎖関係だと言えるだろう。ただ、パスツール研究所のヒーローたち――『偶然と必然』のジャック・モノー

パスツールによる
「右利き結晶」と
「左利き結晶」の図

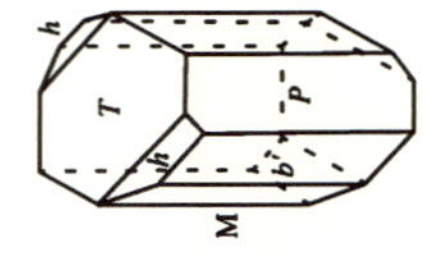

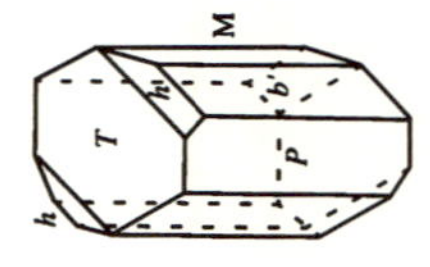

らが〝進化〟を問題とするとき、分子生物学の理念をきわめて高揚させながら、その一方でパスツールの恐るべき進化論――片輪物質としての生命の未来――に想いを馳せないこと、これだけがぼくには不満なのだ。しかし、それはまあよい。ラマルクとキュヴィエの説によってスタートした生物史観は、ダーウィンはじめ多くの生物学者を経て、結局もうひとつの結論に達するからである。そしてその結論は、無機物と有機物の関係式にまたもや厄介な光を投じたのである。なぜなら、パスツールは「生物は生物からしか生まれない」とする決定的な生命論を確定するからである。生物学はそこから二十世紀に突入し、自然発生説の呪縛を脱して遺伝学と手を結ぶことになるわけだ。

それにしても生物学史上ずば抜けた貢献をなしたパスツールがなぜ文学に衝撃を与えなかったのだろう？　あのダーウィンにしたところで、かれが導きだしたテーゼは単に「生物学の研究が人間社会の解明にもつながる」という、言ってみれば同じ生物内同士の目くばせをおこなったに過ぎなかったともいえる。地質学的な地球の大変化も、その原則を早回しで示したまでにとどまった。しかしパスツールの研究から出てきたテーゼは、極端に言えば生命の哲学そのものを揺り動かすものであったのである。「生物は生物からしか生まれない」という一見単純きわまりないその原理は、しかし、アインシュタインの$E=mc^2$に劣らぬ発見だったとぼくは思う。パスツールはその結論から、生命の存在する以前は有機物も存在し得なかったことと、「生命が非対称物質」であるという有機物にとって宇宙的な意味とを導きだしたからだ。地上の物質には分子構造的に見て右勝手と左勝手とが存在するけれども、この右利き左利きの差は自然界に平等に存在しており、決して差別されたりしていない。ところが有機物に限ってはこの世に片一方の型しか存在していないのである。生物はどんなものでもL型アミノ酸でしか構成されていない。その反対巻であるD型アミノ酸が検出された記録は、地球外から飛んできた隕石の場合だけなのだ。そしてもちろん、L型アミノ酸だけを作れと指示を飛ばしているのは、全生物の細胞内にあるDNAである。これらの事実からパスツールは、すべての生物のルーツはひとつと結論して、ラマルクの想像力に科学的な裏付けを与える方向へとむかったのである。

c——生物のふしぎなプログラム

むかし、イギリスに渡ったヴォルテールは、両国の科学の違いについて、次のような感想を述べたことがある——「フランスでは潮の満ち干は重力が海面を押して起きるのに、イギリスでは引力に引っぱられて起きる、と考えている」と。これはニュートン説とデカルト説のちがいを暗示している。そして、こうしたニュートンvsデカルト以来の英仏対立は、生物学の分野でも大々的に戦端をひらくことになったようだ。かたやフランスのパスツール生物学はやがてパスツール研究所を中心にして分子生物学と情報理論型生物学を発展させ、遺伝情報と進化の問題をいわば生物内部のメカニズムに関係づけてゆくのに対して、イギリスでは自然の全体性という観点から、その進化メカニズムを生物の外部にもとめる方向へすすみだすのだ。ライアル・ワトスンやデズモンド・モリスらロンドン動物園の生態研究派からウォディントン、アリスター・ハーディまで、英国の生命理論には「環境支配」という直観が働いている。古い言い方をすれば、機械論と生気論の対立に近い。そしてこの対立は、進化論と遺伝学の分野でいちばん明確に顕われてしまったようだ。

たとえば英国派。ウォディントンもそうだが、海洋生態学者アリスター・ハーディが自著『神の生物学』で書いているのは、進化の問題を唯物的な原因（遺伝子など）に加えて精神的な原因（たとえば進化への意志）によっても考察しなければなるまい、という主張である。いまその一部を、英国的センスの例としてしめしておこう――〈自然史とは「史＝ヒストリー」という言葉が暗示するように、自然の描写、すなわち正確な観察に基づくありのままの記述である。科学は自然の相互作用の量的、実験的解析へとさらに歩を進める。科学は数と測定により自然を表現する。そして科学は実験によってテストされるべき、自然についての仮説を提出する。この後者の定義でもって、我々は物理と化学とは異なるレベルで生物についての真の科学を持つことができる。私は古い意味での生気論者ではない。なぜなら私は、動物性――そして人間もそうであるが――のすべての物理的、力学的行為は物理、化学の用語で記述できると確信しているからである。しかしながら私はシェリントン、エクルズその他の人々とともに、心的出来事は物理的な系と連結はしているものの、異なる秩序に属するかもしれないと信じている。心＝身関係の神秘はいまだに解明されていない。たぶん我々の神経活動の最大の探究者であったかもしれない故サー・チャールズ・シェリントンが言うように、『エネルギーと心とはふたつのカテゴリーの現象であることを認めなければならないように、私には思える』〉ということである。心＝身関係のモデルのなかに生気論を更新（アップデート）する考え方が、ここにしめされる。極論すれば、生物進化と精神活動

――それもとくに宗教の関連にまで、かれらは言及するのである。

それにひきかえ、『偶然と必然』のジャック・モノーらパスツール派の遺伝観は、要するにDNA絶対主義だと考えていい。ある生物が進化するについては、その進化の道筋がすでにDNA情報として先験的に存在しており、何らかの原因からその未使用情報が読まれることで変化をも発生させることができるというメカニズムだ。もちろんモノーにも「オペロン説」があって、環境により、遺伝子の動きが変化するという考え方が、あるにはある。しかしこれは程度の問題であって、英国圏の極論とは比較にならない。これに対してイギリス型遺伝観は、ラマルクに似て、DNAなど生体固有の情報のほかに自然法則から直接的に情報を得ているとする見解をとる。たとえば、ある種の鹿が螺旋形の角を生やすのは、DNAだけの指令によるのではない。蒸発していく水蒸気や大気が螺旋を描いて上昇する流体力学の法則にも従っている。空気の流れと角の形との類似から解答を導く形態学の方向さえあるのである。ウォディントンの場合も、かれが唱える「後成的風景」という発生分化の理論は相当にファンスタティックである。簡単に言うと、胚から幼生までの段階にある生物はまだ可能性の塊りであって、どこか外のほうから「ここに足を出しなさい」と声をかけられると足を出し、手を出しなさいと命ぜられると手を出し、こうやって最後に個体の全体像が決定される方式である（つまり結果は同じでも経過が違う）。だから「後成的」に同じ形になった生物同士でも、部分部分を取れば大本はお互いに違うかもしれない。こういうレベルの分化を決定するのは、DNAの固定的なプログラムではなくて、むしろ外からの声――環境の影響力に対して作用する「生命の恒常的な安定力」や応用力である。その証拠に、幼生のうちに足になるべき個所を切り取っても、声が働いてちゃんと別のところに足が生えてくるケースがある。もし仮にDNAが初めから足となる個所を指定してしまっていると、あとの融通が効かなくなってしまうのだ。いや、ウォディントンによれば、多少のDNA情報がおかしくとも、その声によって正しい発生がおこなわれるという。

すこし神秘的な話になるが、ぼくはかなり長いこと海の生物の観察をつづけてきた末の直観として、ふつうオスとメスを単位とする親から子へと伝えられている遺伝的特性の維持プロセス、すなわち「生殖」と考えられているもののいくつかは、じつは人間を中心とする哺乳類的習性でもなんでもなく、それぞれの個体が何らかの宇宙的原理から学習してきた個々バラバラの個人的習性にすぎず、海の無脊椎動物が見せるような、「オス・メスの役割を一個体で満たす」もの、「無性で実行する」もの、果ては「異生物の複合により生殖を完成する」ものがいくらでもいる。しかもその個人的習性が宇宙的原理に一致しているために、結果としてまるで親子関係が成立し、進化系統も保たれるようにみえているだけのものが、じつはあるのではないか、と思うことがある。たとえば、世代交代をするヒドロ虫や、南方熊楠が注目した「生と死を乗りこえる粘菌」の場合は、「親子関係」どころか個体自身の連続性が果たして成立するものなのか？　つまり、生物に伝えられる遺伝情報は親のDNA以外に体外にも無数にあるということだ。体外の遺伝情報とはどういうものか？　ぼくたちに耳慣れた言いかたをすれば、環境のことである。生物は単に親から伝えられた遺伝情報だけで「親とそっくり同じ生きもの」になれるわけではない。たとえば蝶の幼体である芋虫は、蛹(さなぎ)の時期にいったん体の構成物質が溶け、あらたに成虫の鋳型の中で成虫に創り直されるといわれ、蝶と芋虫は事実上別動物に変態するという仮説を出す人さえいる。イソギンチャクと共生することで有名なクマノミという小魚は、かならずイソギンチャクのそばで孵化し、そのイソギンチャクと接触(コンタクト)することで、毒棘にさされても死なない抗体タンパクを初めて作りだす。イソギンチャクにもぐりこんでも平気でいられる点を特徴とするこの種は、幼魚のうちにイソギンチャクという体外の情報源から〈種(スピーシズ)として必要な情報〉、つまり毒棘に対する免疫体の作りかたを伝授される。もし万が一、クマノミの幼魚をイソギンチャクに触れさせないで育てたとしよう。この処女クマノミは、イソギンチャクとの接触体験をもたないがために、ふつうの魚と同じようにイソギンチャクの餌食とならねばならない。よく遺伝的適応の例として出てくる生物に、南極に棲むトレマトムスという硬骨魚がいるけれど、これは実際のところ血も凍るような極寒の海に暮らしても、その血を凍らせないために、血液中に特殊な糖タンパクを持って血全体を〈不凍液〉にしていることと同じである。しかしこれだって実際に冷水のなかに置かなければ、かれの遺伝的適応力を発揮できるわけがない。

　だいたい生物をひとつの情報処理システムとして見るつもりならば、処理すべきデータの系列がタテ方向とヨコ方向の二通りに分かれることを最初に認めておく必要があるだろう。この場合、タテ方向のデータとは親から子に伝えられる遺伝物質——つまりDNAからRNAを経て酵素タンパクに至る体内物質であり、もうひとつヨコ方向のデータとは周囲の環境がその生物に与える条件——つまり温度や色彩や重力といった環境の遺伝編成力である。生物の系統は血のつながりだけを糸にして紡ぎ

クマノミ

あげられてきた。なるほど、分子生物学が獲得形質の遺伝は存在しないと断言するのなら、あるいはキリンは高い木の葉を食べようとして首を伸ばしているうちに首の長い生きものに進化したという説を否定するのなら、このヨコ関係の分類学は意味がない。たとえば石の下の同じ環境に棲む昆虫とミミズとをつなげる分類学は存在しないのである。けれども、こうした遺伝学に話がおよぶと、ぼくはいつも心ひそかに抱いている進化論の悪夢を打ち明けたい衝動に駆られる。その悪夢とは、ザッと次のようなものだ——生物はすべて、〈種〉のちがいを越えて情報を提供しあっている。そしてその情報を他生物間に仲介するのはウイルスである。あるウイルスは、より高度な生物のDNAを切り取って、次に低次の生物に接触して、そのDNAを植えこむ。つまり現代の遺伝子組み替え作業を、ウイルスが行ない、ついにある生物がまったく非遺伝的に発生する——この悪夢はしかし、皮肉にもパスツール派のフランソワ・ジャコブが事実として示していることである。

d——〈生涯×n倍〉の理論

ところで、同じ環境にいる生物は、どうも似てくるようだ。生物の形態を決める環境の力のそんなすごさを思い知らされるのは、野外観察で直接生物たちと対話するときではないだろうか？　野外観察の現場というのは、たとえば近海の磯である。そうした生きものの棲む現場に立ち合うと、どうも生物はその場所に棲みたがっているとしか思えぬ気分に捉えられる。かれらはその場所に棲みたい一心

トレマトムス

から、意匠を凝らして自分の形を環境に似せようとする。いや、形ばかりでなく性もだ。このところ魚類生態学者を虜にしているテーマに「磯魚の性転換」というのがあるけれど、スキューバ・ダイビングの発達によって海の生物の生活史を気軽に観察できるようになったここ十年来、魚類学の文献にはいろいろな魚類の性転換報告が毎月掲載されるほどのにぎやかさである。実際問題として、多くの魚は両性具有——つまりヘルマフロディトスであるといってよかろう。かれらは一生のうちに雄と雌の「二重の生涯」を送る。ある場合では三年めまでが雌、四年めが雄となり「編年体」のセックス・ライフを送るものもいれば、雌同士の闘いに勝つと晴れて〈雄〉に昇格する種類もいる。さきほど例に出したクマノミも、じつは両性具有であったことが最近確かめられており、こちらのほうは雄が雌に変わるのである。バルザックの両性具有者物語『セラフィータ』をお読みになったあなたなら、ヘルマフロディトスの生がどういうものであるか想像がつくかもしれない。『セラフィータ』の主人公は、恋する男の眼に映るかぎり麗しい女であるが、一方ひそかに慕う村娘の眼には美青年としてしか映じない。そして魚たちもまた、『セラフィータ』の物語を地で行く不可思議な生活を営むのだ。たとえば日本の近海にカミナリベラという小魚が棲んでいる。この若魚はすべて雌であるが、色も姿も変わらぬのに知らず知らず雄の機能に転化していく個体が、やがてチラホラと現われはじめる。そしてそのうちから〈超男性〉という、まるでアルフレッド・ジャリの幻想小説から出てきたような個体が登場する。かれは仲間と体力の勝負を行なって〈スーパーメール〉の地位に就くと、とたんに体色を一変させ、それまでの灰色一色から虹色の美しい姿に変身する。そのためにこの種のスーパーメールは古

●両性具有は、
無機的結晶のもつ対称性へ
回帰するのか?
(シドニー・サイム
『ズレタズウラ *Zretazoola*』(1912)挿絵)

くからカミナリベラと別種に取り扱われ、ニジベラと呼ばれていたこともあるほどだ。ジャリの『超男性』は汽車と競走し無限回数のセックスを機械相手に行なう超人だが、カミナリベラの超男性(スーパーメール)もすでに生きながら神の段階にまで達している。けれども良く観察すると、雌から雄に成り上がったこのスーパーメールを独りぼっちにすると、すくなくとも美しい体色を元の冴えない雌色(めすいろ)に戻してしまうようだ。

だが両性具有の現象でもっとも重要なのは、かれらが個体として雌雄二重の存在を生き抜くことである。ちょうど〈後成的風景〉や〈すべての可能性をあらかじめセットしたDNA〉の場合と同じように、その生物は雄と雌の要素をつねに同時に具(そな)えている。かれらの性転換は、したがって変化ではなく切り換え(スイッチング)である。それはさながら表と裏の両面をもつ服のように、表を着れば雄、裏を着れば雌を表現する機能をもつ。そして服の表裏を決定するのは、暑さ寒さを含む環境パワーの役目である。さらにこの事実は昆虫のように完全変態する生物にも当てはまる。変態というのは、単に幼虫＝蛹＝成虫の三段階を順々に辿ることと思われがちだが、じつはそうではない。幼虫の体内には生まれたときから成虫が同居しているのだ。幼虫のなかに潜んでいるこの成虫の部分は〈成体原基〉と呼ばれるけれど、これを人工的に表へ引きずり出せば翼をもつ青虫を作ることもできる。言い換えれば、かれら幼虫は両性具有よりも一ファクター多い三重の生を体験していることになる。そしてプラトン流に言うならば、人間もまた本来は両性具有であった。だから神の手で男女に引き裂かれたがため、男と女の互いにもとめあう心情を指してエロス——すなわち完全美への衝動と呼ぶのだ。とすれば昆虫の変態は三

カミナリベラ

位一体とでも呼ぶべき現象だろう。しかし不気味なことに、両性具有の思想はここでふたたびパスツールの発言につながらずにはいないのである。生物は対称を破ることによって進化してきた。生物はL型アミノ酸だけで出来あがっている。だから、必然的にやがて性の分化もはじまるのだ。幼虫＝蛹＝成虫の三重存在態を捨てて片輪になるのだ。こうしてますます偏狭化し孤立化する生物にとって、両性具有や変態型生物は〈無機物〉時代の幸福への遠い憧れなのかもしれない。もっとはっきり言おう。生物はもと、一個体として何種類もの生を生きてきたのである。生涯×n倍——これが生物の本来の姿であり、その多岐性こそが生命史の原動力であった。しかし生物はやがて昆虫——魚類——哺乳類と特殊化するにつれて、変態能力を失い、性転換能力を失い、ついに単体として唯一の生を生きるだけの存在になった。そしてその代償が自我の発生だったにちがいないのだ。生涯をただひとつの単体として過すことから、自意識は生まれたのだ。

右もあれば左もあり、いたるところ回転対称や鏡映対称が満ちあふれる無機物結晶体への夢。たぶんあらゆる生物は、そうしたヘルマフロディトスの夢をむさぼりながら、ますます非対称の物質となって環境を生き抜くだろう。すでに心臓は一つしかなくなっている。いずれは目さえも単眼化するかもしれない。そうだとすると、非物質的な影響力も生物の変化あるいは「進化」になり得る可能性も十分に出てくる。ティヤール・ド・シャルダンが「精神圏」と呼び、その極限を「オメガ点」と仮称したものは、飛躍しすぎたフィクションだが、これを「人間の社会」と読み直したらどうだろう。まさにダーウィンが「自分の進化論は人間社会の進化を解明するかもしれない」と論じた意味が、がぜん活きてくる。

ちょうどダーウィンの時代から、人間社会の起原と進化を探求する文化人類学も生まれたのである。そしてそんな折りに広げた一冊の小説『闇の左手』は、奇しくも、以上のごとき消息を底流にした両性具有者の物語であった――

e――『闇の左手』

一九七〇年にヒューゴー、ネビュラ両賞を獲得したSF『闇の左手』は、端的に言うならば前述した「変化ではなく切り換え」の性（セックス）としての両性具有をテーマにするが、ル・グインが中国思想に関心があったところから、〈陰陽構造の小説〉といわれる形式をとっている。その判断は当を得たというべきだろう。なぜなら、ここ数年来、両性具有という単語にも分析心理学者ユングの解釈がつけ加わって、アニマとアニムス――つまり男性の内なる女性性と、女性の内なる男性性とを示すようにもなったからだ。作者ル・グインはここにおいてその問題を生物学的に処理する形を選びとっている。作品を読んで何よりも先に胸を衝くのは、この処理の冷静さである。たぶん、彼女の両親がかかわった文化人類学の手法が参考になったのだろう。この新しい学問の手法は、観察者がつねに外部者の冷静を保持し、決して対象に共感してはならぬ、というものだった。つまり、ラフカディオ・ハーン（小泉八雲）のように対象である日本を「愛」してはいけなかった。共感が外部の目を「変化」させてしまうからだ。この『闇の左手』を指して、さっき両性具有の小説と名づけたが、これをもっと分かりやすく言い換えれば二

『闇の左手
The Left Hand of Darkness』
（1969）初版表紙

重構造をもつある人間グループとの文化人類学的な接触を書いた作品ということになる。二重性とはまず、両性（雌雄）のテーマ、進行ドラマと伝説伝承とが同時に並行して語られる二元的話法、そして光と闇、しかもル・グィンが思想の基盤にマンダラ思想をもってくるところなどに明らかである。マンダラとは相反するもの同士の合一、あるいは闇と光の対立調和を意味する。作品を組みあげるル・グィンの筆致はこの二重構造をみごとに運用させる役目を果たしているが、その分いくらか作りものめいて展開の心情的共感を欠く気配も窺える。というのは、この二重構造が対立関係としてではなく、ましてマンダラのように矛盾総合の関係としてでもなく、まるでお互いの力を相殺し合ったあげくの〈去勢的〉妥協のシステムとして描かれるからである。ル・グィンのこの傑作（と一般に評価されている作品）がそうした印象を与える原因は、彼女が物語の共感性と思想的支柱として作用させているマンダラ思想を、文化人類学の冷たさをもって描いた矛盾にあるのかもしれない。したがってぼくは、ル・グィンの二重構造システムがアメリカを中心とした近代社会の男女構造に狙いを置いているから、といった〈逃げの見解〉を採らない。

ところで、この東洋思想が作品の展開自体と今一歩合致していない感じを与える裏には、作者が思想の詳細をあまりにも巧みに報告しすぎた事実が潜んでいるようでもある。惑星〈冬〉に存在する宗教システムや密教風の教えが紹介される際に、それがレポートという形を取って現実に主人公（キャラクター）たちの実体験を伴わせなかったことは、やはりこうした別世界創造の小説に困難さをもたらすのだ。しかしその代わり、惑星〈冬〉の設定と描写は読む側に抵抗なく受け入れられる形になった。ただ、それを

アーシュラ・K・ル・グィン
（Ursula Kroeber Le Guin, 1929–2018）

納得させること、とくに異星の宗教システムのようなデリケートな素材にリアリティを与えることは、上手(うま)さとは別物である。早い話、ル・グィンの主人公たちはその思想システムを教条(ドグマ)として受けいれているだけかもしれないのだ。つまり、劇と設定とが一体化していない。ル・グィンの東洋思想に対する傾倒は本物なのだろう。だが、彼女よりは遙かに荒っぽい枠組を示しただけのフィリップ・K・ディックが『高い城の男』において東洋思想を作品の動力(エンジン)として使用することに成功した点から考えれば、『闇の左手』はハンデを覚悟する手法を選択した。『影との戦い』ほかの〈ゲド戦記〉三部作でも事情はほぼ同じであった。ル・グィンのアプローチは光と闇の勢力にも平等を心掛け、そのバランスを決して破ろうとしない行き方を探る。なるほどマンダラは可能態としては闇と光の均衡調和であるが、現実には二元論を一元化する作業である。一時点を取れば闇か光かのどちらかが優勢となっており、それがまた生物学的事実でもあるはずなのだ。『闇の左手』について言えば、ゲセン人がケメル期という一種の発情期にはいって男か女に分化する際、そこでそのゲセン人の世界観や人格までが性(セックス)の行方にしたがって切り換えられるのであれば、陰陽との本質的対比は迂回されてしまうのである。しかしル・グィンはほとんどの場合そこまで踏みこまない。クライマックスでケメル期にはいったゲセン人のエストラーベンが地球人の男に〈共感〉を感じる場面などは、言ってみれば両性具有性の核心が破れるカタストロフィ的チャンスであるにもかかわらず、ル・グィンはここでも両性具有を中性的観点からかたりつづけるのである。彼女のマンダラ構造が最後までマイルドさを保ち得た最大の要因はここにある。

ともあれ、物語の粗筋を書いておこう。

〈冬〉とも呼ばれる惑星ゲセンに初派遣された宇宙連合エクーメンの使節ゲンリー・アイは、たった一人でこの星に乗りこみ、宇宙連合への加入を国王に願い出ている最中だった。しかしこの星にも各国間の政治的陰謀が渦巻いており、一時も油断はできない状態にあった。だから、こういう新しい星を訪れるには一人に限る。二人以上で訪れたら、これはもう侵略とみなされてもしかたないからだ。諸国のなかで、カルハイド国の首相エストラーベンは連合加盟に積極姿勢を示す一人であった。

しかし通常の男性であるゲンリー・アイにとって厄介なのは、ゲセン星人がことごとく両性具有者（ヘルマフロディトス）であるという事情だった。ふだんのかれらは中性的であるが、ケメルという発情期が巡ってくるとペアを作り、交接を行なうのである。このときどちらが男でどちらが女になるかはいわゆるフィーリングの問題で、子供を二人産んだゲセン人が次に誰かの良人となったり、あるいは子供を三人も産ませたことのある者が新しく嫁になったりということは、よくあることだった。しかし中には〈変態〉もいて、ハンダラ教という宗教々義に従う者は予見力を持っているが、ケメル期でも独身でいたり、ケメル期後も相手と愛を交わしあう例があった（ふつうケメル期に妊娠したとしても、このペアはケメル期が終わると別れなければならない決まりである）。その辺の描写をいま引用することにしよう――

「……車座にいるあとの五人はオセルホドの村人で、ハンダラ教の実在の行をきわめており、予言者でいるあいだは独身者で、性的な能力のある期間も交渉しないのだとゴスが言った。独身者の一人は予言の行のあいだ、ケメルに入らねばならない。その人物は容易に見かけられた。ケメルの第一期を示す肉体の微妙な緊張と、ある種の快活さを見わけることを教えられていたから。ケメルに入っている人物のとなりに変態性欲者がすわっていた。『彼は医者といっしょにスプレプから来たのです』とゴスが言った。『予言者たちは、人為的に正常人に変態性欲をめざめさせる——予言の行の行なわれる数日前に女性ホルモンか男性ホルモンを注射する。自然のホルモンのほうがいい。注射されたものはよろこんでクライマックスに達して、わるいことを好むようになる』。ゴスはケメル期間に男性の役割を果たす人物を指す代名詞を使わず、動物の雄を指す代名詞を使った。彼は当惑気味だった。カルハイド人は一般に、性の話題を気楽にもちだしケメルについて敬虔な喜びをもって語るが、変態性欲者について語るときは口が重くなる——少くとも私と話すときは。男性化ないしは女性化へのホルモンの永続的アンバランスを伴う、ケメル期間の過度の延長が、彼らが変態性欲と呼ぶ状態を惹起する。これはまれではなく、成人の約四パーセントは、この種の異常者である——われわれの規準からいうと平常なのだが。彼らは脱落者ではないが、両性社会におけるホモのように、蔑視されながら黙認されている。カルハイドの俗語でいうと半死人である。彼らは不妊である」(小尾芙佐訳)

f——両性具有は〈矛盾〉である

ともかくこうして両性具有の世界にも〈変態〉が存在したのである。ここに、ゲンリー・アイのような単性具有者にも共感できる「すき間」が生まれる。ゲセン星は〈冬〉と呼ばれるほど苛酷な環境だった。

しかし環境が苛酷なのに比べて、社会は「皮相的」であり、一夫一婦制の倫理も護られて、地球人にとり憑いている二元論哲学は（両性具有という特質のために）この星ではそれほど強い支配力を発揮していない。特筆すべきは、戦争が起こらないことだ。ここではまたエディプス・コンプレックスも存在し得ない——と紹介してくると、ゲセン星の社会は何やら散文的で活力にとぼしいものに思えてくる。実際、かれらには戦争がない。両性具有であることが、このように社会の対立を弱め合一に向かわせる原動力となり得るのか？　一年の五分の四を占める非ケメル期ならばそうかもしれない。しかしケメル期にはいって発情したら（男か女の一方を選択したら）、この合一状態は破られることはないのだろうか？

しかしル・グィンはケメル期にはいったゲセル人の意識を激変させようとはしない。そしてそのことから来る描法上の実践は、クライマックス部分に訪れる。物語は、エクーメン加盟を画策して追放された首相エストラーベンとゲンリー・アイとが酷寒の氷原を逃亡するシーンへと差しかかる。逃避行をつづける二人のうち、両性具有であるエストラーベンがケメル期にはいり、突如性欲に目覚めるのである。しかし異星人同士の性交は（行なえる可能性があるにもかかわらず）行なわれず、「二人の人間のあいだに生じた深い愛は結局深く傷つけあう力や機会をもっていた」ことを双方実感し、はじめて両者の根本的な不信が解ける——それにしても、すさまじいシチュエーションである。両性具有者と地球人との道行きの途中、しかも両性具有者が発情するというプロットを考えついたル・グィンには明白な才能が窺われる。が、ここでもまだ基本的にヘルマフロディトス的な去勢者の眼は一転せず、倫理の問題に収まるのである。

ここで心理的な面にもコメントを付しておこう。変態をつづける昆虫はおそらく幼虫期と成虫期とでは心の面で自己同一性を保持していないと思われる。青虫から蝶になったとき、青虫の意識は蝶にまで受け継がれる必然性がない。また雌から雄に変わった魚も、かつて若い雌の群れの一尾だったころのメンタリティを記憶に残してはいないはずなのだ。したがって両性具有というとき、そのメンタリティは『セラフィータ』の主人公同様に神聖ではあるけれど、けっして去勢者の中立的な目ではあり得ないのである。したがってセラフィータは「性の超越者」天使となって両性を合一させた。ところがル・グィンの主人公は去勢的中性としてでなく陰陽思想によって、ケメル期にはいった性的分立を統合させる――

「……アイは沈黙していたがやがて口を開いた。『あなたは孤独でありながら一人ではない、おそらくあなたはわれわれが二元論に執着しているように全体に執着している』
『われわれだって二元論者だ。二元性は根源的なものではないか？　自己と他者がいるかぎり』
『われと汝』と、彼は言った。『ええ、そうですね、性よりもっと広範な意味で……』」（小尾芙佐訳）

性にめざめたヘルマフロディトスにまで、その性を捨てさせる立場に終始するル・グィンは、ここで〈性よりもっと広範な意味で〉という発言をエストラーベンにさせる。これにより、本作のタイトルに籠められた意味も明らかになる。「トルメルの歌」が紹介されるからだ。

「光は暗闇の左手、暗闇は光の右手。二つはひとつ、生と死と、……ともに横たわり、さながらにケメルの伴侶」

と。これほどまでにル・グィンが固執する両性具有的観点は、もはやバルザックの幻想小説や現実の両性具有生物たちがそうであるような、総体としては合一体であるけれど一時点では陰陽どちらかを意識として持ち、しかも同時に複数の人格をもっているという形態でないことを認めなければならなくなる。同じヘルマフロディトスを描きながら、ル・グィンとはまったく接点をもたなかったユングは、『死者への七つの語らい』という小品のなかで、やはり現世の人間と影の世界の人間の合一体を描いて、それに〈生〉と〈死〉、〈意識〉と〈無意識〉をシンボライズさせたけれど、ル・グィンのゲセン人はユングのそれを超えた。彼女のマンダラは本質的に東洋のものではなく、むしろ西洋的な〈愛〉なのである。東洋のマンダラは対立と合一の矛盾した概念を閉じこめた両性具有であるけれども、ル・グィンのマンダラは合一と愛との、まったく矛盾しない両性具有――悪い言いかたをすれば「合体」なのである。

ここでふたたび登場するのが、われらの神話「オルゴレインの創世伝説」である。これは「トルメルの歌」よりもさらに根源的な両性具有の本質を光と闇の因果として説明するのだ。

バルザック
『セラフィータ *Séraphîta*』
（1922版）扉絵

「わたしの息子たち（人類のこと）はなぜこのように暗闇につきまとわれているのか?」

ケメルの伴侶はこたえた。「なぜならば息子たちは肉の館で生まれたので死があとをつけまわしているのだ。息子たちは時の芯にいる。はじめは太陽と氷があり、影はなかった。われらが死を迎えるとき、太陽は己れを食み、影は光を食み、あとには氷と闇しか残らないだろう」

異星の宗教・政治・性風俗をこと細かに書きあげた『闇の左手』は、空想のリアリズムとしてはまことに西洋的形式の極限といえる。この両性具有者の世界に通常人である地球人型の〈男性〉をエキストラポレート（外挿）する手順は申し分のないスマートさである。しかしル・グィンがわざわざ〈闇の左手〉という易経的、マンダラ的、自己矛盾的に繋いで、最後に「オルゴレインの創世伝説」までイメージ（闇の左手とは光のことである）を順序立てて展開したとき、おそらく彼女はそこに両性具有の生物学的本質——つまり矛盾の並行ということを示そうとしたのだろう。ヘルマフロディトスは両極の合一を示す〈聖なる合体〉のイメージであるのと同時に、宇宙と生命体との根本矛盾のシンボルでもあったからである。

もう一度生物学のほうに戻る。両性具有とは〈ジンテーゼ〉であるよりはむしろ〈テーゼ〉と〈アンチテーゼ〉の並存である。個体が複数を生きることである。プラトンが言うように、両性具有が生命の本源であるとするなら、その意味は、生物がかつて生涯×n倍の存在を生きるものであったということであって、単なるオスとメスの調和合一の問題ではなかった。少なくとも、生物学的にはそうである。『闇の左手』にもゲセン人の結合のタブーが〈変態者〉の形で描かれる。しかしそれは血族の概念にまだ社会ないし人類学が留まっていたせいであり、両性具有であることの、つまり闇と光の矛盾並存したマンダラを見るような本質的なタブーにまでは、いまだ達していないがゆえなのだ。

『地球の長い午後』

a——植物の思想

「都会の人間は植物化しつつある」

現代神秘学をやっている友人とおしゃべりしていたときに、かれは急に真顔になってそう言った。都会人は熱帯の原始林に住む野生の人々よりもはるかに植物化している、と。

都会から植物が消えて以来、もうだいぶ年月がたつ。けれども都会の人間は、植物の喪失が生態バランスを崩す原因にならないように、どこかに植物の代替機能を組みこんでおかなくてはいけない。それでもなお人間が都市に住んでいられるのは、人間自身の代謝システムが植物化しているおかげなのだ。むせかえるような熱帯の原始林に暮らしている人間ならば、植物のなかに生活しているという理由で、自分自身を植物化させる必要がない。しかし都会人は違う。「そういうわけで都市は、形の上でも植物を真似しながら発達してきた」という結論を残して、神秘学の友人はコーヒーハウスを出ていった。しかし都会人が植物化しているという発言は、いつまでもぼくの心に残った。動物と植物という、本質的にかけ離れたシステムをもつ二つの生命が、都市化の流れのなかでお互いに結合しあう必然性がどこにあったのだろうか、と。

もちろん、植物が空気を浄化するからとか、緑色が心理的に安らぎの効果をもたらすからとかいった発想は、ここでは必要ではない。地球生態系の維持とか何とかいうレベルの話ではなくて、ことは植物自身がもつ本質的な〈意味〉そのものにかかわっている。それなら、植物の〈意味〉というのは何なのか。ひとことで言うなら、**表面積の哲学**である。植物が動物と決定的に違う点、あるいは植物が地球というひとつの有機的生命圏に対して持ついちばん重要なポイントは、「無機物を食う」ことにある。できあがったばかりの地球をほとんど一〇〇パーセント覆っていたにちがいない窒素を空気中から取りこんで、組織のなかに有機物をつくりだすこと。これが植物の本義である。そのためのエネルギー源として太陽の光、また材料としては水が、植物にとって死命を制する養分となる。早い話が光合成をおこなうのだ。植物にしてみれば光合成の結果つくられる酸素などは産業廃棄物の一種であって、評価してみたところでせいぜい副産物にすぎない。光合成の目的は無機物から有機物をつくること、つまり物質の錬金術を実行すること以外にないのである。

ともかく、植物が光合成をおこなう生物であるということになれば、かれにとっての〈善〉は極力**表面積をひろげること**しかない。表面積をひろげて、大気との接触面をすこしでも多くするのが、光合成をレベルアップさせる上で最高のものとされる。だからこそ植物は地上を覆いつくした。これを植物の〈思想〉といわなくて何としよう！　植物が今あるような形になったのは、ひとえに以上のような表面積の哲学を実践した結果である。じつは植物としても、この哲学を実践するにあたってはたくさんの矛盾を解決しなければならなかった。第一に、いくら表面積をひろげたらよいといっても、太陽光線のあたらないところに葉をつくっては光合成用の器官にならない。かといって、太陽光線を最大限に浴びたりしたら、もうひとつの養分である水がぜんぶ蒸発してしまって枯死するしかなくなる。この最大のディレンマを解決するために、植物はあらゆる草の表がわに透明なクチン質のカバーをかけ、またすこしでも光と空気に接するために上へ上へと伸びだした。いつか稲垣足穂は「もしも重力がなかったら、植物は月まで伸びていったろう」と発言したが、これはまったく本当なのである。

b——きわめて神秘学的なインタールード

神秘学の話からスタートしたので書くわけではないけれど、この植物の哲学はカバラ数秘術からも意味づけできる。シェイクスピア時代に出た雑学の大家トマス・ブラウン卿はすでにこんなに早い時代から植物の形態のふしぎに魅せられて、『キュロスの園』という奇書を著わした。これはほんとうに奇怪な本で、前半が数秘術の解説になっているかと思うと、後半はなんと科学的な植物形態論が述べられている。ぼくはこれを読んでしばらく悪い夢を見つづけたほどだから、奇書が好きな人になら感じがわかってもらえるだろう。トマス・ブラウン卿は有名な『骨壺論』を書いた人で、この作品は骨壺

トマス・ブラウン卿の『キュロスの園 The Garden of Cyrus』（1658）より
ゴシック建築の煉瓦積みにも五点形が広く採用されていることを示す図。

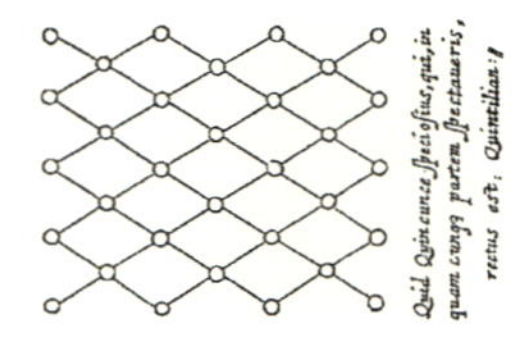

から人類の原始期をうかがった文化人類学の先駆けとして知られる。また「駝鳥は鉄を消化する」といった類の当時信じられていた迷信を一〇五項目にわたって科学的に批判した本の著者としても知られている。このブラウンが、植物とは〈五〉の数をもつ生物であると主張するのである。五という数は数秘術的に見ると一種の「完全数」であり、偶数と奇数の最初の結合（2＋3、この場合1は考えない）であるところから宇宙の支配者をあらわす数とされ、さらに1から9までの一桁の全数字のうち中央に位置していることからも「王者」を意味すると解釈されている。有名なアブラハムは、もとアブラムと名のる人物だったけれど、民族の長になるに際して、名前の字数（?）が五にならないためにわざわざH（これがヘブライ文字では五を示す）を加えてアブラハムと改名した。またプラトンなどは、男（奇数）と女（偶数）が結合する五を「結婚数」と呼んで、婚礼にはすべて五人一組の席を用意したほどだ。そして五は、世界の安定のしるしでもある。

そこでブラウン卿は、植物の基本的な形が〈五点形〉になっている点に目をつける。五点形というのはサイコロの五の目、つまり⁙である。まんなかの点を茎か幹とすれば、あとの四つは葉の付き方を示している。十字対生というこの葉の付き方は、まず第一層めに二つの葉が向かい合って（一八〇度角）伸び、つづいて第二層めが下の葉とは直角の角度をなして二つの葉を伸ばす。上から見ると、ここまででちょうど四枚の葉が十字形に付く恰好になるわけだ。こうして、あとはこの繰り返しで上へ上へと伸びていけば下の葉を翳らせることもなくなり、さっきの植物の〈哲学〉に最もふさわしい形態ができあがる。ブラウンはさらにこの事実を足がかりにして、やれノアのぶどう棚のかたちは五

トマス・ブラウン卿
(Sir Thomas Browne, 1605–1682)

点形だったの何のと、およそ五に関係するファクターを片っぱしから集めてくるのである。たとえば、五が安定の数だというのは、植物が**動かない**生物であることの裏付けである。その証拠に、動きまわる生物——つまり動物に五つのファクターがひとつでもあるだろうか？　二本、四本、百本足という偶数の足はあるが、五本足の動物なんて聞いたことがないと！

しかしブラウン卿は『キュロスの園』のなかで確実にひとつの真実には辿りついていた。光合成のメカニズムが解明されていない時代にあってなお、かれもまた表面積の哲学に接近していた点である。これは驚異といわざるを得ない。どだい現代の教科書の光合成をあつかったページに、こんな根本的な光合成の意味が展開されているだろうか？　いまだに植物が酸素を生産するために存在するかのごとく記述されている情況では、たぶん植物の哲学が問題にされることなぞ永久にあるまい。

c——あしたは風をはらんで……

ムダ話はこのへんにして本題にもどろう。植物のこうした表面積哲学に対して登場したのは動物である。動物の哲学というのは、この場合「動く」という一点にあってそれ以外のなにものでもない。「動く」ことに奉仕する機能と器官とが、この場合には〈善〉そのものなのだ。したがって動物は動くことの哲学を実践するために小型化する。極力小型化し、動くための全燃料を有機物という半消化されたエネルギーにもとめて効率をアップする。半消化されているエネルギーだから、運動用の燃料に転化するのはきわめて易しい。ただそのために動物は、植物がやっている光合成の機能——すなわち原料としての無機物から製品化された有機物をつくる工場生産機能をすっかり投げだすにいたった。言いかえれば、動物は植物につくってもらった食料を食って生きているのである。

こうして表面積の哲学から解放された動物は、逆に内部へ集中する方向へと進化の道を向けた。意識が生まれ、知性が活動しはじめるのは、その根本理由として以上のような哲学が含まれていたからこそである。しかし動物の一員である人間は、酸素ばかりでなく食糧の原始生産者である植物の庇護のもとに生活しなければ、生物としての機能をさらに磨きあげられないことを、本能的に知っていたらしい。事実、動物はあらゆる意味で植物に依存したからこそ「小型化」と「可動性」と「内部集中＝意識」を獲得できたのである。しかし、それをさらに伸長させるためにはもうしばらく植物の力が要るだろう。昆虫はいつも葉の裏に棲みつき、葉とともに一生を送る。ウミウシの一種は体内に葉緑素を飼っておいて、この葉緑素がつくりだす有機物を食料にしている。さらに南の海に生きる造礁サンゴたちは、あの鉱物じみた骨格をじつは植物の力で造りあげている！　サンゴのポリプはすべて特殊な藻類と共生しており、骨格を作る石灰質やらカルシウムやらを、この藻類に生みださせているのである。今でも八丈島か南紀白浜あたりへ出かけると、棲息分布の最北端で細ぼそと暮らしている造礁サンゴが、ごく浅い、それこそ膝あたりの深さに見つかるけれど、これを採ってきて自宅の水槽で飼おうとしても仲々うまくいかない。サンゴの水槽飼育はこれまで成功した例があまりなかった。しかしその理由が共生藻類にあったことは、最近の実験観察で少しずつ分かってきている。サンゴに養分を供給する藻類がなければ、サンゴは生きてゆけないのである。そしてたぶん、サンゴと藻類のこの関係は、本質的に動物と植物の存在様式をシンボライズしていると言ってよいだろう。動物が植物化するというのは、ここにも必然性があるのかもしれない。

そういうわけで、人間は本来その居住空間である都市を〈植物〉に似せて造ろうとしてきた。その哲学は広がりであり、日当たりであり、高さである。建築の形而上学をきわめたルドルフ・シュタイナーのゲーテアヌムでさえ、その一部はやはり植物の哲学に負っていたといえるだろう。こうして都市は広がり、表面積を拡大していった。ぼくは一、二年前に出版したファンタジー論『別世界通信』のなかで、都市というものが暗示する形態のふしぎを想像力空間のアナロジーとして取りあげたことがある。それは世界の二大都市パリとロンドンについての比較だった。パリはすでに閉鎖し囲いこまれたカプセル型都市として成立していた。そこでは都市と地方との区分が防壁や濠を境にして厳然とつくられていた。一方ロンドンはテームズ川という〈幹〉を中心にしてどこまでも広がっていく開放型の都市である。きわめて植物的なパターンを踏むこの柔構造の都市は、かくして十八世紀にいたって爆発的な発展をおこない、先輩格であったパリを人口で追い抜くにいたった。そしてこのロンドン風な都市開発こそが、表面積哲学にしたがった二十世紀の都市の辿るべき道であった。

だが、それは今でもそのとおりだろうか？　事情はすこしずつ変化している。たとえばヨーロッパ農業はルドルフ・シュタイナーらの刺激もあってすでに形而上学的段階を迎えているように、都市建設のユートピズムもまた形而上学的段階へとさしかかっているようだ。このことを明確に教えてくれたのは、最近あるブックフェアの隠れた目玉商品として並べられた建築学の奇書（奇書が好きだなァ！）『生態建築論』であった。緑色の帯に白ヌキ文字で書きぬいた〈あしたは風をはらんで立っていたい〉という謳い文句が、なんとも建築の本らしくなくて良かった。これは彰国社という、建築学の人にしか知られていない出版社で出している〈現代建築シリーズ〉の一冊だ。ぼくはこの中でアーコロジー（生態建築学）という言葉に出合った。アーキテクチャー（建築）とエコロジー（生態学）を足して二で割った造語である。そしてこれを読んで、ついに建築も来るところまで来たと思った。ひとことでアーコロジーを説明すれば、ティヤール・ド・シャルダン主義の建築学なのである。これまでシェイクスピアの記憶劇場をはじめとして建築と神秘学とのつながりを追いかけてきたぼくは、はじめて建築と生物哲学との「幸福な結婚」にぶつかって衝撃を受けた。これはすでに植物型都市論を越えて、ひとえに「動物型都市論」へ、さらにティヤール・ド・シャルダンの言う「精神圏都市論」へとつながっていたからである。

パオロ・ソレリの生態建築

d――ティヤール・ド・シャルダンとは何か

生態建築論の原理をピックアップするのは比較的やさしい。さきほど書いてきたように、これからの都市は小型化し、高能率化を達成し、したがって内部集中のすすんだ、まったくムダのない大脳のごとき都市をめざさなければならない。都市はコミュニケーション網によって地表を覆うが、その特異点となる各都市は内部集中のための〈善〉、つまり姿の最小化をめざすのである。こうして最小の表面積率をもつ球形都市は、その生態系をきずきあげる——一種の精神都市。

そしてこのアーコロジーを実践する人々はすでにアメリカの砂漠にいくつかの新都市をつくりつつあるのだ。ぼくはその写真を見てプラトン立体を思いだした。宇宙の完全な姿のレプリカであるプラトン立体と、それらの新都市とは軌を一にしていた。いずれこれらは理想の立体——つまり球へと近づいていくことだろう。けれども、ここでまず問題にしておかなければいけないのは、これらの都市の思想的バックボーンを成すテイヤール・ド・シャルダンの生物哲学である。

あなたがもしも科学と哲学の（そしてできれば魔術の）両方をきわめたいと考えるひそかな新ルネサンス人であれば、シャルダンはきっと抱きつきたくなるほど大胆で、しかもつつましやかな人物だろうと思う。シャルダンは奇しくもアインシュタインとほぼ同時に没した。ユネスコが二人の没後一〇年を記念してシンポジウムをひらき、ハイゼンベルクやハクスリーらによる今世紀の二大思想家の講演論『科学と綜合——アインシュタインとテイヤールをめぐって』（邦訳は白揚社で出ている）を刊行したのは、最近にないシンボリックなできごとだった。テイヤールの考え方はひとつの進化論であるが、「世界の人間化」という概念にその特質をみることができる。テイヤールによれば、表面積の哲学を実践する植物も、また反表面積の哲学を掲げる動物も、進化という点ではみずから体の形態や器官を変化させることによって道を切りひらいてきた。これがいわゆる適応ということである。そこへ人間というものがあらわれた。人間は内部集中という点では飛躍的な進歩をとげたけれども、しかし植物や動物のレベルで考えれば形態的にもっと変化していてもいいはずだ。ところが解剖学的に見た人間は、じつはぼくたちの失望のタネなのである。尻尾の痕跡はまだ残っているし、体つきはほぼ類人猿のそれであって全然変わることがない。ティヤールの計算によれば、人間と類人猿との進化的な差異はすくなくとも分類学に言う「亜目」か「目」のレベルに相当する。ところが人間は、それこそリンネの時代からゴリラやチンパンジーと並んでいて、せいぜい「ヒト科」という一科（ファミリー）を与えられているにすぎない。これはどう考えてもおかしい――とティヤールは思う。そしてかれは、この矛盾が「人間化」という全然別種の進化段階の成立を示す証拠であったことに、やがて気づくのである。人間は道具を発明することによって、形態の変化する分を外に出してしまったからである。すなわち人間は、形態を変化させないで進化することのできる最初の生物となった。ティヤールのこの発想はもう一人の異質な思索家ロジェ・カイヨワの「対角線の科学」と通じ合う。カイヨワは蝶の翅が美しいのも、人間の芸術家が描く絵が美しいのも、ともに同じ「美」の原理に依っていると考える。そして蝶と芸術家の唯一の違いは、蝶が自分の器官を使って絵を描くのに対して、人間は絵筆という道具を使用する点にあるのだ。考えてみれば、この点だけが人間と他の生物との唯一の違いであって、同時におそらくは越えることのできぬ進化の一線なのである。

　ともあれ、ティヤールはこうして進化の道程に「人間化」というメルクマールを置いて、やがて精神圏（ヌースフェル）という総合的な概念に到達する。いま地球をいくつかの圏に分けるとする。地球そのものは無機物でできた鉱物圏である。それから時代が過ぎて、表面積の哲学を標榜する植物が地表を覆って「植

ティヤール・ド・シャルダン
(Pierre Teilhard de Chardin, 1881–1955)

物圏」というものを作りあげた。さらに、植物が生産した酸素と有機物とを食らって生きる動く生物――つまり動物が植物の表面積の上に新しい被膜をつくりあげる。これが動物圏。そして今、人間はその精神コミュニケーション網によって地表を覆い、あらたに「精神圏（ヌースフェル）」を築きあげてしまった。したがってこの圏の特異点となる都市もまた、かつての植物型都市ではなく動物型の都市へ、さらには精神都市へと昇華していかなければならない。

――ぼくたちは植物対動物の死闘が映しだす果てしない夢でも見ているのだろうか？　たぶん答えはイエスだろう。ボロブドールやアンコールワット、そしてマヤの古代都市は、植物の繁茂によって滅びたと考えるのが新しい行き方である。たしかに熱帯地方に栄えた古代都市は今や緑のなかの廃墟となった。未来都市の夢をはばむためにひそかに気を通じあった植物たちが、反逆を開始するのはたぶん間近い。そして植物のそうした反逆は、文学においてもすでに古くから意識されてきた。ルソーの「自然に帰れ！」という呼びかけや、「自然との調和」をうたう思想は、もしかしたら植物の偉大な力に影響されて生まれたのかもしれない。ここに採りあげるブライアン・オールディスの『地球の長い午後』は、以上のような意味で〈熱帯秘境小説〉のきわめて正統な末裔なのである。

e――〈温室（ホットハウス）〉あるいは植物と動物の死闘

『地球の長い午後』の原題は〈温室（ホットハウス）〉という。重力の枷（かせ）をはずれ、動物や精神圏といった偽りの被膜を

●植物幻想は、
地球生命圏が植物によって
育まれてきたことへの郷愁？
（ポッライオーロ
「アポロンとダフネ」）

くつがえし、ついに植物本来の表面積の哲学を思いだして反攻にでたかれらは、「断ちきることのできない法則に従いながら、成長の衝動だけで、やみくもに、異様にひろがってゆく」のである。オールディスは冒頭で次のように植物のすべての原理を説明する――「熱、光、湿(しめり)――変わることのないもの、決して変わることのなかったもの……しかし、それがどれくらい続いているか誰も知らない。もはや〝どれくらい……〟とか〝なぜ……〟ではじまる大きな疑問に気をとめるものはない。もう、そこは思考の場ではないのだ。成長が、植物が、それにとってかわっている。そこはまるで温室だった」（以下引用は伊藤典夫訳による）

現代イギリスが生んだ小説のうちで『結晶世界』と『地球の長い午後』の二つは、一般文学のレベルから見ても奇作だと考えている。結晶と植物の存在哲学をここまで執拗に追究した気迫、その固執ぶりに匹敵する作品を思い浮かべられないからだ。バージニア・ウルフもいいだろう。詩人ブラウニング夫妻の生活を、かれらに愛された飼い犬の眼を通してひたすら「犬的」に描写しつくした『ある犬の伝記』も、犬感覚への固執ぶりはすさまじかった。小松左京の『日本アパッチ族』もその点では固執の文学であった。そしておそらく、すべての文学が幻想文学化した今、新しいリアリズムの文学は物への固執なくしては成立しえなくなっているのではないだろうか。ゾラは死体を解剖するように小説を書いて、自然主義に達した。その自然主義が自然科学といっしょに真実性を失った今、残るリアリズムは物と一体化するしかない。『地球の長い午後』は、そういう意味での植物固執にあふれている点で、同じ植物小説である『緑の館』や『トリフィドの日』よりも革新的であり、よりファンタスティックである。

『地球の長い午後 *Hothouse*』（1961）初版表紙

オールディスの小説の植物感覚についてはこれから明らかにする。だがかれの執念がゲーテの場合にも匹敵するほど烈しかったことは確かだ。ゲーテは『ファウスト』を書くにあたって、その構成をすべて植物の一生になぞらえたのである。ゲーテによれば、植物には二種類の運動がある。ひとつは垂直運動、そしてもうひとつは螺旋運動。垂直運動は要するに茎や根の生長運動であって、これはいつも一方向的というか直線的な運動である。これに対して螺旋運動というのは開花や結実の場合であって、これは同時にあらゆる方向にパッとひろがる。花びらが一枚ずつバラバラに咲くということはない。ゲーテはこの神秘的な形態に魅せられて、『ファウスト』の構成に二つのパターンをそのまま採りいれた。前半は知識へと一直線にすすむ物語展開、そして後半は登場人物たちすべてがまったく同時に（開花のように）それぞれの結論へと向かうように、ゲーテは作品を仕立てあげた。

これを植物的文学と呼んでもいいだろう。オールディスが作品の構成そのものにまで〈温室（ホットハウス）〉をシンボライズさせているかどうか、これはまだ分析の残された問題である。しかしそうでなくとも、オールディスは作品を創る作業のなかで明白に植物と動物の存在論的な対決図式に到達した。かれは言う――「この世界では、世代を経るごとに生きものの種類はますます見分けがつかなくなる。すべての生命が、無思考の、極微の存在、胚芽の状態へとかえっていくのだ。こうして宇宙の法則は満足される。銀河流は生命の種子を別の新しい星系へと運ぶ、ちょうどこの世界に運ばれて来たときみたいな。すでに、おまえたちも見ている、あの緑色の光の柱がそうだ。あれがジャングルから生命を吸いとっているのだ。熱が加わるにつれ、退化の過程は加速されてゆく」（伊藤典夫訳）

ブライアン・オールディス
(Brian Wilson Aldiss, 1925–2017)

ここでオールディスが暗示するのは、かつて植物よりも優位に立った動物でさえ、やがて死んで無機物（生命のない物質）に還り、大きな輪廻をひと巡りして元の「植物に再吸収されること」の宿命である。われわれ人間がひそかに植物を畏敬するのは、この事実に対する無意識的承認が存在するからである。いつかわれわれは植物に還らねばならない。

ティヤール・ド・シャルダンは植物の悪夢から遁れることのできた幸福な思想家だった。かれのような人物は少ない。ゲーテもシュタイナーもフェヒナーも、あとはすべて植物の悪夢が生みだす寝汗に一度はまみれたことのある思索家であり、現代ではオールディスをその列に加えることができるが、ともかく物語の粗筋を述べよう——

地球がすでに自転をとめ、永遠に太陽に片面を向けつづける未来。地表はすでに植物に覆われ、人類さえがかつての威信を失って支配者たる植物のかげでこそこそと生きながらえる状態である。相対的に動きのとまった月と地球のあいだには、まるで蜘蛛の巣みたいな植物の蔓がはりめぐらされ、密林にのみこまれた古代都市の遺跡もさながらの異様な光景を現出させていた。人を食い殺す恐ろしい植物のなかで暮らす人間にとって、唯一の慰めは「〈天〉に昇ってわたしたちを創ってくださった神さまのところへ戻る」のを夢見ること。それも、地球と月のあいだに渡された植物の網の目を伝って。植物のなかには、ちょうどエレベーターみたいにして人間を〈天〉に運んでくれるものもあるのだ。ここでオールディスが描写するいくつもの奇妙な植物を紹介している余裕がないことを口惜しく思う。〈ワタアミダケ〉〈ダンマリ〉〈ヒツボ〉〈ツナワタリ〉といったネーミングを記して、あなたにその詳細を想像してもらうしかない。たとえば、人間を莢のなかにいれて〈天〉へと運ぶ奇妙なクモそっくりの植物ツナワタリは、天敵ともいえるトラバチを嫌って、天へ天へと進出していった種類である。

こうして〈天〉へと旅立った人間たちの降下地点は月である。〈重い世界〉から〈本当の世界〉へ辿りついたかれら人間は、しかしそこに住む鳥人と対面しなければならない。鳥人はそこを支配しているにもかかわらず、みずから〈とりこ〉と名のっているが、「治めるということは、つかえるということなのだ。力のあるものは、その力の下僕とならなければならない。自由なのは見捨てられたものだけだ。わたしたちは〈とりこ〉だから、話す時間も、工夫する時間も、覚える時間もある。知っているものだけが、他人の剣をあやつることができる。わたしたちは始めている。だが、力なしで治めているのだ」と理由を明らかにする。そしてかれらは〈重い世界〉を襲う計画をたてていた！

今ようやく月へたどりついた人間たちは、ここで〈重い世界〉襲撃に加わるための訓練を課せられることになった。なぜそんなことをするのか？　鳥人とはもともと人間のミュータントなのである——「〈とりこ〉たちの考えはこうだった。〈本当の世界〉に辿りついた少数の人間たちは、ほとんど子供を生めない。なぜなら、彼らは大部分が年寄りだし、羽根の成長の原因になる見えない光が、旅の途中で子種を殺してしまうからだ。この生活はすばらしいが、人間が増えさえすればますますすばらしくなる。そして、人間を増やす方法の一つは、〈重い世界〉から赤んぼうと子供をさらってくることだ」。

目的がこれではっきりした。が、この長い旅から無事に〈本当の世界〉へ帰ってきたものは少ない。そして今また新しい十二人の旅人が組織される。男はヴェッギイとグレン、ほとんどが女で長[おさ]もトイという〈本作品の主役〉女性である。しかし恐るべき植物の世界に侵入したかれらのうち、警戒心が強く物事に慎重なグレンは隊の統制を乱し、長のトイから追放を命じられる。しかし追放されたグレンのところに、ポイリーという女がやってくる。彼女はグレンを追って隊から出てきたのである。そしてかれら二人の味方となるのは、アミガサというキノコだけだ。

やがて二人は〈黒い口の麓〉にすむ種族とめぐりあう。かれらは〈黒い口〉を崇拝しているが、これは単なる火山である。しかし種族は「この黒い口が呼ぶときには行かなければならない」と信じこんでおり、村には呪い師にも似た〈歌手〉という役割をもつ人間がいる。そして〈黒い口〉は歌いだし、ポイリーとグレンまでがいやおうもなく黒い口へ引き寄せられだした！　このときもしも〈歌手〉が力のかぎり反抗の歌をうたいつづけなければ、全員が黒い口に吸いこまれたろう！　しかし二人が〈黒い口〉にぐんぐんと吸い寄せられたとき、あと数ヤードというところで〈黒い口〉の歌声はとだえる。どうやら〈黒い口〉は食物をたらふく平らげてしまったらしいのだ。

危機をのがれたかれらは次に〈魚取り〉と称する種族に出合う。この種族はいよいよ人間ばなれしており、ふさふさした毛の下にある皮膚は腐った野菜みたいにぶよぶよしていて「本当に人間なのか自信がなくなる」ような一族であった。ところがこの一族は尻尾のような器官でお尻と木の根とをつないでいる、いわば木の奴隷であることがわかる。しかし二人にこの奴隷を切り取られたポンポンの木は怒り狂い、ついにポイリーを水中に沈めてしまう。残ったのはグレン、アミガサダケ、そして〈黒い口〉の村にいた女ヤトマーに、ポンポンの木から解放された〈魚取り〉たちだった。かれらは奔流を船で漕ぎわたる。しかし鳥や海の怪物に追われ追われて、とある洞窟に逃げこんだ瞬間、〈幻覚〉は始まった！　「時は停止した。世界は緑一色に変った……（中略）……あらゆるものが緑色になり、動きをとめた。（中略）……毎秒毎秒を刻む緑の鎖に数珠つなぎになった百兆の世界を駆け抜け……巨大な控えの間で、一時間ないし数十億年間の使用のために待機している、まだ創造されない緑の物質のあいだを飛ぶ……そう、飛んでいるのだ」。ここで見る飛行の幻覚は、緑であり善であるがゆえに、そして「生命が時間に代り、死は去って」しまったがゆえに、実際には〈植物へ還る〉夢をシンボライズしていると見てもよい。そしてこの幻夢をかれらに見させた光の洞窟は、オールディスが指摘するまでもなく、ほとんど心をもたないに等しい生きものたちが集められ、回送される中継点……植物に移しかえられる中継点ということになる。物語の粗筋にはいる前に、すでに指摘しておいたとおり、ここで動物たちが無意識的に持つ「植物に再吸収されることの幸福と恐怖」とが明白になる。しかもそれは「植物の関わり知ることのない人間の血液循環のメカニズム」の本源なのである。

しかしグレンはここで幻覚から見放され、再度現実の洞窟に戻る。「もはや二度と、この恐怖を、楽園を取り戻そうとする望みない最後の試みを、緑の中の飛行を、目まいを経験することはない」のである。だからかれらは動物として生きなければならない。赤んぼうを連れて〈本当の世界〉に帰らねばならない！

物語はさらにつづく。イマジネーションに満ちた森の世界の冒険行の果てに、グレンたちは赤んぼうを手にいれる。未来へも過去へも行くことのできる〈時わたりの女〉にも出合う。そして最後の〈緑の柱〉のシーンはきわめて劇的だ。天から落ちた稲妻がそのまま緑に変わり、それがさらに天に向かって昇りはじめる。「何だい、あれは?」と尋ねるグレンに、次のような答えが返ってくる——「胞子だ、塵だ、希望だ、成長だ、幾百世紀にもわたる地球の緑の溶け合わさったエッセンスだ。それだけだ。のぼって行くぞ、空へ、新しい場を求めて。あの下の地面は煉瓦みたいに焼けこげているだろう……永劫の半分ほども熱し続けてきたのだ、熱すままにとろとろと煮たてきたのだ。そして余分な力をすこしだけ送ってやる。はねかえってくるエネルギーの中には生命のエキスがはいっている。軽くなり、天空へとたちのぼり、銀河流にのって宇宙空間を運ばれるのだ」

不滅の植物はこうして、表面積の哲学にしたがって宇宙へも胞子をまきちらす。動物たちの運命なぞにはお構いもなく。が、それが植物にとっての善なのである。

オールディスの『地球の長い午後』は以上のような物語である。後半のストーリイをはしょってしまったが、しかしこれでも全体のムードは伝わるはずだ。全編に植物の感覚がちらばるあたりの描写などは、とくに興味ぶかい。一例として、オールディスは蜘蛛植物の意識を次のように描いている——「幼いツナワタリにとって、そこは、恐ろしい／すばらしい、暗い／明るい、無に満ちた世界だったからだ」と。二つの対立する感覚をたたみこむ書き方が、いかにも体表感覚でだけ生きている植物の意識にふさわしい。一枚の葉は裏おもてがあって、同時に〈暗い／明るい〉と〈恐ろしい／すばらしい〉を感じることができるのである。これは反表面積の生物であるわれわれには、まるでLSD体験のようなものだ。葉の裏と表との双方から見るこの矛盾した感覚を、オールディスが全編にわたって使用していればすごかったろう。ただしこれでは小説にならないかもしれないが。

　ともあれ、『地球の長い午後』の展開を追っていくにつれて、そこに現生生態としての動物／植物共生パターンがまだ息づいていることを知って心なごむのは、ぼくだけではないかもしれない。本稿の冒頭でぼくは、造礁サンゴの例をあげて、動物が藻類の助けを借りながらあの骨格を形成していく現象を述べておいた。そのふしぎな共生が『地球の長い午後』にもやはり存在するのだ。それはグレンの味方になって危険な冒険に最後までつき合う奇怪な植物アミガサダケである。作品のなかごろで、オールディスはこのアミガサダケというキャラクターを登場させた真の理由を、歴史のかたちでさり気なく表明している。最後にその部分を引いてみよう――

「……寄生生物としてはじまったアミガサダケは、やがて人間と相利共生するようになったからだ。はじめ彼らはメガネザル人の頭蓋の外側にへばりついていた。しかし人間が彼らの力を得て繁栄し、組織し狩猟することを学ぶうち、ゆっくりとではあるが世代ごとに頭蓋の容量の増加がはじまった。そしてついに、傷つきやすいアミガサダケが頭蓋内部に引っ越せる時代がやって来た。あとは人間の一部となり、宿主の能力を丸い頭蓋の中で改良することに努めればいいだけだった……」

こうした共生の形が、おそらく地球精神圏の最も理想的なパターンなのかもしれない。植物が表面積の哲学におごりたかぶらず、また動物は可動能力を植物のために供出すること。アミガサダケとグレ

実在のアミガサタケ・

ンの関係は、地球の長い午後をすごすための最も現実的な共生ではないだろうか。そういえば、最初に書いた「都会人の植物化」というのは、もしかしたら、そういうことを意味していたのかもしれない。

PART 4 二十世紀の展望

ロシア＝ソヴィエト

a――ロシアはかならずしも影のなかに閉じこもっていなかった

正月早々ソ連の軍事行動が大きなニュースになった。言わずと知れたアフガニスタンへの軍事介入である。ぼくはぼくで、あの懐しい新東宝映画『明治天皇と日露大戦争』を眺めていた。おかげで、いろいろと楽しい発見をする機会に恵まれたが、いちばんおもしろかったのは、高橋是清が英米を回って日本支援の資金カンパを取りつけたとのニュースに接した元老たちが、「日本の正義が理解された」と手離しで喜ぶシーンであった。しかし、これはとんでもない誤解だろう。十九世紀を通じてロシア最大の敵はイギリスだったのだ。本来アフガニスタンは、日露戦争当時でさえイギリスの権益を守れるかどうかの最重要地域であったし、現在と同じようにロシアが軍事介入を繰り返していたのは事実なのだ。したがって、イギリスが日本と組んだのは、ロシアにそこを占領されないための苦肉の策の一環でしかなかった。ついでにいうと、アフガニスタン付近は神秘の土地チベットに連なり、信仰の厚い、ただでさえ神秘的な意識をもつロシア人にとって精神的にも特別な場所だったのである。かれらは、アジアのかなたにベロヴォディイェなる白い湖の国があり、そこに賢者の国があると信じて、チベット・モンゴルを巡礼の地としていた。ロシア人の聖地と言っていいだろう。

といったわけで、最近ロシアが気になって困る。はじめは直観で考えたものが、少しずつ時間が経ってあれやこれやと情報を埋めこんでいくうちに、体系的な考えがふくらみだした。その考えというのを簡単に説明すれば、二十世紀の文化はもしかしたらロシア問題にすべてからんでくるのではないか、ということだ。ロシア人はいわゆるヨーロッパ人ではない。かれらの文化にはルネサンスと宗教改革の体験が決定的に欠けている。では、その間かれらは何をやっていたのか？　東洋の蛮族から〈西〉を護り、ビザンチウムの文化――とくにギリシア正教を保存することに窮々としていたのだ。ロシア人に滲みこんだ宗教心の厚さはすさまじいもので、今でも一般家庭にはレーニンと聖画（イコン）が同居しているほどだし、土台いまのロシア文字からして純粋に宗教上の必要からできあがったのである。つまり、聖書の音読用であって、通常のコミュニケーションや文学のためにではなかった。その証拠に、言語によるロシア文学の祖はプーシキンといわれる。プーシキンというのは、日本に移せば江戸時代末期の人間だ。そしてロシアそのものが西洋科学を輸入しだしたのもかれの時代と軌を一にしており、極言すれば日本の文明開花とそれほど違わない情況にあったとさえいえる。

固い話になりそうだが、すこしおつき合いねがおう。日本にも女工哀史があるように、ロシアでも労働者はひどい状態だった。それまでは農奴と呼ばれて、いわば地主の所有物であったかれらが、農奴解放と農業没落のために急激に都市労働者にさせられたのだから、事態は深刻であった。かれらは一部屋に二世帯が暮らすというすさまじい環境のなかで、自分の賃金がいくらで、またいつ支払われるのかすら知らないまま働き、夜は機械の台で眠った。驚くのは、当時のロシア人医師が労働者たちを指して「外傷性伝染病」患者ばかりだと嘆いた事実である。聞いたこともない伝染病だが、要するに工場で働いている最中に遭遇する〈労働災害〉というやつで、これが伝染病みたいに全工場に蔓延していたのだ。手や足を切断したり目が見えなくなったりした「患者」は、ある統計によると、軽度なのも含めれば労働者四人のうち三人を数えたという！　マルクス主義者がロシアを指して「戦争時よりも平和時のほうに負傷者の多い国」と評したのもムリはない。そしてこの時期、ロシアで謎めいた動きを示したのはユダヤ系ロシア人だった。かれらは「ブント」と称する組合を結成し、帝政期からのユダヤ人弾圧に抗してボルシェビキ革命に参加したが、革命後も弾圧を受け、亡命や流出を余儀なくされた。エスペラント語の父ザメンホフと共産勢力の奇妙な関係も、この人種的問題を根底にしており、二十年代のロシアにはイディッシュ語の学校が公然と建てられたこともあったが、スラブ民族を中心にしようとする国家主義の隆盛とともにそれも潰された。けれども、このなかでロシアは、世界最初の社会主義革命を達成して二十世紀最大のイベントのひとつをもたらした。

いっぽう二十世紀の精神的な革命についても、じつはロシアがその担い手であったといえば、いい過ぎだろうか。一九〇〇年から二〇年代まで、ロシアの各都市は全世界の文化と芸術とが交錯する一大実験場であって、とりわけロシア・アバンギャルド芸術は、シュールや未来派からポップまで、ほぼ現在の情況を五十年前に実験しつくしていた。文学の面では、SFや幻想小説としても同じこと。そして何より重大なのは、神秘思想の復活がロシアから始まったという事実である。現在アメリカの西海岸にみられる精神化傾向やオカルティズム、東洋思想熱は、そのどれもロシア人（あとで問題になる言い方をすればユダヤ系ロシア人）のもたらしたものだと断言していい。神秘学の復活は、現在信じられているようにアメリカのものでは決してないのだ。アメリカはただソ連体制以降のロシア神秘学者に対して場所を貸したにすぎない。マダム・ブラバツキーもグルジェフもロシア圏の人間であったし、ボルシェビキが〈最大の論敵〉の一人に数えていたルドルフ・シュタイナーの人智学も、ロシアに力強い支援者たちをみつけたのだから。そもそもブラバツキーの神智学といい、シュタイナーの人智学というも、「オカルティズム」はその一面に限られ、かれらの弟子たちがひろめたのは、東洋仏教的な世界観をもって全人類が一つにまとまる共生原理をつくることにあった。クーベルタンのオリンピック・ゲーム復興も、この世界主義がもたらした成果のひとつだ。

また、アメリカにヒッピー文化を生む最大の影響力となった実践的オカルティズムの提唱者グルジェフは、チベットのラマ僧に名を借りてロシアの特務機関員となり、ロシア的な東洋神秘論をもって欧米を席捲した。同じくロシアの象徴派画家だったニコライ・レーリッフは相対性理論とアグニ・ヨガの哲学を統合するという信じがたい離れ業（!）をなしとげて、ロシア人らしい本能的衝動からチベットの山奥深く移り住むにいたるのだ。のちにかれはマハトマの特命をおびて米ソ二大国を訪れ、レーリッフ平和協定を呈示する。文化遺跡を戦火から保護することを目的としたこの協定は国際連盟で承認さ

ゲオルギイ・グルジェフ
（George Ivanovich Gurdjieff, 1866–1949）

れ、「文化赤十字」と呼ばれたのは歴史的事実である。その後かれは新しい思想を広めるためにアメリカに定住し、あの怪奇作家H・P・ラヴクラフトに多大な影響を与える。そのレーリッフが一九三〇年ごろアメリカに伝えた〈シャンバラ〉思想は、ラマ教神秘論の宇宙的ユートピアを描いたものだったが、このシャンバラを踏まえてのちにSF雑誌『アメージング・ストーリーイズ』が地下世界の聖なる文化とレムリア伝説を結合させ、アメリカのポピュラー・オカルト熱に火をつける、いわゆる〈シェイバー・ミステリ〉を特集したことも、UFO現象やアメリカSFに詳しい読者にはすでに旧聞に属することがらだろう。ロシア神秘論はひそかに二十世紀を包みこもうとしていた。いや、革命論自体を取っても、汎世界的精神運動をめざしたトロツキーの活動は神秘的だった。これに対してロシア一国の革命に固執したスターリンは、トロツキーに代表されるユダヤ系の汎世界的精神運動を抹殺する側に回ったが、むろん、それもまた歴史的事実である——そしてこれによりロシアのユダヤ人は世界に流出しはじめ、かれらとともに新文化が世界に伝播されるのである。

b——時のざわめき……

今世紀もとうとう残り二十年というところまできて、気の早いアメリカのジャーナリズムが〈次の十年を生きる文学〉などと題し、世紀末用の読書ガイドをやりはじめてから、どうにも気になる作家がひとりふえてしまった。オシップ・マンデリシュタームというロシアの詩人である。邦訳されたかれ

●ニコライ・レーリッフの絵画作品
「St. Sergius of Radonezh」(1932)

の短編『エジプトのスタンプ』は白水社の『現代ロシア幻想小説』に収められた奇妙キテレツな物語だが、とにかく話の筋は次のようなものであった——

主人公パルノクはペテルブルグのもっとも軽佻浮薄（けいちょうふはく）で無責任な街路のひとつに住んでいる、パッとしない男である。革命に揺れたあの二月の日々のあと、この街路はケレンスキー政権の夏をむかえて一段と軽やかになり、幾軒もの蒸気洗濯屋、姿を消しつつあるカカオを売っているグルジア人の小店、臨時政府の気違いじみた自動車にあふれていた。さて、パルノクは晩方からウィーン椅子の背に一着のモーニング・コートをかけておいた。しかし、かれにとって〈花嫁〉でさえあるそのコートは、仕立屋のメルヴィスに奪いとられてしまう。かれは「引き離された可愛い妹」を奪いかえすために外へ飛びだす。とにかく恐るべき時節だ。仕立屋はモーニング・コートを没収するし、洗濯女はチケットをなくした若い男たちを愚弄するのだから。そしてご多聞に洩れず、あちこち歩き回ったパルノクは洗濯女の洗い物のなかに、今度は自分のシャツをみつけるが、女は「これはクルジジャノフスキー大尉のよ」と言って、取りあわない。しかもこの某大尉には、偶然から街角で出合う羽目になるが、服の一件を切りだす前に巧みに逃げられてしまう。「彼については御心配なさらないでください。誓って言いますが、彼は虫歯で歯を入れてもらっておるのですから。彼は、時計を盗んだともつかず、彼が盗まれたともつかずなのです。なにせ、青二才でして！　けがらわしき事件です！」と大尉は知らん顔で言う。しかも仕立屋メルヴィスは、夫の成功を祝う女房にそっと囁きかける——「これしきのこと、なに、まだたいしたことでもないて。わしの祖父さんときては、真の仕立屋とは昼日中ネフスキー大通りで仕立賃未払いの客からフロックコートを剥ぎ取る者のことだと言っておったものだからな」。

　こうして問題のモーニング・コートもクルジジャノフスキー大尉のところへ持っていかれる。服をうばわれたパルノクは、そのことのために自分の実在を失う。語り手はパルノクを通じて用いていた三人称から、クルジジャノフスキーを通じて語る一人称へと転調する。こうしていつのまにかパルノクの実在をうばった大尉は、パルノクのモーニング・コートとシャツをトランクに詰めこみ、晩の九時半に出るモスクワ行き急行へと乗りこんだ――

　奇妙な物語だ。同じペテルブルグを舞台にしたゴーゴリの『外套』が明白にマンデリシュタームの幻想に影響していることは、外套の盗難とアイデンティティの喪失という話の筋からも分かる。主人公とはほとんどセクシャルな関係を結んでいる奇妙な外套、それを奪い取る分身のクルジジャノフスキー大尉。しかもパルノクは外套を奪われることによって〈自分の存在〉自体を失っていくのだが、しかしこの場合に何よりもすさまじいのは、かれが用いるロートレアモンじみた文体と表現のほうだろう。ちょっとした実例を引きたい。

> 充血した鳥の眼(まなこ)にも、それなりに自己流の世界が見える。
> 書物は部屋の中に持ち込まれた氷の塊のように溶けてゆく。
> 記憶――それは夜半こっそりと両親の許からニコラーエフスク行き駅へ逃げてゆく病めるユダヤの少女だ。

オシップ・マンデリシュターム
(Osip Emilyevich Mandelstam, 1891–1938)

このシュールなタッチをもつ詩人がソヴィエト人だと言えば、驚く向きもあるだろう。しかも同じロシア人作家のシニャフスキーやソルジェニーツィンを差し置いて、この詩人が「次の十年に語られるべき人物」と、スーザン・ソンタークら数人の有力な文芸批評家に評価されているのを知って、じつはぼくとしても奇妙な感慨に襲われざるをえなかった。しかし革命期のロシア前衛文学――それもとくに二〇年代を中心とする反体制作家や地下文学に関する関心は、アメリカでもここ数年来とみに高まっている。アレクサンドル・グリーンなどは、今やアメリカでもファン・クラブができる情況にある。とすれば、万華鏡のごとき作品をつづったマンデリシュタームもまた、反体制の文学者として異常な注目を浴びるだけの前衛性をたしかに持っていた。持っていたと書くのは、スターリン体制下の粛清にかかって、かれが四十年以上も前に獄死しているからである。スターリンを指して、「ゴキブリ髭に邪悪な目つきをし、地虫のような太い指をもつクレムリンの人殺し山男」と断じる十四行詩を書いたおかげで収容所に連行され、何年もしないうちに命を落とした。以後三十五年間国内で無視されつづけたこの「早すぎたシュルレアリスト」を西側に紹介したのは、じつに、未亡人の超人的な執念であった。〈ニューヨーク・タイムズ〉のモスクワ支局長であったヘドリック・スミスによると、「彼女は夫の死後、追跡されているウサギのように、逮捕をまぬがれ、マンデリシュタームの詩という宝を保存するため、何年も国内をとびまわった。いろいろの原稿をわずかずつ保管してもらったり、詩を実際にそっくり暗記して自分から〝生ける書物〟になったのである。暗誦してみなさいといわれれば、中断せずに三時間は朗読することができた」という。SFのストルガツキー兄弟さえも巻きこんだ一九七三年前後の秘密警察活動の際には、彼女はことのほか不安になり、いつも暗くなると九時になるまで震えつづけたのだそうだ。スミスが未亡人になぜ九時までガタガタふるえるのか理由を尋ねると、「秘密警察は九時以降にはやって来ないからです」と答えた。しかしそれにもかかわらず、彼女は殉教者の決意をもって夫の遺作と回想記を西側に公表しつづけた。彼女は七十歳を超えた現在でも、ロシア人の若いインテリや芸術家を集めて、夫の詩を暗誦してみせたり（マンデリシュタームの詩編はごく一部を除いて本国では出版されていない）、すでにソヴィエト体制下にあっては伝説化した反体制の作家たち――たとえば『ドクトル・ジバゴ』のパステルナークや『巨匠とマルガリータ』のブルガーコフら個人的に知己であった天才たちの思い出話を語りつづけている。たぶんロシア二〇年代芸術の伝統を守りつづけるロシア人は、ほかにも数多く存在するにちがいないのだが、ここでロシア＝ソヴィエトの文学と科学について最も重大なポイントが二つ、マンデリシュターム夫人という一個人の上にクロスする事実を、指摘しなければならない。ポイントのひとつは、ストルガツキー兄弟のSFがソ連国内で危機にさらされた一九七二―三年に、ソ連在住のユダヤ人が西側に大流出したことに代表されるユダヤ人問題である。ソヴィエトのユダヤ人問題は、ナチスの生まなましい事件のおかげで幸運にも極端な物議をかもしていないが、すくなくとも文学と科学の両面にわたりロシア文化を左右しかねない爆弾を孕（はら）んでいるのだ。この国においてもユダヤ人は、あらゆる迫害にもかかわらず、知的エリート、産業エリートの実質的な中核にいつづけたし、それがまたロシア人中心主義を今もって信奉する政府と民衆の反ユダヤ意識を煽りたてる種になっている。さらに言うまでもなく、マンデリシュタームはワルシャワで中流家庭を営むユダヤ系ロシア人だった。そして今ひとつのポイントは、マンデリシュターム夫妻が実際に交流した（あるいはしたかもしれない）二〇年代ロシアのアバンギャルドたちの遺産——ブルガーコフ、ブリューソフ、ベールイ、アレクサンドル・グリーン、パステルナークらの作品の運命についてである。実際、二〇年代前後の動乱期ロシアは〈文化の実験室〉と呼ばれるほど衝撃的な前衛の時代だった。そこには、世紀末芸術から始まって未来派やシュールに及び、さらに五〇、六〇年代にアメリカがおこなうこととなるポップアートまでが、ごった煮のようにからまり合って存在した。無国籍的というか超国家的というか、そこは思想と芸術の前衛が結晶した空間であった。とりわけペテルブルグ（ロシアで最初のアカデミーが設立された古都）は、二十世紀の革命的な文化を産みだした中心地である。そこは、かつてラスプーチンの時代には「世界で最もオカルティックな教義の入り乱れる神秘都市」であり、のちには科学と芸術のメッカであった。そして結論から先に言ってしまえば、これらロシア的前衛文化の担い手は、ほかならぬユダヤ人たちだったのである。シャガールやトロツキーがそうだったと書けば、事情は明白だろう。これは単なる世迷言ではない、二十世紀はロシアと亡命ユダヤ人によって創られたかもしれないのだ！

c——レーニンが救った西洋と、レーニンに抹殺されたロシア

どうも逆説的な言いかたになるのだけれども、レーニンの登場というのは、〈ソヴィエト科学〉の運命に関連づけて言うかぎり、病んだ西洋を救い、肝腎のロシアを殺すことになったとしか考えようがないのだ。その点をすこし説明しておく必要があるだろう。最初に、ぼくはすでにいくつかの逸話を通して、ロシアが影にこもった大国ではなかった点を立証しておいた。二十世紀の方向を決める二つの文化革命——つまり共産主義と復活神秘主義とが、一方はトロツキーによってアンドレ・ブルトンら西側へと拡がり、一方はブラバツキーやグルジェフ、レーリッフらによって耕作地としてのアメリカに移植されたこと。そしてこのロシア型文化革命がユダヤ人亡命者やロシア移民という人間の流動にともなって汎世界化したことをである。そこで次のような疑問がでてこよう。すなわち、ロシアの精神力がこの時期になぜ世界に活を入れ得たのか？　これは当時のヨーロッパ思想界を眺めれば答えが自然に出てくる。問題を物理学に絞りたい。世紀末から二十世紀にかけてヨーロッパを襲ったのは、ニュートン物理学の失墜という大事件だった。この時代に「物質は存在しなかった！」と衝撃的な発言をした科学者が二人も出ている。その一人はエルンスト・マッハ。この名前は、マッハ1とか2とかの単位として今に残る人物のものだけれど、それはあきらかに科学のアバンギャルド勢力であった。かれは感覚の問題をつき詰めて、あらゆる物質現象は感覚の関数にすぎないと主張した。分かりやすく言い直せば、外界のあらゆる存在もまた人間の生理現象でしかないということだ。ぼくたちの眼に

エルンスト・マッハ
(Ernst Waldfried Josef Wenzel Mach, 1838–1916)

映る外界は、ぼくたちと独立に存在しているように見えるけれど、本当はそうではない。それは、ある要素の塊りがたまたま眼という感覚に映った映像にすぎない。その証拠に、眼をつむり二本の指を交叉させてパチンコ玉のようなものに触れれば、それはまるで二つあるかのように感じるではないか。したがって、絶対空間だとか物理法則とか称するものを定めても、それは絶対的な法則でも何でもなく、たまたま人間にはそう感じられるという生理現象の〈記述〉にすぎない、とするのだ。実証主義はここで断罪され、マッハはその代わりに生理学的物質観——要するに現象論を持ってくる。だから物質についての科学は、物があるかないかの問題ではなくなり、どのように受けとるかという「フィーリング」の問題になる。この点で「ニュートンの光学が画家の技術を高めただろうか？」と疑問を呈した科学者兼詩人のゲーテは、かなり良い線まで行っていた。ニュートンやライプニッツが自然現象を公式化し、何も見ないでも公式をひとつ編みだせば自然現象の解明はすべてOKだとした、従来の「見ない科学」に反旗をひるがえして、ゲーテは「見る科学」としての形態学や芸術に力を注いだのだから。

さて次に、マッハとは別の方向で「物質はない」との結論に達したのは、数学者ポアンカレである。放射性元素の発見から電子論、さらに量子論までを総合したポアンカレは、アインシュタインすれすれの相対性理論に到達し、電子という物質の質量が電磁的性質しか持たず、ニュートンが言うような慣性的で実体的な性質をもっていないことから、「物質は存在せず」の結論を下した。つまり物質はトドのつまりエネルギーという力（パワー）であって、一定の空間を占めたり永久に不滅だったりするような固形物ではないのだ。ただし、当時は非ユークリッド幾何学も成立して、古典物理学が軒並（のきなみ）ダウンする危機の時代だった。この危機はアインシュタインの$E = mc^2$という方程式によって辛うじて救われる。つまり物質とエネルギーは相互に入れ替わることができるという救済である。これでなんとか「物質はある」という話が始められるようになった。その点でポアンカレは、この方程式の片方だけ——つまり物質がエネルギーに変わるほうだけを発見して、物質がなかったことに愕然としたわけなのだ。ついでに書いておくと、物質もエネルギーも「世界の要素」の一側面同士であり、同じ要素の別々な現象であると考えたアインシュタインの相対性理論は、同時にニュートン力学さえ救ったのである。すなわち、ニュートン力学を相対論のなかの特殊なケースとして併合することによって。

ともあれ、アインシュタインがまだ出てこない時代には、マッハやポアンカレから「物質など存在しない」と断言されたとき、それでも物体はあると反撃する仕事はまずレーニンに託されることになった。その仕事は、物質の実在を前提としなければ始まらないマルクス主義にとっても重大だった。なにしろマルクス主義は科学であり唯物論であるのだから、物質が感覚の上にだけあるのだとか、物なんてものは霞みたいに正体の掴めないエネルギーだとか言われては、命取りも同然である。レーニンはそこでマッハやポアンカレ、それに「結果はどう転ぶか分からないから努力することだけが善だ」などと認識能力の発展性を信じないカントらを、次々に切りまくり、「現代物理学が危機だ危機だと騒ぐけれども、むしろ危機なのは、人間の意識の外にある客観的実在性を疑って妙な考え方をしだした一部科学者の頭のほうだ」と結論して、物はあくまでも意識の外に実在していることの信仰を守り通した。

というわけで、レーニンが西洋の危機を救ったのは以上のような意味においてである。マッハの考

ポアンカレ
(Jules-Henri Poincaré, 1854–1912)

え方は遠くアインシュタインのような天才に受けつがれた以外、急激に忘れさられ、科学者も気楽に物質の研究とその技術的応用に熱中していれば良くなった。

レーニンの考え方は階級闘争をベースにした弁証法――つまり、なにかやっているうちに真理に近づいていくという楽観論である。心と物質はまったく別ものであって、人間の意識よりも物質のほうが先に存在しているという立場だ。そして、世界の歴史は労働者の勝利に向かって動いてゆかなければならないともいう。スターリンはさらに限定を加えて、その勝利がソヴィエトの勝利でなくてはならず、それもスラブ系ロシア人の完勝でなければならないと怒鳴りちらした。当然、ロシア国内での「勝利に関係のない勢力」弾圧とその流出がはじまる。ユダヤ系文化のシンボルだったトロツキーが敗れたあとは、ルイセンコのような奇妙な理論が国定科学にされて、コミュニスト内部での粛清さえ始まる始末である。こうなったら最後、「わたしの手法は、現実の世界と想像の世界、〈眠り〉と〈現(うつつ)〉、〈生活〉と〈ファンタジイ〉のあいだには明確な境界が存在しないという思想に拠っている」などと述べる『南十字星共和国』の作家ブリューソフたちは真先に首を切られるしかない。こうして大戦後の文化状況を先取りしたはずだった衝撃的なロシア二〇年代芸術は、とつじょ終わりを告げる。レーニンがロシアを抹殺したのは、この意味においてであった。

この辺の事情に関連して、きわめて興味ぶかいSF作品が『ロシア・ソビエトSF傑作集(上)』(東京創元社)に収められた。アレクサンドル・ボグダーノフ作『技師メンニ』である。ナロードニキ出身の(ということは、本来マルクス主義者とは対立的な)かれは、レーニンにも認められた思想家だったが、のちにあの呪うべきマッハ主義に転向し、その独特な共産主義理論から人間集団も組織という現象と見て、「人間みな兄弟」の理想を実現するために血液まで共有する考えにとり憑かれた。かれは自ら生体実験に名のりをあげ、全身の血液交換実験中に事故死する！　そのボグダーノフの中編『技師メンニ』を読んだレーニンは、一九一三年にゴーリキーに宛てた手紙のなかで、こう言っている。「これは労働者にも《プラウダ》の無邪気な編集者にも理解できないように隠されたマッハ主義＝観念論にほかなりません。この小説は資本主義を暴露していませんし、客観的にそれを理想化しています」と。

それでは、『技師メンニ』とはどんな作品なのか。物語の舞台は火星。火星の運河を建設しようとした技師メンニと、その子ネッチとが全編を通しての主人公である。若い技師メンニは、水のない砂漠の世界〈火星〉に運河を掘って国家の生産を上げるという一大プロジェクトを提出し、技師と運営の両権をにぎるリーダーとして作業に着手することになる。

いっぽう火星はブルジョア革命期のロシアに似ており、資本主義体制の下(もと)にある。メンニの計画で最も注目されるのは、運河の完成によって生産力の与えられる土地をぜんぶ国有にしようとする点であった。かれは労働者を組織するにあたって賃金と労働時間をきちんと決めて、かなり有効な組織体を作りあげる。工事も順調にすすみ、難関の〈腐った沼〉まで運河が開通する。しかしここからが大問題だ。この沼地は労働者の健康をむしばみ、そのためにメンニとかれらとの関係も悪化する。こうしてストライキが多発し、工事用の資材をまかなう大手資本の金もうけ主義も露骨になる。ついにメンニは、資本家シンジケートを作って工事資金を横取りしようと謀むマーロを殺害してしまう。

十二年の歳月が流れた。工事は新しい指導者ネッチに引きつがれる。かれは、メンニ投獄以降すっかり悪化した工事従事者の生活を守るために、資本家シンジケートの悪業を暴露する。ダイナマイトをはじめとする資材に手抜きして、予算を浮かせては私腹を肥やしていたからである。こうして、運河工事にまつわる陰謀がすべて白日の下にさらけだされ、メンニの名誉も回復される。ところが、当のメンニは牢から出ようとしない。大統領の懇請を受けても首をタテに振らない。そこで事業改革を行なったネッチみずからがメンニ技師と対話することになる。しかし驚くべきことに、ネッチはメンニ技師が昔ある女に生ませた実の息子であった！

d——技師メンニの場合

なんとも都合のよいストーリイである。もともとこの作品は『赤い星』というボグダーノフのSFにつづいて書かれた続編であるから、本来ならばその二作全体を問題にしなければいけない。が、『赤い星』は火星の物語にかこつけて資本主義的独占を糾弾したものとして共産党員のあいだにセンセーションを捲きおこした「平凡」な作品である。レーニンも『赤い星』を読んで感心し、「きみならSFでマルクス主義に貢献できる」と続編執筆を奨励したのだった。ところが『技師メンニ』として完成した二作めは、のちに分かるように資本主義を許容したばかりか、マッハ的なゲシュタルト組織論を展開していたから、大騒ぎになった。そしてその問題個所がいよいよ物語の後半に登場してくるのだが——

『技師メンニ Inzhener Menni』（1929版）表紙

こうして対面した父子は、しかし思想の上で明白に対峙していた。長い牢獄暮らしの果てに火星の大経済学者のクサルマ（もちろんマルクスの字謎(アナグラム)だ）とは考えを異にするようになった父と、クサルマの弟子を標榜してはばからない子と。息子のネッチは「空気は空気で、水は水だ、と言われても科学の場合では満足しません。その分析を要求されるでしょう」と、いかにも唯物論らしい科学的分析を迫るのに対し、父のメンニは「水は水だ」という現象論――つまりマッハ的な言い方を弁護する。水の各部分を分析しても、総体としての水を説明したことにはならない。水はあくまでゲシュタルトであり、各部分を寄せ集めた以上のものだからだ。メンニは言う――「だが空気や水を研究するように思想の性質を物理や化学によって分析できるのなら、わたしだってよろこんで最初にそうするさ。だが、そんなことは夢だ」。

しかし息子は、情況が先にあってその後に意識が来る――つまり物質のあとに思想や意識が生まれることを弁証法的に説明する。たとえば自由思想は最初からあったものではない。抑圧や専制があってはじめて、それに打ち勝つ努力の結果として自由思想が生まれる、という具合にだ。こうして古い思想は死んで新しい思想がとって代わっていく。進歩するのである。

ところがここで驚くなかれ〈吸血鬼〉が登場する！　古い死んだ思想のくせに、しつっこく生きて新しい思想の生血を吸う亡霊。この吸血鬼は、共産主義に対する資本主義の別名である。思い悩むメンニの前に、ある夜、かれが昔殺した悪徳資本家マーロが、吸血鬼に姿を変えて化けて出る。そして「自分の意志を貫徹するエリートでいること」が真実の人間の生き方だと誘いかけるのだが、メンニ

アレクサンドル・ボグダーノフ
(Alexander Aleksandrovich Bogdanov, 1873–1928)

はネッチを産んだ女との愛を取りもどすことで〈永遠なるもの〉の存在を知り、死して後も生を搾取する吸血鬼にも似たエリート（すなわち個人主義）の妄執から解放される。一方、ネッチはさらに大きな発見、つまり組織された総合科学の威力をみつけだす――「かれは科学的方法の単純化と統一を探し求め、そのために、人類が知識と労働に応用できるじつに様々なやり方を研究、考察した。その結果、様々なことがきわめて密接な関係にあり、理論的方法は、実践的方法から全面的に引きだせ、そのすべてが若干の単純な図式に集約できることがわかった。ネッチはその図式を、自然界の様々な実生活上の組み合わせ、自然が安定した発展しつつあるシステムを作りあげているその方法と比較してみたとき、それがあまりにもよく似ており、多くの点で一致したため、彼はふたたび驚嘆した。そこで結局次のような結論を彼は得る。宇宙の要素――電子、原子、物、人、思想、惑星、恒星――がいかに多様であろうとも、そして、その見せかけの組合わせがいかにちがっていようとも、共通するわずかな方法にまとめることができる。その方法によって、じつに都合よく諸要素が、自然界の過程と同様、人間の活動でもたがいに結合するのである。ネッチはその『万能組織法』から三つの基本的な方法をはっきりと定めることに成功した。彼の弟子たちがその結論をさらに発展させ、より正確に研究した。こうして総合科学が起こり、人類のあらゆる組織的経験を急速に我が物にしていった。かつての哲学は、その総合科学のばくぜんとした予感にほかならなかった。自然、社会生活、特殊な科学によって発見された思考などの諸法則は、個々の分野におけるその原則の部分的表現であったのだ」（深見弾訳）

　文学がまだ自己批判力とバランス感覚を保っていた時代の話は、これで終わる。言うまでもないことだが、レーニンはこの作品を読んで不機嫌になった。メンニもネッチも、あの「プチ・ブルのかたまり」たるH・G・ウェルズの描いた小数指導的テクノクラート〈サムライ〉にそっくりで、すこしも労働者階級らしくなかったが、それより何より、電子も原子も人間も社会も最終的には単一の法則で説明できるというマッハ的見解がいけなかった。エンゲルスの理論からすれば、物質の法則と人間や思想の法則とは同一でなく、法則のほうは不断に進化して複雑になっていかなければならないはずだからだ。しかも作者ボグダーノフはこのとき、確実にマルクス主義から離れつつあった。体内の血液入れ替え実験中に事故死しなかったとしても、かれがマンデリシュタームらと同じ粛清に合うことは目に見えていたのだ。そしてその後、反体制文学は沈黙を余儀なくされた。ストルガッキー兄弟が雪どけ後にかなり自由なSFを書いて、たまたまロシアの地位を高めたのは、フルシチョフ時代という「スターリン以後もっとも自由な時期」にあたっていたせいである。そして今……。

ついこのあいだ、二十世紀におけるひそかなロシア＝オカルト革命論を、平凡社の友人に話したら、かれがおもしろい最新事例をひとつ教えてくれた。平凡社が出している七十九年版『百科年鑑』の〈チェス〉の項に、男子世界チャンピオン決定戦に関する報告があって、次のような話を載せている、というのである「前期チャンピオンのA・カルポフ対V・コルチノイのマッチは、賞金五十五万ドル、引分けを数に入れず、最初に6勝した者の勝ち、挑戦者が勝った場合は十八カ月以内にリターン・マッチを行なうという新規約のもとに、フィリピンのバギオ市で七月十七日から開かれた。初め、ソ連からの亡命者コルチノイの使用する国旗、国家の問題で波乱の予想されたこの試合は、案の定ソ連側が

カルポフ、
コルチノイ(右)戦

催眠術師、亡命者側が反体制のヨーガ修験者を会場に入らせ、互いにテレパシーによって相手を撹乱させる神経戦となった」（松本康司氏による）。さてこの結果は対戦途中でコルチノイが試合放棄、カルポフが六勝五敗二十一分けで辛勝したというが、催眠術師のテレパシーが効いたのだろうか？

と、以上の例は、今に尾を引くソ連対ユダヤ亡命者の死闘の一裏面史である。いずれにしろソヴィエトは、文学と科学を粛清することによって二十世紀をリードした。これはレーニン的革命勢力の勝利だろう。しかし母国ロシアで粛清されたオリジナルなロシア精神は、死ぬことなしに西側に伝播したといっていい。そのことは、イスラエルに帰ったユダヤ移民たちが、今でも自分らを〝ロシア人〟と呼んでいる事実にもはっきりあらわれている。あれだけ弾圧されたシニャフスキーでさえ、収容所から出てパリに半年暮らしたあと、パリの半年と収容所の半年のどちらが辛かったかと問う声に対して、「それはパリの半年です。私が収容所にいたときは、それでもまだロシアにいたわけですから」と答えたことは、亡命者たちが最後までロシアを棄てていないことを示している。いやそれどころか、かれらが西側に逃れたのは、真のロシア精神を護るためだったにちがいないのだ。その証拠に、シャガールはいつまでもロシア二〇年代アバンギャルドの夢をキャンバスに写しつづけた。西側に迎えられたソルジェニーツィンもまた、アメリカを中心とする西側の浅薄な精神文明を批判しつづけている。そしてグルジェフやブラバツキーの神智学はアメリカという異色の土地で、かつてのロシア人が夢見た聖なる土地チベットとモンゴルの神秘的教義を堂々と花開かせている。これはつまり、ひそかなロシアの世界革命ではなかったろうか——

ケースII

イギリス

a――〈かの忌わしき砦〉をめぐるリング外の死闘

「ダンテは当時の科学を百パーセント理解していた。ミルトンは半分だ。しかしC・S・ルイスは現代科学をまるで分かっていない」

＊　＊　＊

『モダーン・クォータリー』誌に載った、そんな文章が、たまたま大きな問題を孕む場合もある。『ナルニア国物語』などのファンタジーの著者として知られる神学者兼作家C・S・ルイスは、ある日、みずからの神学的世界観を幻想SFの形式に託して語ったSF三部作――それもとくに第三部『かの忌わしき砦』――についての論評『オールド・ホーニイ、F.R.S.』（オールド・ホーニイは悪魔の俗語）のなかに、以上のごとき文章をみつけて、その日一日たいそう不機嫌であった。問題の批評を書いたのは、J・B・S・ホールデーンという生物学者である。「ああ、畑ちがいの人間か」と、ルイスはここでホッとしたものの、全体の論調がどうにも腹にすえかね、気持を整理するために反論をしたためはじめる。しかしルイスは、お互いの批判にどこか擦れちがいのあることをうすうす感じて、変に苛立たしい気分をおさめられずにいた。相手のホールデーンは、生物学者として以外にもあちこちに顔を出す名うての論客である。戦時中は殺人技術訓練学校を開いたり、反戦を唱える聖職者を「腰抜け」呼ばわりする し……しかし反面で、かれの生物学上の業績は世に隠れもなかった。環境変異が急激に淘汰を完成することの実例として今でも引き合いにだされるペパード・モス(蛾の一種)の例を最初に指摘したのは、かれである。この蛾の場合、一世紀前のイギリスでは羽根の白い品種と黒っぽい品種が半々で棲息していたのに、今では黒っぽい品種しかいなくなったのは、工場煤煙により環境が黒化して白い品種が生存できなくなったためだ、との指摘である。

ホールデーンは論評の中で、ルイスの科学音痴ぶりを批判し、科学がスペース(空間)と呼ぶものをヘヴン(天界)と呼ぶ根拠すら明白でないと指弾した。たとえばルイスが天界のように平和な火星の人類が用いている言語のサンプルを取りあげ、「我と他者が天使に守られ平和な家族のように暮らす世界」に、なぜ人称代名詞に「わたし」とか「われら」といった別々の人称や複数形があるのか、といった矛盾を槍玉にあげた。あげくに、悪魔に魂を売る科学者など、ルイスが席を置くケンブリッジの言語学教室とちがって、ほとんど存在しないと豪語した。

C・S・ルイス
(Clive Staples Lewis,
1898–1963)

これに対してC・S・ルイスは、もともと中世・ルネサンス文学（とくにダンテやエドモンド・スペンサー）を講ずる学者であり、キリスト教徒であって、なによりも伝統的な個人主義の信奉者であったわけだが、そのかれが科学者とその科学精神とを批判するために書きあげた科学ロマンスであってみれば、そこにハードな科学派と論争をひきおこす火種（ひだね）の宿っていないはずはなかった。いってみれば両者は、第二次大戦後の世界に再生の活力を説く「時の声」の代表である。しかしこの両代表は、世界の再生を実現する手続きの上で、まったくその方法論を異にしていた。一方は、聖書にある最後の審判が「天使の側からの目でしか描かれていないこと」を示して、その人間的観点のなさを非難すれば、一方もまた科学者を悪魔崇拝の徒と言い棄てるのである――

話のいきがかり上、まず、C・S・ルイスの『かの忌わしき砦』のストーリーを紹介しておこう。これは神学者ルイスが書いた三つのSF、『沈黙の惑星を離れて』(1938)、『金星への旅』(1943)、につづく最終巻(1945)にあたり、俗に神学三部作だとか、主人公として言語学者ランサム教授という人物が登場するので、〈ランサム三部作〉とも呼ばれる作品の一部である。非SF畑の文学者が挑んだものであるが、しかし多くの興味をそそる問題作であり、物語もまた広義のファンタジーとして、きわめておもしろく読むこともできる。読むこともできる、と書いたのは、日本人の多くが神学的SFやファンタジーのもつ教条じみた重さと品位とにどうにも取っつきにくさを感じ、イギリスでは充分にエンターテインメントであるのに、日本のSF読者には線香くさい、という事情があるためである。しかし、これは断言してもよいが、決してつまらない読みものではない。

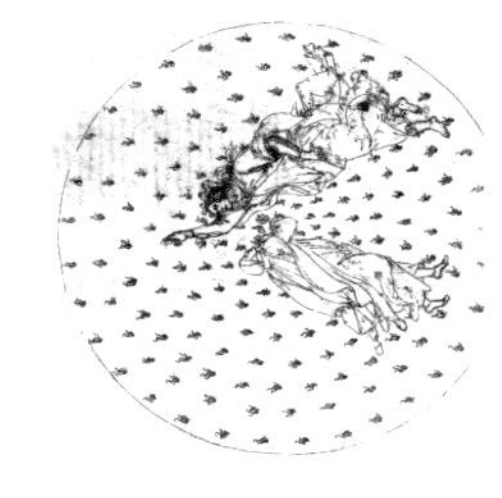
ダンテ『神曲』より「水星天」の図

三部作の第一作目『沈黙の惑星を離れて』は、主人公である信仰ぶかい言語学者ランサムが現世的欲望を持つ二人の知りあいにかどわかされて、沈黙の惑星（地球）からマラカンドラ（火星）へ強制的に連れだされ、そこで地球の人類よりは科学知識にとぼしいが素朴な平和暮らしをする三種の異人類や宇宙生物たちと遭遇する過程を描いている。異星人たちの想像力豊かな異星人ぶりは、とくに読みどころである。だが、ランサムを火星に連れだした物理学者ウェストンは、人間ほど賢くない異星人を教化して、地球人の属国にすることを望んでおり、その相棒であるデヴァインは火星で採れる金が目当てであり、ランサムを通訳兼「いけにえ」に連れて行こうとするが、二人の狙いはうまく行かず、三人そろって地球へ帰ることになる。第二作『金星への旅』は、ランサムが火星の天使のみちびきにより柩に似た氷の箱に裸で乗りこみペレランドラ（金星）へと赴き、その浮島で、悪魔により原罪を冒そうとする新人類の女王エバを最終的に救う、という物語であり、ランサムがついに悪をもたらしたウェストンを殺してしまう神学的ファンタジーである。そして問題の最終作であるが、『かの忌わしき砦』において、舞台は地球へと戻り、切断された首を人工的に生かすことによって、現宇宙よりもさらに一次元上にあるマクロープ界の住人たちの指令をこの首を介して受け取り、地球をかれらの征服地として捧げようとする、唯物的科学者の一団N.I.C.E.の暗躍が描かれる。この団体を仕切る二人の科学者フロストとウィザーは文字どおり悪魔に魂を売っていた。第一巻めに登場したデヴァインまでが二人と手を結んでいるというにぎやかさだ。かれらの最終目的は「不死」を手に入れることにあった。科学が魔術の世界をも取り込もうとした野望は、しかし、地球外から転送されてきた主役のラン

J・B・S・ホールデーン
（John Burdon Sanderson Haldane, 1892–1964）

サムも参戦して、最終的にくじかれる。地球はここで、科学力という闇の力に狙われる。本巻の主人公で社会学者のマーク・スタドックが、大学の敷地の一角にある古代の魔術師が眠る森を買い取ろうとするN.I.C.E.なる機関と交渉することになる。その結果、マークの妻ジェーンが夜ごと「切られた首」の悪夢にさいなまれるようになった。しかし透視能力をもつ女性ジェーン、そして地球の危機には墓場から甦ると伝説に語られてきたアーサー王時代の大魔術師マーリンと力を合わせ、呪うべき科学に対して、〈白魔術〉と奇蹟の力をもって闘いを挑む、というストーリイである。ルイスはこの作品に限って、前二作のリリカルで幻想的な筆致をかなぐりすて、リアリスティックな手法で緊迫感をみなぎらせる。N.I.C.E.内部に展開する、息もつまるような官僚体制と、人間を〈物〉としてしか見ない冷たさとが、くどいくらいに描写されるのは、まさにルイスの執念といえるだろう。したがって、SF三部作のなかでも、きわめて生まなましい小説に仕立上がっている。それも当然だろう。神学者でもあるルイスが宇宙旅行というSF小説を描こうとした意図は、ケンブリッジの同僚であった『指輪物語』の作者J・R・R・トールキンとの話し合いで、「いま不振状態にある想像的小説を復活させる」約束を結び、「未来を科学でなく信仰の力で建設しよう」という目標を実現することにあったからだ。その技法もおもしろく、三巻通じて、作者のルイス自身まで話者として物語に登場するのだ。そこで話をルイスとホールデーンの論争に戻そう。

この対決に関してはまず、二人の拠って立つ位置を説明しておかなければならないだろう。二人には共通点も多い。ミルトン、ダンテら中世・ルネサンス期の文芸を愛したという点、ともに正義漢だったという点。さらに運命的なのは、ともにオックスフォード大学に職を奉じたという点である。しかし両者が決定的に対立するのは、一方がキリスト教個人主義の立場から「人間を破滅させるのは科学の非人間的威力だ」と考えるのに対して、もう一方が「人類を救う唯一の武器である思考、この自由な発展を邪魔するのが宗教である」と信じていた点においてである。そして後者の代表選手ホールディーンは、自分の主張の基礎をいかにも科学者らしく〈唯物弁証法〉というものに置いていた。さいわい日本には武谷三男という大変威勢のいい——ちょうどホールデーン自身みたいに——物理学者がいて、畑ちがいの生物学までを斬りまくっているので絶好の実例として引き合いに出すのだが、この人は科学の方法論（将棋でいえば、王手詰めまでの手順）に弁証法というものを取り入れなければいけないと主張する。この方法はどういうのかというと、まず現象を観察し分類整理する**現象論的段階**がある。つづいて多くの現象から特徴的な性質を抽出し、〈モデル〉あるいは〈ルール〉を作りだす**実体論的な段階**がある。そしてモデルの確立のあとに、それらの作用因を突きつめる**本質論の段階**がやってくる。実例を物理学で示すならば、天文観測によって厖大な資料を集めたティコ・ブラーエが現象論的段階、それらの資料から惑星運動の法則をみちびいたケプラーが実体論的段階、そしてその作用因として万有引力を考えだしたニュートンが本質論的段階。そしてここに示された科学的手順は、現在の科学でもおおむね主流を占めており、これを指して実証的方法とも呼んでいる。ところがこの方法が近年生物学にも深く浸透するに至って、とくに生態学や進化論の側から反論も出はじめている。そこで、「エントロピーの法則を考えれば、時間を追って思想が成熟してくるなんてことはあり得ない。時間が経

●心霊術者の
空中浮遊を描いた
「科学の神秘」と題された絵

つほど情報は正しく伝わりにくくなるのだから」と反論したのは、だれやら日本の時間学者であったと記憶しているが、ルイスもこれを聞いたら拍手喝采したことだろう。

しかしホールデーンは、単に〈唯物弁証法〉の徒というだけではないのである。かれもまたルイスと同様に世界を憂い、人類の未来について思考するルネサンス人の生き残りであった。本職は生物学者であったにもかかわらず、当時のイギリスではきわめて異色の、〝社会と宇宙〟について発言する学者であった。何が異色かと言えば、その型破りな生涯と言動とである。とにかく生れたときからむちゃくちゃに変な子で、母親から「おまえはどうしてそんなにおかしな顔をしてるの」と言われたとき、平然として「それはぼくが、長い鼻や四角ばった顔やおかしな眼のいろんな犬のまねをしたからだよ」とやり返したのが、〈幼年期のいちばん最初の記憶〉だというから恐ろしい。三歳にならないうちに文字を覚え、四歳のころには、おでこを切って血が出てきたのを見て「これ、酸化ヘモグロビンなの、それとも炭酸ヘモグロビン？」と尋ねたというエピソードもあり、これが科学者であった父親を大いに喜ばせる結果となって、以後は純粋培養の天才科学者の道を歩く——かにみえた。ところがである！　学業なかばで古典文学へ、つまり科学から芸術に乗りかえて、ダーウィンやヘッケルの代わりにミルトンとイエイツを読みだしたあたりから、道がおかしくなった。当時たまたま勃発した第一次大戦にあたって最前線へ送りこまれたかれは、爆弾で大怪我をしたのと引き替えに、ここで〈ひとつの認識〉に到達する。すなわち、上級士官などの権威づらをしたやつらはどれもうさん臭く、従軍牧師として送りこまれたくせにちっとも危険を冒そうとしない宗教人どもは「まったく軽蔑に値する」、という認識である。そこでホールデーンは徹底的に戦争のプロとなる決意を固め、七カ月にわたって殺人技術の修得に没頭し、手榴弾学校を開いて「生徒に歯で雷管を抜かせる実習」を平然とやらせた。もしも雷管が口のなかで爆発しても、不幸にして生き残ったところで口がかなり大きくなる程度だぞ、との嚇しはさすがに迫力があった。

こうしてホールデーンは徹底的に第一次大戦を〈楽しんだ〉のち、復員してオックスフォード大学に戻って生理学の講師となり、やがて遺伝学研究の道へすすんだ。しかし講師としては大変なハズレ者で、女郎屋通いはするわ、喧嘩はするわの放蕩三昧、おまけに実験器具のあつかいは学生が見ていてハラハラするほど不器用だった。しかしホールデーンは生徒のなかに女性がいると、いつもからかい半分に、「実験は不器用でも、父性器具(何という訳語！)の使用については熟達者なんだぞ」とやり返した。ともあれホールデーンの遺伝学は「数学的」な性質をもって広く知られるようになり、ダーウィンとメンデルを越える新しい理論に成長した。その間、各国に興ってきたファシズムの動向を嫌って筋金入りのマルクス主義者となり、ヨーロッパのコミュニズム運動に尽力するが、やがて、ソ連でもてはやされた「マルクス主義の方法を遺伝学にまで持ち込んだルイセンコ学説」に反撥して脱党、ついにコミュニズム運動とは手を切ることになる。しかしマルキシストとして弁証法唯物論は棄てることなく、生命の科学に情熱を燃やしてインドに渡り、その思想を宇宙論にまで高めたあと、晩年は詩を愛し(ときには科学論争で若いころの威勢を思いだしながら)癌に冒されて死んでいった。

ちなみに書いておくと、死ぬ直前のホールデーンには小さいエピソードが残った。C・S・ルイスに「文芸批評などやる柄（がら）ではない」と論駁されたかれは、しかし、七十一歳になって初めて原稿料をもらう詩を書いたのである。題して「ガンは異なもの」(Cancer's a Funny Thing)。そのなかでかれは、血便が出てから自分のおしりを医師にのぞいてもらって、「りっぱなガンである」との宣告を得たのち、会陰に穴をあける手術を受けるまでの体験を、淡々とうたった。『ニュー・ステーツマン』に載ったその詩は大反響を捲きおこし、日本では某科学雑誌に「生物学者ホールデーンと最期の詩」として紹介された。やはりガンで世を去った高見順は、闘病中の日記の終わりにこの詩を貼りつけて、原文を読みたいものだと記していたという——

b——「反ウェルズの系譜」としてのイギリスSF

ホールデーンの一代記がつい長くなった。ともあれC・S・ルイスは本編を通じて、以上のごとき経歴をもつ科学者に闘いを挑まれたのである。ホールデーンは、この『かの忌わしき砦』に出てくるウィザーやフロストといった〈マッド・サイエンチスト〉が科学の名のもとに地球に闇の秩序をもたらす展開について、あまりにもこれを倫理的悪に短絡させすぎる——つまり「科学がもたらす未来は地獄だ」と決めつけすぎる、と反論するわけだ。C・S・ルイスを指して、科学音痴、コチコチの神学者、キリスト教ドグマの押しつけ、時代おくれ（アナクロニズム）、などと批判するのは、要するにそういうコンテキストの上に立ってのことであった。

奇妙なことに、今日の生命科学を物質レベルで解明しているヒーローたちは、ホールデーンと同じように共産主義の闘士であり唯物弁証法の学者でもある。ベストセラー『偶然と必然』で日本にも知られたジャック・モノーらパスツール研究所系の分子生物学者も、やはりホールデーンと同じように、ルイセンコ的な意味で言う「獲得形質の遺伝」などという反弁証法的な遺伝方式を信じようとしない。もっとも唯物弁証論者にも武谷三男みたいな人がいて、専門でもない遺伝学に口を出しては、ホールデーンと同じように喧嘩しまわっている例もあるから、一概には断定できないけれど、いずれにしてもこうしたパリパリの科学者がその方法論に信念を強めれば強めるほど、そこに宗教的な倫理観の稀薄さを余計に感じとってしまうC・S・ルイスには、あぶなっかしくて目をはなせない人間たちであった点にちがいはない。事実、イギリスではチェスタトンの時代から「科学者はみんな気がふれている」という解釈が通用していたのである。

そこでかれは、『ホールデーン教授に答える』というエッセイを草して、「自分は科学そのものを非難しているのではない、科学を変に利用する昨今の風潮を憂慮するのである。ナチズムが良い例ではないか、あの一派は科学の力をたのんで、ほとんど〈悪魔崇拝〉にも等しい禍いを世に解き放った」と弁明し、併せてホールデーンの批判を〝文芸批評としてはまったく見当はずれ〟であることを立証しようとした。次に引用するのは、ルイス自身も引いた本編の重要ポイントである——

「諸科学はそれ自体は善であり、罪なきものであるが、ランサムの時代においてさえ、ある方向に微妙に進路を変えられ始めていた。客観的真理に対する絶望がますます科学者たちの心に植えつけられて、客観的真理への無関心が生れ、力への執着がそこから生じた。生の飛躍の饒舌と汎心論の戯れ（ベルクソンの哲学）は、魔術師たちの世界霊（アニマ・ムンディ）を回復させるに好都合であった。人間の遥かな未来の運命に関する夢想が人即神の古来の夢を、その浅い墓穴から引きだそうとしていた」

ここで、ルイスとホールデーンの根深い論争の性格を明確にするために、十九世紀末イギリスの科学＝文学の関係を見ていくことにしたい。その際、きわめて有用な材料となる人物が、一人いる。H・G・ウェルズである。SFの父として、あるいは文明批評家として、ウェルズが同時存在した事情は、ホールデーンの立場とよく似ているからだ。ウェルズという人は、その途方もない科学的想像力によって多大な影響を後世に及ぼしたにもかかわらず、後代の文学者、それもとくにイギリスの作家（SF作家をも含めて）から、手ひどいシッペ返しを受けた人である。総スカンといってもよいし、それよりも〈敵意〉とさえいえる感情的反発を食らった人だった。アメリカの楽天的なSF作家たちがウェルズに賛美を贈ったとしても、それはいささかの慰めにもならなかったろう。

では、なぜウェルズが呪われたのか。その理由のひとつは、かれの作品が、「科学の恩師であったT・H・ハックスリ、別名を〈ダーウィンの番犬〉と呼ばれた高名な進化論者の思想以外、なにものをも描かなかった」からである。そしてT・H・ハックスリの思想とは、〈宇宙的悲観論〉とかれ自身が名づけたキャッチフレーズに、すべて説明しつくされている。つまり、宇宙には「滅び」があり、人間の繁栄もわずか一瞬のできごとにすぎない、というエントロピー的認識である。初期のウェルズの作品は、このようにして、何やらモヤモヤとした世紀末不可知論の衣をまとって、科学の昏い側を強調していたのである。

もちろん、この認識だけなら、世紀末人の〈集合無意識〉として、ウェルズは人々に大目に見てもらえたかもしれない。しかしウェルズは二十世紀を境にして、オスカー・ワイルドのようなデカダンのかたまりみたいな新文化人が、いさぎよく、「二十世紀にまで生き伸びようとは思わない」と宣言して、早々に生命を断ってしまったあと、その考え方を変えていく。科学は無力で、しかも人間は空しいかもしれない。にもかかわらず、科学の力と指導的な超人の出現をもって、せめて運命の日までは「生物の完成」をめざそうではないか、と。そしてウェルズにとっての〈美〉とは、やがて〈完全〉の同義語に変わってゆく。たとえば、次の発言のように――「機械には何もない、築堤や線路や鉄橋やエンジン機器といったものは、醜いとうしろ指をさされるような点を、何ひとつ持たない。醜さとは、不完全さを測る尺度だ。人間がつくるものは、その創造的精神の貧困さにともなって、今つくろうとするものの目的を完全に捉えきれない製作者の落ち度にともなって、そのほとんどが醜いだけなのだ」

『新ユートピア』(1905)のなかで以上のような正論を吐いたかれは、その完全性に達するためには、サムライ(日本語の武士のことだ)と呼ばれた超エリート集団の指導による社会をつくるしかない、と結論づけた。言い替えれば、科学を哲学とすることである。ここで、ヒューマニストや宗教家を中心とするイギリスのシリアスな作家たちとウェルズとの対立が表面化する。しかしかれの描きだした管理

T・H・ハックスリ
(Thomas Henry Huxley, 1825–1895)

社会は、一面で、勢いを増しつつあったロシア革命後の共産党支配社会のうすら寒さとつながることになり、反コミュニズム、反ユートピアの声に呑みこまれていった。たとえば、E・M・フォースターは自作の反ユートピア小説『機械がとまるとき』のなかで、ウェルズの機械づくめのユートピアと「サムライ」と呼ばれる少数エリートの成立を、はげしく非難し、C・S・ルイスはルイスで、『かの忌わしき砦』を書き、N.I.C.E.なる科学支配グループの呪われた指導者ホレース・ジュールスという悪玉のモデルにH・G・ウェルズを使い、しかもこの人物を「マッド・サイエンティスト」と呼びつけにする。さらに、科学者グループによる地球支配をはばむ光の勢力のシンボルとして、なんとアーサー王伝説に出てくる魔術師マーリンを選び、かれを現代に復活させ、その魔術をもってウェルズ型の悪玉学者をやっつけるという、途方もないファンタジーを仕立てあげるのである。

ウェルズの才能に対する反論は、とくに二十世紀以後、問題作『新ユートピア』の発表とともに烈しさを増した。ここで、当時ウェルズの味方についたのがヘンリー・ジェイムズやジョーゼフ・コンラッドという、いってみれば異質異端の心理派作家であり、反対に回ったのがJ・K・チェスタトンやフォスターといった宗教系、ヒューマニスト系（つまりC・S・ルイスの系列）であったことを記憶にとどめる必要はある。とりわけ、急先鋒であったチェスタトンのウェルズ批判は手きびしい。かれは言う——「しかしウェルズ氏は、せまい科学的世界観を十分にぬぐい切れなくて、実際には科学的であってはならないものがあることを、おわかりになっていない。科学のあの大きな誤謬にまだ多少毒されているらしい。つまり、人間がまず最初に学ぶ霊魂から出発しないで、だいたい最後に学ぶべき原形質といっ

『新ユートピア』
A Modern Utopia（1905）
初版表紙

たようなものから出発する習性を持っている。知能に秀でた彼の唯一の欠点は、人間を作りあげている要素あるいは素材に十分な考慮を払っていないことである。たとえばその『新ユートピア』で彼は言う。ユートピアの眼目は原罪を信じないことだ、と。人間の霊魂を出発点としていれば——つまり、自分自身から出発していれば——原罪こそ第一に信ずべきものであることがわかっただろう。簡単に言えば、いつでも人間に利己主義が起こりうるのは自己というものを持っているからで、教育とか虐待とかそんな偶発的なものに起因するのではない」（チェスタトン『ウェルズ氏と巨人』別宮貞徳訳）

こうしてイギリスのSF史は、共産党支配の社会が見せる醜さを告発するオーウェルや、管理社会の地獄を幻視するオルダス・ハックスリ（皮肉にも、T・H・ハックスリの孫！）らの反ユートピア派、チェスタトンやルイスらの宗教派、さらにバラードらのイナースペースSF派に至る、まことに幅広い反ウェルズ運動を、何十年にもわたってつづけることになる。極端な言い方をすれば、二十世紀のイギリスSFは、じつに〈H・G・ウェルズ闘争〉としての系譜だった、とさえ言えるのである。ウェルズの精神が、アメリカSFからの逆輸入として、第二次大戦後アーサー・C・クラークへと伝わらなければ、英国SFは、SFの開祖でありながら、みずから幕引きを行なうという、何とも矛盾した存在になっていたにちがいない。

しかしこの反ウェルズ意識は、なにもSFに限定されるものではない。それは広く、ヨーロッパを覆った「反進歩、反科学主義」の運動からも見てとれる。弁証法的にいって無限に進歩するかにみえたヨーロッパ文明は、物理学、政治、宗教、モラルのあらゆる面で、〈現実〉というものの崩壊をみた。

『かの忌わしき砦
The Hideous Strength』(1945)
初版表紙

とくに第一次、第二次大戦は、ヨーロッパ人に進歩幻想の完全な喪失をもたらしたといえるだろう。文学ではダダやシュールが、哲学では形而上学が、科学では科学哲学が、あらたに勃興したのは、要するに、既存のあらゆるシステム――それも、有効ではないことが立証されたシステム――をぶちこわす、全面的運動の各部分を代表するものだったのである。そしてルイスも、ナチの英国空襲を体験し、その爆撃の一夜に、かれの神学SFを書きつづる決意をかためたのである。この事情は、ソ連でさえ変わらない。一見すると、共産党支配体制の強化のためにSFが利用されている情況があるように思えるかもしれないが、反ウェルズ闘争としてのヨーロッパSFは、もちろん〈危険な要素〉として、ソ連内部にもはじめから成立していたのだ。近年、ストルガツキー兄弟らが弾圧されたのは、その良い例であろう。おそらくソ連体制は、SFのその危険な部分を理解しそこなっていたのである。つまり、ヨーロッパSFの全要素の半分は、管理化への抵抗――すなわち反ウェルズの要素からできあがっているのだということを、理解しそこねたのである。したがって、SFはやがてソ連反体制側の武器として力を得るにちがいないのだ。これは断言してもよいし、それがSF自体に自動的に仕かけられた原子崩壊のプロセスなのである。二十世紀においてなお知的健康さを保ったアメリカの場合を、ぼくはむしろ特異な、そして心あたたまる現象であった、と思っている。そしてだからルイスのこの三部作をSFの問題として論じるとき、以上のような情況を問題にしないのであれば、まったく意味がなく、だいいち、これらをSFの範疇に含めて論じる必要さえもないのである。

　もちろん、こうした発言はルイスをまたずとも多くの「反進歩、反唯物」（ついでにいえば、反共産）主義者が口にしたものではある。とくに第一次大戦の前後には、ホールデーンの経歴にも示されていたように、「人間は進歩する」といった楽観論や科学的実証主義、さらにはコミュニズムさえが、おおむねその限界をさらけだしてしまっていた。戦後すぐにバートランド・ラッセルやホワイトヘッドら科学哲学者が形而上学や歴史学を採りあげたり、芸術面ではダダやシュールが登場し、またとくにイギリスでルイスら宗教面からの発言が大きくクローズアップされるといった個々の現象には、その共通項として「戦争を通じての進歩幻想の崩壊」が関係していた。だからこそ、ウェルズという「幻想」の創造者に対して、第一次大戦後のイギリスSFが「反ウェルズ」の系譜を築きあげたのは当然だったのである。この文学対科学の対決図式が鮮明にならなかったのは、唯物弁証法の実践国であるソ連と、幸いにも大戦の「カヤの外」にいて物質レベルに達するほどの認識変革（つまり防空壕で爆弾の雨にさらされ、物質観もふくめて世界認識が一変した経験）をせずにすんだアメリカだけだ。だからこそC・S・ルイスは、あれだけの自信と情熱とをもって神学SF三部作を書きあげ得たのである。

そういう事態があと半世紀早く起こって、ウェルズ対チェスタトンの闘いになっていたら、話はなおおもしろかったろうに、などと不遜なことを考えてはいけない。日本人だって同じ大戦の洗礼を受けながら、ヨーロッパのように〈物質レベル〉から物の見方を変えるという真の反省をしたかどうか、かなり怪しいものだ。日本の物質レベルに及ぶ反省は、せいぜい放射能を吐くゴジラのイメージを創り上げただけに終わったようだし、『かの忌わしき砦』のように決然と科学主義を切る作品の出る素地を生むこともなかった（天皇制の幻影が表面上消えた程度のことは、物質レベルからの反省にならないのである）。

しかし公平を期するために、現在の視点から両者の論争についてコメントしておきたい。筆者は、心情的にはルイスの発言に耳を傾けるものである。その理由は、すでにヨーロッパ中で湧きあがった科学的進歩主義糾弾の声を背景に置いていたことと、当時にあってルイスのような態度が「科学を語る文学者」のとるべき当然の姿勢だったこととである。けれど、『かの忌わしき砦』を注意ぶかく読めば判然とするのだが、ルイスは同時に（ほとんど本能的に）「科学が生命や心の問題にまで介入してくることの迷信的な恐怖」に突き動かされすぎていた。N.I.C.E.のあやつる科学主義は確かに邪悪だ。しかし、それではなぜマーリンのあやつるごとき白魔術やキリスト教の教理が〈善〉であるのか、この点をルイスは証明しようともしない。キリスト教の勢力は、はじめから〈白〉と決められている。だがこのまっ白な対立候補を何の躊躇もなく前面に押しだしたことによって、ルイスはこの作品を、『われら』や『一九八四年』や『すばらしい新世界』といった名作以上に戦闘的で徹底した反ユートピア小説には仕立て得たと言えるだろう。したがって、ルイスが「科学それ自体は善だ」と言うとき、それはほぼ同じことを半世紀前に発言したウェルズの真意と同じではない。ウェルズが、その科学を使用するのが「官僚であり哲学者でなければならない」と言っているのに対して、ルイスは「この本で誹謗する相手こそ、官僚であり、ある種の科学者である」と断言しているからである。それでは一体、だれが科学を使用する主体となるのか？　すくなくとも『かの忌わしき砦』を読む限りでは、〈だれも使うな〉というのが本音に近そうだ。その証拠に、ルイスは「ある種の哲学者」の実例として、N.I.C.E.の科学者フロストのモデルになったウォディントン教授の名を挙げている。

c——科学者の生理と宗教家の倫理

では、ウォディントン教授なる人間はどんな人物であろう。この発生生物学者は生物の発生と進化について「後成的風景」という重要な概念を唱えている。これは、生物の発生や進化は最初から決定されたものでなく、プロセスの段階でその道すじが自動的に作られるというのである。具体的に言うと、たとえば生命の発生期に誘体というものが作用して、左脚を創り出させる誘体を右脚の部分に移せば、そちらのほうに左脚が形成される。つまり、左脚はもともと一定の場所に固定されて発達してくるのでなく、周囲の刺激や情報に応じて「後成的」にできあがるということである。ウォディントンのこの考え方は、今日の発生学の巨大な基礎になったほか、かれ自身の哲学も広く芸術や社会にふくらんでいく結果となり、今盛んに論じられているルネ・トムの「カタストロフィ理論」もウォディントンが示唆した思想に端を発している。要するに、かれは、数量化した言葉でなければ役に立たなかったこれまでの科学の思想を、数量化しない日常の言葉にも拡大させようとする哲学者である。ウォディントンにしてもホワイトヘッドにしても、かれらが哲学に走ったのは、飽きあきするような実証主義的・進歩主義的科学の偏狭さのためであった。この意味では、かれらもまた〈物質レベルの反省〉を経て、ルイスらと同じ立場に回った「目醒めた人（イルミネータス）」である。しかしルイスが批判するのは、まさにこの「イルミネータス」たちであり、逆にウェルズが期待をかけたのはかれらだったのである。作中のウォディントン教授、つまりN.I.C.E.科学者フロストは、人間の感情をすべて化学反応の結果にすぎないと信じる人間で、死人の生首を活かしつづける実験を行なっている。そしてこの生首が、マクロープと呼ばれる別次元生命とのコミュニケーション網であった事実を発見する。顕微鏡下にマイクロープ（微小生物）の世界があるように、今度はこの生物界を超越した一次元上の生命界があってもかまわないわけで、フロストはそこに住む生命をマクロープ（極大生物）と名づけるのだ。そしてフロストによれば、地球は小数の選ばれた人間とマクロープによって統治されるべきだという。生物層組み替え問題が重要になるというのだ。

ところでルイスは、この科学者の主張が〈個〉でなく〈全〉に根ざしている点を理由に、それを悪魔崇拝と呼ぶ。ルイスに「限界」が示されるのは、まったくこのレベルにおいてであろう。なぜなら、この伝でいくと、科学は思想ではなく道具でなければいけないことになってしまうからである。思想や主義として科学を使えば、悪魔崇拝に一変するというのである。しかしぼくは「宗教もまたそれ自体は善であるが、使いかたを誤ると悪になるもの」、つまり科学同様にひとつの無色なユーティリティーすなわち道具ではないかと考える。この点を棚上げにして、道具としての科学は要るが科学哲学は要らないというのであれば、ルイスの真意は本人みずから「悪しき〝科学主義〟がそこに忍びこんでいる」と語っているにもかかわらず、実際上は〈悪しき〉という形容詞を取って「〝科学主義〟そのもの」を否定していることになる。というのは、科学主義を悪しきものにしている要因こそ科学哲学それ自体であり、したがって科学を〝哲学〟にまで高めれば全部〈悪しき〉ものにならざるを得ないからである。

だからこそウォディントンやホワイトヘッドらを、「科学の言葉で倫理を語り、倫理の言葉で科学を語った」悪魔崇拝者だと指弾するルイスの視点は、要するに科学の思想的成熟を否(ノン)とする立場につらぬかれることになる。なるほど、たしかに科学は「それ自体善でも悪でもない無色性のために」悪の手先となって現実の世界を脅威にさらした。だがルイスは、この現象的事例を楯にして、実質的には、「思想それ自体としての探究が深まれば深まるほど、人間の認識や信仰をも変えずにおかなくなる科学の哲学的側面」を葬り去ろうとしている自分に、気づかなかったかのようなのだ。もっとはっきり言えば、根源的なレベルにおいて科学は決して無色ではなかったという真理に、である。このことの真実性は、宗教と科学の闘争史がちゃんと立証している。キリスト教は過去どんなに科学哲学者を弾圧したことか！　それをルイスが意識していなかったとは考えられない。もし無色というのなら、それは実際には「科学」ではなくて「科学の技術的応用性」、つまりテクノロジーである。これならば、科学者も官僚も、あるいは聖職者にも使うことができ、弾圧する必要もない。

そういうわけで、『かの忌わしき砦』がこれほどスリリングで戦闘的になり得たのは、以上のように「哲学としての科学」を否定するルイスの強烈な無意識的エネルギーのしからしむるものであった、とぼくは考える。まるで無垢な赤んぼうのように科学に打ちこむ無党派無思想の科学者を、こうしてルイスは唯一の「科学者像」と思い描いたのであった。そしてたぶん、ルイスが恐れたようにN.I.C.E.は実際の世界でも科学者を虜にしたのである。しかし現実のN.I.C.E.が『かの忌わしき砦』のそれと相違したのは、科学者たち自身がルイスの思い描くような「どうにでも操作される無垢で無色な科学者

C・H・ウォディントン
(Conrad Hal Waddington, 1905–1975)

像」を自ら打ち破って、哲学としての科学を樹立しようとした点であった。しかもその思想的「自立」は、ルイスが考えたように「宇宙の邪霊によって画策された」ものでは決してなかったのである。もっと明確に言ってしまえば、ルイスが本編で問題にしたのは、新しく勃興した「科学者の哲学的自立」運動そのものに対してであった。ウォディントンやホワイトヘッドら科学者側からの汎社会的発言や、物質と人間との新しい倫理を説くかれらの声に、領域を侵食される側として反応した結果である。そしてこの根本的対決がルイスのSFをユニークなものに仕立てあげた最大のモチーフでなければならなかった。

ぼくは、科学対キリスト教の深く根強い闘争史をあらわにした本編を、他二作のどれよりも興味ぶかく読んだ。かつてぼくはルイスとチェスタトンの側にいたし、もちろん今もジェーンやマーリンたちの超能力と魔術の側に立っている。しかし本編をめぐる論争に限って言えば、ルイスが誹謗の相手とした「ある種の哲学者」は、悪魔崇拝者ではなく科学の側のマーリンであったはずなのだ。それを悪魔の手先とした以上、ルイスは真の意味で「科学」そのものを敵に回す覚悟を表明すべきであった。おそらく今日では、敵側の哲学から出た幾人かの科学者は中途半端なキリスト思想家よりも遥かに倫理的なのである。だとしたら、今世紀末に生まれるかもしれない新しい悪魔は、今度はおそらく、科学者ではなく宗教家を傀儡として利用するのではないだろうか。そしてそのとき、再度マーリンは復活するのか？

ケースIII

アメリカ

a——侵略と革命

ニューヨーク、マンハッタン島、エンパイア・ステート・ビル……と連想ゲームをつづけていくと、なぜかエンパイア・ステート・ビルの後に〈キング・コング〉が出てきてしまう。となれば、連想は当然のように、キング・コングがエンパイア・ステート・ビルの屋上で戦闘機を相手に大格闘する映画の名場面(シーン)へと、つながっていく。

しかし、キング・コングがこうしてマンハッタン島を暴れまわる場面は、おそらくアメリカが最初に体験した〈外敵の侵略〉、あるいはもっと日本的な言い方を用いて〈本土決戦〉そのものの遠いイメージではあるまいか。白人文化がアメリカに根を張って以来、南北戦争をはじめとする多数の戦争がアメリカ大陸を血に染めたけれど、これらはみな内戦か、あるいは国家独立のための聖戦に限られていた。その意味からすれば、アメリカは、ある日突然外敵に本土を侵略され、手ひどい破壊を受けたという体験を、一度も持たなかったのである。おそらく、真珠湾攻撃という唯一の例外を除いては。

このことは、キング・コングが有する脅威の意味と、たとえばゴジラが有するそれとの決定的な差異をかたちづくるはずだ。ゴジラの恐怖は結局のところ、本土空襲という現実の（フィクション内における）追体験でしかないのに対して、キング・コングのそれはあきらかに予兆、アポカリプス、黙示録として成立している。いつかはアメリカにも大破滅がやってくるという、避けることのできぬ不安である。その不安は、現実に実例を味わったことのない事実からして、一層大きくなる。キング・コングとは、まさにその視覚化である。そして古来、ニューヨークは小説のなかで大破壊を蒙る対象となることが、きわめて多かった。

ただ、少々ふしぎなのは、こうしたフィクショナルなレベルでのニューヨーク破壊があんがい世界そのものの破壊を暗示してはいなかった点である。『猿の惑星』の場合のように、地球そのものの悲劇が結果としてニューヨークにも及ぶといった例はあるが、逆にニューヨークで起った大激変が世界に波及するというケースは少ない。むしろ「とかげの尻尾」として犠牲に供されるほうが多いのである。これはどうしたわけだろう？

こころみに、ニューヨークという都市がやたらに侵略される運命にあるという事実を眺めてみよう。それも、UFOや宇宙人に侵略されるならまだしも、この大都市を狙うのがヨーロッパ小国のコンプレックスに固まった人間たちであるとしたら、なおのこと始末が悪い。しかしそれには理由があるのだ。

かつてアメリカは、滅びゆくヨーロッパに知らん顔を決めこんだ。「ヨーロッパは滅びるにまかせておけ」と、そのむかしアメリカの政治家がふと口をすべらせたせいで、戦乱にあえいでいたヨーロッパの弱小国は、とたんにアメリカを憎みだしたというわけなのである。

キング・コングほどではないが、ニューヨーク侵略計画の比較的新しいケースは、アラン・ロブ゠グリエの『ニューヨーク革命計画』に見られる。ロブ゠グリエの奇妙キテレツなこの作品によれば、マンハッタン島では革命家たちのひそかな集会が絶えず開かれているという。しかもかれら革命家は、ニューヨークをぶちこわすのに数かぎりない方法を用意しており、たまたま差し迫った行動についての話し合いではなく、「いろいろと出身を異にする闘士たちを教育するための」一種のイデオロギー訓練をめざした、三題噺合戦に熱中している。革命の闘士たちが、ここでは三人一組になって交互に役めを変えながら、まるで落語みたいに即興噺を語りあうのである。それも、約一分に一回役割を変えながら対話するのだから大変だ。いま一人が若い娘の役を引き受けて一分もしゃべっていると、次には中年の男の役が回ってくるから、その場で中年男の話に切り替えなければならない。こうして『ニューヨーク革命』は、主人公の話者が若い娘になったり中年の男になったり、少年になったりと、めまぐるしく変化するなかで計画される。たまたま本日の下題は強姦と火事と殺人。この三大解放行為が三題噺のテーマに選ばれた理由がまた、何とも『ニューヨーク革命計画』にふさわしい——

「本日の討論のテーマは、黒人と白人との間の解消不可能な対立の根源的解決策として考えられた、〈赤

キング・コングの侵略

という色〉であるらしい。三人の発言者が今では、それぞれ、赤と関係のある強姦、火事、殺人という三大解放行為に振り分けられている」(平岡篤頼訳)

しかし、ロブ＝グリエの小説に登場する人物たちは、ニューヨークをくつがえす計画をめぐらすよりもむしろ、現実そのものを混乱させることを楽しんでいるようだ。事態の中心人物らしいベン＝サイドは、「とても学問があるんです。ゲール語や南アフリカ語を含めて、二十三カ国語しゃべるんです。そのくせ英語をしゃべらない？　しゃべりません。アメリカの革命家にとって、英語は不可欠な言葉じゃありません。組織のなかでは、とにかく、スペイン語で十分です」といった特質をもつ男だ。かれを含めた三題噺の登場人物たちは、男になり女になり、一分ごとに主体の中身を交換し合いながら、ニューヨーク解放の実践へと向かっていく。もちろん殺人放火と強姦が、かれらの唯一の革命行動である。

「革命に犯罪は不可欠だ、とドクターは朗誦する。強姦、殺人、火災が、黒人や襤褸(ぼろ)をまとったプロレタリアや知的労働者を奴隷状態から解放し、それと同時にブルジョワ階級を性的コンプレックスから解放する三つの隠喩的行為なのだ」(平岡篤頼訳)と。

この何ともふしぎな物語には、たくさんの主語とたくさんのエピソードが交錯する。同時に二つの話

『ニューヨーク革命計画
Project for a Revolution in New York』表紙

が始まり、それが理由もなく中断される。「ひとつは男が十二名の初聖体拝受の少女たちを生贄に供した黒ミサ。もうひとつは、混血の美女サラがどういうふうにして、ジョーンがゴールドスタッカー老人から採取した白人種の精液を使って、ドクター・モーガンの手で妊娠させられたかという話」といった具合に。ともかく革命の前でさえ、ニューヨーク全市、とくにマンハッタン島が久しい以前から廃墟と化している以上、今はダイナマイト作業班に包囲され、この都市が爆破を待つことになるのもいたしかたあるまい。間もなく革命家たちは〈もっと高い建物をたてる〉計画にかこつけて、最後に残ったビルの上から下まで火薬をしかけ終え、今はその爆発も程なく起こるはずである——

　ここで、もっとストレートなアメリカ侵略計画に話題を移そう。やはり外国人によるアメリカへの侵入であるが、話はちょっとばかり違っている。北アルプス連峰のけわしい山ひだに位置する、長さ五マイル幅三マイルのちっぽけな大公国グランド・フェンウィックの場合が、それなのだ。第二次大戦前後には幼児死亡率の減少から人口増に悩まされ、ふだんは四千人だったところが六千人へと大飛躍したこの国民をやしなっていくための〈金もうけ〉が、この弱小国でも差し迫った課題となる。そこで利発な一派があらわれて、特産の輸出用ワインを一〇パーセントずつ水増ししようと提案するのだが、以後この一派は〈水割り党〉と呼ばれることになる。ところが、これを潔しとしない一派〈反水割り党〉があらわれ、その理論の正否を総選挙で問うことにしようと宣言したから、大騒ぎとなる——

アラン・ロブ＝グリエ
(Alain Robbe-Grillet, 1922–2008)

「ピノー・ワインを水増ししようという連中は、世界の全芸術品を安物と化してしまうものである。かくてすぐれた傑作品はこの世に存在しなくなり、ただ、かつて独特の作品であったものの模造品が数かぎりなく氾濫するだけになる。ワインはわが葡萄の血潮である。それは水割りできるものではないし、また絶対にすべきではない。この途方もない提案はまさしく外国イデオロギーの影響の表われである。その源を訪ねれば、一方では狭いクレムリンの穴にこもった共産主義者の空念物に行きつくし、そして他方ではアメリカは煌めく摩天楼に巣食う資本家の陰謀にたどりつくのである」(清水政二訳)

実際、ヨーロッパの弱小国にとって、クレムリンの共産主義者と摩天楼の資本家とは、どちらも陰謀をめぐらす侵略者に違いはなかった。したがって一国の存立があやうくなるということは、アメリカか、あるいはソ連の陰謀によるものなのであって、さらに悪いことに、この短絡した考えかたはしばしば正解であったりするのである。

ともあれ、万策尽きたかっこうのグランド・フェンウィック大公国は、外国から借款することで急場をしのごうということになるが、「多くの国々に何百万もの金を貸して、返済しろともいわない」アメリカをだまして、返済の必要ない金を借り入れてはどうかと、大公女が提案する。そのやり方は簡単だ。共産党をつくって、助けてくれなければ国ごとアカになるぞ、とアメリカを嚇かせばいい。

こうして大公国では、国内に見せかけの共産党をつくる動議が可決されるが、アメリカをだまして金を借り入れるのはどうもうしろめたい。それでは、「他国から金を取って、しかも名誉あるものと伝統的に認められている唯一の方法」がほかにあるだろうか。

ある。

アメリカ合衆国に宣戦を布告することだ！

以上のような理由で、アメリカは、人口わずか六千人を数えるだけというヨーロッパの一弱小国に宣戦を布告される。しかしグランド・フェンウィックの目的は、もちろん勝つことではない。アメリカから金をうばう最良の方法は、戦争に負けることなのだ。その理由を説明するには、大公女の言葉をそのまま引いてくるのがいちばん賢明なやり方だろう。彼女は、なぜ宣戦布告して負けることが大公国を救うことになるかを、次のように説明する――「それは、あなたが歴史に関心を持っていないからですよ。そして伯爵、あなたは、グランド・フェンウィックの歴史にはくわしいけど、よその国々の歴史にはうといようですね。ある国がお金が必要な場合、合衆国と戦い負ける以上に、その国の利益となる計画はほとんどないというのが事実なのです。アメリカとの戦争なら、一エーカーたりと国土を没収される必要はありません。

戦勝国の敗戦国に対する処置として一般に認められているのは、たしか、二度と戦争に役立たぬように、重工業その他の施設・工場を解体・破壊し、それらの設備の再建設を禁止することです。ところがこれも行なわれないのが落ちなのです。というのはこんな計画を実行に移せば、敗戦国の経済が立ちいかないか、あるいは他の敵国から国を守れなくなるとわかっているからです。いずれの場合にしても、あるいは両方の場合にしても、アメリカは、そこが変わっている性質なのですが、自分のお金を使っても手伝いを買ってでて、救けたい気持ちになるのですよ。アメリカに負ければ、その国と国民が侵略を行なった報(むく)いとして、国家としても個人としても辛苦をなめるのは、むろんいまさらいわでものことですね。ところが平和条約締結のインクが乾くひまもなく、アメリカはその敵国を救うために、食糧、機械、衣料、建築材料、資金、それから技術援助などを、続々とするのです。

もう一つ、いつも行なわれるのは、敗者の軍隊は解体され二度と編成させないことです。しかし少し経つとはっきりするのは、これらの軍隊が間接的にだが欠くべからざるものとして、合衆国自体の安全に必要となるのです。敗戦国がみずから陸軍海軍空軍を持つか、それともアメリカ軍がその国に無期限に駐留するか、そのどちらかをとるに違いないのです。

アメリカ人、特にアメリカの軍人は故郷を離れて長いあいだ他国にいるのを好みません。そんなわけで数か月もすると、せいぜい長くて二、三年もすると、アメリカは前の敵国に自分の国を守るために軍隊をつくれと要求し、やがて頼むようになります。そうなれば敗戦国が自国の警察活動や防衛のため軍隊をつくるのに、アメリカ側に条件をいいだせるというのは皆さんもよく知っているところです。この条件というのは、例をあげればアメリカに多額のお金をださせたり、大変に寛大な約束で借款を許させたり、敗戦国のために通商条約を改正させたり、戦争で壊された工場を再建させたり、船舶を返還させたり、さらにはその軍隊に必要な兵器装備を供給させたりすることなのです。

なにからなにまで、前にいったように、お金や信用のない国にとって、アメリカと戦争し全面的敗北を喫するほど、利益になる確実な方法はほかにありません」(清水政二訳)

b——〈本土決戦〉

引用が長くなりすぎたけれど、アメリカは以上のような理屈にしたがって、ヨーロッパの一小国に侵略されるにいたる。しかもグランド・フェンウィック大公国の軍隊はヨーロッパの百年戦争時代と同じような武器を持ち、鎖帷子を着用、大弓、鎚矛、大槍をふるって侵略してくるのだから、合衆国大統領が「すると十四世紀のヨーロッパ人にみすみすしてやられたのだね?」と目をむいたのも、むりはない。以上の顚末は、レナード・ウイバーリーの奇想天外なファンタジー『小鼠ニューヨークを侵略』(創元推理文庫)から引いたが、アメリカで発明された窮極兵器Q爆弾をからめた、とても奇妙な国際政治感覚あふれる物語である。日本人であるぼくたちには、とくに耳の痛いアメリカ論だろう。

しかし『小鼠ニューヨークを侵略』のあら筋をここで追っているひまはない。なぜならば、ぼくはこの作品を引くことによって、アメリカが旧世界とは異質ななにものか、強いて言うと共産主義者のソヴィエトとまったく同じだけ異質な〈ビッグ・ビジネスの国〉であることを、感覚の上からも証明したかったからである。ソ連がルネサンスと宗教改革を知らない国家だったのと同じように、アメリカは〈本土決戦〉を知らない国家だったという点が、この場合は何よりも重要なのだ。

〈本土決戦〉、つまり両次の大戦において国土を瓦礫の山と化すことを、ついに体験しなかった事実が、どんなに重大だったかは、たぶん少しばかり説明の要があるだろう。換言すれば、「文明の崩壊をまぬかれた」ことの悲哀ということだ。ヨーロッパでは両次の大戦を通じて、進歩主義だとか実証主義だとか、あるいは進化論や唯物論、マルクス主義といった概念までが、すべて音をたてて崩壊したのである。それも、単に「人間はダメだ」とか「国家エゴはいかん」とか言った、社会学的な概念の崩壊にとどまるものではなくて、「世界は無秩序だ」とか「物質はリアリティのない虚構だ」とか物質レベルにまで達する不信の誕生となった。ダダからシュルレアリズムへの大きな流れは、つまりこうした「物質レベルからの不信」を芸術面で表明したものにすぎない。このことはイギリスにおいてはさらに「宗教」と「形而上学」の復活につながった。もともとこのニヒリズムは、一九世紀半ばから始まった不可知論や相対主義や神秘主義の復興、つまりフッサールなどの言いかたによれば「哲学の危機」に端を発しており、二十世紀にはいってから勃発した両次の大戦が、いわばその虚しさを実践によって示したと言ってよいわけだ。

したがって、科学技術が人類の未来を拓くという楽観的な伝統は、極端な話ヨーロッパに関する限り一九一〇年代で終わっていた。たとえばイギリスでは、科学技術がユートピアをもたらすという観点から執筆される科学プロパガンダのためのSFは、一八世紀前半まで——すなわちフランシス・ゴドウィンの『月面の人』やジョン・ウィルキンズ『新世界と他天体についての論述』、あるいはフランシス・ベーコンの『新アトランチス』などをもって終了していた。しかもこれらは、いずれもルネサンスの残光であって、近代的意識の産物ではないのである。イギリスが近代に眼醒め、ウェルズ以下の新しい科学幻想を展開したとき、すでにかれらには科学ユートピアは「まがいもの」にしか映らなかっ

『小鼠ニューヨークを侵略
The Mouse That Roared』
（1955）初版表紙

たのも当然かもしれない。アーサー・C・クラークというアメリカSFの伝統に立ったSF作家が生まれるまで、イギリスがつねに反科学ユートピア文学を盛えさせたのは、そうした理由からなのだ。

一方、科学技術の勃興についてはイギリスに一世紀ほど遅れをとったフランスも、一八五〇年代には科学ユートピアの夢想時代のピークに達していた。ジュール・ヴェルヌの頃である。この時代のフランスは、ニュートンを奉じて国内にひろがった百科全書派の思潮、つまり無神論と唯物論とが定着しており、意識的には現代のぼくたちとほとんど変わりない水準にまで近代化していたのである。したがって、ヴェルヌ以後のフランスもまた、ひたすら残された幻滅へと向かうしかなかった。

そしてヨーロッパの先進国が科学文明幻想から醒めたころ、同じその夢を二十世紀前半を通じてむさぼりつづけたのが、ソ連とアメリカの新興二大国であった。ソ連についてはすでに書いたとおりだが、アメリカもまた〈ビッグ・ビジネス〉の威力と、〈本土決戦〉をまぬかれたという事実とによって、科学主義の夢を見つづけることができたのである。アメリカSFの父ヒューゴー・ガーンズバックが、ヨーロッパで食いつめてアメリカに渡ってきたとき、かれはその新天地にあった〈楽観〉と大らかさとに感激したにちがいないのだ。

c——アメリカのための弁明

ヨーロッパ人がアメリカを「だだっ広い白紙の土地」と見ていたことの裏返しとして、アメリカはヨーロッパを「死骸」と見ていた。ヨーロッパがやがて死んでしまうのは当然だ、と考えていた。だから「世界の共産党員を涙させた」あのウィルソン大統領の国際連盟設立宣言も、結局おひざもとのアメリカ議会に反対され、連盟を設立した本人の属する国が加盟しないという一大椿事に終わって当然だったわけだ。なにしろ、アメリカ国民に病人を救わなければならぬ義理はなかったのである。その意味で、オスカー・ワイルドはさすがデカダンの親玉らしい名文句をアメリカに吐きつけたものだ。「アメリカ人とイギリス人は共通言語（英語）の障碍によって断絶している」というのである。ガーンズバックと同じようにヨーロッパで食いつめて、アメリカに出稼ぎに出たワイルドは、サンフランシスコにまで足を伸ばして、一時は日本にまで渡ろうかと考えたことがあった。しかしワイルドのごとき人物がアメリカでちやほやされたことは、むしろふしぎなできごとだったと言えるだろう。というのは、アメリカはこうしたヨーロッパの病巣に手をふれたくなかったのだから。

　ヨーロッパがアメリカを嫌ったのは当然だが、そのことはアメリカがヨーロッパを嫌悪したこととも相対的に関係がある。アメリカが大国にのしあがった当時、ヨーロッパは死にかけた老人だったからである。たとえば文学の面でもアメリカのヨーロッパ嫌いには迫力があった。イギリスの古い文学に耽れば、その悪臭でアメリカが腐る、と言い切ったのはホイットマンだった。しかしこれは喧嘩両成敗だろう。アメリカを訪れるヨーロッパ人の目に映ったアメリカ人は、「ヨーロッパを興味ある世界たらしめている文化や歴史をすんで棄てたヨーロッパ人の成れの果て」であったし、一方ヨーロッパを訪れるアメリカ人には、かれらが、ひとりよがりと頑迷さのために自分で墓穴を掘っている死にぞこないに見えたからである。そして両方とも、とどのつまりは「廃墟の残ったヨーロッパ人と、金物類やどぎつい光を放つガラクタの残ったアメリカ人」でしかなかった。

ヒューゴー・ガーンズバックが、当時アメリカ国内にむせかえるほど氾濫していた安手の小説雑誌群に、『アメージング・ストーリイズ』という世界最初のSF誌を加えたときの状況は、ざっと以上のようなものである。アメリカはことさらにヨーロッパと縁を切りたかった。その縁切りはすでに政治的経済的には達成されていたけれど、残る問題に文化があった。未来を失ったヨーロッパに対して、わざわざ未来世界を謳歌する楽観的科学ロマンを突きつけ、伝統と高雅に対しては、パルプマガジンの大氾濫をもって応戦すること。これはホイットマンやエマーソンたちの主張と、まったく軌を一にしたやり方だ。ガーンズバックのアメリカ型SFは、楽観的だのご都合主義だのという批判をあえて押しのけることによって成立するのも、そうした状況があったからこそである。まさにこれこそが、ヨーロッパではとっくに古めかしい幻想となっていた「科学文明のユートピア」を長ながとつづる決意に燃えた初期アメリカSFの、無意識的なモチーフだったのである。そして、たぶんこれは正しい推論だと思うが、アメリカは歴史という時間軸をもたない国家であったために、宇宙という空間軸への親密感をもち得たのではないだろうか？　妙な話だが、アメリカの作家はしばしば現在形を用いて小説を書いたという。ついでにそれを「未来形」にすることは、過去形で物語を語るヨーロッパに対して、いかにもアメリカ的な「シッペ返し」だ。

d――SFは、かくてアメリカナイズされる

ヒューゴー・ガーンズバックが描いた長篇SF『ラルフ一二四C四一＋』を今あらためて読み返しながら、ぼくはアメリカの思考スタイルの不気味さをつくづく思い知らされている。かれらにとって物語を語ることは、「問題を解決すること」と同義なのである。これは、アメリカ人の意識がいつも現在の上に乗っていることと無縁ではない。ヨーロッパの物語はすでに過去の亡霊にとり憑かれていて、問題を解決するというよりは、予言や運命が成就することを確認する形式でおこなわれてきた。ところが『ラルフ』では、電磁地下鉄やら、人工冬眠やら、テレビ電話やらが、次から次へと開発されていく。どれもが人民の必要を満たすための〈問題解決〉として開発されるのだ。しかも主人公ラルフは信じられないほど多数の実験に常時かかわっている。この途轍もなく楽観的な未来物語が書かれた一九一一年ごろ、たとえば海の向こうのイギリスではW・H・ホジスンという作家が『ナイトランド』という大河SFを物しているが、この『ナイトランド』は、百万年後の科学が人類を護りはするものの、太陽系の崩壊といった宇宙そのものの運命の前では無力であることを、切々と訴えたうすら寒い小説である。ホジスンとガーンズバックとの基本的態度がこれほど違っている事実は、そのままヨーロッパとアメリカの意識差を表わすと考えていいだろう。

ホジスンが太陽系の死を相手に孤独な闘いを繰りひろげる一方、ガーンズバックは「実験と発明が生き甲斐」である超人ラルフを介して、最後には死んだ恋人を蘇生させるという偉業さえなしとげて、

幸福な結末を呼び寄せつづける。ちなみに、地球に帰還する際、火星人の宇宙機を切り離す作業のミスにまきこまれ、元の体の何十倍にもふくれあがって息絶えた恋人アリスが、ラルフのすさまじい〈意志力〉によって、みごとに蘇る場面は次のごとくである――「こうして、息を殺してみつめているうちに、やがて手術台の上のほっそりした体が小刻みにほとんど気づかぬ程度にふるえた。静かな池の水面が吹き過ぎる微風に小さくさざ波でも立てているかのようだった。さらに、すこししたとき、彼女の胸がおだやかに上下しはじめ、血の気のない唇から吐息をおもわせるものが洩れた」

「これを見ると、急に力がよみがえってきて、ラルフは胸をときめかせながら、静かな息づかいにきき入った。彼の目は勝利に輝いた。勝ったのだ。表情も神々しいばかりにかわっていた。過去数週間にわたるあらゆる苦悩、胸のはり裂けるような悲痛な予感は彼を去り、彼の心には大きな安らぎがおとずれていた」(中上守訳)

という具合に、じつに心あたたまる勝利の場面をもって物語は終了する。ホジスンが、たぶん解決不能の問いを発して行き詰まっている一方で、ガーンズバックは必ず解決できる問いを次々にぶつけながら、科学の勝利を確認していくのだ。したがってかれは、解決できない問題を発しようとはしない。そしてこれが、おそらく一九六〇年代までのアメリカSFに常時ついて回った基本的小説作法であった。

ここで誤解を受けないように言っておくが、ぼくはこのアメリカ型SFの方法論を低俗なものと罵倒しているのではない。これは比較の問題なのである。つまりアメリカは、ヨーロッパがやれないことをやった――それも、問題解決という技法を通じて、奇蹟を達成したのである。その良い例が、フ

『ラルフ一二四C四一+ *Ralph 124C 41+*』が発表された『モダン・エレクトリックス』誌(1912)

ロイトによる精神分析学である。アメリカ人は、問題解決の方法として一九世紀の最も画期的な例と思われるフロイト理論をすっかりテクノロジー化し、今では〈精神分析医〉がもっとも多数いる国家をつくりあげてしまった。アメリカ人は心の病いにとりつかれると、問題解決のために精神分析医の門を叩く。そして、このアメリカ精神の根本には、例のスピロ・アグニュー副大統領が一九七一年に口走った有名な文句——すべての問題は解決できる——という大前提が潜んでいることを、どうか忘れないでほしいのだ。

○×式答案によって正解が出てくると信じるアメリカの思考は、もちろん科学の大発展をもたらした。解答が出てこない問題——つまり、過去だとか神秘だとか伝統だとか芸術だとかいった問題でさえ、アメリカ型合理主義の敵ではなかった。すべてが分析されて、答えの出てくるような単純なモデルに作り直されてしまうのである。

この分析解決というやり方がアメリカに定着した理由として、『イギリスとアメリカ』の著者S・スペンダーはじつにうまいことを言った。ヨーロッパ人は文化も含めたすべてのものを過去から「無料」で相続する立場にいるが、アメリカ人はヨーロッパの指定した値段ですべての文化を買わなければならなかった、というのである。そのためにアメリカ人はどんな価値も金銭に換算せざるを得ず、したがってあらゆるものを割り切る必要にせまられた。つまり、わけのわかった品物でなければ値のつけようがないのである。こうしてアメリカは、比喩的な意味ですべての物事に結論づけをおこなう方法をあみだした。俗にノウハウKnow-howと呼ばれる評価づけが、それである。一つの対象が「どうい

●アメリカのSF雑誌より

ら具合にしてできあがるか」を知れば、その対象には値がつけられるから、という理由で。

その意味で、未来の時間と空間とに問題の解決を次々と展開していくSFが、アメリカで独自の発展をとげたことは当然といえるだろう。もともとアメリカは、科学技術を信奉し、しかも性的には去勢されたも同然のピューリタン的伝統をもって建国された土地なのである。その科学技術が、アメリカを覆う多くの不安を吹きとばす物語を書かせたのは、ある意味で無意識的なマスターベーションそのものであったかもしれない。

たぶん、アメリカSFに見られる楽観的な科学主義にしてからが、こうした特徴の反映にすぎないのだ。アメリカは当初からヨーロッパ的死にざまを嫌うあまりに、たくさんの過去の亡霊を捨てすぎた。その結果、他国でなら、他のいろいろな要素——たとえば形而上学とか、神秘論とか、運命論とかいったもの——でチェックされ、極端なかたちにまで育たないものでも、アメリカでは異常増殖する可能性をもってしまった。そのひとつが科学技術至上主義であり、問題解決至上主義だったのだ。こうした要素は、あまりに白紙になりすぎたアメリカの土壌で異常増殖をつづけた。もちろんそれはアメリカに途方もない恩恵をもたらしはしたが、反面で極端な妄想をいつまでも去らせなかったのである。

SFは、アメリカにとってふさわしい文学形態のひとつであった。適当に物質主義的で、適当に社会的で、しかも適当にピューリタン的であった。こうした何とも大ざっぱな小説がヨーロッパの文芸と対立する力強さをもっていた点もまた、さらに好都合であった。それかあらぬか、SFの真の父とも言えるH・G・ウェルズは、すでにヨーロッパ圏では「物質主義的な作家」として伝統的文学者から排撃されつづけていた。この鼻つまみものの作家を、結果としてアメリカの大衆ロマンが引き受けたのは、やはり必然的な帰結だったのではあるまいか。

そういうわけだから、文学を美学として厳密に分析批判する場合にも、アメリカは自国の文学に言及することをあまり好まなかった。一時期この国に勢力を張った新マルクス主義批評は、旧世界の文学ばかりを問題にしてきたし、一方現在を問題にする大衆小説はほとんど〈歴史的評価〉というものを意に介さずにきた。ところがここへ来て、アメリカSFにもそれなりの系譜が形成され、伝統が発生した。この新しい事態に対して、アメリカはさらに未来を見つづけるのか、それとも過去を総括することになるのか、今はその分水嶺に立たされたといっても過言ではあるまい。そして、アメリカのSFがどうなっていくか、われわれもまた新しい『ニューヨーク革命計画』を練りながら、経過を見守ってゆくことにしようではないか。

e——終章のためのエピソード

ところで、ヨーロッパで唯一気力を示した科学者アインシュタインの話をもってこの稿を締めくくることは、それほど悪いアイディアではないだろう。徴兵拒否による平和主義を唱えて、ヨーロッパの良心とまで言われたアインシュタインは、アメリカに永久亡命する間際、世の平和主義者から、てのひらを返したように〈裏切り者〉という汚名を浴びせられるに至った。その理由は、ヨーロッパがヒトラーの侵略に対して無力すぎることを認識したかれが、一転して、再軍備と兵役参加を呼びかけたからである。これが一国内の話であれば、兵役拒否は平和につながるけれど、ヒトラーみたいな狂人が暴れこもうというときに、こちらは非武装でございと言ってみたところではじまらない——そう言って、アインシュタインは、ヨーロッパの武力蜂起を訴えたのであるが、できれば戦争なしで済まそうとするハト派ぞろいのヨーロッパ各国から、石もてアメリカに追われる運命を辿ったのである。

しかしアインシュタインにとって、こうした不幸はアメリカに亡命してからもつづいた。国際連合成立に際しても、加盟問題でソ連がごねたときにアインシュタインは、「ソ連抜きでも世界政府を作ったほうがマシだ」と公言した。とたんに、ソ連抜きの国連ではアメリカの傀儡となることは明白だ、とするヨーロッパの平和主義者がかれを攻撃した。アメリカ資本の手先になった、とまでののしられるのである。

だがアインシュタインは、この発言によって、だれよりも厳格に、「ソ連と同じくらい異質な国」アメリカをヨーロッパに引き寄せる役めを果たす第一の急先鋒となった。すなわち、ヨーロッパとアメリカとの相容れない対立を一個人のなかに総合してみせた、きわめて数少ない実例となったのである。そしてアメリカ精神とヨーロッパ精神の＋(プラス)同士の結合が、おそらく物理学の天才の叡智をさらに進ましめたのである。けれど、かわいそうな、アインシュタイン……。

ケースIV

日本

a——ソラマメと地球

このところの科学的な話題（トピック）といえば、太平洋プレートの実在を立証する〈海山〉が日本近海で発見されたことだろう。地球の表面にある陸地がこのプレートに乗って移動しているわけだが、今回発見された〈海山〉は、ちょうど太平洋プレートがアジア大陸にぶつかって下にもぐりこんでいるその傾斜面に引っかかった一種の漂流物いうところか。小松左京の『日本沈没』も、いわばこの事実をベースに置いているのである。ともかく地球の割れめに対する興味が一般化すると、地球物理学のホットな話題は、いきおい、例の「大陸浮動説」に集中してくることになる。

今から少し前、ウェゲナーが「大陸浮動説」を唱えたころの地学界は、地球が少しずつ冷えるにしたがい、表面が縮んで皺があらわれ、これが巨大な山脈をつくりだすのであろうという形成説をもって、地表の成り立ちと考えていた。たとえば、ヒマラヤ山脈のごとき比較的新しい大山脈の存在が、その証拠だと指摘する学者もいた。これに対してウェゲナーは、地球は縮んでいない、ましてや地表の山脈は、皺などではない、今のような各大陸ができあがったのは、ひび割れによって細分化された陸地が浮動していった結果であって、ヒマラヤのごとき大山脈はその浮動大陸同士がぶつかってできた盛りあがりである、と主張した。

当時は、もちろん、大陸創造を再現する実験など考えられようもなく、その状況証拠といっても、もっぱら生物相や各大陸の形にそれがもとめられるばかりだった。言ってみれば、現地球の大陸群は、ぶちまけられたジグソーパズルも同然、これを組み合わせれば一つの巨大な陸塊ができるという、形態学の問題であった。一方、地球が縮んだとする説のほうも、なにかしら他人を説得させるような材料を必要としていた点に変わりはない。自然界に、なにか適当なモデルはないかと、血まなこで探しまわったかれらは、やがていくつかの模型を見つけてくることに成功したが、その一例として、たとえばソラマメというのがある。莢(さや)から出したソラマメを乾かしてみよう。そのまん丸い豆をひからびさせると、表面にはたくさん皺ができる。この皺の様子は、いかにも陸上の大山脈形成を思わせるではないか。

ソラマメの例を見るまでもなく、自然はあらゆる現象をひき起こすに際して最少のエネルギーということを、まず考える。ソラマメを乾かすと、余剰になる表皮が皺をつくるのだが、その場合に三方向連結(スリーウェイ・ジャンクション)と称する皺を生みだす。つまりY字形にシワをつくるのが、いちばんの省エネなのである。とすれば、陸上の大山脈が地球のシワであるとした場合、それはソラマメと同じように三方向連結の

Y字形をした姿をもっているはずだ。地質学者A・J・ブルはこの仮説を確認するために、ひとつのおもしろい実験を考えだした。すなわち、地球に見たてた風船にゼラチンを塗り、これを乾かしたあとで少し空気を抜いて、風船を縮めてみたのである。すると、ゼラチンの陸地にできた皺はソラマメのほうと同じになって、どう見ても地球の表面のそれには似てこなかった。つまり、盛りあがるのではなく、Y字型の皺になってえぐれる——あるいは「盛りさがってしまった」からである。それでもこの実験で、「地球の陸地が収縮によって生まれたものではない」という証明だけはできた。ウェゲナー説の間接的な援護となったこの風船事件は、ウェゲナー説発表後十二年めに起きたことである。

しかし、この風船事件はそれだけに終わらなかった。形の類似という動かしがたい事実のなかに、それぞれの対象を越えた統一的原理を見ようとする直観派の精神は、ここで奇妙な応用問題を解きにかかる。乾かしたソラマメの皺としぼんだ風船の皺とが、こともあろうに大脳の皺に似ている、と生物学者のL・グロス・クラークが発言したから、問題は大きくなった。もちろん、大脳の皺は脳自体が縮んで出来たものではない。逆に、大脳の皺は脳全体がふくらむことによって出来たものなのである。しかし、ソラマメの表皮をクルリとひっくり返せば、そのまま大脳の皺になる！

ただし、ここで注意すべきなのは、ふくらんだ皺とちぢんだ皺とが互いに補完関係にある点だ。ということは、つまり、両方が同じようなメカニズムのもとで成立しているという事実を示している。ふくれるにせよ、ちぢむにせよ、表面に均一な張力が働けば、その表面は最少エネルギーで行なえる仕事、つまり三方向に亀裂を生じさせる。この一二〇度ずつ隔てた割れめY字形は、割れるという現

ウェゲナー(Alfred Lothar Wegener, 1880–1930)

象の普遍的な表現パターンである。もっとも効率のよい仕事である。したがってこのY字形の亀裂が組みあわされば、六角形ができあがる。場合によっては三角形も。だとすれば、魚のうろこも、カメの甲羅も、大脳の皺も、割れかたという観点からは同じものである。するとここで、地球のワレ目をソラマメや亀の甲のパターンと並べて検証する、新しい方法論があらわれたのである。いや、互いに別種の存在から共通の要素を学ぶことを通じて、割れめの科学という新しい観点が立ちあらわれたと考えてもいい。物から出た法則を、このようにして次々に物に返していくこと。この思考システムこそは、かつてアインシュタインが素朴論と称し、湯川秀樹が同定理論と呼んだものの、最も根本的なコンセプトである。

風船の実験は、実験それ自体に関する限り証明のための道具であって、方程式のための一変数でしかない。だがそうではなく、素朴派の精神は、抽出された方程式に変数をあてはめてみる代わりに、自然界にある色々な方程式＝〝現象〟のなかから唯一の定数を発見することに真理の重点を置く。しぼんだ風船、乾いたソラマメ、人間の大脳……こうした雑多な日常現象から、〈割れめ〉の唯一原理を直観することなのである。

b――ボキャブラリーの本質

むかしの科学者や哲学者が、真理を教えるにあたって、よくたとえ話を用いたことは、この精神と関

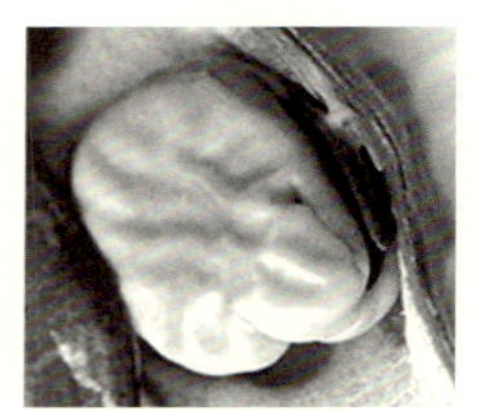

ソラマメのと大脳の皺

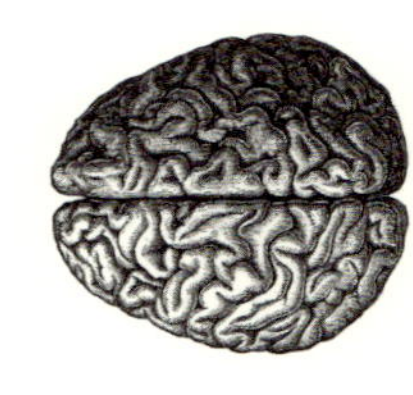

●うろこ状の割れ目による相似律

ひび割れた大地

バラの花弁（電子顕微鏡）

マツカサ

センザンコウ

コイ

モンシロチョウ鱗粉（電子顕微鏡）

係がある。あるいは、受験英語にこり固まった秀才が、英語の文章をスラスラと訳していくくせに、実際には文章の中身をまるで理解していないときの〈逆理〉、これにもよく似ている。結局のところ、素朴派の根本的な精神はボキャブラリーの問題にかかわってくるのだ。物から出て、物へ返せない精神というのは、イメージをもたない精神の別名だろう。「この方程式を使え」という指示が与えられさえすれば、七色の変数をあつかってみせる才人が、逆にたくさんの方程式を何のコメントもなしに渡されたときに当惑してしまう場合、かれには問題を設定するボキャブラリーがないと言っていい。かれには、与えられた方程式という単一のボキャブラリーしかなく、そのボキャブラリーはボリュームとしていくら厖大なものでも、しょせん〈単一〉のものでしかないのだ。したがって、与えられた方程式の深化と改善は図れても、それを乗り越える批判力までは持ち得ない。ひとつの方程式を批判するためには、その方程式に用いられている内部の言語のほかに、別次元の方程式に属する言語を必要とするからである。

早い話、SFが旧文学の批判者としてそれを乗り越えようと意気ごんでいたとき、SFの武器は何よりもまずこのボキャブラリーであったはずなのだ。しかし、そのボキャブラリーは、文学的な修辞法の優劣といったケチなものではない。そんなものの優劣は、要するに五十歩百歩の争いにすぎない。旧修辞学の範囲内で見る作品の優劣は、相対的なものであって、こちらのほうがいつも絶対に勝れているという言い方は不可能なのだ。これを言うためには、旧修辞学を超えた別の美学体系に照らして、それが旧修辞学の極限にあることを証明する必要がある。つまり超修辞学が必要なのだ。それも持たずに、同じレベルの用語で最高絶対を唱えることが不可能なことは、ゲーデルという人が不完全性定理でもって立証している。そしてここにボキャブラリーと呼ぶものは、この超修辞学を指すものと思ってよい。つまりSFは旧文学よりも質的に多数のボキャブラリーをもつこと、あるいは科学の言葉をもつこと、それこそがSFの任務なのだ。科学の言葉が使われ、神秘学の言葉が使われ、さらに物質そのものの肉声までが文学の言葉と同質に使われるとき、SFならSFのボキャブラリーは、旧文学のそれを乗り越えることになる。SFがジャンルとして成立する上での最も重要な意味は、本来そこにもとめられねばならなかった。冒頭で出した例にしたがえば、今、地球の山脈の出来かたを論じるにあたって、地球だけの発想によらず、ソラマメやカメや大脳の用語をも借りてくること。これがボキャブラリーの拡大である。物から出て物に返す素朴派の精神もまた、このボキャブラリーをマルチ化する意志と同義だと言ってもかまわない。この場合、科学の素朴派とは、科学の言葉と詩の言葉を、そしてさらに言えば直観の言葉を自由に使える人間、という意味をもつだろう。

そういうわけで、ウェゲナーの「大陸移動説」の根底にあった思考メカニズムも、やはり直観とひらめきとに無関係ではなかったはずだ。目に見えるものに思考を返すこと。つまり別々の大陸間に同じような生物相が存在する事実。これを生物学とは別レベルのボキャブラリーで言い換えれば、もともとその大陸同士が陸つづきであったということだ。そしてこの二つのボキャブラリーを貫く定数――それは当然ながら、陸地が割れて漂流したという歴史的事実以外のなにものでもない。

ところで、ウェゲナーの怪しげな説を日本人としてもっとも初期に採りあげた物理学者の一人に、ほかならぬ寺田寅彦がいる。この懐手(ふところで)をした物理学者が漱石・子規門下生「吉村冬彦」という名のもとに別種のボキャブラリーを操っていたことは、おそらく偶然ではない。それどころか、事物の実体験に即した科学精神として、かれは日本的風土の伝統的な思考をひきずっていたとも考えられる。東洋における真理の伝達法、たとえば仏教や道教やインド哲学に見られる**たとえ話**や**日常オブジェ**を介したシンボリズムの使用には、当然ながら、この素朴派の直観的・体験的思考に通じるものがある。事物やたとえ話に思考を返して語ることは、悪い面もあるにはあるけれど、ボキャブラリーのマルチ化という点ではきわめて有効だったと言えるだろう。極言すれば、東洋は観念として自然科学的事実と神秘的承認とを融合させることができたのである。西洋では、多くの場合、一つのボキャブラリーは一つの人格に独占的に宿っていたが、東洋では一つの人格が複数のボキャブラリーを操ることもできた。とくに東洋では、このボキャブラリーが生命と物質界を統合するという点で大きな役割を果たしていた。生命も物質もともに空(くう)に帰する一元的な世界像は、物質のなかの生物性(アニマ)と生物のなかの物質性という複数の用語を、体験の記述用具として最初から東洋人に与えており、その状態がつい最近になるまで破れたことはなかったのである。

このセンスに根づいた物理学の素朴派の系譜は、むろん日本でも明確にみとめられる。たとえば、ウェゲナー説を採った寺田寅彦の共同研究者である平田森三には、キリンの斑紋と物体の割れめの類似性に着目した、きわめつきの論文がある。つまり「キリンの斑紋は、胎児が成長していくときに生じた体表の割れめにしたがって生じている」とするテーゼである。これを受けて寺田は、自家の飼い猫がもっていた黒い模様を平面図に写しとって、その模様の境いめ同士を縫い合わせて丸い袋を（＝もとの卵子の形）つくり、この縫いめと物体の割れめ（例の三方向連結といわれるY字形の皺になる）とを比較して、「猫のまだらは胚の時期に生じた割れめの潜像が後に残ったもの」と結論づけた。一見すると偶然の産物としか思えない生物の斑紋が、いったい物質の割れめ現象とどんな関係があるというのか？　これは恐るべき空想である。

参考までに記すと、昭和八、九年ごろに寺田研究室でおこなわれた割れめの実験の成果のひとつとして、寺田は〈猫の縞模様と割れめの関係〉を扱った論文を英文にして、イギリスの著名な科学誌『ネイチャー』に投稿しているが、これはみごとに没にされた。砂時計の研究で知られる高橋浩一郎氏によると、「こういう考えはなかなか理解してもらえないね」と、寺田は苦笑していたという。もっとも、寺田研究室に対する正統唯物派からの悪評は、これより先、ウェゲナーの大陸移動説のシミュレーションを行なう目的で、水あめとお白粉を使った実験により「ユーラシア大陸から日本が分離していく様子を再現した」ことなどから、一般にも、また物理学界内部にも、マイナスの要素として広くひろまっていた。寺田の弟子であった平田森三は、後年広島において被爆した人であるが、かれはまた戦時中、風船爆弾のタイマーとして、おどろくことに砂時計を使用して、実際にも大成功をおさめたという。このように書くと、一般には、またも寺田式の変態実験か！　と誤解されそうだが、しかし平田森三はすでに高橋浩一郎が発表した砂時計に関する論文——砂が下に落ちる速度は、層の厚さにはよらず、かえって穴の直径によって決まり、その平方根に比例するとした実験報告——を、ちゃんと下敷きに

寺田寅彦（1878–1935）

していたのである。ともあれ、寺田にしても平田にしても、かれらの物理学の大きな特徴はモデルに即して具体物の体験を通過することにある。一回一度のモデル体験、シミュレーション体験の重要度を深く透視する、この視点があってはじめて統計的物理学——すなわち現象の一般化を扱う学問は、成功するのである。そしてこの方向は、かえって今では、「問題解決」という新しい呼び名のもとで、オペレーションズ・リサーチやゲーム理論に流用されているが、それは要するに、寺田たちが実践した「体験による物理学」の企業化にすぎなかった。

しかしもちろん平田森三や寺田寅彦の方法論は、正統的物理学をもって任じる一派のすさまじい反論にうち負かされた。動物の斑紋を使うことは、どだい実験の材料として不適当きわまる、まともなやり方ではない、と批判されて。にもかかわらず、かれらの方法は、たとえば同じ日常現象を思考のきっかけにしながらも、最後にはごく常識的な物理学の論攻に帰っていってしまうロゲルギストたちのエッセイとは、本質的なところで違っているのだ。平田たちが考えたことは、物理学の抽象的な法則を越えて自然の事象にもう一回戻るためのプロセスなのだ。一例を挙げよう。寺田の随想に、〈オジャンの説〉というものがある。せっかく好調に運んでいた物事が、急にダメになってしまうことを、俗に「オジャンになる」と言ったりするが、寺田によれば、この言い方のルーツは特定の地方の湾内に発生する「ジャン」と呼ばれる自然現象にある。これは、海上で、ふいにジャーンという振動が走る現象で、この「ジャン」が走ると、それまで採れていた魚が急に採れなくなる。そこで、古来から「ジャン」は海の怪物だとされてきた。寺田はこの怪奇現象を、地震などによる特殊な振動作用として解明するのだが、その解明を単に科学の勝利として自画自賛したりしないのである。寺田はむしろ、そうした物理現象が稀な機会に現実世界に発生することに、畏怖の念を懐くのだ。パーセント的には机上の法則にすぎない原理が、現実の事象となって体験されるときに、どれほどすさまじい感動をひき起こすかということを、再度肌で確認するのだ。驚異すべきなのは、現象が物理的に解明されることではなく、それが現実に体験されるという機会のふしぎさのほうである。この態度は、おそらく文学者としての寺田とも関連がある。寺田は文学的感動として物理現象を受け取り、それを物理的審問に付したあと、またもや文学的体験としてその現象を味わいつくす。海の魔物として最初受け入れられた「オジャン」は、科学的解明によって魔物性を失うのではない。それどころか、魔物は逆に科学的解明を加えた分だけ恐ろしさを増してしまうのである。これが素朴派の心意気というものなのだ。

それにしても、このようにソラマメを睨んで地球の造山運動を知るがごとき直観科学は、ほんとうに有効なのかと不安が残るのも正直なところだろう。思考の経済性というものをチェックしていく場合に、最少の労力によって最大の知識を得る方法といえば、かつて西欧では実験と帰納法の論理システムを応用することを意味していた。それに比べれば、この考えかたにはマルクスとアダム・スミスの違い以上に経済性の差違がある。ところが奇妙なことに、物理学的世界像が不安になった今、物量の国アメリカを中心とするヨーロッパの物理学には、新しい〈素朴派〉と呼んでいい一派が形成されつつあるようなのだ。かれらにとって、思考の経済性とは、「実験」とか「抽出」とかいった人工的な操作を介在させる方向ではなく、自然現象のなかに天然の啓示を直接みつけだすことである。もちろん、物理学の主流は今でもビッグ・サイエンスであって、マクロコズモスの問題としてはアインシュタイン以来の相対論、そしてミクロコズモスの問題としては素粒子論だという点に、変わりがあるわけではない。しかしビッグ・サイエンスに対するこうした日常サイエンスの素朴な復活が、すこしずつ科学のすき間を埋めだしている点には、注意しておくべきだろう。これもまた、一種の思考の経済性である。

ところで、こうした東洋的センスの物理学は、形態学とか観相学とかいう名前で西洋に根を張りだした一方、肝心の日本ではいよいよ衰退の一途をたどっている。そして皮肉なことに、この東洋的伝統に立つ数すくない物理学者の第一は、日本で最も良く知られていながら、同時に現在もっとも孤立している人物、つまり湯川秀樹そのひとなのである。湯川秀樹は寺田寅彦と同じように、通常の物理学者にはない多くのボキャブラリーをもった人物だったのだ。そのかれが、湯川理論の新しい到達点である素領域概念を思いつくにあたって、荘子の思想の流れを汲む詩人、李白の「天地は万物の逆旅にして、光陰は百代の過客なり」という一文がきっかけとなったと告白したとき、かれはそのボキャブラリーの複数性と素朴さとのゆえに、かえって物理学の「窓際族」へと押しやられなければならなかった。

湯川が老荘思想の境地からあらためて素粒子の世界にチャレンジしはじめたのは、一九六六年のことである。それは、SFの世界で光瀬龍が東洋思想の境地を欧米風一辺倒だった宇宙小説に持ちこんだ時期とも、奇妙に一致する。そう言えば、寅彦はすでに『文学の中の科学的要素』というものを書いて、早くもわが〈理科系の文学誌〉を先触れしていたのだった。

C——物理学への葬送曲

湯川博士の最近の姿を見るのが、とってもつらい。とくに、盟友だった朝永振一郎博士の死に際して、哀悼の言葉をボソボソと口にする湯川の姿をTVで見たときは、どうしようもなく悲しかった。けれど、そのつらさ、悲しさは、湯川博士が老いさらばえていくことへの同情とは無関係である。それどころか、湯川は今でもおそろしいほどの執念をもって、素領域理論の完成をめざしつづけているはずだから、老いることなど問題ではない。いや、自分でつくりだした素領域理論をぶちこわすほどの、まったく斬新な理論をじつはひそかに用意しているのかもしれない。だのに、湯川の最近の姿は、表面上多大な尊敬を集めている分、いよいよ悲惨さの度合いを増しているかのようだ。

たぶん、痛いたしさの原因は、新しいビッグ・サイエンスとしての物理学全体が、湯川の考える方向から急激に離れつつある情況それ自体にあるのだ。抽象化と一般化と、サイクロトロンのごとき巨大装置とが、今や物理学の決定的なイメージとなりつつある。しかし、湯川にすれば、物理学とは本質的に思索の学問である。重力にせよ、宇宙にせよ、それは一度人間の回路を通ることによって対象化される。たとえミクロの世界であっても、本質的には日常の世界に通底していなければならないのだ。湯川秀樹といえば、ふつうは中間子理論の提唱者ということになっているが、これはかれの大昔の業績であって、現在なんとなく物理学の本流から疎外されている湯川のイメージとは同じでない。

中間子理論を唱えたころ、かれは軍国主義下にあって世界の物理学から締め出しを食らも同然だった島国日本の悲哀を、いやというほど味わわされていた。だから、とにかく物理学上の大ヒットを飛ばさなければ、という若い気負いと焦りとが、湯川にとり憑いていたと考えても間違いではないだろう。そこで湯川がやろうとしたのは、簡単に言えばデカルトの方法だった。デカルト、などと書くといかにも面妖だけれど、要するに正しい認識は正しい道具を使って測定することから得られる、という合理主義である。もっと極端にいえば、貸し方・借り方のバランスがきっちり取れた〈知識の経済学〉を成立させることである。だから湯川は、当時すでに知られていた核力の働く場の方程式である〈クライン・ゴルトン式〉を微分処理して、新しい場の方程式をみちびきだした。この式が教える内容は、原子核内に未知の粒子が存在し、しかもその新粒子の質量が電子の二〇〇倍である、ということである。湯川はこの新粒子を中間子と呼ぶわけだが、どういうわけか、かれはそれについて自信満々だった。「これ以外の可能性が考えられないところの真実」を、しかもデカルト的に方程式化したのだから、中間子が存在しないわけはなかった。そしてもちろん、この新粒子はアメリカで、宇宙線のなかから発見確認されることになる。

と、ここまでの話で一件落着すれば、なにも湯川は本流への批判者となる運命をたどる必要などなかったのだ。しかし湯川は、やがてこの自信満々の中間子論に復讐されてしまうのである。宇宙線のなかの中間子は、観察すればするほど、湯川が紙とペンで創りだした机上の中間子の性質とズレてきたからだ。このズレは一体なんなのか？　実在の中間子の観察が正しく、しかも湯川がやった〈場の量子論〉

の拡張が手続き的に正しいのであれば、ズレの原因は大もとの量子力学に欠陥があるとしなければならなくなる。こうして湯川の自信は、現象の前での謙虚さへと変わらざるをえなくなり、ついには量子力学を最初から考え直そうという態度にまで一転する。

ところで、相対性理論というマクロ的物理学の新しい座標をひらいたアインシュタインは、もともとこのミクロ派物理学——つまり量子力学の考え方をこころよく思っていなかった。それはちょうど、湯川が中間子論をみちびきだしたときの〈自信〉に対する嫌悪感というのに近い心情だったのかもしれない。ミクロ派は事象に対する素朴なアプローチを忘れることによって、いつか事像そのものに復讐されるだろうと、心ひそかに感じていたのかもしれないのだ。だから湯川の挫折は、まさに量子論そのものの挫折とも一致していた。しかし、この〈場の量子論〉は、すこしばかり運命めくけれども、湯川の同僚だった日本人によって補完され、その生命をどうにか盛りかえすことになった。まず中間子のズレについては、パリパリの唯物弁証法論者武谷三男らによる〈二中間子論〉——つまり中間子は二種類あっていいという考え方——で、救われるのである。そして実際、のちに二つの中間子が発見されることになる。そして、次々にボロを出しはじめた〈場の量子論〉のほうは、朝永博士による例の〈くりこみ理論〉で補完され、ほぼ完璧にパッチがあてられる。以後、日本物理学のイデオロギー的な面は、量子力学に疑いを抱きだした湯川よりも、むしろ朝永や武谷の路線に乗って推移することになる。

とりわけ、戦時中はさんざん軍部からいじめられた唯物論の闘士武谷三男は、戦後になってガゼン

湯川秀樹（1907−1981）

威勢をとりもどし、まずは西田幾多郎以来の日本哲学精神を「クソの役にも立たない」としてスッパリ切ったあと、唯物弁証法によらない物理学のダメな部分、つまり寺田寅彦みたいな素朴派のぶった切りに力を注ぐ。実験で裏がとれないような仮説はすべてダメ、進化論やDNA論だって怪しげなものだとするこの姿勢は、いろいろと論駁を受けながらも、やがて日本一般に〈物理学＝正義と進歩の科学〉なるイメージを普及させ、世界平和と原子力平和利用とは物理学者の管理下に置かれるべきだとするキャンペーンを展開する上での武器とはなった。

かつて日本にこんなにも威勢のいい物理学者は存在しなかった。かれの発言は、もともと国家直営の学としてスタートした本流の日本物理学精神が、戦中を通じてちっとも有効に働かなかったことへの批判として、実際気分がいい。たぶんかれが共産党員と物理学者の関係をあれほどしつっこく言わなかったら、日本での物理学者の神聖なイメージは、湯川のノーベル賞受賞よりもはるかに多くを武谷式活動に負っただろうにと、思いたくなるほどだ。そして物理学と技術と政治をつなげたかれの発想は、それだけ多くの敵をもったのと同じだけ多数の味方をも、魅きつけたはずなのだ。

一方、湯川のほうはどうしていたか？ 朝永や武谷らの仕事が湯川に心の安定をもたらしてくれたことは確かだった。しかし、この同僚たちがやったことは、所詮量子力学の延命策でしかなかったのではないか、とかれは無意識に思ったかもしれない。よく、量子力学はオカルトだと言われる。ハイゼンベルクの不確定性理論なども含めて、これまでの物理学的常識がまるで通用しないばかりか、今話題になっている新素粒子クォークにしても、J・ジョイスの『フィネガンズ・ウェイク』に出てく

J・ジョイス
(James Augustine Aloysius Joyce, 1882–1941)

る名前を流用したくらいで、その種類にも〈奇妙（ストレンジ）〉、〈魔法（チャーム）〉、〈真理（トルース）〉などといった名がつけられるくらい、一部では〈冗談物質〉とさえ言われている代（しろ）ものなのだ。このなかにあって、湯川がいつも疑問を抱いていた量子論のオカルティックなテーゼとは、「素粒子を形や大きさをもたない数学的な〈点〉と考える」ことだった。以後、湯川は〈場の量子論〉の改定ではなく、完全な乗り越えを図ろうとする。そして、この後に成立する新しい場の理論は、位置だけをもつ幽霊みたいな〈点〉としての素粒子（局所的存在の粒子）ではなく、一定のひろがりをもつ実在的な粒子（非局所的存在）を考えるという意味から、〈非局所場理論〉と命名されるに至った。

スピンする素粒子の軌跡

d——日本素朴派のために

ここでちょっとばかり、SFの話題に戻りたい。湯川のこうした苦悩が、どうもぼくには日本SFの本質的苦悩とオーバーラップしているように思えてならないからだ。

創作SFが日本人の手で書かれだしたとき、そこにまず必要だったのは用語法である。アメリカ駐留軍が国内でバラまいたSF雑誌やペーパーバックの山から、日本のSF精神が育ちだしたのと同じように、創作SFが日本産のフィクションとして成立するためには、日本語表現を〈異国語（ストレンジ・ランゲージ）〉化しなければならない一時期があったと思う。そのときに出たのが、星新一のショート・ショートという形式だった。この形式は、湯川れい子や福田一郎がジャズ評論を成立させるために、およそ日本語ばなれしたC調日本語（これは昭和軽薄体よりもはるかに軽薄で、しかも異国語化していた）を必要としたように、SFにとって欠くことのできないエクリチュール（書き様（ざま））だった。この時には内容のSF性は、形式としての革新の前にほとんど問題にされる必要がない。星新一のショート・ショートが、文学の旧修辞学のなかで行なわなければならなかったSFとしての最初の仕事とは、つまりそれだった。

それでは、文学の旧修辞学の内部に築かれたSFのフィールドは、次にどのようにしてジャンル化するのか？　言うまでもなく、作品の内容の深化である。そして、科学の言葉が使われるという意味での〈ボキャブラリーの拡大〉である。湯川秀樹が老荘の用語で素粒子を語り、若かった湯川れい子（ふしぎに同じ名前なのだが）や福田一郎が軽薄体をもって音楽を語ったようにだ。そしてここでは、旧修辞学としての作品の完成度は、ボキャブラリーの次元が拡大されるというそのこと自体のために、もはや本質的な優劣基準とはならなくなる。それはまったく、新しい少女マンガが、デッサンも構図もすべて救いようのない未熟な描き手たちによりながら、なおも質的にレベルアップしたという、一見自己矛盾もはなはだしい消息と、奇妙によく似ている。

そして、この境界に立つ作家が、SF畑ではたまたま小松左京だった。日本SFは、その修辞学的な形式に制限を受けて、永らく、カタカナ固有名詞と無国籍的感性によらなければ、どうもSFらしい作品が仕上がってこないというジレンマを、多かれ少なかれ感じる時期をすごしたことがあった。その形式的な異和感をついに内容において日本的伝統に回帰させた第一の作品は、たぶん小松の『日本アパッチ族』だろうと思う。ここに至って初めて、日本のSF精神は日本化したのである。星新一

小松左京（1931–2011）

の作品が中間子論だとすれば、小松の作品はSFの非局所場理論への展出ということになるかもしれない。つまり、実体のあるひろがりを日本文学のフィールドにひろげたのである。もしもSFが外国語とカタカナ固有名詞でしか支えられない無国籍的ジャンルであるのなら、それは日本文学の地図上に位置だけをもつ、実体のない〈点〉——つまり、古い〈場の量子論〉でありつづけるしかない。その場合、どんなに優秀な作家が登場しても、それは武谷が二中間子論を出し朝永がくりこみ理論を出して〈場の量子力学〉にパッチをあてたのと同様に、依然として位置的存在のありかた自体を変えることはない。そして小松は、この位置的存在にすぎなかったSFを、実体とひろがりとをもつ日本SFに変革させ得る可能性を拓いた。光瀬の東洋的境地や筒井の新しいボキャブラリーへの道は、ここで通じたと考えてもいいだろう。しかしこの方向が長いこと旧文学の側から認められなかったことは(おそらく、この事情は本質的に見て今でも大して変わらないだろうが)、当然すぎるほど当然なのだ。なぜなら、ノーベル賞学者の湯川でさえ、非局所場理論から素領域理論へと深化していくなかで、物理学本流の眼には神秘主義とも妄想とも映らざるをえなかったのだから。

　さて、湯川秀樹の物理学が新しいボキャブラリーを獲得して、素粒子の実像に迫ろうとしたとき生まれた理論は、すでに述べたように〈素領域論〉である。ここまで来て、たぶん湯川は、良い意味にも悪い意味にも寺田寅彦に似てきたのではないだろうか。

　どういう意味でか? 寺田寅彦の素朴主義は、いかにも当時の物理学者らしく、生きているものと生きていないものとの間に共通する〈真理〉を、体験によって確認することにあった。これは、いわ

『日本アパッチ族』(1964)初版表紙

ば直観の問題である。アレとアレとは同じメカニズムで動いているにちがいない、お化けの「ジャン」と自然現象の「ジャン」とは、どちらも海鳴・地鳴に関係があるにちがいないと、勘を働かせる〝センス〟の問題である。そして湯川の素領域論は、もとからイメージとして成立しない抽象的な理論をイメージ（つまり物事）へと戻すための孤独な闘争だった。ただ、寺田の場合には、対象として物と物とが最初に存在している分だけ、まだ勘が働く余地が残っていたのだが、湯川の時代はもはやそうした素朴派の生き残れる時代ではなくなっていた。どだい、〈場の量子論〉からして、位置だけがあって実体のない粒子が集まってつくる空間などという抽象的な世界など、事物へ返しようがないのである。だから湯川は、この素粒子に数学的な〈点〉ではなくて、実体をともなった存在としての〈点〉、つまり〈素領域〉という新しい意味を与えないではいられなかった。デモクリトスが考えた原子の初期的イメージを取り返すために、どうしてもそこに〈ひろがり〉を与えたかった。いや、ひろがりを与えねばならなかった。そしてこのことが、延いては寺田以来の日本素朴派の最終的な闘争とつながったのである。

では、この闘争が、勝利をおさめたかどうか？

それはまだ分からない。素領域論は今のところ湯川の大時代的なロマンチシズムから大きく離れていないところにある。ただし、その理論が啓示する物質的なイマジネーションには、おそらく文学にも通じるところがある。そしてこのイマジネーションは同時に、文学のボキャブラリーがまだ到達したことのない幻想の極みを秘めているように、ぼくには思える。

最後に、湯川素領域論のイマジナティブな部分だけを語っておこう。非局所場理論を柱にして、二十年以上にもわたって〈点〉としての素粒子に広がりを与えようとしつづけた湯川は、一九六六年のある日、荘子の思想を詩に託した李白の一文、「天地は万物の逆旅にして、光陰は百代の過客なり」というくだりをふと想起する。逆旅というのは宿屋のこと、過客とは旅人のことだ。そこでこの一文は結局、「現実空間は万物が仮に存在する宿屋みたいなもので、そこに生起する物質やエネルギーは毎日泊っていく旅人みたいなものだ」という意味になる。とすると、毎日クルクル変わる旅人である素粒子を「実体」と考えるのは苦しい。それよりも、確実に存在するものは宿屋、つまり「空間＝領域」なのだ。今までのかれは、素粒子をつかまえようとしてきた。しかしそれは仮の旅人にすぎない。唯一この世に存在するものは、素粒子ではなく、宿屋のほう――つまり素領域ではあるまいか。湯川は、この天地という言葉に、アインシュタインが一般相対性理論で考えだした時空連続体と同じものを〈同定〉しようと試みた。すなわち、広がりをもつ素粒子のイメージをその場のほうへ、一般相対性理論で言う時空構造、SF的に言えば四次元空間へと戻してやったのだ。

すると、どういうことになるか？ それまでは空間のなかで一定の広がりを占める素粒子を想像してきたのだが、ここでイメージは逆転する。そうではなくて、広がりをもって存在するのは素粒子をそのなかに含めた空間そのものである。素粒子が出たり消えたりするのは、素粒子それ自体の運動ではなく、空間そのもの、つまり李白の詩にいう〈宿屋〉自体が出たり消えたりするのである。そして空間が出たり消えたりする以上、それは一般相対性理論にいう四次元空間そのものでなくてはいけない。エネルギーとか物質とかは、要するにこの容れものの中身であって、中身だけが独立して存在したり、あるいは容れものの外へ出ていったりすることはないのだ。つまり、エネルギー＝物質という考え方と同じように、素粒子はそれを容れている空間そのものとも同じものなのである。たとえば猫の眼を想像してほしい。猫の眼にある瞳孔は、光に応じて丸くなったり細い線のようになったりする。たまたま瞳孔が丸い状態を「素粒子がある」と称し、そうでない状態を「真空あるいは空間」と称していただけのことなのだ。湯川はここで、一般相対性理論の時空構造をそのままミクロ化して、広がりをもつ素粒子の代わりに置き替えてみた。次に引用するのは、その〈素領域〉に関する湯川自身のイメージである――

「問題は点粒子でなく、ひろがった素粒子、あるいは素領域の量子化に、どちらの方法が適当かという点にあるが、四次元量子化の方を採用するなら、時空の一点で粒子をつくりだしたり消したりする演算子のかわりに、ある時空領域にひろがったものをいっぺんにつくりだしたり消したりする演算子から出発すればよいから、ひろがった粒子のイメージに、よりよく適合しているように思われる。しかし四次元量子化の基本的な考え方と大いにちがうところがあるから、そこに出てくる、いろいろな量の物理的意味づけもちがってこなければならない。これらの点は、今後の研究に待つところが多い。素領域の理論の背後には、つねに時空の四次元連続体が想定されていることは、くりかえし述べてきた通りである。しかし、それは時空をも不連続的と見なす立場に、大分近くなっている」（湯川秀樹『素粒子の背後にあるもの』より。傍点は筆者）

素粒子が広がりをもつのでなく、場（空間）が素粒子化すること。空間そのものが小さな素領域に分かれていて、その各々が真空になったり粒子だらけになったりしていること。湯川の東洋的発想は、この逆転劇を通じて素領域論へと結実していく。奇妙な例を持ちだすが、湯川の空間とは、カマボコをぎっしりと並べた空間である。カマボコの面と板だけの面とが、クルクル入れ替わっている空間である。

ともかくも、日本の科学精神がどこへ行ってしまうにせよ、物理学の本質はどのみち眼と心の感動とから成り立っている美学といえる。それはちょうど、美的体験が美学の前提であるのと同じなのだ。そして湯川が中間子論の復讐から約四十年間、いつも思い知らされてきたことも、たしかにこの単純な真理だった。だから、教科書の上で日に日に抽象化していく物理学を恐れる必要はない。イメージの体験をともなわない物理の授業をつづけている教師に対して、きみは一度、湯川秀樹のそんな話を**さも親しげ**に語ってやるべきだ。

PART 5 函数関係としてのSF

ケースI

作品〈非A〉

a――言語障害白書……

あのとき〈非A〉的トレーニングを積んでいたら、と今さらのように口惜しい体験をしたことを、憶えている。話は、およそ三年ほど前にさかのぼる。毎年のごとく刊行されるＩＢＭの新システム・マニュアルを、ひまに任せて乱読していたぼくは、ある日とつぜん、某〈トロール船協会〉というところに引っぱりだされた。折りも折り、日本はアメリカとソ連から二百カイリ宣言を突きつけられて、北太平洋でおこなっていたトロール漁に対し、きびしい制限を加えられたばかりであった。

お国の一大事ということもあったが、そこは企業的発想が優先して、ともかく制限ワクいっぱいの魚を何とか獲れるようにしようという話になって、トロール業者の代表機関である〈協会〉に、各企業の担当者が衆知をあつめるために集結した。それにしても、いわゆる魚屋の会議に、どうしてぼくのようなコンピュータ屋が出なければいけないのか？　が、この謎はすぐに解けた。各企業別に獲っている魚の量を日本国レベルで集計して、つねにアメリカの制限量とチェックできる電算システムを、超企業的協会の手でつくりあげようということだった。なにしろ、制限ワクを超えて獲ると、翌年どんな目にあわされるか分らないのだ。おかげでぼくは、それから約六カ月のあいだ、会社がひけたあと毎晩のように協会にご奉仕する羽目となり、団体役員の方々がTVの高校野球に興じておられるかたわらで、他社の選択メンバーといっしょに夜な夜なシステム作りに挺身したのである。

ところが、ここで由々(ゆゆ)しき〈非A(ナル)〉的問題がもちあがろうとは、神ならぬぼくの知るよしもなかった。集まったメンバーは、すくなくもキャリアだけは一人前のシステムエンジニア、つまり事務処理システムの職人たちだったのだが、超企業集団であったために、とたんにバベル的混乱へと落ちこんでしまったのである。片側では、魚屋さんたちが、やれ「このデータは死んでも提供できない」とか、「あの会社とデータを比べられるなら、うちはオリる」とかいった、企業エゴのレベルの闘いが進行している最中に、となりではわれわれ事務屋が言葉の定義の問題で気色ばむさわぎになった。定義の問題は、いやしくも一つのシステムを作ろうという場合、最も重大な問題なのである。たとえばぼくたちが、次のような会話をごく簡単に交わしたとしよう。

ぼく――休漁欄という項目は、こう使いましょう。その日休漁だったらゼロ(0)、操業したらイチ(1)です。
全員――はい、はい、よくわかりました!

ところが、これがちっとも「わかって」はいなかったのである！

休漁欄というワクは二桁分（つまり二つの数字）用意しておいたのだが、これにゼロかイチがはいるだけのことだから、一見したところ事態は落着したかに思えた。もしもこの部分を処理するプログラムを作るとしたら、誰が考えても次のようになる――

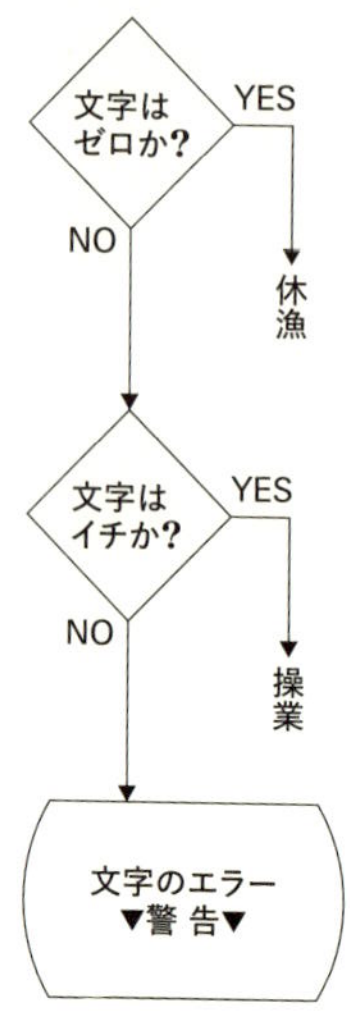

しかし、翌日テストデータを作って、いそいそと協会に集まったところ、文字エラーの〈警告〉が続出するさわぎになった。あわててデータの中身を突き合わせしたところ、その原因がはじめて了解できた。「ゼロ」と「イチ」の書き込み方が各企業でバラバラだったのである。では休漁欄二桁分には、どんなデータが書き込まれていたか――？

A社 b1 b0　　B社 01 00　　C社 1b 0b

ゼロかイチを書きこむスペースが二桁分ある場合に、その書きこみかたは、何も指示しないとき三通り（A社、B社、C社）もあったのである。もしも「数字は右詰めに書け」と限定しても、二通り（A社、B

社）の幅が出る。この条件に加えて、一桁めには「ブランク」（図ではbで示してある）を入れろと指定しなければ、全員の回答がA社のやり方に一致しないのである。けれども、これがもしコンピュータ用の言葉ではなく、日常会話であれば、こんな問題は起きないだろう。人間同士の会話の場合ゼロはどう書いてもゼロとして通用したはずなのだ。つまり、01と書いても1bと書いてもともに「イチ」と解釈するだけの幅があるのである。ところが機械は、01と1bを同じ「イチ」と考えてくれるほど親切ではない。そして、この言語間ギャップの問題から、ぼくたちコンピュータ屋はやがて精神を病んでゆく。機械語に固執すれば、日常会話のみをあやつる一般の人と話ができなくなる。いわゆる専門バカとなる。かといって、日常会話の寛容さに甘えていると、コンピュータとの会話がいたるところでチンプンカンプンになる。この言語ギャップの悲劇がやがて日常レベルに昇ってくると、悲劇は人格的な問題にまで拡がってくる。一見氷みたいな冷たさで行動するコンピュータ要員を見て、たとえば営業というごく人間くさい仕事にたずさわる人間が身ぶるいするように、コンピュータ屋はまた「あいまいさ」の塊りみたいな日常用語をもって仕事している現場の人間に対して、かなりの不信感にさいなまれるようになる。これを読むあなたが、もしもどこかの企業に属しているとしたら、多かれ少なかれ、この両言語陣営の対立を、その障害の越えがたさを、実際に体験したことがおありだろう。

ところで、日常言語にまつわりつくこの「あいまいさ」を克服する手立てはないのか？　方法は二つ考えられる。ひとつは、考えられ得るケースをすべてその単語について洗い出すこと。そしてもうひとつは、メタ言語を作ることだ。第一の方法は、さっきの休漁欄の場合のように、全ケースをあらかじめ読み切って、それを共通の理解とすること。つまり、「ゼロ」を二桁の文字で表現する場合には、00・b0・0bの三通りがあり、機械語レベルではこのなかの一つを共通語として選ばねばならない。だが、日常語では三つをあいまいに使っても会話できる。「二桁の文字でイチかゼロを入れろ」というだけでいい。なぜなら、日常語にいう「ゼロ」とは、三通りのケースを総称するメタ言語、つまり函数f(x)であって、この函数に具体的なxの値(00とかb0)を代入してはじめて一個のコンピュータが出来あがるからだ。

そしてメタ言語というのは、「ゼロ」という言いかたが例えば「00」とか「b0」とかといった多数の表現方法のどれを用いても、等しく「ゼロ」の意味になるような体系のことである。その意味で日常言語は、機械と会話するコンピュータ用のランゲージに対して逆説的な「メタ」性をもっている。なぜなら、日常言語がその「あいまいさ」を武器とするのは、こういうたぐいの言語と比較した場合においてだからである。そして、こうしたジレンマを、今かりに〈非A〉的悲しみと呼ぶことにしよう。

b――悲しみと忘れな草

そもそも〈非A〉とは何のことか？　これは非アリストテレス的論理の省略形である。アリストテレスなどと書くと、すぐに読書を中断する反応回路をそなえている人もいるだろうから、ここではきわめて「あいまい」に、〈非A〉という書き方で押し通したい。あいまいさの強さを、さっそく活用させていただきたい。そして結論としては、要するにアリストテレス論理学はダメだ、というのである。

一九七〇年代初頭の
コンピュータ・ルーム

なぜダメかと言えば、アリストテレスの作った論理法則が、ちょうどユークリッド幾何学とおなじように、必ずしも世界のすべてを支配していないから。非ユークリッド幾何学ができたのと同じように、より普遍的な〈非アリストテレス論理学〉ができなければいけない所以(ゆえん)である。このアリストテレス論理学については、たしか『バベル―17』を論じたときにも触れたとおり、あらゆる事態に対して「主語」と「述語」を強引に当てはめてしまったという、自我の面での罪がある。ぼくたちが初めて英語を習い、itなどの「中性」的主語にぶつかって悩んだことは、極言すれば、ア氏による罪のせいである。けれども、ここではア氏のもう一つの罪について語ろう。実例として、さっきの二百カイリ問題を引く――

ゼロというサインは休漁を示す。
今日のデータは(サインが)ゼロである。
ゆえに、今日のデータは「休漁」である。

――という推理手順、つまり論理構成は、ア氏おとくいの方法である。しかしこの結論は、当っているとも当っていないともいえない。なぜなら、第一文と第二文の共通項になる「ゼロ」が同一である保証がないからだ。冒頭の例でお分かりのとおり、今もしコンピュータが「00」という意味で、「ゼロか?」と訊いたとき、A社の磁気テープが「はい、ゼロだよ」と言って、「b0」のサインを送ったとする。するとこの場合、コンピュータはそれを〈休漁〉とは認定しない。つまり、ア氏の論理は成立しないことになる。そのとき、A社の磁気テープは怒り狂って、コンピュータに喧嘩を売るだろう。あるいは、テープは「コンピュータに嫌われて、イジワルされたもの」と思いこむ。プログラマーがよく、自分のプログラムが予期したとおり動かないと、「コンピュータに嫌われた」とテレ笑いするのは、もっともな話である。こういう場合には、機械がほんとうに意識を持っていて、ちょっとイタズラしているとしか考えられないような事態がおとずれるわけだ。非人的哀しみの極みである。

あのヴィトゲンシュタインも、このことを告発している。かれは、具体的な事象を問題にしたときにだけ有効となる言語には、語れるものと語れないものとがある、と指摘したのだ。たとえば、「宇宙は闇である」という概念をつくっても、これは何も意味していない。「目に見える範囲内の宇宙は」とか、「星の宇宙は」とかいった具体的な事象についてなら、そう言うこともできるが、「あらゆる宇宙」が闇であるとする場合にはナンセンスである。なぜなら、単に「宇宙」と言ったときは函数という空箱そのものを示すだけで、具体的な事象と結びついていないからだ。これを言うためには、「宇宙」のあらゆる具体例をぜんぶ検べて、それがみんな闇であることを示すか、あるいは、すべて闇でしかない〈闇のシグマ〉を示すメタ語をつくるしかない。つまり、具体的事物と対応して存在する言語に、〈無限〉だとか〈全体〉だとかいうレベルの違った概念は語れないのだ。

ところが、現実の日常言語を支配しているア氏の論理方式では、これが勝手に同一化されており、一種の識別作用として活きている。たとえば、人を殺すという行為は、そこに最初から社会的意味づけが与えられている。なんらかの利害関係が予定的に考えられているから、カミュのように「太陽がまぶしかったから殺した」では、殺人の論理体系がつくれないし、極端な話、呪い殺すといったようなケースなど裁きようがなくなる。こうした矛盾の原因は、いうまでもなく「殺人」という語の勝手な意味限定にある。つまり、個別な殺人のケースの統合化、同一化である。たとえば殺人は何らかの動機が必要とされるのだ。しかしこのことによって、言語は事実とかけ離れたものになる。今、「ダラダラしている」子供がいれば、この「ダラダラ」は教育ママの言語によれば、「怠けもの」の意味に同一化される。つまり、教育ママには、「ダラダラ」という現象が「怠けもの」として論理化されるのだが、しかしもしもその子が気候の関係で生理的にそうなっていたとしたら、その論理化は事実と異なってくる。同じ「ダラダラ」でも、昨日のダラダラと今日のダラダラとでは、事態がまったく違うこともあるのだ。これを強引に同じものとみなすのがア氏の一般的な体系であり、そこに生まれる「事実と言語とのギャップ」が〈非(ナル)A〉的哀しみということになる。〈非(ナル)A〉とは、こうしたギャップを取り去る論理システムを示しているわけだ。

　ヴィトゲンシュタインには、どうやら最初からこの〈非(ナル)A〉問題の解決をめざす方法論が二つあったらしい。それは、「語り得ることは明らかに語り得る」というテーゼから来る積極的な言語革命論と、「語り得ないことには沈黙する」という一種の神秘論とである。もっと具体的にいえば、積極的なほうは「この世にある全部の事象をチェックし、その結果として〈語り得ぬもの＝全体〉を語ってしまおう」というパターンであるし、神秘的なほうはメタ言語の創出である。しかしヴィトゲンシュタインは、スタートから同時に両方を追いかけだしたために、年を経るにしたがって自己分裂を引きおこすしかなくなり、その上つねに数理性と神秘性を二枚重ねにしていたために、バートランド・ラッセルや、カルナップ率いる〈ウィーン学団〉のごとき数学者たちからは遠くへだてられることになった。けれどもそれは、やがて論じることになる〈非A〉的作品の日本における典型例、山田正紀の『神狩り』冒頭に描かれたように、どこか英雄的な行きかたでもあったようだ。死期をまぢかにしたヴィトゲンシュタインは、かれが最大の問題を解決するための協力者にと選んだ恩師バートランド・ラッセル卿からの返信を待っている。しかし、待ちに待ったラッセル卿からの返事には、ひとこと、こう書かれてあった――私は神を信じない。

「ヴィトゲンシュタインはかっと眼を見開いた――語りえぬことについては、沈黙しなくてはならない。かつてヴィトゲンシュタインが、『論理哲学論考』の最後に著した言葉である。だが、今、その語りえぬことについて、語らなければならない時がきたのだ。たとえ、そのために新たな呪いを受けることになろうとも……。正直、彼独りの手には余る仕事だった。だからこそ、ラッセルの救けを求めたのだが……こうなったからには仕方がない。独りでやるしかないのだ」(『神狩り』)

けれども、ヴィトゲンシュタインは「語り得ぬもの」の言語――つまり哲学の問題にやっと熱中できはじめたころ、癌のために死亡する。それも「ぼくの生涯はすばらしかった」というメッセージを残して。

ところで、ヴィトゲンシュタインが『論理哲学論考』を書いたころ、ポーランドのワルシャワにも言語論理の革命に着手した数学者の一団がいた。そしてかれらが唱えだした哲学は、〈意味論〉という聞き慣れない種類の考えかただった。〈意味論〉を言いだしたのは、クヴィスティクという数学者で、かれはこの考え方を一九三五年のパリ科学国際会議において、「従来の形而上学の代わりになるもの」と断言したが、出席した各国の学者に総スカンを食わされる。しかしこの考え方は、コルジブスキーというワルシャワ学団最大のヒーローによって〈一般意味論〉という新しい科学に鍛え直され、さらにアメリカに上陸して社会運動をまき起こすに至る。そしてその運動の名称こそ、じつは〈非A〉運動と呼ばれたものなのである。

アルフレッド・コルジブスキー (Alfred Korzybski, 1879–1950)

c——言語の夢

すでにヴィトゲンシュタインを引くまでもなく、現実の日常語は、「語り得るもの」と「語り得ぬもの」とが錯綜するバベル以外のなにものでもないとする認識にさらされていた。そのためにラッセルやカルナップは、数学のごとく論理的に整った人工言語の作成に腐心し、自然言語を乗り越えようとしたほどである。それはよく分かっているのだ。にもかかわらず、あいまいと誤用のかたまりである自然言語を最後まで捨てない一団もあった。ほかならぬヴィトゲンシュタインと、このコルジブスキーである。なぜか？　ヴァン・ヴォートの書いたきわめて奇怪なSF『非Aの世界』にはいっていく前に、その理由と、〈一般意味論〉について、どうしても言をついやしておかなければならないだろう。

コルジブスキーの〈一般意味論〉は、人間がおこなうあらゆる表現、つまり心理学的な反応をすべてシンボル（あるいは言語）作用とみなすことからはじまる。有名な例を引こう。赤んぼうにはじめて乳をやったときに、たまたまその赤んぼうが乳を吐きだしてしまった。するとその子は、もっと乳がほしいとわざと吐きだすようになるという実験データがある。コルジブスキーはこれを「意味的な反射」と呼んで、現実を制御するために赤んぼうが使う意味的手段とみなした。これは赤んぼうの言語行為であって、大人の常識で「下痢をした」などと解釈したら、それは赤んぼうにとってフラストレーションの原因となる。大人はまちがって、「乳を吐くから下痢だろう」と、乳を与えるのを差し控える。そしてこういうことがもし重なったら、その子は餓死するかもしれない。この意味作用のギャップについては、すでに冒頭で長ながと話した通りだ。こうした言語活動の頼りなさや記号と概念の不一致から来る社会的・心理的な問題を引き受けるのが〈一般意味論〉と考えていい。しかし〈一般意味論〉は問題の解決方法として、ラッセルやカルナップが言語と記号を数学で置き換えようとした形と違って、あくまでも日常語の改革と心理学的治療の面を取りあげる。その場合の最大の障害は何か？　言語活動のなかに結晶してしまっている偏見と誤謬とだ。つまり、「ダラダラする」とか「乳を吐く」とかいった記号的行動を、そのときどきの社会に通用している価値判断で一方的に「解釈してしまうこと」――もっと分かりやすく言えば、言葉や行為を一定の色メガネにかけて誤訳することである。コルジブスキーは、以上のような障害を取り除く方法論として、〈非A〉を提唱する。AはBであり、C

がAなら、CはBであるというアリストテレス的推論を「諸悪の根元」として、この推論の支柱である二つのAを同一とみなす形式論理学の罪をあばきたてるのである。ヴァン・ヴォートの『非Aの世界』において、〈非A〉人が信奉する教儀に「世界にまったく同じ二つのものは存在しない」とい文句が出てくるのは、じつに当然なのだ。そしてコルジブスキーの〈非A〉運動がアメリカに社会運動として根づく原因は、まるで心霊療法のごとき、次のような〈一般意味論〉の結論にあったためにほかならない――

「一つの品は、きみがこれこれこういうものだと言うものではない……それは、もっとそれ以上のものなのだ。それは最も広い意味での合成物である。椅子は単なる椅子ではない。それは化学的、原子的、電子的に言って、考えられないほど複雑な構造なのであり、したがって、それを単に椅子と考えることは、神経系統をば、コルジブスキーのいわゆる同一化に限定してしまうことである。こういう同一化の総計が、神経症的、非正気的、狂人的な個人を生みだすのである」(中村保男訳)

あらゆる精神病が、こうした言語活動の障害から来るものならば、逆に、言語活動をスムーズにしてやれば、人間の精神は改良される。これがコルジブスキーの処方箋であり、そのための方法が〈非(ナル)A〉論理、あるいは偏見を捨てた論理学――メタ論理である。そして、沈黙と饒舌とを奇妙に繰り返しつづける作家ヴァン・ヴォートが『非(ナル)Aの世界』を書きあげたとき、コルジブスキーの運動はまさにアメリカ中を吹き荒れていたのである。

考えてみれば、ヴァン・ヴォートは本書に最もふさわしい作家の一人といえよう。かれほど素直に、理科系の文脈から文学的刺激を受けとった作家はいないのではないか？　かれがふしぎに饒舌と沈黙を繰り返すのは、おそらくその素直さに起因しているのである。〈一般意味論〉的な見解によれば、かれが作品を書くという行動自体が、すでに刺激への反応を完了させているのである。多くの場合、ヴァン・ヴォートの展開する物語は謎めいている。『宇宙船ビーグル号』のような初期の作品においてさえ、作品の構成は〈情報総合学〉という理科系文脈からの刺激を度外視すれば、しばしば意図を読みとることに苦渋するケースが多い。SFを評価する場合には、よく、科学的問題を描いても冒険小説として楽しめる、といった常套句が用いられるけれども、ヴァン・ヴォートの場合——それもとくに『非A（ナル）の世界』のシリーズの場合に限り、それはかなり強引な褒め方だと思う。それどころか、たぶん『非（ナル）Aの世界』は未だかつて理科系の文脈に沿って解釈されたことがない可能性さえある。それほど、ヴァン・ヴォートと〈一般意味論〉との関連は考える以上に〈率直〉なのである。

話をすすめるにあたって、『非Aの世界』の粗筋を語っておかなければならない。物語自体の流れ方は、比較的はっきりしている。時は二六五〇年、たくさんの帝国が並びあい銀河系連盟を結成しているなかに、独裁権を銀河系そのものにまで拡大させようと動きだした人物がいる。かれエンローは、ソーソンという名の配下を地球に送りこみ、工作に当たらせようとする。しかしここに、その野望を阻む人物として〈非A〉人ギルバート・ゴッセンが登場する。ギルバート・ゴッセンは〈非A〉人が住む金

『非Aの世界
The World of Null-A』
（1948）初版表紙

星行きをめざして「機械」のテストを受けにやってきていた。

そのころ地球には、ゲーム機械というものがあって、これで非A能力をチェックし、政治の要職や、〈非A〉人の築いた世界＝金星へ行く資格をさずける際の、決定資料とする決まりであった。しかし、非A能力をそなえたギルバート・ゴッセンの場合には、通常のケースと大きな違いがあった。そのひとつは、かれが偽りの記憶を植えつけられていて、自分の素姓をまったく知らないこと。そしてもうひとつは、かれが「予備脳」を備える唯一のミュータントであって、銀河系を護る唯一の存在と運命づけられていたこと。そして物語は、ソーソンの金星侵略と、それに巻きこまれたゴッセンの「自己発見」のオデッセイアとをからめつつ、展開していくのだが——

物語の粗筋は、まずこの辺まででで良いだろう。事実上、単なる粗筋を書き出したところで、ヴァン・ヴォートの作品はちっともおもしろくないのだから。そこで肝心の、〈一般意味論〉の題材としての使われ方を見ていく番となる。物語には、はじめから〈意味論協会〉というものが登場する。しかもその建物は、「機械」市内、コージブスキー広場に立っている。コージブスキーという名は、むろん〈一般意味論〉の創立者自身を示している。この協会は、未来の地球人を訓練しており、ヴァン・ヴォートの言い方にしたがえば「意識的な人格統合」を達成させている。どういうことか簡単に説明しよう。それは主語と述語の二元的関係を断ち切ることである。現実に対応している自分と、それを意識する自分との、ごく常識的な同一視をやめること——つまり、一瞬前の自分と今の自分とを同じ「自分」として同一視するのでなく、あくまでも他人を観察するようにみつめること。一瞬前の自分がもって

ヴァン・ヴォート
(Alfred Elton van Vogt, 1912–2000)

いた偏見に、今の自分が捉われないようにすること。これによって人々は、社会や自分自身の束縛や偏見から脱けられるのだ。そして、この訓練は具体的には次のようである――「人間の頭脳は大別して二つの部分に分けられる。皮質と視床だ。皮質は識別の中心であり、視床は、神経系統の感情的な反応の中心だ。――（中略）――皮質も視床も、ともにすばらしい潜在力をもっている。そのどちらも、最高の限度まで訓練されなければならないのだが、しかし、とくにそれらは同調して働くように組織化されなければならない。こういう同調もしくは統合が行なわれないと、もつれた人格――感情過多や、あらゆる種類のノイローゼをもつことになる。それに反して、皮質＝視床の統合が行なわれると、神経系統はほとんどショックにも耐えられるようになる」（中村保男訳）

要するに、事物への反応と言語表現（識別）の統合一致による心の教化である。これが〈非A〉運動の方法論であることは、言うまでもない。ヴィトゲンシュタインが言ったように、あらゆる言語は、かならず視床的反応（つまり具体的個別的事態）に即した場合でなければ意味がないのだ。では、この統合が図られていない場合というのは、どんなものか？　ヴァン・ヴォートは作品中で「地図は地面じゃない」という謎めいた言いかたで表現している。いくら口で「地図、地図」と騒いでも、それは現実の土地を示しているのではない。ただ言葉を吐いただけでは、実際の体験にならないのである。ふつうには「考える」とか「想像する」という行為が、これにあたる。だから〈非A〉人は、考えるときに、わざわざ皮質＝視床の〈停止〉つまり言語的思考と行動との非自動化をおこなうことになる。たとえば、サクラの花を見て、頭で「花だ」と思うのは、自動化である。なぜなら、事物としての「サクラ花」を、言語の「花」として思考することは、実体験的ではないから。「花」はあくまで、総称記号にすぎず、具体性をもたないのだ。これに対し、自動化を〈停止〉するということは、「サクラ花」の体験を「サクラ花」という具体的言語で思考することである。あるいは「思考とその結果としての反応＝行為が、まったく具体的におこなわれる」ということである。

さて、ここで『非(ナル)Aの世界』の最も中核的な概念を取りあげる準備がととのった。〈一般意味論〉によれば、日常語はその具体的な事物との対応を忘れた「あいまいさ」のかたまりであり、そこには「まったく同じ二つのものなどあり得ない」事実が忘れられている。しかし〈一般意味論〉は同時に、この「まったく同じでない二つ」のものを限りなく真の「同一化」へと向かわせる方法ともなる。二つの物体の「相似性」のパーセントを高めれば、両者のコミュニケーションはその分〈同調〉的におこなわれる。片一方を叩けば、もう片方が共鳴するようになり、行為とその意味がほとんどゼロックス・コピーのように正確に伝わることを意味している。そしてヴァン・ヴォートは、この「相似性」を高める機能として、ゴッセンに「予備脳」というものを与える。

この点を間接的に説明するエピソードを引こう。狼少年の話である。狼少年は人間同士の対話を可能にする大脳皮質をもちながら、狼社会という特殊な環境のために発展させそこない、ついに人間としての自覚を獲得することなく、二十三歳で獣のまま死んでしまったという。しかし人間もまた、人間社会という一種のマイナス環境に投げこまれているために、日常会話によるコミュニケーション以上の「同調方法」を発達させられないでいるのではなかろうか。そして「予備脳」とは、まさしく上位のコミュニケーションを可能にする素質そのものだったのである——

「あとで、テストが行なわれた暗い部屋の中でひとりになったゴッセンは、腰をかけて、木のかたまりを見おろしていた。二つの木のかたまりは、前には三センチ離れていた。彼はなんの動きも見なかったが、今ではそれらはくっつきあっている。思考波が彼の予備脳から出て、物質を支配したのである。中略——木のかたまりを誤差小数点十九位まで相似化した。それは空気の分子運動を鎮め、木のかたまりがのっているテーブルと、ゴッセンの椅子と、ゴッセン自身とを部分的に相似化した」(中村保男訳)

このように二つの物体が「相似化」により同調し合うこと。これは、旧来の日常語コミュニケーションからやってくる「純粋にことば上の起源をもつ強迫感や不安や幻覚」までもなくする、完璧な心の治療となる。これがコルジブスキーを教祖的存在にまつりあげる原動力となったテーゼであり、同時に『非Aの世界』の論理的基礎であったのだ。ヴァン・ヴォートは作品のなかで、この「同調」作用を二人間(かん)の一意識共有という形に作り直し、ついに不死性の問題にまで迫る。

d——『神狩り』との同調

考えてみれば、死の問題はまさに「純粋にことば上の起源をもつ恐怖」にほかならない。死という言葉は自分の体験の外にいつもあるし、また死を体験するときにはそれ自体の存在が停止してしまっているのだから。とすれば、〈一般意味論〉の完全な勝利とは、死という「言語の上だけの恐怖」を超えることではあるまいか？　ヴァン・ヴォートが『非A（ナル）』の主人公ゴッセンに不死性を与えたのは、単に小説上の要求からではなかった、とぼくは考える。いずれにしても、コルジブスキーとヴァン・ヴォートとの関連のストレートさはどうだ。この理科的文脈の支配力は、おそらくヴァン・ヴォートの場合に文学的文脈の呪縛よりもはるかに強烈なのだ。

参考までに、『非Aの世界』と本質的にパラレルな関係をもつ山田正紀の『神狩り』について述べておきたい。ヴァン・ヴォートは、作品を展開させるなかで次第に理科的文脈に拘泥し、そのあげくは文学的文脈――つまり小説制作という作業を中断せざるを得なくなった実例である。もっと明白に言えば、小説の内容がついに作者の手に負えなくなった悲劇的なケースなのである。それに対して、『神狩り』は発振（トランス）状態におちいることをまぬかれている。『神狩り』の展開としては、論理系がまったく違うメタ言語で書かれた古代文字を解読する作業のなかで、そのメタ言語を使用しうる存在、あるいは一般に〈神〉と呼ばれている存在の、現実への介在が事態として浮かびあがるかたちになっている。もちろん、この形式は、『非A（ナル）の世界』にも仕組まれており、宇宙をゲーム盤にみたてて、人間を駒がわりに動かしてチェスを楽しんでいる棋士が登場してくる。この限りでは、ふしぎに両方の作品は接近していると言ってよい。

にもかかわらず、『神狩り』がかなりストレートな冒険小説として読める一方、『非Aの世界』がやや

『神狩り』（1975）初版表紙

もすれば晦渋におちいってしまうのは、なぜだろう。その理由を、ぼくはいちおう、理科系文脈への対応の素直さに対する程度のちがい、と考えてみる。『神狩り』は、ヴィトゲンシュタインの『論理哲学論考』から刺激を借り受けているが、その様式を「語られ得ぬものは語らないとする側のヴィトゲンシュタイン」に求めている。まともにヴィトゲンシュタインに付き合っていけば、やがて結末は空中分解するに決まっている。この点で、いわば『神狩り』はヴィトゲンシュタインのパトスだけに反応した作品といえる。健全な行き方だ。これに対してヴォートは、語り得るものをすべて語ってしまおうとする非神秘的ヴィトゲンシュタインの立場にいる。したがって、これは最初から死闘になる。

ふつうの文学作品で、『非A』シリーズに見るように、文学的文脈以外の要素に引きずられすぎた作品は、たいていの場合、ロクな評価を受けない。やりすぎなのである。それならばいっそ、小説などという回りくどいやり方によらずに、〈非A〉運動の闘士となって、これ以上はないほど直接的行動をとったほうがいい。たぶん、そうするべきなのだ。そういう道に走ったSF作家だって、現に存在する。新興宗教サイエントロジーを創ったL・ロン・ハバード。そしてヴァン・ヴォートも『非A』を描いている最中におそらくハバード的気分におそわれかけたことが、一度や二度ではなかったろう。ただ、それをさせなかったのは、かれの意味作用が依然として「小説を書く」ということ以外の手段を知らなかった点だけ、なのではなかったろうか?

それだけ素直に、個人の問題を意味論的に追っていけば、やがて暗礁にのりあげることは目に見えていた。『非A』シリーズは、作品の深みが作家を呑みこんだ場合の典型的な実例である。けれど、そ

L・ロン・ハバード
(Lafayette Ronald Hubbard, 1911–1986)

れだけにぼくは『神狩り』よりも遥かに大きな誘惑を、『非Ａの世界』に感じてしまう。寸分のスキもなく、ムダのない建物は、さながら〈全体〉を語るメタ言語のようにうす気味悪い。しかし日常語の瓦礫を重ねた廃墟みたいな建物は、その乱雑さのゆえに、一層たくさんの〈情報〉をもつようにみえるから。

　ちなみに、ヴィトゲンシュタインもまた『論理哲学論考』のなかで、言語における「死と不死」の問題を考えていた。かれにとっても、死は言語的体験にとどまり、世界を変えるような実際の事態（あるいは事物）とは異なるものであった。したがって、「死は人生の出来ごとにあらず。ひとは死を体験せぬ」という結論に達した。かれは言う——

永遠が時間の無限の持続のことではなく、**無時間性**のことと解されるなら、現在のうちに生きる者は、永遠に生きる。

『非Ａ』のギルバート・ゴッセンが得た不死性の本質を、みごとに衝いているようだ。

サイエントロジーの十字架

ケースII

生物学戦争

a——支那のふしぎな百科辞典

昨年のちょうど今ごろのこと、昆虫の形態に関する公開ディスカッションに出席させられる羽目になったぼくは、会の主宰者と二人して、どういう方向に話をもっていけば聴き手に大欠伸されないですむか、その手順をいろいろとプログラミングする仕事にとりかかっていた。もちろん、名案なんか浮かびっこない。が、こういうふうに万策尽きた場合には、ふしぎに功を奏する〈逃げ方〉がひとつあるのである。原点に立ちかえって、言葉の本来の意味を調べること——これなのだ。

言葉というやつは、一度世に出てしまうと勝手に独り歩きしたがるもので、とくに日本語などは表現方法を漢字から借りてきている関係上、ふと字典を引いて原義をたずねたりすると、意外にもファンタスティックな反応が返ってくることが、よくある。で、そのときも「虫」という漢字を字引であたってみることにした——

虫なる漢字は、うねうねとトグロを巻いた蛇をかたどったもので、へび類の意味である。あるいは、広く「うろこ」をもっている生きものを示すとある。いわゆる昆虫類を意味する「蟲」とは別字だと書いてあるので、次に「蟲」を引っぱると、この字はウジャウジャ群がった虫どもをかたどったもので、生きものがウジャウジャいるところから〈動物〉全体を指す字となり、狭くは〈足のある昆虫〉のことだと説明されている。足のある昆虫？ それじゃあ、足のない芋虫(いもむし)みたいな昆虫の立場はどうなるのだ？ ぼくは異様な興奮を押えつつ（と書くと、いかにも紋切型だけれども）、次の説明に目を走らせた——

「……無足の昆虫は豸（チ）と表わす。昔は足のあるむしと無いむしを合わせて、蚰と書いていたが、これは今使われていない」

豸（チ）というのは、つまり（ケモノ偏）の旧字だから、この伝(でん)でいくとケモノ偏のついている動物名は〈足のない〉生きものということになりかねない。しかし、この漢字調査のハイライトは、次にやってきた〈蟲〉類の支那式系統分類学だった。動物界の総称としての〈蟲〉に関する、次の説明をまずお読み願いたい。

「……大戴礼の易本命にいわく、動物界は羽蟲、毛蟲、甲蟲、鱗蟲、裸蟲に別れる。羽蟲というのは鳥の類で三百六十種あり、その最高に進化したものが鳳凰。また毛蟲というのは毛の生えた獣類を指し、最高に進化したものがキリン。甲蟲は、固い殻をもつ動物のことで、その親分格が神亀。鱗蟲と

中国の百科図鑑
『三才図会』(1609)より「龍」

いうのは、ウロコだらけの動物で親分は龍。つまりドラゴン。最後に裸蟲というのは、字のとおり丸はだかの生きもので、ミミズだとかウジムシだとかヌルヌルしたものが集まり、その最高を人間とする」

何ということだ！　支那のふしぎな生物分類学によれば、人間はヌルヌルした丸はだか生物の系統に属する、しかも親分格の生物である！　ぼくたちはこのとんでもない説明を読んだところで、ニッコリと顔を見合わせ、これで明日の公開ディスカッションの出だしは決まった、と目くばせしあい、そのまま字典をパタンと閉じて安眠にはいったのだった――

しかし考えてもみよ！　ボルヘスを大喜びさせそうな、この支那の分類学を引くまでもなく、生物の発生と進化に関する人間の知識は、世界中どこでも、つい二世紀ほど前までは、これに負けず劣らずファンタスティックなものだったのだ。イギリスでは、恐竜の骨が掘りだされたりすると、すわ巨人族時代の人間の骨が出た、と小おどりしたものだし、生命は泥のなかから自然発生すると信じこんでもいた。そのお寒いかぎりの生物学が、すくなくとも今のような型になれたのは、かかって博物学的業績のおかげである。森に分け入り、水にもぐり、土を掘り返して、そこに存在しているものの全カタログを作成しようとした、初期の博物学者の情熱に支えられていたのだ。

その博物学のカタログが、動物・植物・鉱物の三部門から成っていたことは、今思えばきわめて重要だった。自然に存在する物の研究のなかに鉱物が含まれた事実によって、動植物のカタログは地理的な広がりをカバーするだけでなく、時間的広がり、つまり〈歴史〉をもカバーすることになったからだ。鉱物をもとめて土を掘り返せば、過去の見知らぬ生物の骨や化石があらわれる。そしてその骨と化石を今生きている生物と付け合わせることによって、人間は最初にして真の歴史感覚を手にしたのだから。H・G・ウェルズの『世界史大系』が重要なのもその点にある。あれは世界の歴史ではなく、〈地球〉そのものの歴史を語っている。それまでの歴史学は、いってみれば年代記学でしかないのだ。そしてこの歴史感覚が生物学上の用語に翻訳されたとき、進化と系統発生の問題が表面化するのである。

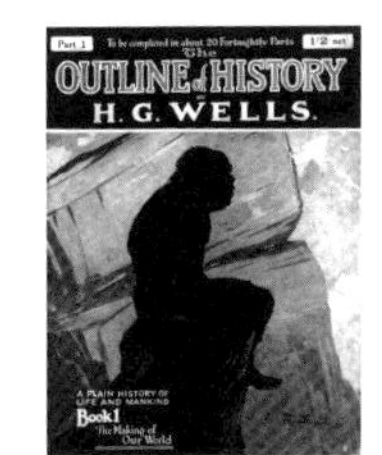

『世界史大系
The Outline of History』(1920)
初版表紙

b——ACCとCAAの問題

別に奇をてらって言うわけではないが、現実の問題として支那のふしぎな生物学から始まった進化学と系統発生学は、一方にメンデル遺伝学の流れ、そして他方にダーウィン自然淘汰説の流れをつくって、第二次大戦時まで推移してきた。皮肉なことだが、十九世紀をあれだけ揺すぶったダーウィンの進化論は、その後になってメンデル遺伝学の再発見により、進化の学説としては事実上息の根をとめられるかたちになったのである。しかしその転換が急であればあるほど、両陣営の対立は国家権力さえ巻きこむ〈戦争〉にまで発展せざるをえなかった。ここで仮りにメンデル派とダーウィン派と呼ぶ陣営は、メンデル・ダーウィンにプロパーな対立を意味しているわけではない(事実、二人の見解には多くの一致点も求められる)。それは陣営の旗印として担ぎ出されたものであって、その実は〈遺伝子による遺伝〉絶対派と、〈獲得形質による遺伝〉派との対決であった。しかもこの戦争は現実の国家間戦争とも重な

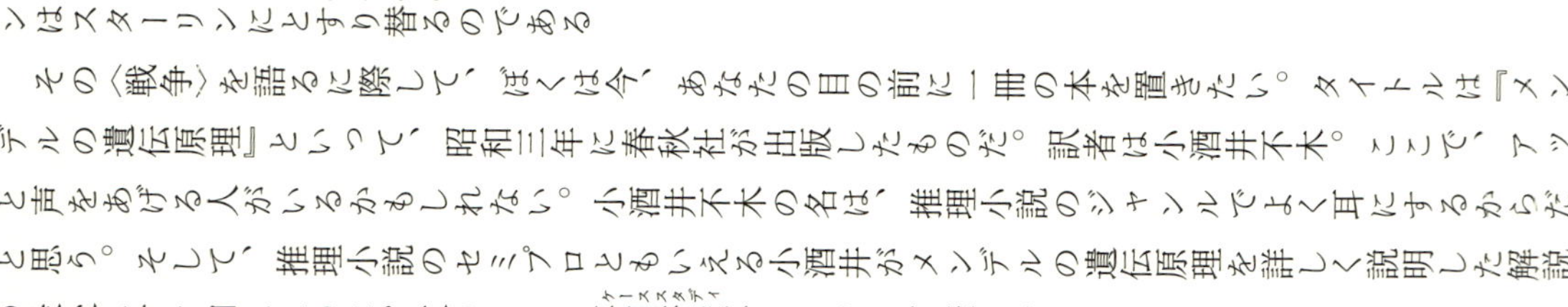

りあって、イデオロギーの対決にまでエスカレートする。すなわち、メンデルはヒトラーに、ダーウィンはスターリンにとすり替るのである

その〈戦争〉を語るに際して、ぼくは今、あなたの目の前に一冊の本を置きたい。タイトルは『メンデルの遺伝原理』といって、昭和三年に春秋社が出版したものだ。訳者は小酒井不木。ここで、アッと声をあげる人がいるかもしれない。小酒井不木の名は、推理小説のジャンルでよく耳にするからだと思う。そして、推理小説のセミプロともいえる小酒井がメンデルの遺伝原理を詳しく説明した解説の最後に付け加えたのは、次のような事例研究(ケーススタディ)である。まず読んでいただこう――

……さて(と小酒井は言う)、実験遺伝学が主に取りあつかうのは、生物各個体の形質であって、これには〈遺伝〉と〈環境〉と〈反応〉の三つが作用している。これを〈生命の三角形〉と呼ぶ。環境と反応とは、うたがいもなく個体にとって重要であるけれども、結局は、遺伝が、もっと遥かに重要である。環境を改善し、教育によって反応を善(よ)く訓練すれば、すでに生まれている世代を改善することができる。しかし遺伝を改善すれば、将来のあらゆる世代を改善することができる。ためしに、今、ACCとCAAの問題を考えてみたい。つまり〈生命の三角形〉からして、遺伝・環境・反応の組み合わせを考えるのである。この場合、評価Aを優、Bを並、Cを劣とすると、ACCという組み合わせは、優秀な遺伝子をもつが、環境・反応ともに劣っている人間を表わす。次にCAAというのは、遺伝的には大したことはないけれど、環境と反応とに勝っている人間を示す。つまり、なまけてばかりいる天才と、必死に勉強する鈍才のことだ。たとえば、配偶者を選ぶときには、CAAという組成を有す

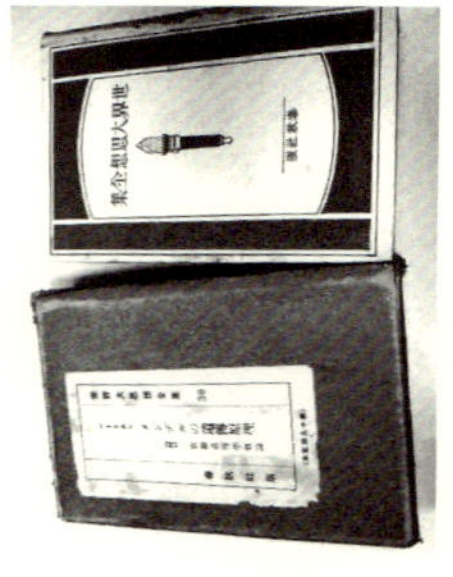

『メンデルの遺伝原理』(1928)

るものより、見かけは遙かに劣るようにみえるかもしれないけれど、ACCという組成を有するものと結婚するほうが、遙かにかしこい措置だろう。というわけは、遺伝は人間のもって生まれた本性で、いちばん大切な要素だからである——

小酒井先生のメンデル理論解説は、この実例によって全部を尽くしている。もっと極端にいえば、生物の形質は環境に左右されない、というわけで、もとの遺伝因子が悪ければいくら努力してもダメだ、との逆暗示を含んでいる。しかもこの逆暗示は、自然淘汰や生存競争といった〈環境と反応〉のほうに生物進化の力点を置いたダーウィン学説を、完全に葬りさるものとも考えられた。ダーウィンとメンデル派の死闘はここに始まったと言っていいかもしれない。

こう書くと、一部の遺伝学者や分子生物学者はすぐに目くじらを立てるかもしれないが、小酒井のメンデル理解がたとえ誤りだとしても、現実に〈メンデル〉の理論が社会におよぼした影響力は、おおむね以上のような文脈においてであった。そしてこの理論にとびついたのが、ヒトラー率いるナチ科学の担(にな)い手たちだったのである。ドイツ人の血の優秀性だとか、ユダヤ人虐殺の基礎をつくった〈ナチ人種学説〉は、言いかえればメンデル主義の人間への応用にすぎない。ナチは、もちろん小酒井と同じように、配偶者としてACCの組み合わせを選んだのである。

民族の優秀性を誇るには、血統の良さを挙げるのが一番。そして血統の良さとは、メンデル遺伝学からして、遺伝子の良さと同義である。環境が人間を決定する、労働がサルを人間にまで高めた、などと寝ごとをつぶやくエンゲルスなんか糞くらえだ！　人間の決め手は遺伝子なのである、ACCなのである、と日本の国粋的メンデリストである小熊捍（おぐままもる）なら豪語したことだろう。第二次大戦中に北大の理学部長をつとめていた小熊捍は、『国立遺伝学研究所設立の急務』と題したパンフを公けにして、「ポーランドにおけるドイツの侵略も、アルバニアにおけるイタリアの侵略も、これすなわち〝血の圧力〟である。われわれはそこに、〝如何にすれば自分の属する民族が強化されるか〟という命題を見出すにちがいない。遺伝の研究こそは民族強化に最も端的な効果をもたらすものである」とブチあげた。

しかも西欧では科学的にメンデリズムが優勢だったことから、ファシズムと西側遺伝学とは短絡的にとらえられることになり、反ファシズムや宗教関係、あるいは文学者に、ますますもって科学を嫌悪させる結果を招いた。

ところがである。ここに、ACCではなくCAAのほうを生物学として選びとる一大勢力が登場する！　ヒトラーを討ち負かしトロツキーを追い出して、共産主義の王座についたスターリンと、かれが率いるソ連の生物学者たちだ。この事態は、一九四八年の夏に突如として起きた。「にせ科学的で、非愛国的で、観念的なメンデル主義者」はすべてソ連科学アカデミーから追放され、〈唯一の生物学であるダーウィン＝ミチューリン主義〉者が国を固めるのである。あるいは、ルイセンコ事件と言ったほうが、通りはよいかもしれない。

マルクス主義者にしてみれば、CAAよりもACCのほうが勝っているというメンデル的な考えはブルジョワ生物学の妄想にすぎない、いや、妄想でなければならなかった。そうでなければ、人間社会にある階級は遺伝的に超えられないものになってしまうし、これでは革命にならないのである。人間は本来平等につくられていて、しかも教育や制度を通じて高められていく、と大見栄（おおみえ）を切っている〈唯物弁証法〉の手前、生物学の面でもＣＡＡの組み合わせ——つまり、資質はいやしくとも環境と反応にすぐれたもの——を良しとする理論を選びとる必要が、どうしてもあったのだ。そしてその要請に応えるソ連型生物学は、まずミチューリンという農芸家の手によってみちびかれ、スキャンダラスな形ではルイセンコの出現を許すこととなったのである。そこで、ミチューリンの理論とは何なのか？なぜ反メンデル主義といわれるのか？　これを問うことにしたい。そして最終的には、進化論自体の問題が文学の面にどのような影響をおよぼしていくのかを、しばらく長い目で追っていくことにする。

c——植物もまたマルクス主義に共鳴することの実例について

これまでは無知なブルジョワ農民の手で育てられていた不幸な農作物にも、マルクス主義の理論を教えこめば、がぜん目醒めた植物となって、ロシアの寒冷地でも生長できる強さを身につけ、しかもその獲得形質を子孫に伝えることができる——と書けば、ミチューリンへの冒瀆だろうか？

いずれにしても、そんな譬えが実際にミチューリン主義の荒っぽいテーゼなのだった。しかし、ミチューリンが以上のような生物理論を確立したのは、マルクス主義を学んだからではない。むしろ、ダーウィンを全面的に信仰しての結果である。ここでミチューリンの話にはいるにあたって、メンデルとナチとの関係を説明するとき引用した小酒井不木との釣り合い上、今度は大竹博吉という人を引き合いに出す。大竹といっても、何者だか見当はつかないだろうが、〈ナウカ社〉といえば覚えのある人もいるだろう。ソ連の文献を一手に輸入紹介するユニークな会社で、とくにソ連SFを読む人にはお馴染のはずだ。かれはその〈ナウカ社〉を創立した人である。どうか、小酒井との対比を楽しんでほしい――

終戦後、ソ連関係の文化を総合的に紹介する日本側の窓口ともいえる〈ナウカ社〉を再建した大竹博吉が、みずから『ミチューリンとその学説――原則と方法』(1950)を編みあげたのは、ある意味で運命的だった。関東大震災がおこるすこし前のこと、大竹はモスクワでひらかれた第一回全ソ農業博覧会を見物に出かけて、ひとつの驚くべき事実を目のあたりにしたのである。寒い気候のせいでソ連には育たないとされていたブドウが、会場で枝もたわわに実っている。びっくりして説明を聞くと、もう七十歳にもなるミチューリンという農芸家が、苦心の末に創りだした耐寒性の品種とのこと。そのときの感動がきっかけとなって、かれは戦後、書きためたノートをまとめてミチューリンの紹介をみずからやってみようと決心するのである。

ミチューリンは(と、大竹は語りはじめる)、子供のころから「人類の需要にもっとも完全に適するまったく新しい植物種」を創造することに熱意を燃やした人である。ロシアでも十分に育つような強い果樹を育てようと、雑種の実験をいろいろと手がけたが、革命がおこるまでは、インチキ呼ばわりもされ、作った雑種植物を「神への冒瀆だ」と批判されたこともあった。しかしかれは、「ロシアは神の恩寵を待っていられない」と宣言し、人間の手で自然を変える方法の研究を頑固にやりつづけた。ダーウィンが

イヴァン・ミチューリン
(Ivan Vladimirovich Michurin, 1855–1935)

主張するように、生物が自然環境によって進化するのであれば、その自然を支配しようとしている人間に生物を進化させられない道理はない。いや、それどころか、人間が手を加える場合には、動物や植物の形態を、「もっと迅速に、しかも人間の望む方向へ」変化させることが可能なはずだ。こう考えるミチューリンは、栄養雑種など数々の雑種法や接ぎ木法——つまり、今でいう品種改良の方法をあみだし、これを遺伝的に安定させることに成功した。ヤロビ農法と日本で呼ばれているのも、ここから来たもので、種を低温保存してから播くと、冬をすぎたと勘違いした種がすぐに芽を出す事実を利用したものだ。これを世代的に繰り返すと春播き植物を秋播きにしたり、その他人為的に好都合な種が出来あがる。そしてここから出た答えは、生物個体と環境との一元性、あるいは後天的に獲得した形質は遺伝させることができる、ということである。これをさらに徹底させたのが、後継者的存在であるルイセンコで、そのうちに「従来は交配できなかった種間の交雑に成功し、混合花粉を使ってライ麦を小麦に変えることができた」と世界中に喧伝するに至って、西側から「実験データも示さないくせに、よくそんな冗談が言えたものだ」と猛反撥が出、ここにルイセンコ学説の真偽をめぐる論争が起こることになる。戦前はナチ＝メンデル学がファシスト生物学と批判されたのに対し、戦後はダーウィン＝スターリン学が猛糾弾されるのである。

一方、ミチューリン主義者のほうも黙ってはいない。メンデル理論を信奉し、動植物の遺伝形質は生活条件とは完全に無関係だとする「観念論生物学者」や遺伝学者たちに、こう警告するのである——

「ダーウィン主義は今や、観念論生物学や遺伝学によって曇らされている（事実、西側ではメンデルやド・フリースの理論が出て、遺伝因子の問題をまるで知らなかったダーウィン説を時代遅れと決めつける風潮にあった）。しかし西側で攻撃されているダーウィン主義は、ソヴィエトにおいて一九四八年に完全に勝利した。メンデル主義のように、偶然だけしか変化の引き金として認めない科学は、ものの役にも立たない。実践もできず、予想もつかないような科学は、〈科学〉の名に値しない。こうしたメンデル主義からわが科学をすくいだすことによって生物学は観念論から唯物論へと高められる」（ルイセンコ『生物学の現状』による）。

こうして、ソ連の農作物はすべて唯物弁証法を学習することによって次々に優秀な品種に高まっていった。ソ連ご自慢のコルホーズやソホーズの農場でおこなわれているのは、要するにこういうことなのである。遺伝の生物学的メカニズムはどうあれ、ここで大切なのは、ミチューリンが自説を農業に応用して生物学を生産力に結びつけた実践性である。品種改良の技術である。この場合、ド・フリースの突然変異説も改良作業に役立つが、偶然ということを本義としているから、イデオロギー的には批判される。けれども、それにもかかわらずソ連が、あいかわらず農作物の多くを、〈洗脳〉されないアメリカ産に頼っている事実は、ある意味で皮肉ではなかろうか。

ミチューリンを支えるダーウィン説は、たしかに危機に瀕していた。環境要因のほうはメンデル説でやられたし、また生存闘争という考え方もその後の生態学の発達によって、種内闘争が必ずしも起

媒介雑種法

ミチューリンは、たくさんの實驗によつてつぎのことを明らかにした。

「いろいろな種類の雑種植物の多くは、とくにそれらが最初の開花をはじめたころには、純種の植物よりもはるかに交配しやすいものである」

こういう事實を基礎にして、ミチューリンは遠隔雑種のあたらしい方法——媒介雑種法を發見した。

かりに、AとBという二つの種類の植物が直接たがいに交配できないばあいには、まずAおよびBと交配する能力のあるC種をえらびだす。こうしてAとBのあいだの中間雑種型（媒介者——b）がつくりだされ、そののちにDをBと交配する。

實例をもつて説明しよう。

ミチューリンはモモの栽培種を北地へ進出させることに熱心につとめた。この目的でかれは南方産栽培種のモモを、耐寒性のつよい野生のミンダリ（扁桃）と交配した。この交配ははじめ成功しなかつた。そのときミチューリンは耐寒性のつよい蒙古産の野生ミンダリ・ボボウニク（扁桃）を、アメリカ産の野生モモのダヴィッド種と交配した。この交配によつて、栽培種のモモとたやすく交配する能力をもつ、あたらしい雑種を獲得することができた。ミチューリンは、この實驗によつて、寒さのかなりきびしいソヴェト同盟の中部地帯で栽培に適する、モモの耐寒種を創造する實際的な方法をさだめることができたのである。

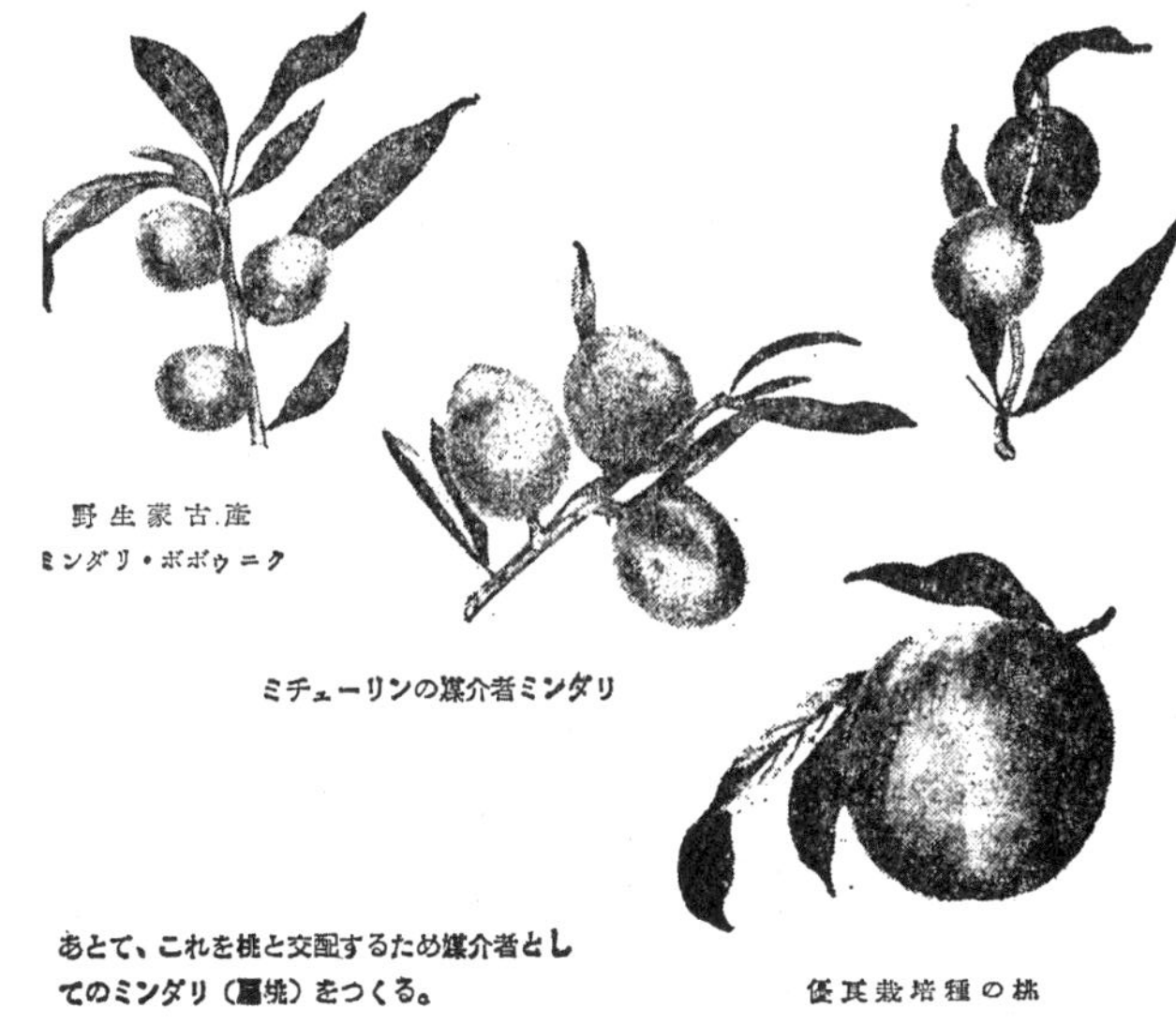

野生蒙古産
ミンダリ・ボボウニク

ミチューリンの媒介者ミンダリ

あとで、これを桃と交配するため媒介者としてのミンダリ（扁桃）をつくる。

優良栽培種の桃

●大竹博吉『ミチューリンとその学説——原則と方法』（1950）より

らないことが明らかにされ、とくに今西錦司の棲みわけ理論などを通して、支持を失いつつあった。そのなかでのミチューリン説と、それにともなう農業運動とは、「キリンは高い木の芽を食べる必要から首が長くなった」と獲得形質の遺伝を唱えたラマルクに還ることによって、逆に〈環境と生物〉の相関性を強化したのである。進化とは、遺伝子の組み合わせといった数学的問題ではなく、環境への適応から来る「生理学」の問題なのだ、とルイセンコは言う。

ここで、この〈戦争〉の端的な例を示そう。ミチューリン時代のどの十年間をとっても、西側では植物の品種がせいぜい十か二十程度しかできていないのに、ソ連では数十から百の単位で増加したという。ほんとうだろうか？　品種改良の数を問題にするのなら、西側の一員である日本だって負けてはいない。ミチューリン時代を例にとっても、日本ではたとえば金魚の飼育品種だけでも明治大正期に十種類以上は確実に創りだされている。動植物を合わせたら、総数はアッという間に数十にはなるだろう。またアメリカでは、四肢が極端に短い羊が、突然変異で出てきている。脚が短くて柵を跳びこせない羊は、唯物弁証法なんぞ知らないアメリカの農場で、ちゃんと生まれているのだ。もっとも、これは〈戦争〉だから、ミチューリン派も立派な論駁材料を用意してはいる。その証拠に、日本のミチューリン派は「なるほど日本の品種改良技術は古くから発展していたが、これはソ連のそれと根本的に違っている。わが日本の品種改良の目的が、決して人民大衆のためのものではなく、ぜいたくの階級の嗜好を追い、栄養というよりも、美観とか、美味とかいった面にのみ目が向いていた」と、断罪するのを忘れていない。

クレムリンで演説するルイセンコ

d——僕の村も戦場だった？

いま、日本のミチューリン派という言い方をしたが、じつはわが国にも〈日本ミチューリン会〉が存在しているのである。この会（以下、ミ会と略す）の歴史を語ることは、さっきの大竹らの活動を辿ることにもなるので、アフターケアとして少し述べておきたい。大竹はソ連から帰ったあと〈ナウカ社〉を創立し、ミチューリンの著作を訳出刊行するように農林省に働きかけたのだが、全然相手にされず、決意して自分で訳出する気になった矢先、昭和十一年に治安維持法に引っかかって逮捕され、戦後になるまで拘置された。戦後になって機会を得、すでに書いた『原則と方法』を出版し、翌昭和二十六年からは長野県に移住して農民にミチューリンの学説を紹介し、「かつてミチューリンが帝政ロシアに踏みにじられた国土を花咲く大地に変えたように、戦争で荒廃した日本の農村を緑の大地に変える」ための活動を開始した。そして三年後の昭和二十九年二月に、農民・科学者・学生が七百名参加して〈日本ミチューリン会〉が発足することになる。その後のミ運動は、ある意味で目ざましいものがあり、接木雑種としては前代未聞のヒエとイネの接木植物ヒエイネ！（当時までイネ科植物の接木をやったものがいなかった）、メロンとスイカを交配して創ったメロンスイカなどが、その代表的成果である。

ミ会はその後昭和四十六年に、「ミ農業で出稼ぎしなくともよい農業経営を」などのスローガンを打ち出し、昨今のエコロジー問題ともからみながら、ヤロビ農法を通して昭和五十年代まで農民層に広く浸透していった。ところが、例の高度成長期にはいると、農業は化学肥料とトラクターの時代になって、生産を大倍増させる。同時に、種を冷蔵庫にいれて〈春化〉させたりする、おまじないみたいなヤロビ農法は、その不安定さのために一気に切りすてられてしまう。こうして、対立が鈍化してしまったミチューリン派と反ミチューリン派の〈戦争〉は、いまことさらに表だってはいないにしても、確実に今日にまで持ち込まれているようだ。

ともあれ、メンデル理論やダーウィン理論がひとつの学説であることを超えて、現実の世界にかず多くの事件や事態をもたらした事例を、これでいくらかでも伝えられたのではないかと思う。ミチューリンもルイセンコも、あるいは敵側のモーガンもJ・B・S・ホールデーンも、さらに小酒井不木や大竹博吉まで含めて、かれらはいずれも思想において過激だったし、またそれが現実を動かすほどの力をもってもいた。

こういう状況のなかで、生物学戦争が文学にまで持ちこまれたことは十分に想像できるわけだが、しかしたとえSFのなかでこれらの消息が繰り返されたにしても、それらから得られるインパクトなり感動なりが、オリジナルに比べてどれほどのものであり得ただろうか、とぼくは思案してしまう。激越という点では、文学上のレプリカは結局のところオリジナルを越えられないのではなかろうか。このことは、ツィオルコフスキーとベリャーエフの場合、A・E・ヴァン・ヴォートとアルフレッド・コルジブスキーの場合、またジェームズ・ブリッシュとディラックの場合など、SF作家と科学者とが結びあったいくつかのセットを眺めたときに、余計はっきりとしてくる。そして、もともと「理科系の文学誌」とは、そうした文学と科学との函数的な関係を見る仕事と、科学のレプリカとしての文学がその過激さとインパクトとをいかに弱めた存在であるかを検証する仕事との、総称であったような気がする。

e——キリンの首とバーナード・ショー

さてそこで文学の側だが、ここでは遺伝論争の発火点として、最も奇妙な劇作のひとつ『メトセラへ還れ』を採りあげよう。これはバーナード・ショー唯一のSFと呼んでよい。ショーはこの有名な作品のなかで、メンデル説が発掘される以前の進化論争について点検する。「専門の生物学者でさえ分かっていない」ラマルクとダーウィンの考え方の違いをこれから説明する、と生物学者でもないショーは切りだしたあと、しかしその天才を発揮して次のような例題をまとめあげる。

まず、首の長いキリンの話だ。生存競争と自然選択を採るダーウィン説だと、たまたま何頭かのキリンが長い首をもって生まれ、食糧不足のときにほかのキリンが死んでもこの数頭だけは生きのび、それが種族を殖やして「長い首」のキリンをつくることになる。これに対して、ラマルクの説は、樹の上にある芽に届こうとして首を伸ばしているうちに、その苦心が実って首の長いキリンになったと教える。しかしこれだけでは困るのだ。人間の場合、こうして自活していける進化人種は最大に見積っても五％止まりだ。あとは飢えて死ぬしかない。ショーはこのラマルク説、すなわち〈創造的進化〉

バーナード・ショー
(George Bernard Shaw, 1856–1950)

の意味を明快にしただけでも、科学史のなかの文学者として評価されていい。むずかしい単語が嫌いな向きのために言えば、ちゃんと進むべき方向が意識された進化である。すでに書いたように、同じ反ダーウィン主義者で『エレホン』の作者でもあったサミュエル・バトラーは、その文学作品を通じては、この点をショーのようにみごとには論破できなかったのだから。

そのショーの〈みごとな論破〉については、かれをH・G・ウェルズよりもはるかに重大な「理科系の文学者」と持ち上げるコリン・ウィルスンの言葉を引くのが、手っとり早いだろう。

「……動物にとって生は不可避的に限られたものであり、ひとたび環境を支配し、生物としての基本的な欲求を満たしてしまえば、生活は惰性で営まれることになり、惰性もしくは習性が定着すれば、生命力は弱まり始める。死は生きたいという意欲の欠如から起るという仮説をもし認めるならば、その逆も認めることになる。つまり、もっと長く生きたいと意識的に欲すれば、現実に人間は長く生きられるかもしれぬ、ということである。現に、生への欲望を失った人は死ぬことが多く、生への欲求が強ければ寿命が延びうるということは実証可能なのだ」(中村保男訳)

ここで『メトセラへ還れ』の主題は明確になる。生命の活力を失いかけている世界に対する、ショーを通じた〈創造的進化〉からの福音が、それである。ラマルクの考え方を、「不死」の方向で利用することである。全編五部から成るストーリイは、したがって、エデンの園にいるアダムとイヴの話から

『メトセラへ還れ
Back to Methuselah』(1922) の
舞台ワンシーン(1924)

始まり、紀元三一九二〇年の未来に及ぶ人間進化の歴史を辿っていく。メトセラ、あるいは英語風にメシューズィラは、創世紀に出てくる九六九歳まで生きた男で、いうまでもなく「長寿」のシンボルである。第一部の物語はエデンで自然のままの生活をいとなんできたアダムが、毎日の繰り返しにすっかり退屈してしまい、千年かそこら生きればたくさんだと結論するまでのくだりが描かれる。死は、蛇に教えられたイヴの口を通して、アダムに伝えられる。しかしこれは救済であると同時に、生物の限界を示す区切りともなった。死を味わった人間にとって、もとの「不死」を保っているのは心しかない。肉体の限界を超えられるのは精神だけであって、やがてここに〈進化〉の可能性の芽が生みだされる。

こうしてすっかり「死にぐせ」がついてしまった人間に、第二部では新しい〈福音〉がもたらされる。人間には社会をよくする目的がある。そしてこの目的を果たすための心の機能（つまり意思）は、目的を果たすまで死ねないという「生への執念」を喚びさますはずだとする、バルナバ兄弟の生物哲学がブチあげられる。人が死ぬ本当の原因は、「死ぬよりほかにすることがないからだ」と、ショーは言う。そしてその通り、ショーは自分でも「他人にうんざりされる」ほど長生きした！

第三部にはいると、右の生物学者兄弟の予言がいよいよ事実となる。調べてみると、世の中には〈長命者〉とでも呼ぶべき一群の人間がいて、かれらは世界の人間の寿命に合わせるために、何度も「死んだふり」をしては別人として改めて世に出てきている事実が、ひょんなことから明るみに出る。こうして存在が確認された〈長命者〉は次第に数を増し、ついに一定の勢力となってアイルランドに移り住むにいたり、英国本土の〈短命者〉たちと対峙することになる。

そして劇的な第五部がやってくる。ショーのSF的才能を端的に示すのがここだ。舞台は紀元三万余年の地球。そこでは未来人たちが、今まさに〈卵〉から生まれ出ようとする「赤ちゃん」の受け入れ準備のために、かいがいしく動きまわっている。卵とは大きなカプセルであって、そこにいる胎児は、二十歳になる若者たちである。未来の「赤ちゃん」たちは、母親から生まれて最初の二十年間を、この〈卵〉のなかで胎児として暮らすのである。なにしろメトセラ世代の未来人だから、寿命はうんざりするほど長い。二十年間カプセルにいても、問題ではないのだ！　そしていったん外に生まれ出ると、赤ちゃんたちはすさまじい速度で成長する。この点の知的進化主義について、ショーは一時的に〈盟友〉であったH・G・ウェルズのそれと一致する見解を示している。当時ウェルズは、「日に日に成長していく」文化人だと言われた。夜にウェルズ家のそばを通りかかると、ウェルズが成長していく「グン、グン」という音が、ちゃんと聞こえたという笑い話まであるほどだ。

こうして成長する赤ちゃんに進化の真理を教えこむのは、メトセラの種族となって〈古代人〉と呼ばれるようになった、あの長命者たちである。ここで子供たちに教えられる進化の真理とは、ピグマリオンの物語だ。ピグマリオンは才能豊かな彫刻家だったが、やがてかれは「古代人」の彫像しか作らなくなる。人々は、才能がなくなったのだと非難するが、彫刻家はそれに答える——彫刻などという上べだけの砂糖菓子はもう要らない。わたしは精神を彫り刻む仕事にかかったのだ、と。

どういうことか？　人間が進化を開始する第一ステップは、芸術を創ること、つまり見えない夢を映す鏡をつくることから踏みだされた。しかし第二ステップでは、もう鏡は要らない。人間は成長して、自分自身の心を磨きあげるのである。第五部に登場する「古代人」の言葉を借りれば――

「私が私の人形を棄てたとき、私が最後の実存として眼を向けたのは、私自身だったのです。ただ私自身の内部でのみ、私は形づくり、創造することができたのです」ということになる。

こうして創造的進化の窮極は、長寿の極みとしての〈永遠〉、つまり物質の征服へ到達する。それは同時に、アダムが「飽きあきした」永遠の生を、再度自分のものにすることでもある。進化と永遠……しかし何と奇妙な！

ショーの作品のほかに、もちろんステープルドンの進化テーマや、ヴァン・ヴォートの『スラン』、あるいはブローティガンの『西瓜糖の日々』までも含めて、言及しなければならない理科系の文学がある。しかしここでは紙幅がないから、最後に、ラマルクのことを少し話して本稿を終わることにしよう。ラマルクの生命哲学の根本は、はっきり言えば「自然発生論」である。無機物の流れがどこかで有機物にすり替り、それがまた無機物の〈死の手〉によって物質へと還る。ラマルクの獲得形質説だ、キリンの首だ何だといっても、それはかれの考えの一端でしかない。それよりもかれが描いたのは、物質と生命とを一元化している「創造の大いなる鎖」だった。物質と生命をつなげたという意味ではアナーキーだが、しかしその流れの向きは間違いなく〈無機から生命へ〉という進化観、すなわち単純から複雑へという秩序の方向に向いていた。そしてその向きこそが、生命の意思であり、もっとベルクソン風にいえば〈創造的進化〉、方向性のある進化にほかならなかった。

a——アフリカ原住民がウォークマンをつけたら、たぶん発狂することについての、一般的理由

SFや幻想怪奇、あるいは推理小説やファンタジーの類が、あたかも〈文学〉ではないかのように思われていた時代が、たしかにあった。日本でも、つい昨日まではそうだった。なぜ、そうだったのか？もちろん、純文学・正統文学をもって任じる文学者たちの自負もあったろう。人生の大問題にソッポを向いて、やれ科学だ幻想だのと、絵空ごとに興じている連中の気が知れなかったのだろう。

それはそうだ。しかし、もうひとつ時代を下ってみれば、驚くなかれ小説といった形式それ自体からして〈文学〉なぞではなかったのである。〈文学〉といえば、これはもう韻文、つまり詩のことを指すと相場が決まっていた。自由詩だとか散文だとかは、ひと昔前のSFやファンタジーと同様に、まともな文学ではなかった。だいいち、散文などというやつは、要するに科学の言葉であって、どだい文学になじむような形式ではなかったのだ。もう科学書としては通用しなくなった古い科学論文や

哲学書のたぐいまで〈文学〉として鑑賞しようという、まことにもって頼もしい現代の文学愛好者は、さぞやいぶかしく思うことだろう。

しかし！　にもかかわらず、本来的に文学が韻文であって散文ではなかったという事情は、真実である。だから、じつに味気なくいろどりのない文章を、〈散文的〉と形容してなじるのも無理はない。なぜそういうことにならなければならないのか？　はじめに答えを言っておこう。文学は〈建築〉だからである。

マーシャル・マクルーハンの名を挙げると、すぐに〈ホット・メディア〉とか〈クール・メディア〉とかと言いだした学者か、という話になってしまうが、かれはもともと英文学を講ずる文学研究者だった。そのかれが著した『グーテンベルクの銀河系』は、今ではタイトルのみ人々の記憶に残る「過去の本」になってしまったが、グーテンベルク以降の印刷文化の本質を衝いた非常に重要な文学論である。印刷本を読むことが人間にどんな影響を及ぼしたかというと、マクルーハンが説明するには、人間を「みんな精神分裂症」にしてしまったというのだ。この点は、映画の場合も同様だろう。かつてアフリカの原住民に、赤十字の奉仕活動を紹介する映画を見せたことがあった。ところがであるボランティアの活動がいかにアフリカ住民に役立っているかを丁寧に紹介する映画が終ったあとで、かれら原住民に映画の感想を尋ねたところ、おどろくべき答えが返ってきた。

いわく、「鳥がとんでた」

「鹿が走ってた」

ここで、文明人たちはメディアに関するじつに興味ある発見をすることになった。問題の映画は奉仕団体の活動を映したものだから、原住民などが言う「鳥」だとか「鹿」だとかが映っているはずはない。重ねて内容を質してみると、かれらは「奉仕団体の活動」という映画のストーリイを、まったく理解できていないことが明らかになった。それでは、「鳥」や「鹿」のほうはどうかというわけで、文明人たちがこまかく画面をチェックしてみると、たしかに原住民のいうとおり、ごく偶然に数カット、鳥や鹿が映っていた！

これはいったいどういうことか？ 印刷本を読む習慣を身につけ、意識をいくつにも分断する方法を知っている文明人は、映画の空間を現実の空間から切りはなし、そこに映る画面をひとつづきのストーリイとして認識することができる。つまり、映画の物語と、現実に進行している時間の流れとを、別々に管理できるのだ。考えるに、その意識分割のノウハウ（秘訣）を文明人が学んだのは、本を読むという新しい〈知覚行為〉からであろう。小学校の指導要綱にもある通り、本は目から三十cm離して読む。視覚に本全体がちょうど収まるくらいがよい。この「ちょっと目を離して読む」のが、クールに対象から距離を保つ方法なのだ。映画でも、現代人はその視点を画面からちょっと離した手前がわに置く。子供や原住民が頭からのめりこむようにして本や画面に没入してしまう行動とは、いちじるしく違う点に注意していただきたい。これに対して原住民たちは、映画のなかに自分もはいりこんでしまう。画面に映る草原にはいりこんで、鳥や鹿を狩るときとまったく同じ意識状態になって、映画のストーリイを追うことの代わりに実際の狩りをやってしまう！

●印刷技術の発達をあらわす図版

写本室中の修道僧（中世）

グーテンベルク型印刷機（15世紀）

16世紀の印刷職人

輪転機（19世紀）

じつは、マクルーハンが引用したこのような実験結果こそ、印刷本が人間に与えた意識上の影響そのものなのである。かつて文学は音とかたちと意味とから成りたっていた。つまり目と耳と頭のすべてを傾注してできあがる空間であった。その証拠に、グーテンベルク以降かなり後世まで、本を読むことは音読を意味し、たった一人の場合でも自然に声を出さなければ、読んだことにはならないとされていた。また演劇の場合でも、ストーリイのなかの時間経過と実際の時間経過とがほぼ一致することを常識としていた。すなわち、劇が一度流れだすと、舞台上の区切りもないのに、とつじょ「それから三年経ちまして」とやっても、観客はキョトンとするばかりだったのである。言いかえれば、メディアがつくりだす空間と、それを見る人間が現実に生きている空間とが、ピタリと一致しなければ、人々はそれを理解することもできなかった。

この意識上の一元性を修正したのが、もちろん印刷本である。やがてわれわれは、文学から音とかたちを割り引いて、もっぱら目による意味の解読だけをおこなうようになった。音と形を失っている近代的な散文による小説形態は、以上のような訓練が終わってはじめて生まれるべきものだったのである。本を読みながら、しかも自分が本を読んでいることを知っているという、この分裂意識は、今日では音までも巻きこんで、耳にはいる音の世界と、目からはいる映像の世界と、現実に手足を動かしている世界とが三極分裂していても、それを平気でコントロールできるようにさえなった。これはおそるべき現象だ。さっきの原住民の例でいけば、かれらにウォークマンをつけさせたら、まちがいなく精神分裂症をひきおこすだろう。現代人は、ある意味で、狂気すら飼い馴らしつつあるということなのだ！

b――文学と建築とがイコールでつながっていた時代のこと

しかし、人間のこうした意識分裂傾向は、〈文学〉にもいやおうなく変容を強いた。すでに書いたように、〈文学〉の空間は全方位・全感覚的なものでなくなってしまったのである。そしてこの断絶が、〈文学〉から定型詩の本質をうばいとってしまった。そればかりではない。もともとは普遍的な表現形式以外のなにものでもなかった〈文学〉に、内容的にも文科系のそれ――つまり理学とは対立する世界の記述を押しつけてしまったから、文学のグロテスク化はもはや避けがたかった。

日本文学の例でいこう。たとえば、あなたにこう質問を浴びせる――どうして和歌や漢詩が定型詩なのか、と。古来、日本の文学的才能とは定型詩の才能であった。平安ごろから、日記や物語という、いわば女子供だけがやるような〈文学まがい〉が大手をふって歩くようにはなったけれど、依然定型詩は文学の王道であった。それなら、五七調とか七五調がなぜ必要なのか？　この問題は、たぶん文学からのアプローチだけでは解けない。なぜなら、当時の文学とは、今日のような文科系の人間による文科系の――ということは非理科系の〈文学〉では、あり得なかったからである。

その傍証をいくつか示してもいい。ヨーロッパの場合、知的エリートであるために修めねばならない大学の学問、いわゆる諸学（アート）は、文法や神学をはじめ、あの数学をふくむじつにユニバーサルなものであった。当時は文科系大学などというものはないから、文学をこととするような知的エリートは、当然ながら数学や天文の学にも造詣が深くなければならなかった。逆に言えば、そのころの文学の底には、純粋に文芸的な基盤のほかに、科学や宗教や法律学の基盤も重ね合わされていたのである。とすれば、和歌の定型五・七・五・七・七は、易学的な観点から、数秘術的な観点から、あるいは音楽的な観点から解かれる必要が、どうしてもある。定型とは、すなわち〈文学〉に対するすべての非文科系的な要請から生まれてきた形態だったかもしれないからである。

では、定型がどういうわけで〈文学〉の本質部分を成り立たせるのか？　ここで最初に書いておいた結論が活きてくる。文学は建築である、ということだ。どちらも、目に見えない世界を具体化するという意味において。

美の具体化をめざす建築にとって、その使命は数のハルモニア（調和）を建造物に置きかえることである。ひとつの煉瓦、ひとつの柱、ひとつの窓は、全体として数のハルモニア（つまり比率）を具体化する材料なのだ。そのためには、数学や幾何学という抽象的な道具をつかう。この道具は、数をとり扱うためのものである。こうして建築は、その美の保証として数のハルモニアを構成したあとで、実際に石や煉瓦をつかって建造にとりかかる。

ところで、美の具体化という意味では、音楽もまた同様である。音楽もまた、ハルモニア（ハーモニィ！）を具体化するために、音——あるいはメロディとリズムを使って建造物をかたちづくる。この場合、あらゆる音程は、ご存知のように数学的に定められる。一本の弦を用意して、この弦のまんな

R・フラッドによる調和的音階宇宙の比率を表す図

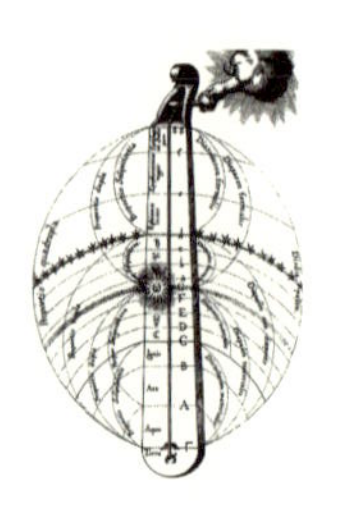

かを押さえれば一オクターブの音が創りだせる。さらに弦を3：2，4：1といった長さの比率で押さえれば、第五音だとかそのほかいろいろな音を作り得、しかもその比率を調整することによってハルモニアの完全度をコントロールすることができる。古代ギリシアの数学者ピュタゴラスがこの音程の法則を太陽系惑星の太陽からの離度にあてはめたことは、よく知られている。

では、文学はどうか？　文学もまた、単語という音の組み合わせによって、目に見えない言葉の力を具体化させるのだ。言葉の力とは、日本的にいえば言霊（ことだま）であり、神の力そのものを指している。そして文学が、建築や音楽と同様にその完成度が〈美〉という基準で測られるのなら、建築や音楽とこれまた同様に、目に見えぬ世界の法則である数学と幾何学に従っていなければならないはずだ！　なぜなら、現在までに知られている具体化された〈美〉の尺度を、ぼくたちはこれ以外に知らないからで、文学の定型の謎もまたそこに拠っていなければならないはずだからである。

c――黄金分割の美学

文学の定型が数学や幾何学によって定められた可能性を云々（うんぬん）する、などといいだすと、バカな！　と思われる人が多いだろう。しかし易経や中国の天文暦法、あるいは世界観でさえも〈数〉を基礎に置いている実例があるのだから、かならずしも不可能なわけではない。いま、定型ということが〈文学〉の美を支える要素であること、したがって文学＝韻文とする古代からの〈文学観〉がなにか重大な哲学的原理によっている可能性を示すために、ひとつの例を引こうと思う。それは、建築の美的基準である〈黄金分割〉である。

古代ギリシア人が、本能的に美しいと感じられる事物の配置とその比率の法則を指して、〈黄金分割〉と言ったのは、まことに的を射ていたと評してもよい。なるほどこの分割は、まず第一に、絶対的に安定なのである。分割をどこまでつづけていっても、その安定感はかわらない。つまり、どんな事物の分割配置よりも、**均り合いがとれている**。ある形態学者の説だが、オウム貝というアンモナイトと同類の貝が、絶滅したアンモナイトと違って、数億年も生き長らえたのは、殻の巻きかたがこの黄金分割法によっていたからだという話もある。黄金分割螺旋は、あらゆる方向に同じ均り合いを保ち、成長のさいに歪みが生じないからなのだ！　そして不幸にもアンモナイトは、貝の巻き方が黄金分割螺旋によっていなかったために、均衡をくずし、絶滅しなければならなかった。

それでも、均り合いがとれているというだけなら、ものを二つに分けたほうが簡単だし正確ではないか、と考える人があるいはいるかもしれない。もっともな疑問なので、いまそれを図にしてみる。

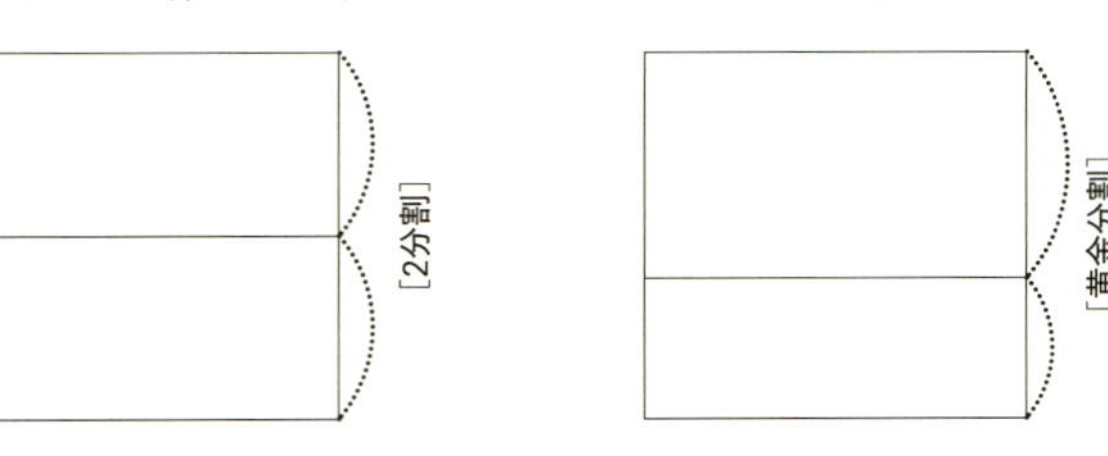

二分割も、たしかに一見均り合いがとれているように見える。しかし黄金分割に比べて、美しさと調和に欠ける。欠ける理由は、二つに分割した部分aとbが、お互い同士のあいだでは均り合いを保っているが、a＋b、つまり総体との関係でバランスを失している点にある。a対bの関係が1/1、つまり1なのに、a対a＋bの関係は1/2、つまり0.5だからである。これでは、全体と部分との比率が、部分と部分との比率にくらべ、違いすぎる。そこで、部分同士のつりあいも取れ、また部分と全体とがその同じ比率につり合うような分割のしかたを、探さなければならないことになる。すなわち、a：b（部分同士の比）＝b：(a＋b)（部分と全体との比）の式が成立しなければならない。これが〈黄金分割〉なのだ。こまかい計算は省略するとして、これを求める式は、$\frac{1\pm\sqrt{5}}{2}$で与えられる。結果は、1.618または－0.618になる。数学ではこれをφと表わす。ちょっと検算をしてみたい。

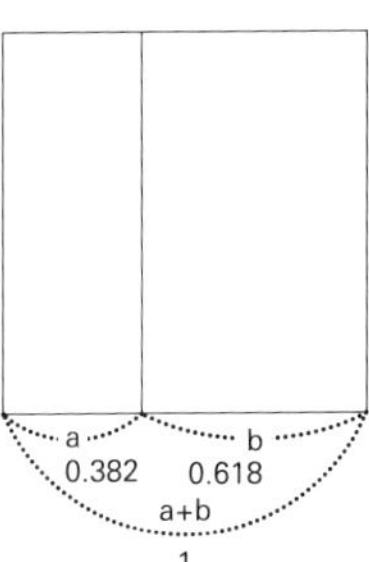

とするとき、a：b＝b：(a＋b)が成り立つかどうか？　0.382：0.618＝0.618：1 ⟶ 0.382×1＝$(0.6189)^2$＝0.382となり、部分と全体とのバランスがぴったり一致する。ちなみに、φで示される数

のコンマ以下の三ケタ、つまり.618がどんなにみごとなバランス大系をつくりあげるかは、次の数式で見てみよう。ϕを柱として、バランスのとれた整数値があらわれる——

（ϕ = 1.618とする）

$$\phi^{-1} = 0.618 = -1 + \phi$$
$$\phi^{0} = 1.000 = 1$$
$$\phi^{1} = 1.618 = 0 + \phi$$
$$\phi^{2} = 2.618 = 1 + \phi$$
$$\phi^{3} = 4.236 = 1 + 2\phi$$
$$\phi^{4} = 6.854 = 2 + 3\phi$$
$$\phi^{5} = 11.090 = 3 + 5\phi$$
$$\phi^{6} = 17.944 = 5 + 8\phi$$
$$\phi^{7} = 29.034 = 8 + 13\phi$$
$$\phi^{8} = 46.978 = 13 + 21\phi$$

……

ϕがじつに整然と並ぶことがお分りだろう。ここでいま、ϕの示すコンマ以下の三ケタ.618を、完全な均り合いを得るための条件——つまり〈美〉の基準と考える。そして、応用問題として、この黄金分割比率.618が日本の和歌の場合にどのような関わりをもつか、調べてみる。これはブレーン・ストーミングとして読んでもらうほうがいいと思うのだけれども、いま五・七調の比率を計算してみると、$\frac{7}{12}$は約〇・五八三となる。しかしこれだと、一見して黄金分割比率.618とかなりのへだたりがあるようにみえる。そこでいくつかの組み合わせを選んでみる——

四・七調	7／11	○・六三六
五・七調	7／12	○・五八三
六・八調	8／14	○・五七一
六・九調	9／15	○・六○○

ということになって、日本語の美的定型が必ずしも五・七調を特定しないことがわかる。むしろ四・七調や六・九調のほうが、はるかに黄金分割比率に近いのだ。しかし、にもかかわらず、五・七調はあらゆる組み合わせのなかで最も黄金分割比率に近い。なぜか？　理由は次のようになる——

いま、四・七調を仮りに日本語の美の定型として選んだとする。しかし建築の場合のように、この組み合わせが〈黄金〉である以上は、その関係が拡大しても縮少しても同じ比率で現われてこなければならない。そこで四七調を一ランク低めてみると、総数で四語となる初句の分割が問題となる。この組み合わせは、一・三調か二・二調のどちらかである。ためしに率を計算すると、二・二調は○・五○○、一・三調で○・七五○。これでは黄金分割とかけ離れすぎる。それでは五・七調の場合はどうか？総数で五になる組み合わせは、一・四調か二・三調である。これを比率にすると、一・四調は○・八○○調だが、二・三調だと○・六○○になる。つまり日本語の音韻数から見た美しさは、二・三調、五・七調とつづいていく場合が、もっとも黄金分割的になる。ちなみに、それでは拡大していく方の計算はどうなのだ、と疑問を呈する向きのために書いておくと、これよりも一回り大きい美的定型は、数学的には出てくるが、シラブルが多すぎて実際上人間の言語能力には馴染まないと思う。そういうわけで、この五・七調の美的証明は、かなりの部分非文科系的な方法で行なえるはずなのだ。しかも、二・三調という日本語の調べは、たぶん日本語美の最小単位なのではないだろうか？　たとえば、アイウエオという意味のない五音を発音するとき、日本人の大多数はアイ・ウエオと発音し、ア・イウエオとかアイウ・エオとか、あるいはアイウエ・オとかいったリズムを採らない点に注意すべきだろう。そしてこれは、まぎれもなく、文学の〈黄金分割〉、すなわち建築なのである。

ともあれ、これでひとまずブレーン・ストーミングは終わりにしよう。

d――定型詩――ミルトンの場合

美学の一形式としての〈文学〉が、定型詩、あるいは計測しうるバランス関係を語句の上で持つ表現形式でなければならない理由は、以上の通りである。ここから出て、自由詩も散文も、まだその形が発見されていない定型詩だとする見方があらわれるのは、当然なのだ。美学の本質を〈調和〉ハルモニアと考える時代にあっては、建築や音楽や文学は、どれも普遍的な〈黄金分割〉律にしたがわなければならなかったのであるから。

さてここで、文学に対する理科系的アプローチが、SFのように内容的な面から可能な場合のほかに、古典的な定型詩のように、その外形的な面から同じく可能であるという場合のあることを、実例とともにお話してみたい。とりあげるべきはミルトンの『失楽園』である。『失楽園』は、現代の読者には鼻もちならないほど古くさくて、それこそ「散文的」な、線香くさい骨董品にすぎないかもしれない。しかし読んでみると、これはこれでなかなか興味ぶかいのである。幻想文学とかファンタジーとかのラベルを付けても、一向にかまわない読みものなのである。そして、『失楽園』についての新しい好奇心を喚起する意味から、ぼくは次に、きわめて興味ぶかい新研究をひとつ、紹介するつもりでいる——

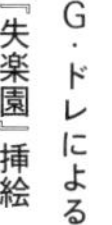

G・ドレによる『失楽園』挿絵

つまらない、つまらない、といっても、『失楽園』はれっきとした幻想ファンタジーであり、一面でSF的とも言えるものだ。その証拠に、佐藤史生が少女マンガに焼き直しているくらいである。そこで、はじめに内容の話をすこししておくと、ストーリイはざっと次のような感じになる。主人公はセイタン。サタン、つまり〈堕天使〉である。一説には、アダムとイヴが主役だとするのもあるが、読めばおわかりのように（原作がいやなら、佐藤史生の少女マンガで読んでも同じことだが）天に反逆するセイタンの英雄的な姿にミルトン自身が感情移入している。W・ブレークは、この点を捉えて、「ミルトンは堕天使を支持している」と評したそうだが、正鵠を射ているようだ。そのセイタンは、宇宙の絶対支配権をにぎる神にそむいて、反逆天使たちとともに闘いを挑んだが、敗れて地獄に堕ちる。しかし〈堕ちた天使〉セイタンにとって、闇と死の領する地獄は、ふたたび神に挑む敗者たちの王国にむしろふさわしかった。復讐をちかうセイタンは、魔神や妖魔たちを集めて、神との再戦にかかわる話し合いの場をもつ。席上かれは、神々が新しい世界に創った人間というものを罠にはめて、間接的に神々を冒瀆しようと主張する。そうして地獄の住人たちに決意を示したあと、かれは、〈罪〉と〈死〉とに護られる地獄の門をくぐり、新世界へと翔けてゆく。

セイタンはまず天使の姿をよそおって新世界に降りたつが、これは天使ラファエルに見破られて失敗する。次いで、蛇に身を変えて忍びこみ、無垢なイヴを誘惑して禁断の樹の実を食べさせてしまう。そのことを知ったアダムもまたその実を食べ、おたがいをなじりあいながら楽園から去っていく。いっぽう、二人が逃げおちる地上には、地獄の門を護っていた「罪」と「死」とがすでに潜み、二人を待ち受けていた……。

よく知れわたった物語である。しかし、ミルトンが悪魔たちにいかに肩入れしようとも、作品自体は、〈神の摂理〉の偉大さを開示している点に変わりない。ところで、ミルトンが『失楽園』を発表したのは一六六七年、シェイクスピアやエドマンド・スペンサーら、いわゆる〈エリザベス朝〉の詩人たちから約半世紀をへだてるだけにすぎない時期であり、文学が言葉を材料とした空間芸術（建築）として実際に創作されていた時代に属する。この点をはっきりさせるために、A・ファウラーというイギリスの独創的な評論家の文章を引用したい——

W・ブレークによる
『失楽園』挿絵

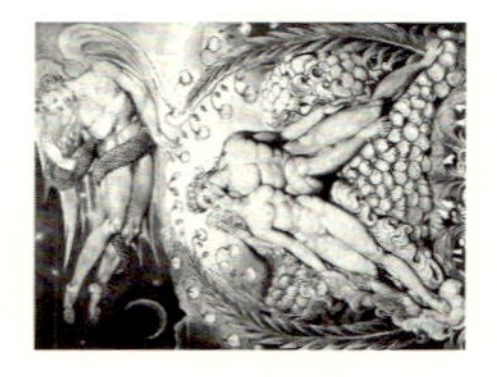

「（エリザベス期の詩作に関し）、その意味内容よりもその表現形式、つまり数と形のシンボリズムからする論評を加えることには、二つの興味がある。第一は、それによってこの時期の詩をより完璧に分析

できること。詩の形式と内容とのあいだに橋をわたすことによって、そこに書かれた内容が詩の形式にどう反映されるかを知るだけでなく、詩の形を調べることで逆に詩の解釈が可能になるかもしれない。いわば、詩の形の謎を解いてはじめて内容が分かる作品だって、あるかもしれないのだ。それから第二に、数と形のシンボルを調べることが、芸術として姉妹関係にある音楽や建築に、詩がどういうかたちでかかわっているかを一層はっきり理解する可能性をひらいてくれる点。なぜなら、詩を一枚の絵として、さらに建築として観るという方法がどこかに正当性をふくんでいるとすれば、詩のどこがいちばん視覚的かを指摘するのは、最もかんたんであるからだ——すなわち、各行や各スタンザといった構造上のパターンである。そして、詩もまた〈眼で見て味わう要素〉をもつとする意見は、事実、かなり明白に、文学を完全な空間概念として捉えうることをほのめかしている。そしてなかでも詩の形式は、定型という異様なすがたをもつために目立ちやすい実例のひとつにすぎないのだ。芸術理論家も建築理論家も、現に多くの理念を共有しており、わけても数と比率とによる事物の形成に関しては、説を同じくすることが多い。エリザベス朝の詩人たちは、オクターブの比率を信奉するパラディオ様式の建築家が石積みを通じて音楽を創ったように、筆によって建築物を立てようとしたのである」(『凱旋様式』より)

このファウラーの提言にあって、なによりも目をひくのは、詩や、ひいては文学を、空間芸術として捉えるべきだとするくだりだろう。一行、一行の文章が、まるで煉瓦を積むようにして建造物を構成し、そうやって完成された定型詩だからこそ、それは青写真と建材とからつくる実際の建造物とも変わることがないのだ。ミルトンの属していた時代は、文学がザッと以上のような意味づけをもっていたときなのであった。

そこで、文学を空間芸術とみて数と形のシンボリズムにしたがわせたという話を、実例で理解していくことにしたい。当時さかんに書かれた祝婚歌のひとつ、エドマンド・スペンサーの『エピタラミオン』が材料である。この祝婚歌は二十四のスタンザから成っていて、形の上で二十四時間——つまり一日を象徴している。しかも念の入ったことに、ロング・ラインと呼ばれる息の長い行をトータルすると、三六五になって一年を示してもいる。また、最後のスタンザだけは長さとして中途半端に仕上げられており、見方によっては二十三・五スタンザと計算することもできる。ところでイギリスでは古くから「真夏の宵(ミドサマー・ナイト)」に婚儀を祝するという風習があった。シェイクスピアの〈真夏の夜の夢〉は、要するにこの辺の事実を踏まえたもので、恋の成就とその歓びを主題にしたものである。そして〈真夏の夜〉とは、夏至の日であるわけだから、北半球で南中する太陽の傾きは、地軸が傾いている分の二十三・五度ということになる。すなわち、二十三・五スタンザは、地軸の傾き二十三・五度を暗示し、もって婚儀にふさわしい「真夏の夜」の天文学的なシンボルとなるのである。

e――文学における数と形

西洋では、プラトン以来、数の神秘性とその崇拝が人々の日々の営みのあらゆる指針となっていた。そしてこのことは、文学について当てはまる。詩人であるとともに、科学の造詣もふかく、さらにピュタゴラス＝プラトン的な数の秘学を身につけていたミルトンも、やはり多くの「数と形のシンボリズム」をその作品に盛りこんでいたことは、想像にかたくない。このうち、最も有名なのは、一〇五五〇行ある『失楽園』のうちのドまん中、つまり中央行に詩編のクライマックスとして、「サファイアの玉座にのぼるメシア」という最上級のイメージをもってきている事実だろう。『失楽園』には、メシアという語は他に一度も現われない。中央行だけに出てくるのである。が、それよりもすさまじいのは、作品の内がわで展開する主人公たちの行動の日数にまで数の支配を及ぼさせていることだ。ミルトンは、アダムが生まれてから楽園を追放されるまでの物語を、十二ヵ月のうちの三月、しかもそのひと月内で完成させている。三月は、三十一日ある。したがって物語も三十一日にわたる話になっているはずである。

ところが！　『失楽園』のなかで経過する日数を実際に数える研究がいくつか出、直接話法で語られる日数経過と間接話法で語られるそれとを合算したところ、合計でなんと三十三日を数えるという結果が出たのである。つまりアダムは、楽園追放以前の一ヵ月間に、そこで三十三日の日数をすごした計算になるのだ。

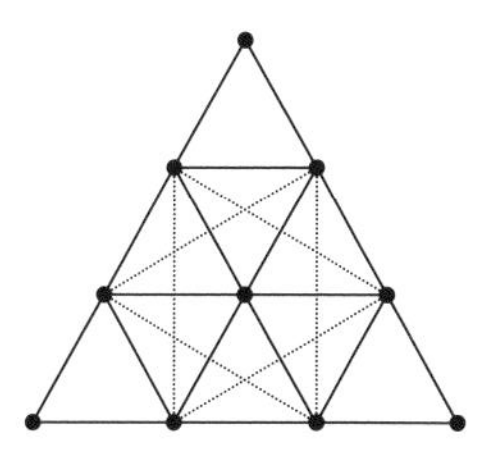
ピュタゴラス教団の数秘的シンボル、テトラクテュス

函数関係としてのSF

しかし、これはミルトンの犯したケアレスミスではない。〈美〉を支配する数のシンボリズムという観点に立ったとき、ここはどうしても33でなければならなかった。33という数字は、同じ天界と地獄の遍歴を描いた大先達ダンテの『神曲』がもつ詩編数のトータルだからである。『神曲』と『失楽園』との深い関係を、数学的に立証しておかなければならなかったのである。

ミルトンはさらに、『神曲』であつかわれた「神による七日間の世界創造」にも着目し、同じく『失楽園』の中心部に、メシアによる世界創造の一週間を挿話として挟みこみ、しかも七日間の中心となる第四日めにおいて、メシアに太陽を創りださせ、すでに述べたように、そのメシアが王座にのぼるという一大クライマックスがまさに作品の中央に来るよう、あらゆる計算をはたらかせたのである。この奇怪な努力は、今なら形式主義におちいったマニエリスム型詩人のそれとして批判されそうだが、当時はこのようにして「空間的にも、視覚的にも」詩の内容を形に表現する必要があったのである。そしてこの努力こそが、文学を建築と同一視させるものの正体である。

ミルトンは、以上のようにしてあらゆるたぐいの数合わせ、形合わせを行なう。しかもこの努力は、今の眼から見ればどう考えても〈文学〉プロパーにかかわるものではない。つまり余計なことである。しかし、それにもかかわらずミルトンは、内容的な矛盾を冒すことすら辞さないで、文学を「建築」したのである。かれにとって、作品はその意味内容だけがテーマを描いているのではなく、形まで、行の数までが、まったく同じ目的に奉仕していなければならなかった。本来そうした努力こそが〈文学〉の原点に存在したのであり、文学を現在ある一方的な〈文学〉以上のものとする原動力ともなって

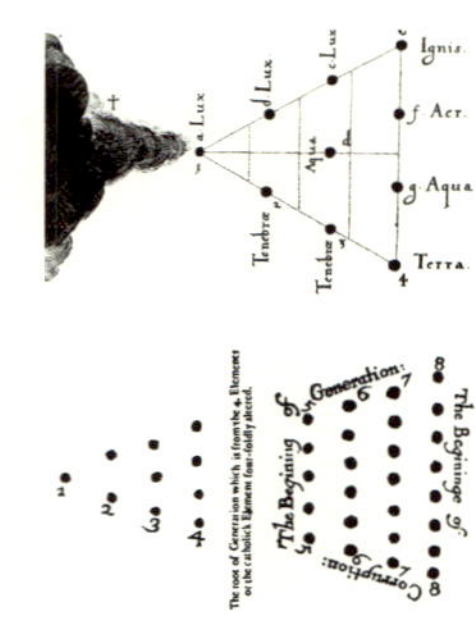

プラトンの
世界創造のモデル

いたにちがいないのだ。

ともかくこうして、文学にはやはり、〈暗号解読法〉が必要なのである。それは語の意味内容やかかり具合だけではない。本のなかの位置、行数、ページ数、そして順序といった、どう見ても〈文学〉的ではない要素にまで、目を向ける必要があるということなのだ。

ミルトンのふしぎな暗号文学について書いたついでだから言っておくけれども、ぼくは〈文学〉がきわめて不毛な意味で文科系化してしまったプロセスとして、次の三つを考えている。すなわち、

❶非オルフェウス化
❷非定型化
❸非シンボル化

——の三つである。まず、非オルフェウス化というのは、最初のほうに書いたとおり、文学空間はもともと人間の生活空間と一体化していた。朗々と詩をうたうことで、人々は詩の世界に没入し、そこに語られる神や英雄と場を共有したのである。ちょうど、はじめて映画を見たアフリカ原住民のように、映画のなかにとびこんでいって、そこで狩りをはじめたのだ。参考までに、マラルメをはじめとする十九世紀フランスの詩人たちは、言語のもつ現実空間の喚起力とシンボリズムを復興させる運動のなかで、詩が単なる物語の運び手におちぶれたことの元凶をホメロスにもとめ、世界を巻きこむよ

らな支配力をもつ磁場としての詩空間を創ったホメロス以前の神秘的な詩人オルフェウスを、かれらの偶像とした。

次に非定型化であるが、これによって人間は文学を「建築」しなくなったのである。極端に言えば、青写真抜きのプレハブ建築でも文学をつくれるようになった。回文とか語呂合わせとかいった形式は、言ってみれば〈非定型化〉以前の言語表現の、ひそかな生き残りなのだろう。そして最後に、非シンボル化がやってくる。ここでは、もはや結婚式が〈真夏の夜〉と結びついたり、三六五行の詩をつくってまさに〈一年〉を表現するといった、目に見える象徴表現は完全に消えてなくなる――そこで、繰り返し言いたい。行数を数えること、字数を数えること、そして語句の位置を知ること――そういう行為だけからでも、『失楽園』を読み切ることは可能なのだ、と。何度も言うとおり、古く文学は、すくなくともその半分までが理科系の材料に支配されていたのである。たぶんその昔は、詩でさえ数学の公式のような表現形式をもっていたのではなかろうか？　それは、シンメトリーだとか黄金分割だとか、その他もろもろの法則――数学や美学に共通する、ある宇宙的な美の原理――によって、形成されてきた。だからこそ、おそらく理科系の文学観は、定型詩についてこれまでになかった発見を可能にしてくれるはずなのだ。問題はもはや、文学の内がわではない！

エピローグ

高い城の男、あるいは東西の融合

a——この世が精神物質からできあがっていることの発見

もう数年も前になるが、ユングだユングだ、と世間が騒ぐなかで、頭からユングを相手にしない友人がひとりいた。かれの関心事は中国哲学であって、ユングが言う同期性だとかマンダラだとか、あるいは錬金術的シンボリズムだとかといった概念は、今さら西欧の心理学者を俟たなくとも、東洋ではすでに数千年も前に追究されていた、と言うのだ。では中国は、ユングの奇々怪々な神秘的・錬金術的シンボリズムに満ちた国なのか？　そんなことはない。気の思想をはじめとする唯物論・無神論の国である。ただし、そこでいう物質とは〈精神物質〉と呼ぶべきものかもしれぬが。

とはいえ、こちらとしてもかれからその一言を吐きかけられると、返すことばがないのである。西欧の緻密な科学精神がトコトン突きつめてきた唯物的物質観は、今世紀にはいって、けっきょく「世界は精神物質で出来上がっている」という、数年前の素朴な理論に逆もどりしてしまったこともある。

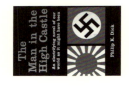

『高い城の男
The Man in the High Castle』
（1962）初版表紙

では、西欧的な行きかたはまったく無意味で、アリストテレス以来の二千年におよぶ科学的な探究は回り道に過ぎなかったのか?

おそらく、そんなことはないはずだ。それはむしろ、科学の成熟である、と考えている。いままでの科学は部分学であって、全学ではなかった。科学の方程式が人間の恋愛までを表現することはできなかった。その部分学としての科学が、いよいよ全学をめざしはじめたのだ。現在でも、科学者は「なぜ?」を問うてはいけない、「どのようにして?」と問え、などと教えられている。しかし「どのようにして?」という問いに答えていけば、どうしても「なぜ?」という根本的な問いかけに遭遇する。そしてそのとき、「なぜなら神がそう定めたから」というお定まりのドグマは、もう口に出せなくなる。ユングの著作が、いつも「なぜ?」ばかりを問題にしてきた東洋学の友人にアピールしなかったのは、ひとえに、友人のそうした全学への指向にあった、と思う。しかし、西洋のために弁明すれば、西側にも全学への流れはあった。ユングにしてもである。ところで、フィリップ・K・ディックの『高い城の男』は、一九六二年に発表された作品なのだが、おそらく、ユングの影響下に書かれたもっとも初期のSFのひとつだろう。ありていにいえば、ユングとSFの「ファースト・コンタクト」(最初の遭遇)である。

全学——などということばがあるのかどうか知らないが、とにかくパリの易学者として大きな影響を及ぼしたふしぎな人物、桜沢如一の言いかたにしたがうと、宇宙のあらゆる現象を説明する原理に関する学(桜沢の場合は、もちろん〈無双原理〉と称するところの易学)のことだが——とにかくこの全学なる

フィリップ・K・ディック
(Philip Kindred Dick, 1928–1982)

ものを究めようとした西欧史をまとめると、直接ぼくたちにかかわってくる新しい時代に限っては、十八世紀が形而上学、十九世紀が心理学、そして二十世紀が神秘学、という路線があらわれてくるようだ。もちろん、解明すべき問題は、物質と精神とのかかわりである。つまりどちらにも通用する原理の発見なのだ。たぶん、ニュートン的な西欧の「全学」を形而上学のほうに引きよせたのはカントであって、またそのカント的「全学」を心理学にとって替えたのはジークムント・フロイトだろう。そして、この観点に立てば、フロイトの心理学をさらに二十世紀の流れに乗せて、神秘学のほうに引きよせたのが、ユングである。

そろそろ二十世紀も末期に迫った今、ユング的な普遍学のイノベーター（改革者）がまた出てきて、神秘学をさらにレベルアップし、新しい方向へ乗せる必要があるわけだけれども、さしあたってはユングの話にマトをしぼりたい。そこで、ユングがフロイトにとって替わった最大の要因は何かと問わなければならないわけだが、かんたんに答えてしまえば、それは西と東の出合いである。この精神的な融合は、行きづまった西欧世界を救う方法として、すでに十七世紀から叫ばれてはいた。けれども、その融合がほんとうの意味で成立したのは、ユング心理学が打ちだされて以降の話といっていい。言うまでもないことだが、ディックの『高い城の男』は、そのユングの盟友であったリヒアルト・ヴィルヘルムが上梓した『易経』に、物語の重大な基盤を置いているのである。

カール・グスタフ・ユング
（Carl Gustav Jung, 1875–1961）

マテオ・リッチ
（Matteo Ricci, 1552–1610）

b——西と東の出会う町で

東洋、それもとくに支那思想が西洋に流れこんだいきさつについては、かなり長い歴史がある。それも、万事がもろ手をあげて迎えられたわけではなかったのだ。現に、ユング自身が「十九世紀に自分の心理学を公表したら、魔女として火刑にあっていただろう」と述懐するとおりである。とくに相手は、キリスト教なる一大宗教が君臨する世界だ。この大宗教と対決する形では、中国思想が西洋へ流入することも困難だったにちがいない。しかしその困難を排して流入した中国思想の浸透経路には、いくつかの流れが考えられる。その主だった流れは、まず十六世紀ごろはじまるカトリックの海外伝道熱にみなもとを発した。中国に乗りこんだ伝道者のうちで、誰よりも中国文化の奥深さに感動したのは、イエズス会士マテオ・リッチである。リッチは、のちに中国語を母国語のようにあやつり、すっかり中国人になり切って同地で死亡した人物といわれ、易、儒教、道教、仏教にふかく精通していた。そのリッチが、かぎりない中国への興味からみちびきだした結論は、「中国には、キリスト教と充分に折りあえる伝統信仰があり、易や儒教を捨てさせることなく、なお中国人たちをキリスト教徒に改宗させる」というものだった。そしてかれは、易や儒教がいかにすぐれた思想であるかを実際に示すため、多くの文献をローマに送りつけた。これが、易や儒教の本格的な紹介のきっかけをつくるわけだ。

ところが、マテオ・リッチの中国思想観に対して真向から反論する伝道僧の一派があらわれた。かれらは、リッチが関係していたイエズス会とはちがい、フランシスコ会やドミニコ会に属するコチコチのキリスト者であり、中国思想のごときは「太古にあっては唯物論、近世にあっては憎むべき無神論」以外のなにものでもない、と主張して、キリスト教の正しさを伝えるにはこれら邪教を一掃するしかないのだ、と意気ごんだ。おかげで、中国思想をまんなかに挟んだ邪教論争が、ローマのカトリック教徒たちをまきこんだのである。もっとも、反対派が中国思想を唯物論・無神論と決めつけたのは、一面から見て誤りではない。澁澤の向こうを張った中野美代子の『悪魔のいない文学』(朝日新聞社)でも、中国文学には悪魔もいなければ神もいないと論じられているようにだ。

それはともかく一般的にいえば、イエズス会は博物学や民族学、ならびに教育について、きわめて積極的な考え方をもっていた。エジプトの聖刻文字をヘブライのカバラ技法によって解き、さらに漢字をも同じ方法で読みとろうとした万能学者、アタナシウス・キルヒャーは、その代表的な例だろう。事実、イエズス会の伝道者のなかには、太古、中国とエジプト、ヘブライとは互いに文化交流をしており、エジプトのヒエログリフと中国の漢字は親戚同士なのだ、と報告してきて、中国思想、とくに易経に対する並なみでない関心をあらわしたものもあった[☆1]。

というのは⚊と⚋をサインとする易の表現技法が漢字のルーツとなったかもしれないとする発想を、イエズス会の親中国派会士は抱いていたからである。たとえば、卦にいう☵は〈坎〉と称し、一陽が二陰にはさまれたかたちをしているので、柔軟、従順、浸透をあらわし、自然に例をもとめれば〈水〉になる、と考えられている。ところで〈水〉という漢字の古形は巛であって、これはまさしく易にある坎の卦☵と一致する。このように、あらゆる漢字の形はすべて易教の深遠な意味をになって決定

●アタナシウス・キルヒャー『シナ図説 *China Illustrata*』(1667)より

されている、というのである。イエズス会士がこうして注目を寄せたのは、哲学と科学としての易であった。

これに対して、反中国派の伝道士は、例の異端審問所を設立する原因ともなったカタリ派やマニ教のことが、とたんに頭にピンと来た。とくにマニ教は、世界を善悪の二大対決図式に色分けすることによって、悪魔というものを神に対抗する大勢力にのしあげた異教であり、そのおかげでカタリ派だとかアルビジョア派とかいった一派が出てきて、一枚岩だったカトリックをちりぢりにした張本人である。そこへもってきて、またもや陽と陰などという明暗二大原理にもとづく易学の思想を認めたら、キリスト教は「ミイラ取りがミイラ」になる危険を冒しかねない。清貧と厳格をむねとして、長らく異端審問官の役を独占してきたドミニコ会やフランシスコ会は、こうして中国思想を「唯物論、無神論」とののしり、押えこみにかかる。そして十八世紀半ばには、ついに反中国派が勝利して、中国での伝道においては易や儒教などを否定する立場に立て、との詔勅が出るにいたった。

しかし、ローマを中心とした坊さん同士の中国論争が一世紀以上にもわたってたたかわされているうちに、三つの大きな流れが中国を西洋に取り入れる準備をすすめていた。はじめは、東洋と西洋の合一、世界の合一を夢見た謎の人物ライプニッツである。かれは中国思想の論理性と倫理性を高く評価し、キリスト教哲学とも整合しうるものであると考えて、マテオ・リッチ以来の親中国的態度を明白に表明した。当時はライプニッツの名声も高く、つい昨日のマクルーハン参りに似た事情があって、学者や王侯がライプニッツ参りをしていたというから、その影響力は当然大きかった。そのかれが、

「易」の原型となった「河図洛書図」

中国の味方についたのである。生前、かれは世界各地の知識人と文通して、その情報を普遍的な思案の役に立てようとしていたが、とくに中国思想については、在住のイエズス会伝道者を通じて多くの知識を得ていた。そして、その結果、

「もしわれわれ西洋人が中国人と比較して、その工業技術において肩を並べ、思弁科学において優位に立っているとしても、かれらは実践哲学において確実にわれわれを凌駕している(われわれ西洋人として、この点を認めるのは恥ずかしいかぎりであるが)。すなわち、倫理と政治の概念を日常生活にあてはめ、民衆のルールとしているのである」

——という、きわめて重大な発言をおこなった。そして、有名な『モナド論』執筆ののちは、西洋の最高の哲学であるライプニッツ思想と中国思想との整合をおこなう研究に熱中したのだ。

なかでもライプニッツを魅了したのは、またしても易学であった。陰陽二つの原理を⚊と⚋とに表現して、この二つの組みあわせで世界のすべてを表わそうとする易学は、ライプニッツが「普遍的記号」あるいは万能文字として考えていた二進法システムと、まったく一致していた。0と1とですべての数と算術、ならびに言語的表現をまかなってしまおうとするライプニッツにとって、中国がすでに五千年昔から易学を採用していたことは、まったく驚異であった。かれが晩年に著した『中国の自然神学に関する論述』は、つい数年前、奇蹟的にハワイ大学で翻訳出版されたが、これをひらいて読みふけると、全編とにかく易の思想と「理」の思想のライプニッツ的解明が、ヒシヒシと伝わってくる。かれには漢字の知識があったとみえ、「理」の文字が玉と里から成立していること、すなわち玉

（翡翠(ひすい)）の整然とした結晶（里）を字源としている事実をも紹介している。

ところで、ライプニッツの言う「実践哲学において秀でた」中国、「倫理と政治が日常生活に活かされている」国としての中国に興味をもったのは、ライプニッツと並ぶ当代一流の中国通ヴォルテールであった。この毒舌家の頭を割ってみると、ニュートンの理性と孔子の倫理がつまっていることを、ぼくたちはすぐに知るだろう。当時世襲制を敷いていたフランス王朝のダメさかげんを告発したヴォルテールは、「血筋ではなく、人徳による民衆支配」という、まったく新しい統治システムを孔子の思想に発見し、同時にキリスト教の絶対的正当性を破る武器に中国思想を流用して、これをフランスの新しい政治システムにすり合わせようとしたのである。かれの中国思想は、こうしてルソーに伝わり、ついにフランス革命のテーゼに翻訳されていく。ヨーロッパ近世は、一面で中国思想が用意したものといってもいいほどだ。

ついでに話しておくと、ライプニッツ以来の中国熱は、文化の面で第三の流れを形成した。シノワズリ（支那趣味）と呼ばれるものである。つまり異国情緒あふれる中国の芸術がもたらした支那ブーム。中国の文物を大量にもちこみ、とくに支那庭園をヨーロッパにもちこんだのは、イギリスの商人たちである。思想はフランスから、美術はイギリスからと、それぞれの国情に応じたかたちではいってきた中国のセンスは、こうして西洋の精神に溶解しはじめる。名園〈円明園〉へのあこがれを西洋化したロココ様式などは、その美学面でのあらわれであって、文学的にも幻想小説、異国譚の流れに一石を投じた。以来、フランスを中心としたヨーロッパは、細々とだが確乎とした支那学を発展させてゆ

円明園を描いた銅版画（1786）

くのである。

c——アメリカでの事情

東洋へのあこがれは、このようにして、二十世紀に至るとその本拠地をアメリカに移すことになる。支那趣味のもっとも俗悪な部分から、もっとも難解な高踏部分まで、それはもう区別もなしに。しかし風俗のレベルは別としても、二十世紀にいたって文化の主だった舞台がアメリカに上陸したことには、それなりの理由があった。最大の理由は、むろん、ヨーロッパ大陸における戦乱と無秩序化である。このなかで、あらゆるかたちの科学と神秘学と宗教は、ユダヤ人問題の解決という表面的な必然性をともなって、アメリカへ渡った（正確には、アメリカだけでなく、インド、中国、アフリカなどへも渡った。いや、日本にまで渡ったことは、明治から大正期にかけての忘れられた外国文化流入史がものがたっている）。もちろん、科学への楽観的な期待をになった文学＝ＳＦもまた、この流れに乗ってアメリカに上陸したのである（ヨーロッパでは、もうだれも科学のユートピアを信じたりはしなかった）。なかでも、アメリカとロシアを東洋思想（ヨガ）によって結合させ、ＳＦ畑ではシェイバー・ミステリの名で知られる地底王国シャンバラの伝承をアメリカ中にひろめた神秘家ニコライ・レーリッフの場合は、とりわけ興味ぶかい。美によって平和をもたらすことを使命としたレーリッフは、本国ロシアでのボルシェビキ革命後、チベットに移り住み、ここでアジアの神秘的な霊的指導を受け、「マハトマの使徒」となってアメリカでの布教活動を開始する。

レーリッフはアメリカについて言う——「この国では、クロウド・ブラグドン氏が諸君の為に第四次元の問題や色彩器官の問題について説く。デベイ博士は星占いについての深き科学的知識をもって諸君に傾聴を与える。ヒイル博士は液化金の千分の一滴のなかに全万有の一体を諸君にみせる。君はヴェダンタ（インドの大思想家によるウパニシャッド哲学書）やバハイ（ローマの宗教運動）の教説に耳をかたむけるだろう。ここでは諸君は人々が遠慮なく宗教と国民との合一や、月界人とアトランチスとの合一について論議しあっているのを聴く。また諸君は人々が考星学や宇宙道念に盛興をもっているのをみる。これすべてアメリカである。金銭に狂奔すると考えられている、そのアメリカである。この国は大きく、かつ若い——大きく、かつ若いということがその大願なのである」と。（聚芳閣学術部大正十五年刊「美と叡知の生活」より）

レーリッフは、以上のようにして、ヨーロッパから追放されたあらゆる学問と芸術の新天地を、アメリカにみつけた。そこの国民性のうちに、みいだした。だが、アメリカにはまだ、新しいトレンドを生みだす力がなかった。だからこそ、レーリッフ、ブラバツキー、グルジェフ、シュタイナー、そして科学の面ではフロイトもハイゼンベルクもアインシュタインも、新しいアメリカの核をつくるべき人々としてアメリカにかかわったのである。レーリッフは、その点を詩的に謳いあげている——「ロシアには——かつて『沈める市』なる美しい伝説があった。恐らくはその沈める市の楼塔の尖端が、ここアメリカの地に浮かびあがるであろう」

レーリッフ
「Song of Shambhala」(1943)

　今世紀のアメリカを問題にするとき、レーリッフのこの言葉はぜひとも記憶にとどめておくべきものだと思う。たとえば現今のアメリカ。オカルトの場合を例にとるとき、その教祖的存在であるブラバツキー、グルジェフ、シュタイナー、クローリーらは、アメリカそのものとの血統的関係をもたない。言いかえれば、アメリカは教義を生みださなかった。代わりに、「運動」を生みだしたのである。場を提供したのである。そしてこのことは、たぶんアメリカのSFについても言えるはずなのだ。

　が、ともかくこうして、アメリカにおける東洋思想や易の問題が、長い歴史を経て、フィリップ・K・ディックのSFと、その第一の浸透地たるアメリカへとつながっていく。だから、たとえばディックの東洋思想観が浅薄きわまりない〈シノワズリ〉だったとしても（実際には、そうは思わないが）、アメリカの特殊性からみて、西洋の東洋観そのものの否定とはならないのである。その証拠に、あなたがもしも道教やウパニシャッドやヨガ、さらに易を研究しようとする場合、原典のほかに、かならずやフランス語やドイツ語による研究書を日本語文献以上に必要とするはずなのだから――

ニコライ・レーリッフ
（Nicholas Roerich, 1874–1947）

d――高い城の男

　ところで、ディックがつねづね、易をテーマにした作品を書きたかったことの理由は、おおむね次のようなものであった。すなわち、西洋人が〈現実の世界〉と呼んで確乎きわまりのないものと考えてきた“今”は、さながら易による六十四の卦のひとつのように、他の多くの可能性からたまたま抜けだした一例でしかないこと。そしてわれわれが選んだこの現実は、おそらく、そうなるべき根拠を、想像するほどにはしっかりと保持していないこと。極言すれば、〝今〟はサイコロの目のひとつにすぎないということである。

時空連続体の相対性については、西洋とくいの科学論からもアプローチできる。しかし残念ながら科学は、ややもすると、それら多数の〝今〟を、単に確率の問題としてしか捉えない。では確率とはどういうことか？　われわれになじみの言いかたをすれば、因果性である。結果は原因によって生まれてくるから、原因＝結果性が高いほど、今がこの〝今〟になる確率は高くなる。これは西洋における占星術でも、同じことだ。星占いもまた未来を予言するが、それは星＝人間、マクロコズモス＝ミクロコズモスという因果律にもとづいている。が、それはあくまで予言であり、確率計算だから、未来そのものを変える力をもたない。

一方、易を指して、パリの日本人易学者桜沢如一は、〈可能性〉の技術と称した。確率（プロバビリティ）ではなく、可能性（ポシビリティ）である。つまり、未来を支配し、変更する方法と力とを示すのであって、その確率がまったくゼロであっても一向にかまわない。奇妙な例になるかもしれないけれど、雲が出ると雨になるという因果性は、ひとつの確率に支配されるが、雲がなく、したがって雨の降る確率がまるでゼロであっても、なおかつ雨が降る可能性を示すのが〈易〉なのである。雨を降らせるのである。そしてディックが易に目をつけたのも、まったく同じ観点からであった！　なぜなら、『高い城の男』に描かれる〝今〟は、われわれが住んでいる〝今〟とはまったく無関係に、独立に、しかも平行的に、

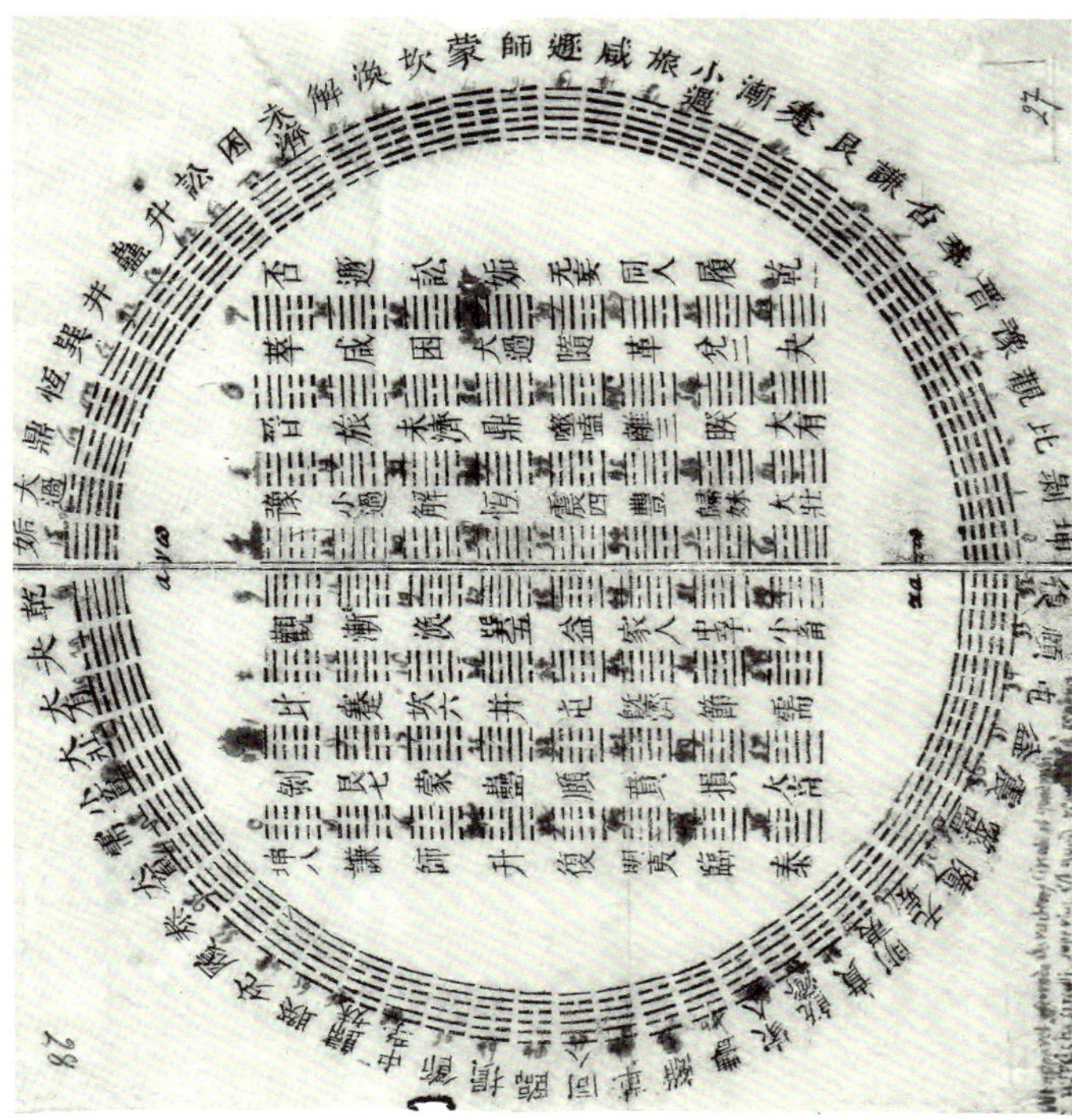

●易は自然の相互作用を表したダイナミックな陰陽二進法（伏羲六十四卦図）

存在しているのだから。その限りにおいて、われわれの住む〝今〟が『高い城の男』における〝今〟とかかわる確率は、まったくゼロである。この両方の〝今〟をつなぐことは、科学的にも、あるいは非科学的にも、タイムスリップだとか時震だとかワープだとかいったご都合主義の方法の如何にかかわらず達成できない。絶望的に切りはなされた〝今〟同士なのである。にもかかわらず、両方の今がともに存在しうる可能性を、ひとり示すことのできるのは、易だけ。易だけが、その真実を告げ得る。なぜならば、易こそはあらゆる〝今〟の組合せをすべて六十四卦のなかにおさめこんでいるからなのだ。実際、この作品は、二つの現実を同時に並存させ、しかもそのどちらにもリアリティを与えるという、恐るべき離れわざを達成した小説である。

物語は、きわめて淡々と語られる。六十年代SFにみられたストーリイのおもしろさや色とりどりのSF用語とはほとんど無縁である。正直なところ、小さな殺し合いを除いては、SF読みをのめりこませるような派手なエンターテインメントを、まるで用意していない。にもかかわらず、物語のラストに至ってわれわれは、不気味なガス室にでもいれられているような、何とも息苦しい思いを体験しなければならない。それも、いくらもがいたところで救いのない、そんなガス室にだ——

まずストーリイを追ってみよう。ロバート・チルダンはサンフランシスコでアメリカの美術工芸品をあつかう店を営んでいる。かれはこの一週間、いらいらしながら郵便を待っていた。だが、ロッキー山脈諸州（RMS）からの小包はついに到着しない。

かれが待っているのは、南北戦争の募兵ポスター。今となってはコレクターがよだれを流す珍品である。しかも買い取り先はタゴミ・ノブスケという日本人。かれとしては、客の機嫌をどうしても取り結んでおかなければならない。なぜならば、ここ太平洋岸に住む日本人は、アメリカにとって戦勝国の国民であり、言ってみれば征服者だからである……。

今さら昔を思い返すのも無益だが、つらい敗戦国民としてアメリカに暮らすチルダンにとって、第二次大戦の結果は呪わしいものであった。ニューヨークはナチの手に落ち、さらにサンフランシスコも日本軍に占領され、アメリカはロッキー山脈を境として、西は日本、東はドイツに分割統治される運命となった。アメリカ人たちの生きる道は、とにかくドイツと日本の顔色をうかがい、おべっかを言い、愛想笑いをうかべることしかない。チルダンもまた、アメリカ産の美術工芸品、たとえばインディアンの民芸品やディズニーのキャラクター商品などを、趣味の豊かな日本人コレクターに売りつけながら、オドオドと毎日を送っている。ここが日本の占領地であることから、チルダンはなにをするにも易で伺いをたてる。いつでも易経の本を手離さない。こうしてすこしずつ、日本人の精神に近づいていく努力をするのだ。そして、易の神話はいつも〝真理〟を示してくれるのである。

いっぽう、チルダンの店にいろいろな民芸品をおろしているフランク・フリンクという男は、ユダヤ人である自分の素性を隠しながら、日本占領地でまがいものの骨董品をつくる裏街道の暮らしをおくっている。かれもまた、日本人や易経とも妥協して、表面は静かな市民をよそおっている。かれはアパートの一室で、もと妻であったジュリアナに、また会えるかどうかを易で占う。易の卦は「姤」と出た。その意味は「逢うべく来たる」——そして、このジュリアナという女性こそ、作品の後半に重要な役割りをになって登場するキャラクターなのである。

アメリカの西半分を支配する日本人のうちでも、チルダンの客であるタゴミ・ノブスケは、サンフランシスコ最大の貿易公団を代表する有力な人物であった。かれもまた老子のいう〝道(タオ)〟にしたがって生きる、智慧ある東洋人らしい東洋人である。かれは政界にからむ人間として、もうひとつの戦勝国ドイツの動向に気をくばっていたが、ある日、中立国からやってきたという人物バイネスと日本の政界人との会見に立ちあって、じつはドイツの一部でとんでもない計画がめぐらされている事実を知らされる。計画というのは、ロッキー山脈諸州の国境線でまず事故をおこし、その報復に合衆国部隊が東がわに越境してくるのを待ち、次いでドイツは空挺部隊を急拠アメリカへ派遣するむねの声明をだしたりしてカモフラージュの軍事行動をしかけ、敵の目をくらませているうちに、とつぜん無声明で核兵器を日本の本島に撃ちこむというのである。この〝タンポポ作戦〟は、ドイツが日本を亡きものにして世界の覇者となるために、ひそかに計画していたものだった。バイネスはこの重大情報を、タゴミに洩らしたのである。

しかし、こんな大それた計画をドイツが実行するだろうか？　運の悪いことに、ドイツ帝国の宰相であったボルマンがつい最近死亡し、新たに首相となったゲッペルスは、この計画の推進者だった！

一方、ドイツ側はこの秘密が洩れることを警戒していた。バイネスの会見を察知したドイツ軍は、国家保安警察の隊員を会見場に乱入させ、この密談を中断させようとする。このために、タゴミはオフィス・ドアのほうへ銃を向け、かれらを射殺してしまう。ドイツ側に、絶好の口実を与えることに

分割された
アメリカ合衆国地図

なるのは、覚悟の上で……

ところで、話はいくらか前後するが、アメリカ西岸部では近ごろ奇妙な科学小説が評判を得ていた。タイトルを『蝗身重く横たわる』という。これはドイツ側では発禁処分になっており、ドイツ軍も著者の生命を狙っていた。ではなぜ、この小説がドイツ側を刺激したかというと、「日本とドイツがもしも敗れたら」どうなるかを頭の中で空想した、一種のイフ小説であったからだ。ドイツを刺激したのも、むりはない。小説にアドルフ・ヒトラーが死ぬ場面も出ているからだった。いま、その一部を示してみよう。次のようなくだりがある——

——「カールが盲目的に服従し、崇拝した人間……墓穴のふちまでも随いていった人間。アドルフ・ヒトラーはあの世へ去ってしまった。しかしカールは生命にかみついている。おれは、彼に随いてはいかない、とカールの心が囁いた。おれは飽くまでも生きつづけよう。そして再建しよう。おれたちはみんなで再建するんだ。しなければならないんだ。

あの指導的魔力が、どこまで、どんなに遠くまで、この人間を動かしたことか！　しかし——(中略)——カールは知っている。それは脅かしに過ぎなかったのだった。ヒトラーはかれらに嘘をついたんだ。ヒトラーはかれらを空虚な言葉で導いていったのだ」(川口正吉訳)

以上が、問題の小説『蝗身重く横たわる』の一節である。この小説では、ヒトラーが死に、ロシアとアメリカが勝利をにぎる。作者はホーソーン・アベンゼンといい、日本領土内にあるワイオミングの山中に要塞を立て、有刺鉄線をめぐらし、機関銃を備えつけて官憲からの攻撃に身構えているという。かれの別名は、〝高い城の男〟！　この恐るべき反体制SFを発表したあとも、作者アベンゼンは厳然として支配者に反旗をひるがえしている。なんと奇妙な人物ではないか！

さて、ユダヤ人フランク・フリンクはどうしているであろうか？

ニセの装飾品づくりにはげみながらも、かれは易の宣託がけっしてかれに好意的でないことを知って、いつも恐れていた。妻のジュリアナとも復縁ができない。そうこうするうちに、取り引き先であるチルダンは、ふとしたことから、フリンクの品がニセモノであることを知らされ、この事実を当局に告発してしまう。フリンクは逮捕され、かれの不安はこうして現実のものとなる。

ところでジュリアナは、もとの夫の悲運も知らずに、行きずりの運転手ジョーと情事を重ねている。しかもこの運転手は、例の架空小説『蝗身重く横たわる』の作者、〝高い城の男〟のもとへ行こうとしていた。彼女はこの点でも、ジョーという男に興味をいだいたのである。しかしまもなくして、このジョーが、〝高い城の男〟アベンゼンを暗殺するためにドイツから差しむけられたゲシュタポの殺し屋だったことを知らされ、前途に絶望を感じる。

「カミソリの刃――彼女は思った。あたしはカミソリの刃を嚥下した。その刃が、いまこそ永久にあたしの鼠蹊部を切りとってくれると彼女は思った。罰だ。ユダヤ人と結婚し、ゲシュタポの刺客と同

衾した罪のつぐないだ。眼から涙があふれてきた。血が逆流した。犯した罪が身を滅ぼしたのだ」（川口正吉訳）

そしてジュリアナは、ついにジョーを殺害する。彼女はこの先どうすればいいのか、十セント貨三つを投げて、占った。どうすべきか？　どうぞ教えてください、と。出た卦は、四十二番。「益」！

「まあ、すごい。いまのシチュエーションを正確に描きつくしている。またも奇蹟的に的中だわ。これまでのことは、みな神が仕組んだ青写真にちがいない。なぜなら、〈益〉とは旅をせよということよ。進んで何か重大なことを行なえということよ」そしてその行き先は、『蝗』。あの架空小説の作家アベンゼンのところへ行って、ゲシュタポの手が伸びてきていることを知らせてやるのだ！

かくしてジュリアナは、アベンゼンの〝高い城〟にたどりつく。しかしそこは、案に相違してごく普通の家であった。アベンゼンはわざとそういうデマを流し、官憲に手を出させないようにしていたのである。ジュリアナはそこで、運転手ジョーの一件を打ちあけ、ゲシュタポの手が回っていることを告げる。しかしアベンゼンは易の達人であり、自分の運命は自分の手でまもろうとしていた。驚いたことに、この人物はあの『蝗身重く横たわる』をすべて易によって書きあげたのだ、という。そこでジュリアナは、「どうしてあの本をお書きになりましたの」と問い返す。「それじゃ、あたくしから申し上

六十四卦のうち「益」
（風雷益）

げましょう」と、アベンゼンの妻が話しだす。「ホーソーンはひとつひとつ選択しましたの。その選択は厖大な数にのぼります。何千という数でしょう。爻（こう）の数から申しましたらね。物語の歴史的背景。主題。登場人物。筋。それには何年もかかりましたの。ホースは本の売れ行きさえ易で占いましたの」

しかし疑問は残る。それでは易の占いがこんな小説としてではなく、なぜ直接わたしたちにその結果を示さなかったのか——つまり現実に日本とドイツを敗れさせてくれなかったのか？　それを問わなければならない。だがこの問いに対して、ホーソーンは神託と協定をむすんでおり、「なぜこの小説を書いたか？」と質問するときには印税すべてを神託にわたさなければならない取り決めになっているとして、拒絶の態度をとる。

それなら、わたしが尋ねますわ、と言い残して、ジュリアナはこの最大の質問をみずから易にかける宣言をする。そして彼女が出した卦は、『中孚』。これは鳥が卵をあたためている姿を示し、〈内的真理〉を意味している！　アベンゼンは凶暴なまでの眼をして彼女を凝視する。

「その意味は——わたくしの本が真実を語っている、ということですね？」

——このアベンゼンの一言で、『高い城の男』は突如おそるべき緊迫に包まれてしまう。ドイツと日本が敗れるという自分の小説が、まさか真実を語っていたとは、作者自身も思っていなかったからであ

六十四卦のうち
「中孚」（風沢中孚）

る！　ドイツと日本が勝った世界、それだけが現実である、と信じて疑わなかったのは、一般人ばかりではない。『蝗』を易によって書きあげた作者自身も、同じだったのである。しかし、この作品を書かせた神託の意図は、小説とそっくり同じできごとが起こっている世界がたしかにどこかにあるのだ、という事実を示すことであった。ここまでは、たぶん読者も登場人物たちも、真理は一つ、どちらかの世界がいつわりだと、暗黙のうちに了解していたのである。何かのはずみに歯車がもどる、と楽観していたはずなのだ。しかしこの一言でどちらも真実の世界であることが、くつがえせない事実となる！　ここに至って、『高い城の男』に描かれる世界が、どうにも突きくずしようのない歴史をおしすすめている別の〝今〟の実相であって、日本とドイツが敗れた歴史を選んだわれわれの〝今〟とは、絶望的にへだたっていることを、われわれは実感するのである。そして唯一、われわれの〝今〟からむこうの世界を、日本とドイツとが敗れている〝今〟を取り除くのは、易というふしぎな通底器だけだ。

物語はそこで終わる。ディックは六十年代ＳＦのきらびやかな小道具を一切もちだすことがない。いくつかの物語展開にもかかわらず、実質上この作品は「何の事件もおこらない」ＳＦといってよい。アベンゼンやチルダンやフランクの住む世界、ドイツと日本が戦勝した世界は、どんなことをしてもくつがえされないほどの強固盤石な世界であるから、ＳＦ的事件の起こしようがない。いかに架空小説『蝗身重く横たわる』の内容が真理を告げていても、日本とドイツが勝った歴史の流れに乗ってしまっているアベンゼンたちの世界では、いたずらにその強固さ、やり場のない嘆き、いたたまれなさを、小説として悲劇的に映しだすしかないのである。

ディックがここまで押えたスタイルで、しかも、とてつもなく恐ろしい小説を六十年代初期に書きあげたこと、そして早くもユングとヴィルヘルムの角度から易へのアプローチを終えていたこと——この二点について、ぼくはある種のめまいさえ感じるのである。『高い城の男』を、もしも先入感なしに読んだとしたら、評価としては、無視するか沈黙するか、あるいは「やりすぎ」として否定するかのどれかしかあるまい。本編は、それほどまでに地味で、しかもついに「日本とドイツの勝っている世界」を崩れ去らせない、頑固なまでの日常小説に徹しているのである。したがって読者は、ここの〝今〟と、もうひとつの〝今〟との厚い両壁に挟まれざるを得ない。絶望のガス室といった印象は、ここから由来するのだろう。この二つの世界は並列的に存在しながらも、ついにどちらからも救いの手を伸ばせないのである。そしてさらに言えば、この息苦しさこそが、『宇宙の眼』から『時は乱れて』『逆まわりの世界』まで、ディックがいつも追究していたテーマ、それ自体だったのだ。

* * *

長らくお付合いいただいた理科系の文学誌も、これでどうにか幕を降ろせるところへやってきた。SFがあらゆる意味で可能性の前衛にいるという楽天的な意見の、まやかしと限界と不誠実さとを、現実の思想史の流れに対置させることで内容的に証明してきたわけだが、ここでその意図をもういちど申し述べさせてほしい。ひとつは、SFの周囲をとり囲んだ文学や科学の情況が、SFよりもはるかにSF的であり、なおかつ前衛的であったこと。そしてSFが文学という大きな枠のなかで先鋭を主張するためには、それら外側の想像力とまっとうに対峙しなければならないということ。だが、これは決してSFを否定してしまう発言ではない。SFは、そうしたファンタスティックきわまりない外の不安定な現実を、じつは他のどんな絵ソラゴト（フィクション）よりも正確に、虚構の銀幕に投映させ得たのだという事実を、ここでまた力説しておくことにする。それは幻想小説の方法論と一線を画してもいた。だがしかし、かつてはSFと同じ役めを幻想小説が果たしていた——とするカイヨワのような進化論的見解は、文学に関するかぎり、採らないこととしたい。なぜなら、幻想的な小説も科学的な小説も、つねに、どこででも、同時に存在していたからである。ただ違うのは、この二つが共闘したか、それとも反発しあったかの、各時代状況だけである——だから今、それらを網羅する名前として〈SF〉が用いられることが、むしろ喜ばしい。時代のムードとは、そういうことをいうのだろう。最後に、理科系の文学誌がまったく避けて通った問題とは何か、『高い城の男』風にいえば、なぜフィクションであり、文学でなければならないのか、という問題である。文学を科学の言葉で語ることは、いってみればメタ言語による批判でしかなかった。とすれば、こんどは、文学を文学内の言語で語るという、不可能な作業に挑まねばなりますまい。

☆1――中国文化とエジプト文化が同根のものであるという考え方は十九世紀中頃までヨーロッパで優勢であった。フランスのオリエント学者ド・ギーヌが「中国人はエジプトからの移民」と断言したのに対し、イギリス人の学者は逆に「エジプト人は中国からの移民」と主張して止まなかった。その最たる例はN・G・ド・バーリン伯爵である。一八二四年にロゼッタストーンの文字をカバラの神秘学で解読した彼は「ダビデの詩篇を手にして現代中国語に翻訳し、次にそれを古代中国文字に書き替えてみよう。そうすれば古代エジプトのバビル文書が再現する」と発表している。

ちなみに、中国文字のカバラ的解釈の実例をここに引いておきたい。前述した「エジプト人の中国植民説」を主張したド・ギーヌは、エジプト文字と中国文字を比較した上で、次のような漢字解釈を行なっている。たとえば「水」という漢字。これはアルファベットに戻せば、一つのIと一つのM――つまりMとなり、これをエジプト式に横に並べると、Im、母音を加えてIamである。さて、Iamとはコプト語その他のオリエント語では一致して「海」の意味である。次に「父」。これも一つのJと一つのDを結合して作った文字だから、分解すると、Jd、母音を加えるとJadかJod。ところでJodはエジプト語の子孫であるコプト語のなかでまさに「父」を意味している。次に「君」。これは一つのFと二つのIからできあがっているのでFiiあるいはPhiiとなる。ところでエジプト古代国王の名はアメノフィス、ビィオフィスのようにPhisで終わっている。これは君主（フィス）アメノ、君主（フィス）ビィオの意味である。

参考文献／あとがき

❶——本書で論じたSF作品

本書で論じたSF、ならびに関連文学書はすべて邦訳で読むことができます。以下、現在入手できる書目の出版元を記しておきます。［末尾に★印のあるものは令和七年二月現在、絶版ないし品切れ中を示す］

『バベル-17』ディレイニー／岡部宏之訳（早川書房）——★

『ガリヴァ旅行記』スウィフト／中野好夫訳（新潮社）

『ユートピア』トマス・モア／沢田昭夫訳（中央公論新社）

『山椒魚戦争』カレル・チャペック／栗栖継訳（岩波書店）

『痴愚神礼讃』エラスムス／沓掛良彦訳（中央公論新社）

『柔かい月』イタロ・カルヴィーノ／脇功訳（河出書房新社）——★

『結晶世界』J・G・バラード／中村保男訳（東京創元社）

『宇宙零年』『星屑のかなたへ』『地球人よ、故郷に還れ』『時の凱歌』ジェイムズ・ブリッシュ／岡部宏之・浅倉久志他訳（早川書房）——★

『エントロピー』トマス・ピンチョン／志村正雄訳（筑摩書房『スロー・ラーナー』所収）

『V.』トマス・ピンチョン／小山太一他訳（新潮社）

『エレホン』サミュエル・バトラー／武藤浩史訳（新潮社）

『闇の左手』アーシュラ・K・ル・グィン／小尾芙佐訳（早川書房）

『地球の長い午後』ブライアン・オールディス／伊藤典夫訳（早川書房）

『ロシア・ソビエトSF傑作集』（上・下）深見弾訳（東京創元社）——★

『エジプトのスタンプ』オシップ・マンデリシュターム／工藤正広訳（白水社『現代ロシア幻想小説』★所収）

『かの忌しき砦』→『いまわしき砦の戦い』C・S・ルイス／中村妙子訳（原書房）

『ニューヨーク革命計画』アラン・ロブ＝グリエ／平岡篤頼訳（東京創元社）——★

『小鼠ニューヨークを侵略』レナード・ウイバーリー／清水政二訳（東京創元社）——★

『ナイトランド』W・H・ホジスン／荒俣宏訳（原書房）――★

『非Aの世界』『非Aの傀儡』ヴァン・ヴォークト／中村保男他訳（東京創元社）――★

『神狩り』山田正紀（早川書房）

『世界文化史大系』H・G・ウェルズ／北川三郎訳（世界文化史刊行會）――★

『思想の達し得る限り――メトセラ時代へ還帰れ』バーナード・ショー／相良徳三郎訳（岩波書店）――★

『失楽園』ジョン・ミルトン／平井正穂訳（岩波書店）

『高い城の男』フィリップ・K・ディック／土井宏明他訳（早川書房）

❷――参考文献

ここに掲載するのは、本書を完成させるにあたって大いに参照した文献類です。一冊の書物は、もちろんすべてを語りつくすことができません。万が一にも、本書で述べた内容をさらにふかく知りたいと思われる読者がおられないとも限りませんので、日本語と英語の文献にかぎり、資料を公開にしてみなさまのご参考に供したいと思います。

［一部、令和六年八月現在の情報に更新。末尾に★印のあるものは令和六年八月現在、絶版ないし品切れ中を示す］

●科学史、科学者評伝など

『西洋科学史』（全五巻）シュテーリヒ／菅井準一他訳（社会思想社 1976）――★

文庫版の科学史としては、これ以上に刺激的なものはないだろう。古代から二十世紀初頭までの科学史を、文明史とのかかわりから一般向きに述べており、じつに楽しい読みものである。これと、ギリスピー、シンガーの三大科学史論を読みくらべていくのもおもしろいだろう。

『科学思想の歴史――ガリレオからアインシュタインまで』 C・C・ギリスピー／島尾永康訳（みすず書房 1971）――★

アメリカの科学史家による科学史の決定版。ポイントがニュートンからファラデイあたりまでに絞りこまれている点、やや問題があるが、そのかわり十七、八世紀から十九世紀までの科学はよく分かる。抽象思考を武器とするフランスと経験を基とするイギリスの思索上の差異を織りこんで語る論述には迫力がある。ラマルク、ゲーテらの思想にも多大な関心を示している。この時期を扱ったラブジョイの**『存在の大いなる連鎖』**（筑摩書房 2013）とあわせて読んでほしいと思う名著である。

『科学思想のあゆみ』 チャールズ・シンガー／伊東俊太郎他訳（岩波書店 1968）――★

ギリスピーの**『科学思想の歴史』**と並んで、翻訳物としては廉価で充実した内容をもつ総合科学史の名著。ギリスピーのものが科学精神をフランス型（抽象思考）とイギリス型（経験的思考）の対比によって解明しているのに対し、シンガーの著作はもっと広汎な文明観・歴史観に立っていて、やや多面的である。心情的には、ディドロやヴォルテールら啓蒙主義に焦点をあてているギリスピーを推すが、シンガーは何といっても大著であり、各方面に万遍なく目が届いている分だけ資料的価値も大きいと言わねばなるまい。

『アイザク・ニュートン』 エス・ヴァヴィロフ／三田博雄訳（東京図書 1958）――★

ロシア人によるニュートン論。錬金術師としてのニュートンを論じているのは、邦訳のなかでもこれしかない。ライプニッツとの確執についても詳述されており、資料として得がたい。

『ダーウィンとバトラー』 B・ウィリー／松本啓訳（みすず

書房1979）――★

バトラーとダーウィンの当時の論争が収められているユニークな版である。エラズマス・ダーウィンを認めるかどうかをめぐって旧進化論と新進化論との対立が鮮明に浮かび上がる。バトラーのダーウィン研究を知る上でも格好の読物になっている。

『J・B・S・ホールデン――この野人科学者の生と死』
R・クラーク／鎮目恭夫訳（平凡社1978）――★

C・S・ルイスの論敵の一人であり、世界的にも知られた野人生物学者の、とびきりおもしろい伝記。晩年のガンとの闘いのシーンまで、一気に読ませる力作である。

『寺田寅彦と医学・生物の世界』若林勲（風濤社1979）
――★

日本的感性の物理学者・寺田寅彦の全貌を幅広い視点から記述したもので、寺田寅彦研究の基本図書となる。とりわけ寺田門下の各学者の動向が分かるという点で、じつに便利である。寺田批判勢力に対してかれらがどう立ち向かったか、その生きざままでが分かって興味つきない。

『科学と総合――アインシュタインとテイヤールをめぐって』
ユネスコ編／林一訳（白揚社1979）――★

アインシュタインとテイヤール、両極端でいて、しかも同じ位相に立つこの二人の大科学者を論じつつ、科学の総合性――つまり哲学の可能性をさぐった大著。こういうものが訳されることだけでもうれしくなる。

『創造的人間』湯川秀樹（KADOKAWA2017）

湯川のデカルト的精神――すなわち論理と直観がもっとも生きいきと論じられている書物である。題材を物理学にとりながら、人間文化一般に迫る意気ごみは、武谷や朝永とはまた違う意味で注目したい。しかし、湯川の素領域理論は、まだこの段階では展開されていない。

『**Creation**』E.T. Brewster (The Bobbs-Merrill Company, 1927)

キュヴィエ、アガシら反進化論者の栄光と悲劇をえがいた貴重な書物。一九二七年の出版だが、二十世紀にはこの系譜が完全に絶たれているから今でも十分に意味をもつ。この方面に関心のある方は、ぜひ入手すべきではなかろうか。

『**Francis Bacon and Denis Diderot**』Lilo K. Luxembourg (Humanities Press, 1967)

科学主義についての二大潮流――ベーコン主義とフランス百科全書派の哲学を比較検討したもの。ベーコンとディドロの相違点を明確にしている点で参考になる。

『**Eternal Quest-The Story of the Great Naturalists**』Alexander B. Adams (G. P. Putnam's Sons, 1969)

リンネからダーウィンまでの偉大な博物学者について語ったもの。ビュフォン、キュヴィエ、フンボルトら、今となっては科学の本流から外れた人物の評伝をまとめて読めるのがありがたい。ただし、かれらの思想については通り一ぺんの説明が加えられているにすぎない。

『**Doctor of Revolutionary - The Life and Genius of Erasmus Darwin**』Desmond King-Hele (Faber & Faber, 1977)

↓『**エラズマス・ダーウィン**』デズモンド・キング＝ヘレ／和田芳久訳 (工作舎 1993)

近年とみに再評価のすすんだエラズマス・ダーウィンについての、おそらく最もおもしろい評伝である。著者キング＝ヘレはエラズマスを〝超人科学者〟として描く視点に徹しており、その熱意がまたすばらしい。エラズマスとリンネの関係など、基本的な問題が言足らずだが、かれの珍発明品に関する論述などはきわめて詳しく記されている。

●生命と形態

『偶然と必然』ジャック・モノー／渡辺格他訳（みすず書房1972）——★

日本でもベスト・セラーになった分子生物学者による哲学的発言。いかにもフランスらしい抽象化、公式化への見解がみられ、これにマルクス主義の影が見えかくれする。記述は一般向けを意識しており、それなりにおもしろいが、わたしは同僚のフランソワ・ジャコブが著した**『生命の論理』**を第一に推す。

『自然界における左と右』マーチン・ガードナー／坪井忠二他訳（筑摩書房2021）

この本自体はきわめて刺激的であるが、なかでもパストゥールが「片端の有機物」を発見する過程がくわしく描かれており、パストゥール論の面からも大いに参考になる。

『現代生物学と弁証法』野島徳吉・武谷三男（勁草書房1975）——★

戦後物理学の一大ヒーロー武谷三男が物理学の立場からジャック・モノー**『偶然と必然』**を批判したもの。モノー理論の弱さを衝いてはいるが、今西錦司によるダーウィン論批判ほどスッパリと切れてはいない。

『美術の生物学』D・モリス／小野嘉明訳（法政大学出版1975）——★

動物——とくにチンパンジーの芸術的行動から、美学の本質を解きあかそうとしたスリリングな本。美の基準を従来の心理学的な視点外から見たものとして画期的である。チンパンジーが人類以外の生物ではじめて三角形を描く場面は感動的だ。

『生命の論理』フランソワ・ジャコブ／島原武他訳（みすず書房 1977）——★

パストゥール研究所が生みだしたノーベル賞学者のうち、モノーよりははるかに哲学的センスにめぐまれた人物の手になる生命哲学書。大冊であるだけでなく、史観としても教えられるところがあり、科学者として生命の神秘を留保する姿勢がすがすがしい。

『生態建築論——物質と精神の架け橋』パオロ・ソレリ／工藤国雄訳（彰国社 1977）——★

ティヤール・ド・シャルダンの思想を受けつぎ、アーコロジー（アーキテクチュア・エコロジー〈建築生態学〉の合成語）を説くソレリのユニークな神学的都市論。

『全生物の平和の祈り』小牧久時（小牧久時平和財団 1975）——★

日本ミチューリン会のような農業運動の新しいパターンとして、ノーベル賞候補になったという小牧久時の運動を紹介しておきたい。著書は肉食不要の仏教的生物学を提唱する人物で、松下電工倉治実験場内に生物農法研究所を開設した。そして彼は創価学会や生長の家とも深いかかわりがある。肉食不要の根拠は宗教的によるものではなく純生物学的なものだが、この因果を断ち切らなくては世界平和はおとずれないという。参考までにこの本の発行元は、滋賀県大津市坂本町・小牧久時協会［小牧久時平和財団］である。

『エチカル・アニマル』C・H・ウォディントン／内田美恵他訳（工作舎 1980）

C・S・ルイスの対科学批判のなかで、その代表として槍玉にあげられたウォディントン。かれの問題の発言を集大成した訳書である。ルイスと対比的に読まれるべきだろう。

『**Crystals and Crystal Growing**』Alan Holden & Phylis Singer（Doubleday & Company, 1960）→『**結晶の科学——物性の神秘をさぐる**』（河出書房新社 1977）——★

結晶についての科学的解説を一般向けにおこなっている好著。記述もなかなかウィットに富んでいるが、しかし内容は科学的に見てもかなり高度である。

『**The Snouters**』Harald Stümpke（Gerolf Steiner）（Natural History Books, 1967）→『**鼻行類**』ハラルト・シュテュンプケ／日高敏隆他訳（平凡社 1999）

鼻歩動物について論じた天下の奇書。この邦訳は『**リノグラデンティアの形態と生態**』石山仁訳として、『**知の考古学**』（1976年三、四月号）に掲載されている。本編のおもしろさは、ただもう読んでいただくしかない。

『**Patterns in Nature**』Peter S. Stevens（Peregrine Books, 1974）→『**自然のパターン**』ピーター・スティーブンズ／金子務訳（白揚社 1994）——★

形態の普遍性——ものの形の本質性について論じた新しい形態学の書。興味ぶかい読みものであり、植物——動物——金属などにみられる形の類似性を図示する展開もたいへんに独創的である。

『**The Plant**』Gerber Grohmann（Rudolf Stener Press, 1974）

ルドルフ・シュタイナーに学んだ植物学者による、形而上学的植物論である。ゲーテ、フンボルトの業績をベースとして、植物の形態のふしぎに十分な紙幅をついやしており、新しい植物学を志向する読者にも役に立つものである。

●夢・オカルティズム

『**美と知の生活**』N・ロオリッヒ／竹内逸訳（聚芳閣学術部

1926)——★

ロシア二十年代芸術の華の一人から後に神秘家に転じたニコライ・レーリッフが、日本を訪れたときに実現させた貴重な翻訳書。レーリッフ思想のポイントが訳されている。大正期の日本に浸透した海外オカルト運動のひとつの歴史記録である。

『ケプラーの夢』ヨハネス・ケプラー／渡辺正雄他訳（講談社1972）——★

科学者がみずからその夢を文学化したケースの偉大なる実例。かつて科学的幻想がいかにして文学化されていたかを見るのに絶好の作品である。

『別世界にて』C・S・ルイス／中村妙子訳（みすず書房1978）——★

反科学の立場から逆説的にSF創作にいどんだ神学者C・S・ルイスの科学観、文学観、そしてSF観を語ったエッセイ書簡集。問題のホールデーンとの論争にも触れている。

『シャンバラ』アンドルー・トマス／遠山峻征訳（ユニバース出版社1979）——★

神秘家ニコライ・レーリッフとチベットの秘教、ならびにアメリカにおけるオカルト熱との関係を論じたもの。シャンバラ——理想郷伝説の論評としておもしろいものだ。

『Music of the Spheres』Guy Murchie（Dover Publications, 1967）→**『宇宙の音楽』**ガイ・マーチー／土田光義訳（白揚社1983）——★

科学をもとに自然の総合的神秘を見直そうとする新しい動向の代表的な著作である。ガードナーと同じく、マーチーもまた科学ジャーナリストだが、ピタゴラスの「惑星の音楽」の夢を現代科学の成果から逆アプローチする気魄がすばらしい。日本の場合は村上陽一郎ひとりが科学史のほうから発言している状況である。これはいずれ変えられなくてはならないだろう。その意味からも、長野敬、日高敏隆、今西錦司、がんばれ!

『Occult Psychology』Alta J. LaDage（Llewellyn Publication, 1978）

オカルティズムを科学の面から検討しようとする昨今の動きの一例。ここではユング心理学とカバラという一番つながりやすいテーマが選ばれている点で無理がない。

『Athanasius Kircher - A Renaissance Man and the Quest for Lost Knowledge』Joscelyn Godwin（Thames & Hudson, 1979）→『キルヒャーの世界図鑑』ジョスリン・ゴドウィン／川島昭夫訳（工作舎 1986）

イエズス会の総合科学者アタナシウス・キルヒャーに関する唯一の英語文献である。しかし著者ゴドウィンがキルヒャーのラテン語著作をどこまで読みこんでいるか疑問があり、解説はすべて一般論に流れてしまっている。しかし、とにかくキルヒャーについての一冊が仕上がったことを評価すべきか? なお本書は工作舎から訳出される予定。

●言語の宇宙、数秘術

『通信の断層（バベル現象）』平田信弘（「近畿大学教養部研究紀要」一、二号 1969-1970）――★

人工言語の歴史にづいて論じた数すくない日本語文献のひとつ。歴史を通観しており、ひとつのチェックリストとしても役立つ。ただし具体的な例を呈示していないためか、紀要論文としてのソッケなさがついてまわる。

『メイトリックス博士の驚異の数秘術』マーチン・ガードナー／一松信訳（紀伊國屋書店 1978）

数秘術――ゲマトリアやニューヌメロロジーにか

かわる〝驚異〟を、小説風に仕立てた読みもの。著者は「サイエンティフ・アメリカン」などでお馴染みの科学ジャーナリスト。神秘学というよりも、〝数〟のふしぎな性質を数学的方向からおもしろくまとめており、軽い気分で読める作品である。

『**The Lost Language of Symbolism**』Harold Bayley（Rouman & Littlefield, 1968）

ルネサンス以降ヨーロッパの製紙職人が使用した透かし模様のシンボリズムを材料に、失われたシンボル言語と神話、伝承などの関係をあきらかにした古典。秘密結社、シンボリズム、そして言語学に関心をもつ読者には得がたい文献であろう。イギリスでリプリント版が出た。

『**Number Symbolism**』Christopher Butler（Routledge & Kegan Paul, 1970）

数のシンボリズムを、文学、建築、数学などの分野から論じ、とくにヨハネス・ケプラーの天文学と数秘学との関係をくわしく検討している。類書の少ない分野でもあり、ぜひ入手すべき書物である。

『**The Mathematical and Philosophical Works of the Right Rev. John Wilkins**』John Wilkins（Frank Cass and Company, 1970）

十七世紀イギリスが科学にユートピアの夢を託した時代の申し子といえるジョン・ウルキンズの著作の復刻版。十七世紀英語ながら、きわめて平明に記されていることに驚かされる。著者がいかに一般向けを意識していたかをうかがわせるものである。現在、これだけまとめてウィルキンズの著作を読める書物はこれ一冊。たいへんに貴重である。

『**Religio Medici, Hydriotaphia and The Garden of Cyrus**』Sir Thomas Browne（Oxford University Press, 1972）［一部

は『**医師の信仰・壺葬論**』トマス・ブラウン／生田省悟他訳（松柏社 1998）に収録］

数秘学的興味を盛った怪著『**キュロスの園**』を含む、トマス・ブラウン卿の代表作をほぼ網羅した本。ペーパーバック版という手軽さもある。なお本邦では坂下昇氏がブラウンの全著作を訳出する作業にかかられていると聞く。イギリス・ルネサンスの全貌もいずれ日本語を通じて解明できる日が来るだろう。

『**Semantics**』Goeffrey Leech（Penguin Books, 1974）→『**現代意味論**』ジェフリー・リーチ／安藤貞雄他訳（研究社出版 1977）——★

「基本色彩用語」についての解釈ほか、〈一般意味論〉言語学的話題を盛った新刊。ペンギン・ブックなので入手しやすい。チョムスキーの流れを汲む関係上、各国言語におけるユニバーサルなもの（普遍的なもの）の解明のすすみ具合が、よくわかる。

『**Universal Language Schemes in England and France 1600–1800**』James Knowlson（University of Torontc Press, 1975）→『**英仏普遍言語計画**』ジェイムズ・ノウルソン／浜口稔訳（工作舎 1993）

人工言語運動の華ともいえる英仏十七世紀を中心にした論評。ここで暗号学と言語改革運動との関連も語られていることを知って、じつは驚いた。「暗号学左派」を旗印にすることがけっして一人よがりの主張でなかった事実を知らされ、勇気づけられた本である。今日では数すくなくなった人工言語に関する唯一の好著といってよい。『**暗号学左派**』はいずれ本邦唯一の人工言語研究書として上梓したい。

『**Gematria - A Preliminary Investigation of the Cabala**』Bligh Bond & Lea（Thorsons Publishers, 1977）

ゲマトリア——つまりユダヤとギリシアで使用さ

れた数と文字のふしぎな解釈術について詳述した貴重な一編。具体例も非常に多く挿入されており、資料的価値もきわめて高い。数秘学を学ぼうとする人にとって基本文献である。

『The Mysteries of King's College Chapel』 Nigel Pennick (Thorsons Publishers, 1978)

ケンブリッジのキングズ・カレッジ礼拝堂をめぐる建築学上の謎と数秘学やヘルメス学を関連づけた近著。ユークリッド幾何学とヴィトルヴィウス建築学の流入史についても言及されている。

『aUI - The Language of Space』 Dr. John W. Weilgart (Cosmic Communication Company, 1979)

これは奇妙な書物である。世界二十ヵ国語と対照の上で創造された超人工言語「aUI」のマニュアルである。現代における世界語運動の一例として購入されるとおもしろいだろう。著者ワイルガートによれば、これは宇宙人との会話にさえ使える完全言語であり、言語が媒介するすべての精神病を完治させる力をもつ、という。

『Triumphal Forms』 Alastair Fowler (Cambridge University Press, 1970)

英国エリザベス期は、イギリスにおけるルネサンス盛期ということができるが、このころ、ユークリッド幾何学やヴィトルヴィウス建築学の流入によるふしぎな思想が語られたことがあった。ヘルメス学である。このユダヤ神秘論的数秘学と数学的占星術とが結合した時代雰囲気のなかで、文学も建築も、マニエリスムという様式に一様に染められたのである。ファウラーは、この時代の文学の数秘学的背景を解明するという、途方もない作業にいどんだ。本書はその刺激的な集大成である。

●SF・幻想文学評論

『SF小説』ジャン・ガッテニョ／小林茂訳（白水社 1971）——★

文庫クセジュにおさめられたフランス人によるSF論。同じ文庫によるルイ・ヴァックスの**『幻想の美学』**（白水社 1961）（★）に比べれば、目配りという点で数段落ちる。これを読んでもつくづく思うことは、西欧諸国がその国の視点にかなりこだわり、他国事情がしばしば考慮されていないという事実である。日本はその逆だが、どちらも一長一短か。

『SFに何ができるか?』ジュディス・メリル／浅倉久志訳（晶文社 1972）——★

いわゆるSFのニューウェーヴ派宣言と考えられる著述である。若者文化を席捲した〈ニューウェーヴ〉運動の典型として読むこともできる。

『SFファンタジア』小松左京監修（学習研究社 1977-1979）——★

一般向けにSFのおもしろさを伝えようというこころみの、比較的成功した一例。ヴィジュアル中心だが、こういうSFの楽しみかたもある。

『別世界通信』荒俣宏（月刊ペン社 1977）→（筑摩書房 Kindle版）

本書の前編として読んでいただきたい。科学小説というよりもむしろ幻想小説（あるいはファンタジー）を題材としながら、非日常をめざす幻想の逆説的な「日常的要素」についても目を配っている論述がユニークであろうと思う。巻末に参考文献表と、ベスト・ファンタジー百冊のリストも附されている。

『妖精物語からSFへ』ロジェ・カイヨワ／三好郁朗訳（サンリオ 1978）——★

ロジェ・カイヨワの著作のなかではもっとも刺激

的でない凡作だが、いちおう妖精物語→怪奇物語→SFといった文学形態の進化論を呈示している。しかし、この進化にもかかわらず、旧套依然たる妖精物語にしても怪奇物語にしても、なぜ現代でこれほどの繁栄を示しているのかを、カイヨワは解いていない。えてしてフランス人の幻想文学SF論にはこの傾向があり、トドロフの『**幻想文学**』(朝日出版社 1975★)にしてもあまりに一本調子すぎてフランス以外の国々の状況把握が甘いうらみを残している。

『SF百科図鑑』ブライアン・アッシュ編／山野浩一監訳(サンリオ 1978)——★

図鑑として楽しめるSF百科事典で、各テーマ、各モチーフをSF作家自身に語らせている点がユニーク。楽しい読みものではあるが、たとえばSFと文学、SFと科学についての論述などは、今となってはあまりに幼なすぎる感がある。しかし邦訳文献リストなどに日本側スタッフの努力が偲ばれる。

『地獄の新地図』キングズリー・エイミス／山高昭訳(早川書房 1979)——★

SFを文学として認めようという六十年代のキャンペーンの象徴となった評論。しかし日本では訳出されるのがあまりにも遅すぎた。プロパガンダはやはり時期を失すると色あせる。だが、本書は当時のSFが置かれた事情を彷彿させる点で、かならずしも歴史的価値を失っているわけではない。

『世界幻想作家事典』荒俣宏編(国書刊行会 1979)——★

海外の幻想作家七〇〇余名について事典風にまとめたもの。しかし文学と科学のかかわりについては、該当する作家——バイロン、エラズマス・ダーウィン、ディドロ、ヴォルテールなどの項目で紙幅をついやしている。ただ、定価八千円というのが最大の欠点であろう。

『世界のSF文学総解説』伊藤典夫編（自由国民社 1980）——★

SFの代表作を一点一点ダイジェスト風に論じたガイドブック。再版（1980年版）ではさらに研究書ガイドなども付いて充実した。便利な本である。

『SF——その歴史とヴィジョン』ロバート・スコールズ＆エリック・ラブキン／伊藤典夫他訳（TBSブリタニカ 1980）——★

SF史としては最も本格的な論陣を張っており、基本文献とすべきものである。従来のSF史はあまりに「井の中のかわず」すぎた。本書によってSFが、すくなくとも一般文学と同レベルの分析法によって、はじめて冷静に語られることになる。

『十億年の宴』ブライアン・オールディス／浅倉久志他訳（東京創元社 1980）——★

外国産SF史論のこころみとしては、スコールズ＆ラブキン**『SF——その歴史とヴィジョン』**と並んでおすすめできる。**『SF——』**を外部からの論評とすれば、**『十億年——』**は内部からの論評といえる。本書を指して、イギリスSF史の視点から発言しすぎているという向きもあるが、今までのものがほとんどアメリカSFの枠内でしか語っていなかった点からすれば、飛躍的な視点の拡大であり、進歩である。従来からあったシェリー**『フランケンシュタイン』**をSFの嚆矢とする考え方を、もっとも本格的に論じている。

●文学評論・文学者評伝など

『スウィフト考』中野好夫（岩波書店 1969）——★

ジョナサン・スウィフトの生涯について論じた著作だが、気楽に書いていながら読ませる。一般向けのスウィフト伝としては理想的なものだろう。岩波新書の一冊である。

『ガリバー旅行記と日本』 モーリス・ジョンソン他（同志社大学 Amherst House~Moonlight Series No.4）→

http://www.cityfujisawa.ne.jp/~m-itazu/japan.html

『ガリバー旅行記』の資料がじつは日本に関する文献であったことを立証する奇著。むろん、圧巻は〈知識製造器〉に記された文字が、すべて日本語であることを論じる部分である。四百円の小冊子だが、同志社アーモスト館出版局を通じて入手しておきたい資料である。

『スウィフト〈ラピュタ渡航記〉の科学的背景』 マージョリィ・ニコルソン／渡辺孔二訳（社会思潮社『**知の考古学**』1976年九、十月号）——★

ジョナサン・スウィフトと当時のイギリスの科学の関係について論じた古典的名著。ニコルソンはワールブルク研究所にかかわりある人であって、その視点は文学から科学にまでひろがっている。

『A Gulliver Dictionary』 Paul Odell Clark (Haskell House Publishers, 1972)

『ガリバー旅行記』に出てくる人工の単語を謎解きした辞書。各単語について詳しい解法と意味がしるされており、かなりおもしろい本である。

『Fair Liberty Was All His Cry - A Tercentenary Tribute to Jonathan Swift 1667–1745』 Norman Jeffares (ed.) (Macmillan, 1967)

ジョナサン・スウィフトに関するあらゆる方面からの論述を集めた決定版である。むろんガリバーに出てくる人工言語についての研究もあり、マージョリィ・ニコルソンによる**『〈ラピュタ渡航記〉の科学的背景』**も収められている。スウィフトを研究されようと思われる初学者諸氏に、まずおすすめしておきたい。

『時の旅人』ノーマン&ジーン・マッケンジー／村松仙太郎訳（早川書房 1978）——★

SFを語る場合にH・G・ウェルズの業績を度外視することは、ほとんど考えられないことである。しかし周知のように、ウェルズはおそるべき人物であった。かれは世界の歴史を創り、ユートピア設計図を引き、晩年には宗教的狂熱のなかで死んだのである。そのウェルズの、文学を超えた活動の大きさを知るのに絶好の本が出た。本書はウェルズを人生における悲劇のヒーローとして描いた奇妙な大冊である。

『バーナード・ショー』コリン・ウィルソン／中村保男訳（新潮社 1972）——★

今日ではほぼ忘れさられた思想家ショーを、今世紀最大の文学者と崇拝するコリン・ウィルソンの、まさに入魂の一冊といえるだろう。しかしショーを支持するウィルソンの孤立性も明確になる点では、悲しい書物である。他書では扱われることの少ない**『思想の達し得る限り』**をくわしく論じていることでは、本書の右に出る書物は他にあるまい。

『ロシア人』ヘドリック・スミス／高田正純訳（時事通信社 1985）——★

アメリカ人の眼を通したロシア人の生活の実相。とりわけマンデリシュターム夫人との会見記は興味つきない。ロシアのユダヤ流民にかかわる論述も現代を踏まえており、生まなましい迫力をもつ。

『流刑の詩人・マンデリシュターム』ナジェージダ・マンデリシュターム／木村浩他訳（新潮社 1980）——★

ソ連の反体制幻想詩人マンデリシュタームの思い出を永遠に残そうとした夫人の、執念のこもった伝記。ユダヤ系幻想派詩人の生きざまは、おそらくロシア象徴主義解明へ光を投ずるモーメントとなるだろう。

『イギリスとアメリカ——愛憎の関係』S・スペンダー／徳永暢三訳（研究社 1976）——★

イギリスとアメリカの関係を、文化全般から論じたもの。とくに文学の問題に力点がそそがれており、アメリカSF対イギリスSFの問題を解く鍵ともなる言及がある。重要な書物といってよいと思う。

『マクルーハン著作集』（全三巻）マーシャル・マクルーハン／井坂学他訳（竹内書店 1968）★→**『グーテンベルクの銀河系』**は森常治訳（みすず書房 1986）、**『機械の花嫁』**は井坂学訳（竹内書房新社 1991）——★

『グーテンベルクの銀河系』『機械の花嫁』など、刺激的なメディア＝文学論を展開したマクルーハンの、文学史家としての力量は、日本でももうすこし評価されていいと思う。この三冊は、文学を広いコンテキストにおいて捉えようとする人々の基本的文献ともいえるだろう。

『光の形而上学』H・ブルーメンベルク／生松敬三他訳（朝日出版社 1977）——★

〈真理のメタファーとしての光〉がギリシア古代からヘレニズム期、ローマ時代の歴史のなかで、どのように変貌し、中世・近代へと流れこんだかを辿った刺激的な書。ただ科学的な〈光〉に対する物質的観点が欠けているのが惜しまれる。

●中国思想・文学評論

『中国思想のフランス西漸』後藤末雄（平凡社 1969）

ヴォルテールと儒教、エジプト人中国植民説など、シノワズリの哲学についてこれほど徹底的に論じている書物は、ほかにまったくない。惜しむらくは、フランス以外のヨーロッパにおける支那学が洩れている点だが、この欠点とても問題にならないくらい貴重な書物である。平凡社東洋文庫の一冊だが、何もいわずに、だまされたと思って読んでほしい。きわめて刺激的な読書体験が得られることを保証してもよい。

『悪魔のいない文学――中国の小説と絵画』中野美代子（朝日選書 1977）――★

澁澤龍彥**『悪魔のいる文学史』**（小学館 2022）の向こうを張って、唯物論と無神論にかたまった中国文化の特徴を、文学の側からアプローチしたもの。歯切れのいいエクリチュールが何ともここちよい。

『Discourse on the Natural Theology of the Chinese』

Gottfried Wihelm Leibniz（The University Press of Hawaii, 1977）→**『ライプニッツ著作集〔10〕中国学・地質学・普遍学』**下村寅太郎他監修（工作舎 1991）

マテオ・リッチ以降のイエズス会による中国通信を土台として、中国思想を積極的に評価したライプニッツの著作。それをハワイ大学が訳出したもので、東洋学研究家には逸することのできない書物である。とりわけ、かれの二進法数学と易経との関連を論じている章が興味ぶかい。

本書をともかくも上梓することになったのは、たったひとつのエピソードに拠る。

　ここ数年、ぼくは、十九世紀に盛んに出版された博物学の文献――ビュフォンやキュヴィエやラマルクらが生物界を活写するために出版した、とても人間わざとは思えない精密な手彩色図版を盛りこんだ古文献に魅せられていた。ところが、はじめは「動物画の歴史」をたどる、純粋に美学的興味から出発した本集めが、集めているうちに、ついついかれら博物学者の思想と行動にまで関心をひろげてしまうことになった。そして、かれら十九世紀の科学者が呈示した理論の、何とファンタスティックでしかも厳密だったことか！　そこで、科学こそが幻想である、という確信に達した。幻想文学とは、幻想科学のはるか遠い「詩のことば」による綴り替えにすぎない、いや、幻想科学のだしガラである、とさえ思った。そしてその確信を追認するために、科学とSFの関係を材料として、『理科系の文学誌』というものを書いてみる気になった。その成果が、いまあなたのお手許にある本書なのである。

　本書は、そういうわけで科学と文学についての風変りな戯(たわむ)れである。しかしぼくは、こうして「あとがき」をつづっている現在、すでに本書の姉妹編ともいうべき『理科系の美術誌』を構想することに熱中している。これは、全体の構想をロジェ・カイヨワが提唱する「対角線の科学」に準じる手筈で、古今の科学文献を飾ったミクロとマクロの宇宙図に関する図版と、すばらしい動植物画の粋とを集めた、きわめて私的な科学史のギャラリーになると思う。

終わりに、「本書」が世に出るまでにお世話になった方々へ、感謝の言葉を述べておきたい。本書の原形である雑誌連載版『理科系の文学誌』を最初に産みだしてくださった「奇想天外社」の曽根忠穂氏と近藤清美さんに、まずお礼を言わなければならない。それから、単行本として本書をまとめてくださった「工作舎」の宮野尾充晴氏には、編集その他の面でお世話になった。また、デザイン面で海野幸裕氏に一から十までお世話になりっぱなしであった。併せ、感謝の言葉を記しておきたい。

今回もまた、公私にわたりお手をわずらわせている紀田順一郎ご夫妻に、本書を捧げたい。

March. 15, 1981

本書の初版を工作舎から刊行してから、ほぼ半世紀が経過している。その間、地球の科学的環境は驚くべき変化を遂げた。とにかくパソコンもインターネットもスマホもない時代だったのだが、科学がもたらそうとしていた思想と感性の大変革をなんとかして見定めようとしていた情熱だけは、いま読み返しても痛いほど伝わってくる。もし本書再版の価値があるとすれば、半世紀前の読書界に巻き起こっていたあらたな想像と妄想の乱立状況を、怖いもの知らずの若さという「蛮力」を頼りに、片っ端からナマ中継しようとしたことかもしれない。

それにしてもまあ、よくぞこれだけのマイナーな書籍を探しだして読みふけったものだと、自分ながら感心する。当時わたしは日魯漁業という水産会社のプログラマーだったが、給与のほとんどを古本購入についやし、海外の本屋にも電報を使って注文を出しまくっていた。

いまやその名を聞くことも稀になったテイヤール・ド・シャルダンだのジャック・モノーだの、あるいはマクルーハンやミッシェル・フーコーまでも、なんでもかじりついていた鉄の胃袋がなつかしい。食事は抜いても本だけは抜かなかった。

でも、熱くて鉄の胃袋だったのは、わたしだけじゃない。同学年には学魔こと高山宏がおり、銀座の洋書店イエナで昼休みにはよく顔を合わせたSF畑の鏡明がいて、ほかにも心強い同志が身の回りにたくさんいた。

しかし、二十代だったわたしに別格の影響を及ぼしたのは、当時の工作舎で雑誌『遊』を編集していた松岡正剛さんだった。松岡さんと知り合ったきっかけは、別世界感性の先人ともいえる稲垣足穂だった。わたしがアイルランド幻想文学の大物ロード・ダンセイニの翻訳書を出版したとき、おなじくダンセイニに心酔していた足穂さんに推薦文を書いてもらっていた。たぶんその縁で、足穂さんの作品もいくつか論評していたのが、松岡さんの目に触れたのだった。

会社のコンピュータ室にあらわれた松岡さんは、いきなり『遊』を出して、ここに足穂のことを書きませんか、と切り出した。そのときアッと叫んだと思う。なぜなら、『遊』はわたしが愛読していた雑誌だったからだ。以来、松岡さんの仕事が最大の関心事になった。

松岡さんの事務所はまだ池袋にあった時期と記憶するが、そこに並んでいた本が、まず驚くべき種類のものだった。もちろん、星の文学者足穂や野尻抱影もあったが、数学や物理学、哲学、ファッション、仏教、それから美術にデザイン、しまいには映画や音楽まで。とくに目についたのが古い日本の本だった。こういうものはわが書棚にはない。わが鉄の胃袋をもってしても、これはかじれない、と思うものを、松岡さんは平気でかじって見せた。あとでわかったのだが、『遊』に載せられていた馴染みのない分野のアートや文章がみなおもしろく感じられたのは、松岡さんの咀嚼を経て並べられていたからだった。諸学は編集されてこそ連環となる。わたしは工作舎の社員でもなんでもなかったけれども、足しげく松岡さんの許に通うようになった。

本書はそんな時期に書き上げた、まさに自分の関心範囲を宇宙化する方法に目覚める瞬間の「自動書記」のようなものである。かんがえるよりもはやく筆が動いた。「お筆先」のような体験に近かったかもしれない。

このあとがきを書いている最中に、その松岡正剛さんが世を去られた。今度は本当の別世界で、時間のねじを止めて、物質と精神の未来を心ゆくまで話したい。松岡正剛さんと。

荒俣宏

二〇二四年八月二〇日　著者識

●——本文の記述の随所には、一九八一年初版刊行当時の社会情勢やエピソード、あるいは「最新」の科学情報が反映されているが、そのような時代背景の中で綴られたことにも大きな意義があるため、あえて変更・更新はしていない。ただし、著者が個人的に変更や追記・削除を望んだ部分は改めてある。図版は初出時のものを一部変更、また追加・削除した。……工作舎編集部

●著者紹介

荒俣宏［あらまた　ひろし］

一九四七年生れ、蟹座。慶應大学法学部卒業後、某企業のコンピュータ・ルームへ「遺憾ながら」配属。その間も、学生時代から行ってきた幻想文学の翻訳を手がけ、〝別世界通信〟を発信しつづける。近年は、ビュフォンやキュヴィエをはじめとする博物学に傾倒し、神田の古本屋をめぐり歩いては、当時の美しい彩色図版の入った文献を狩猟している。所沢近くの、秩父の山々が間近につらなる自宅には、氏自身が八丈島で捕えた珍魚（暗闇でボーッと青く光るマツカサウオ）が水槽のなかで泳いでおり、幻想文学や博物学系の洋書が、室内に山積みされている。こんな氏のたたずまいにこそ、〈理科系の文学誌〉の消息が脈打っていよう。最近は、日本の幻想文学や思想へも、ユニークな切り込みをみせる。……以上、本書初版時のプロフィール

一九七六年には、紀田順一郎と共同編集の『世界幻想文学大系』で日本翻訳出版文化賞を受賞。松岡正剛が主宰するジャパン・ルナ・ソサエティに所属し、いっときは工作舎を仮の仕事場としていたが、『世界大百科事典』の改訂版の編集への参加を前後し、平凡社社屋に常駐するようになる。まもなく初の長編小説『帝都物語』で日本SF大賞を受賞、『世界大博物図鑑』ではサントリー学芸賞を受賞した。編著作書・翻訳書は四〇〇冊を超え、現在も、多分野多方面で活躍中。世界妖怪協会会員、二〇一七年より京都国際マンガミュージアム館長。

理科系の文学誌

発行——一九八一年六月一五日初版発行　二〇二五年三月三〇日新装版発行

著者——荒俣宏

カバー飾画——まりの・るうにい「小惑星物語」

編集——宮野尾充晴＋米澤敬＋田波泰平＋福井沙羅＋塩澤陸

エディトリアル・デザイン——宮城安総

印刷・製本——シナノ印刷株式会社

発行者——岡田澄江

発行——工作舎　editorial corporation for human becoming

〒169-0072　東京都新宿区大久保2-4-12　新宿ラムダックスビル12F

phone : 03-5155-8940　fax : 03-5155-8941

www.kousakusha.co.jp　saturn@kousakusha.co.jp

ISBN978-4-87502-576-4

アラマタ・ワールド●工作舎の本

蜜蜂の生活［改訂版］

◆M・メーテルリンク　山下知夫＋橋本 綱＝訳

『青い鳥』の詩人の、博物神秘学者の面目躍如となった昆虫3部作の第1弾。蜜蜂の生態を克明に観察し、その社会を統率している「巣の精神」に地球の未来を読みとる。

●四六判上製●296頁●定価　本体2200円＋税

白蟻の生活［改訂版］

◆M・メーテルリンク　尾崎和郎＝訳

人間の出現に先行すること1億年の白蟻の文明を観察し、強靱な生命力、コロニーの繁栄、無限の存続に「未知の現実」をかいま見る。『青い鳥』の著者による博物文学の傑作。

●四六判上製●188頁●定価　本体1800円＋税

蟻の生活［改訂版］

◆M・メーテルリンク　田中義廣＝訳

蟻たちが繰り広げる光景は、人間の認識を超えていた！　劇作家・別役実が「生命の神秘に迫る智慧の書である」と絶賛。『青い鳥』の作者メーテルリンクが綴る倫理の博物誌。

●四六判上製●196頁●定価　本体1900円＋税

キルヒャーの世界図鑑［新装版］

◆ジョスリン・ゴドウィン　川島昭夫＝訳

17世紀の綺想学者アタナシウス・キルヒャーの膨大な業績を、奇怪な図像を通して紹介。澁澤龍彥・中野美代子・荒俣宏の論考も。新装版に伴い、図像を全面リマスター＆20頁増補！

●A5判変型上製●344頁●定価　本体3200円＋税

普遍音楽

◆アタナシウス・キルヒャー　菊池賞＝訳

アタナシウス・キルヒャーの不可思議音響大全。バッハらの後代の作曲家たちに多大な影響を与える一方、タランチュラ舞踏、猫オルガン、盗聴装置などの不可思議な事物が次々に登場。

●A5判変型上製●448頁●定価　本体4800円＋税

ビュフォンの博物誌

◆ビュフォン　荒俣宏＝監修　ベカエール直美＝訳

18世紀後半から博物学の全盛時代を導き、後世の博物図鑑に決定的な影響を与えた『博物誌』。全図版1123点3000余種をオールカラーで復刻、壮大なる自然界のパノラマが展開する。

●B5変型上製●372頁●定価　本体12000円＋税

地球外生物学

◆倉谷 滋

エイリアンは植物か？　物体Xの常軌を逸した形態形成能とは？　ソラリスの海、ウルトラ宇宙怪獣…SF映画・小説に登場する地球外生物の生態の謎に、進化発生学者が挑む。

●四六判上製●240頁●定価　本体2000円＋税

タオ自然学

◆F・カプラ　吉福伸逸＋田中三彦ほか＝訳

タオイズムの陰と陽に、粒子と波動性の相補性を重ね合わせる。気鋭の理論物理学者による、東洋と西洋の自然観を結ぶ壮大かつ魅力的な試み。世界18か国語に翻訳されたベストセラー。

●A5判変型上製●386頁●定価　本体2200円＋税

タオは笑っている［改訂版］

◆レイモンド・M・スマリヤン　桜内篤子＝訳

人気数理論理学者ながら老荘思想や禅に精通し、ニューヨークの仙人とも呼ばれるスマリヤン。いい加減で、包容力がある東洋の知恵をユーモアたっぷりに綴り、軽やかな生き方を教えてくれる。

●四六判上製●272頁●定価　本体2000円＋税

周期律［新装版］

◆プリーモ・レーヴィ　竹山博英＝訳

アウシュヴィッツ体験を持つユダヤ系イタリア人作家プリーモ・レーヴィの自伝的短編集。アルゴン、水素、亜鉛、鉄……化学者として歩んできた日々を、周期表の元素とからめて語る。

●四六判上製●368頁●定価　本体2800円＋税

プラニバース

◆A・K・デュードニー　野崎昭弘＋野崎昌弘＋市川洋介＝訳

突如コンピュータに交信してきた二次元生物。高度な文明をもつプラニバースの生活習慣、政治経済、芸術、歴史などから二次元世界を学ぶサイエンス・メタフィクション。

●A5判上製●328頁●定価　本体2903円＋税

平行植物［新装版］

◆レオ・レオーニ　宮本淳＝訳

ツキノヒカリバナ、マネモネ、フシギネなどの不思議な架空の植物たち。別の時空に存在するという植物群の生態、神話伝承などを、学術書の体裁でまことしやかに記述した幻想の博物誌。

●A5判変型上製●304頁●定価　本体2200円＋税